Vous avez fait du bien avec discernement, parce que vous avez jugé par vous-même ; aussi je n'ai connu ni aucun homme de lettres, ni aucune personne sans prévention, qui ne rendît justice à votre caractère, non seulement en public, mais dans les conversations particulières, où l'on blâme beaucoup plus qu'on ne loue. Croyez, Madame, que c'est quelque chose que le suffrage de ceux qui savent penser.

VOLTAIRE. Préface de *Tancrède*

Présentation de l'auteur

Deux livres, parmi tous ceux qui ont illuminé ma jeunesse – *Les Mémoires d'Hadrien* de Marguerite Yourcenar et *L'Allée du Roi* de Françoise Chandernagor –, appartiennent au genre hybride des mémoires apocryphes. Ce sont eux qui, très tôt, m'ont donné l'envie de prêter ma plume, à mon tour, à une grande figure de l'histoire pour tenter de tirer des leçons de son existence. Encore me fallait-il trouver le personnage idoine... Familier, par les livres, de la Cour de Louis XV, c'est tout naturellement que j'en suis venu à Mme de Pompadour. La favorite et conseillère du roi me semblait avoir possédé l'intelligence requise et – plus fondamentalement – le grand destin.

Je me mis à l'ouvrage.

C'était il y a quinze ans ; je manquais un peu d'expérience, et de l'écriture, et de la vie. Mon style sacrifiait encore volontiers à des formes faciles ; mon caractère n'avait pas subi les épreuves du deuil, de la rupture, de l'échec... Je me rappelle aussi m'être laissé déborder par une documentation foisonnante et, donnant trop de place à l'ascension de la Marquise, n'avoir pas fait sentir assez le prix de son triomphe social et le poids de sa déroute personnelle.

Réédité tel quel, voici donc cet écrit de jeunesse, avec ses défauts d'origine, mais aussi quelques qualités... J'ai pris plaisir à le relire, et l'on voudra bien, je crois, lui reconnaître un ton particulier. Plus que jamais, je continue de souscrire à sa morale et d'en goûter la dimension tragique : Mme de Pompadour sacrifia tous les bonheurs de sa vie à la poursuite d'une ambition débridée. Il n'est pas insensé d'imaginer qu'elle ait pu le regretter, sur le tard, et qu'elle ait alors cherché à se mettre en retrait – hélas pour elle, ce temps de recueillement lui fut refusé.

F. F.
mars 2013

À la comtesse de Baschi
de Menars, mai 1763

Félicitez-moi, ma belle amie, d'avoir su dérober quatre jours au train harassant de la Cour, pour les consacrer à mon domaine des bords de Loire ; et plaignez-moi seulement de ne pouvoir y séjourner assez longtemps pour profiter tout à mon gré des embellissements qu'on y fait. Menars change de jour en jour et, dans la région, cette maison est en passe de devenir la plus charmante qui soit. La façade sur les terrasses a fort belle allure, depuis que M. Gabriel l'a augmentée d'une aile du côté de Blois, en pendant de celle d'Orléans. Les intérieurs sont déjà bien avancés, et leur aménagement promet beaucoup. Quant aux jardins, ils n'ont plus rien de rebutant et connaissent même un essor tel que c'est à peine si on les reconnaît d'un séjour à l'autre ; mes plantations de charmes ont pris sans aucun mal, et j'envisage à présent de couvrir de tilleuls la grande terrasse qui domine le fleuve.

Tout cela fera bientôt, si j'écoute mon cœur, le séjour paisible d'une âme apaisée. Dieu veuille que je ne tarde plus à venir jouir ici d'une retraite honnête, occupée seulement d'amitié, qui est la seule consolation véritable, et de méditation. Je veux croire que vous viendrez parfois me tenir compagnie sous les cieux cléments du pays blésois, et que nous pourrons enfin partager la vie simple à laquelle aspire mon esprit las des vanités du monde. Nous aurons des poules pour les œufs, des vaches pour le lait, des moutons pour la laine et des faisans dorés pour rien d'autre que le plaisir de les voir. Le joli tableau que je vous peins là ! J'en ris moi-même en le faisant. Mais rassurez-vous donc : nous trouverons encore le moyen de railler nos contemporains pour la forme ; et puis nous débattrons du passé, mais pas trop : j'ai tant de tourments à oublier, et tant de vilenies !

Je réserve ces matières aux Mémoires qui, depuis quelque temps, meublent mes heures de loisir. J'y conte par le menu les soubresauts d'une fortune singulière, avec tout ce qu'elle m'a permis de voir et de savoir, et qui est plus singulier encore. Il me paraît que c'est l'occupation rangée d'une femme qui ne se soucie plus de plaire, ou presque plus... J'entre dans un âge où l'on se retourne à plaisir sur ce qu'on a pu réussir ou manquer. Je le fais avec toute la sincérité possible, ce qui m'amène à révéler bien des choses, sur bien des gens. Si je ne puis tout dire tout à fait, du moins je ne veux pas mentir, et je ne diminuerai jamais ni le mérite des braves ni l'incurie des sots. Voilà pourquoi ces Mémoires ne verront la lumière que lorsque j'en serai privée pour ma part – sombre perspective, mais qui m'effraie moins qu'elle ne vous attriste peut-être.

Je serai tellement payée de mes efforts, si ces confessions peuvent aider de jeunes personnes à se diriger plus vite vers le bon et le vrai ! Quand l'assaut des regrets me fait douter de l'utilité de l'entreprise, je n'ai, pour m'inviter à poursuivre, qu'à penser à votre petite fille et à ses peurs enfantines ; elles m'amusèrent tant à Choisy, un soir de l'hiver dernier ! Sur la nuit qui venait de tomber nous apparut d'abord un fantôme gesticulant : c'était mon jardinier en chemise. Un peu plus loin, un géant tout noir nous effraya de nouveau, mais ce n'était qu'un arbre dépouillé de ses feuilles. Quant aux cris dont nous restâmes épouvantées, ils venaient seulement d'enfants du suisse qui faisaient grand tapage... Voilà, ma chère, de quoi sont faites en vérité les frayeurs qui hantent nos vies, et qui parfois nous font agir de travers. Aussi bien, s'il m'est donné de dissiper pour d'autres certains de ces fantômes, j'estime que ce sera bien employer mon temps. J'en aurai la force, puisque je peux compter sur votre amitié ; n'est-ce pas ce qu'on appelle un très grand secours ?

Recevez, ma belle Comtesse, le baiser le plus tendre de votre amie

Jeanne de Pompadour.

Prologue

Il n'est pas toujours agréable de se rappeler sa jeunesse, ni forcément utile d'en faire le récit. Pour moi je m'étais bien juré de ne jamais ressembler à ces vétérans, dont on se demande s'ils n'ont pas réglé leur conduite au combat sur l'effet qu'ils en pourraient tirer, plus tard, au coin du feu... M. Piron dit une fois, chez Mme de Tencin, qu'il ne fallait pas solliciter les vieux sur le passé, de peur qu'ils ne nous gâtent le présent ; à quoi M. de Marivaux répondit que la mémoire des choses passées faisait souvent le sel des plus actuelles. Je ne sais plus quel était mon avis sur un sujet qui devait me sembler léger quand il l'est en vérité bien peu ; mais j'ai, depuis, acquis la conviction qu'il ne faut garder, des vieilles épices, que celles qui peuvent encore relever la sauce du jour. C'est le parti à quoi je prétends me tenir désormais. Qui sait ? Peut-être me rendra-t-il cette réputation de réserve qui, jadis, me valut tant d'éloges, quand j'écoutais plus que je ne parlais.

Ma nature n'a guère bougé, là-dessus ; c'est ma position qui a changé : l'on attend à présent que je rende un arrêt sur tous les sujets. C'était le contraire au milieu des années 1730, quand j'avais quinze ans. Ma mère me faisait courir les salons, comme on emmènerait une actrice en herbe à la comédie voir ses aînés dans la maîtrise d'un art où elle-même ne fait que débuter. Au demeurant, ma discipline était un peu celle du théâtre... Deux fois par semaine, dans la matinée, l'onctueux M. Lanoue venait m'enseigner la déclamation ; les autres jours, l'inflexible M. Guibaudet, mon maître à danser, s'évertuait à ce que mon buste demeurât étranger à mes jambes. De sorte que, dans l'après-dînée, M. Duclos me trouvait presque le ton du monde, et l'abbé Prévost, un port déjà majestueux.

C'est dans la musique, cependant, que mes talents naissants se feraient connaître avec le plus d'effet. Je dois dire que mon guide en cette région valait tous les viatiques : c'était l'illustre Jélyotte en personne. Depuis quelque temps, ma mère louait une maison rue de Richelieu, à dix grands pas de l'Opéra. Aussi avait-on pu convaincre le maître de venir, entre deux répétitions, m'apprendre à déchiffrer les notes et à m'accompagner. Il faut qu'un brin de son génie ait passé dans ma voix fluette, puisqu'on s'accorda bientôt à me trouver plus qu'agréable dans le chant, et que je fus admise à me produire en société. Ma mère s'employait, il est vrai, à divulguer mes prouesses ; toujours en éveil, très soignée dans son aspect – ses cheveux encore noirs tirés d'irréprochable manière –, elle balayait l'assistance d'un regard vif et joyeux, et lançait à la cantonade que sa « Reinette ne vivait que pour le chant ». Aussi se faisait-elle fort de nous insinuer partout où des oreilles de qualité seraient à même de m'apprécier.

C'est ainsi qu'un dimanche on me pria de chanter chez Mme d'Angervilliers, l'épouse du ministre, où se pressaient la Cour et la Ville. Le grand salon à coupole bruissait encore de murmures flatteurs sur ma jeune grâce et mon teint frais, quand j'entonnai le monologue d'*Armide*. Si j'étais émue – et je l'étais en vérité –, je le devais moins à la musique de Lully qu'au public élégant faisant cercle pour l'écouter... Je crois percevoir encore, après tout ce temps, le frôlement de l'air déplacé par les éventails ! Du moins mon émotion gagna-t-elle l'assistance, au point qu'on vit verser des larmes à quelques dames. À la fin, l'une d'elles ne put contenir son enthousiasme ; dans un élan digne de la tendresse de Renaud pour Armide, elle me vint embrasser tout de bon ! Le singulier de l'affaire, c'est que cette admiratrice un peu vive était la délicate Mme de Mailly, alors favorite en titre... J'en fus troublée, bien sincèrement : le bonheur d'approcher le Roi me paraissait alors la seule grâce vraiment digne d'envie, et je regardais comme distincts des autres humains ceux qui avaient le privilège d'être seulement connus de Sa Majesté.

Un secret penchant m'a toujours attirée vers la dignité royale. J'en avais senti les premiers signes à l'âge le plus tendre, lorsque, rendant visite à mon grand-père La Motte aux Invalides, je frissonnais d'orgueil devant l'habit galonné d'argent des gardes françaises. Je puis aujourd'hui le confesser, dussé-je rougir en l'écrivant : je ne trouvais déjà d'intérêt véritable qu'en ce qui regardait la Couronne ; au fond de moi, je me savais destinée à la servir. C'est pourquoi je m'attachais si fort à cultiver et entretenir les heureuses dispositions dont m'avait dotée la Providence. Il y allait d'un pacte avec moi-même – pour ne rien dire de ce que je devais à mes parents.

M'étant fixé la plus haute ambition, je ne devais rien négliger pour la satisfaire. Au moins autant que les précepteurs, les livres m'y secondèrent utilement. La seule bibliothèque à ma portée était alors celle que mon parrain Montmartel avait rassemblée dans son vaste hôtel de La Force, au Marais, où elle me faisait l'effet d'un trésor fiché dans un immense écrin de verdure. Je devais passer dans ce lieu tranquille, au milieu des volumes couvrant de hauts murs, des journées pleines et sereines… Ah, le craquement du chêne ciré quand je montais le petit escalier menant aux manuscrits ! Mon guide en ce labyrinthe était le fils de la maison : bien que mon cadet de deux ou trois ans, le gentil et brillant Amédée était en effet le gardien des collections de son père. Lui se passionnait d'Histoire sainte. L'avouerai-je ? Les annales profanes avaient chez moi la préférence, surtout celles qui traitaient de la royauté, et dont je faisais mon miel.

*

* *

À propos des Montmartel, il me revient un souvenir qui n'est pas sans intérêt ici. Avec mon petit frère Abel, nous accompagnions souvent notre mère dans les visites qu'elle leur rendait couramment. Un matin d'été, alors que nous marchions, armées d'ombrelles, dans une allée du grand jardin, bordée de myrtes et de grenadiers en caisses, la conversation roula sur la question de mon établissement. Ma mère crut bon d'étaler au grand jour des espoirs dont je lui avais fait la confidence – mais sans dire si elle les approuvait ou non.

— Pauvre petite, trancha ma marraine, elle va devoir déchanter. On s'égare si vite à dix-sept ans… En vérité, c'est une chose que d'aller à la Cour, et c'en est une autre que de s'y faire admettre…

Le triste augure, en vérité, venant d'une dame, Justine Pâris de Montmartel, à qui tout paraissait sourire ! Son mari, qui avait la garde du Trésor, n'occupait-il pas, tout comme son frère M. Duverney, une place éminente dans les rouages de l'État ? Si dès lors ma marraine, en dépit de sa position, considérait la Cour comme une place imprenable, que pouvait bien espérer, n'étant rien du tout, la petite Jeanne Antoinette Poisson – même si on l'appelait Reinette ?

La conscience tardive que tout s'opposerait à mon ambition eut pour effet de m'ôter tout entrain. Je me sentais dénuée d'attraits, comme un oiseau privé de lumière et qui viendrait à perdre voix et couleur. Tout me faisait défaut : l'appétit, la gaieté, et jusqu'à l'envie de vivre... Je pouvais demeurer des heures entières assise dans le fauteuil de ma chambre, à observer la corniche ou un bouton de porte...

Ma mère n'arrangeait pas les choses, qui m'exhortait sans ménagement :

— Secoue-toi un peu, ma pauvre fille ; tu n'as encore rien vu des malheurs que la vie nous réserve à toutes !

Quant à mon père, il ne sut pas me réconforter. Rentré depuis peu de cette Allemagne où il était demeuré des années, il s'absorbait plus que jamais dans les missions de courtage et d'approvisionnement que lui confiaient encore nos amis Pâris.

Ce fut donc à M. de Tournehem qu'échut le soin de me rendre courage. J'aurai, plus loin, l'occasion de reparler de ce vieil et fidèle ami de notre famille ; il suffit de savoir, pour l'heure, que le cher homme, fermier général[1] de son état, s'était toujours montré secourable envers mon frère et moi, et que sa bonté l'avait conduit à prendre en charge notre éducation. Imposant, la voix forte et la figure carrée, M. de Tournehem avait toute la stature d'un bienfaiteur. Je le pensais né pour veiller sur nous, en bon et gros ange tutélaire – de fait, il ne devait jamais me décevoir.

1. Les fermiers généraux percevaient pour l'État les impôts et les taxes, dont ils conservaient une partie pour eux.

Son idée, depuis longtemps, était que je me fisse aimer un peu de certaines personnes titrées. Née roturière, de parents sans fortune, je n'avais pas, à ses yeux, d'autre moyen de m'élever au-dessus d'une condition somme toute médiocre. Aussi m'avait-il instituée demoiselle d'honneur au mariage de son neveu le comte d'Estrades, descendant d'un maréchal de France. La jeune mariée, Élisabeth de Sémonville, voulut bien me traiter, tout le temps des réjouissances, sur le pied d'une tendre égalité : c'est à moi qu'elle devait murmurer sa joie, ses craintes, et ces fausses confidences qui rendent plus supportable la tension des cérémonies. Si bien qu'au lendemain des noces nous étions déjà des amies, appelées même à devenir inséparables – ce que nous fûmes longtemps. Pour M. de Tournehem, de telles amitiés allaient dans le bon sens ; encore lui semblaient-elles par trop précaires. La tranquillité de son esprit réclamait pour moi une situation autrement assise.

Il avait habité naguère, rue du Parc-Royal, une grande maison qu'il partageait alors avec son frère aîné, M. Le Normant, et sa belle-sœur, née Francine, de la famille des fontainiers de Versailles. Mais à l'époque dont je parle, il avait élu domicile dans un hôtel de la rue Colbert, près de la Compagnie des Indes dont il était aussi un administrateur. J'allais devenir, par intermittence et pour ainsi dire, l'âme de cette maison. Soucieux, par attachement bien plus que par intérêt, de ne pas perdre ma compagnie, mon ange gardien formait – et depuis longtemps sans doute – le dessein de m'attacher vraiment à sa famille : il prétendait me donner pour époux le fils de son frère.

Charles Guillaume, alors dans sa vingt-cinquième année, était un jeune homme discret et bien élevé, sans talent déclaré peut-être, mais sans tare non plus qui le rendît rebutant. Doué parfois, quand il le voulait, d'un certain esprit, mon jeune promis offrait par ailleurs, et pour parler clair, les avantages d'une situation largement étayée par son oncle. J'avais presque vingt ans alors, et le souci de m'établir. Mes parents poussaient dans le même sens, voyant bien que ce serait, pour M. de Tournehem, veuf et sans enfants, l'occasion définitive de me procurer tous les bienfaits que sa fortune rendait possibles.

Restait pour mon protecteur à vaincre l'hostilité de son frère aîné ; en chef de famille sourcilleux et, j'ose le dire, passablement aigri, M. Le Normant père voyait en effet d'un mauvais œil le mariage de son rejeton avec une jeune roturière sans état ni fortune. M. de Tournehem dut donc pallier mes insuffisances, et faire valoir des arguments bien sonnants : il avait déjà cédé à Charles Guillaume la charge de chevalier d'honneur au présidial[1] de Blois, ce qui avait amené le jeune homme à déposer des preuves de noblesse ; puis il l'avait fait sous-fermier dans son office, allant jusqu'à lui avancer les fonds nécessaires. En vue d'emporter la décision, il proposa enfin, pour le cas où notre union serait bientôt signée, de rédiger un testament instituant son neveu légataire de tous ses biens. Certains faits sont comme les saisons ; il serait vain de s'y opposer – et M. Le Normant céda pour devenir mon beau-père.

Le contrat fut signé au début du mois de mars 1741, et la célébration du mariage put avoir lieu le 9, en l'église Saint-Eustache, alors paroisse

1. Il s'agit d'un petit tribunal du baillage.

de mes parents. La fête manqua passablement de chaleur ; et en dépit du vin qui coulait à flots et des manteaux de fourrure dont on s'enveloppa, les invités ne parvinrent pas à oublier le froid sec qui régnait ce jour. Un grand dîner fut servi chez M. de Tournehem, dont ma mère prétendit faire les honneurs : « Je suis tellement heureuse de vous avoir parmi nous ! » lançait-elle à des invités qui, pour certains, affectaient de ne la point connaître...

Dans son infinie générosité, mon nouvel oncle s'était engagé, outre la rente qu'il nous versait, à nous héberger jusqu'à sa mort. Nous prîmes donc nos quartiers chez lui, de sorte que je fus, du jour au lendemain, bien établie dans la capitale, pourvue d'une domesticité honorable et des moyens de l'entretenir. Surtout, cette union me tirait de la roture, et de façon d'autant plus notoire que mon époux avait eu l'idée, pour nous distinguer de son père, d'accoler à notre nom celui de la terre d'Étiolles, près Corbeil, dont il devenait l'héritier. On ne m'appellerait plus, désormais, que Mme Le Normant d'Etiolles, ou même simplement Mme d'Etiolles. Accéder à la noblesse, même par cette entrée dérobée, m'emplit de toute la vanité possible. J'y rapporte un trait qui paraîtra plaisant : le jour de mes noces, au moment du consentement, ce n'est pas vers mon nouveau mari que volèrent d'abord mes pensées, mais vers celle qui se tenait non loin, derrière nous : je veux dire la comtesse Élisabeth d'Estrades, jeune femme du monde, bien née et même titrée – et qui n'en devenait pas moins ma cousine.

Mon père devant s'absenter une fois de plus pour affaires, ma mère fut bien aise de venir vivre avec nous ; nous nous transportâmes alors vers un hôtel plus grand, rue du Faubourg Saint-Honoré. Les pièces du rez-de-chaussée étaient pour M. de Tournehem et pour la réception ; l'on avait partagé les deux étages entre le jeune ménage et le plus ancien, sans bien fixer de frontières... Mon frère était trop jeune, quant à lui, pour occuper son propre logement ; on lui avait détaché une chambre et un cabinet au second. En fait, nous nous tenions presque toujours en bas, dans une enfilade de salons bien proportionnés, que notre oncle s'employait d'aménager avec un goût très sûr. Sous ses dehors un peu frustes se cachait en effet un esthète bien raffiné – la suite le prouverait mille fois.

*

* *

Notre nouvelle adresse avait cela d'avantageux qu'elle m'entrouvrait les portes d'un royaume convoité entre tous. Auparavant, les relations que ma famille avait pu tisser dans la belle société n'avaient jamais dépassé le cadre d'une protection tacite. Ainsi avions-nous fidèlement rendu nos devoirs à la duchesse de Chevreuse, ou bien encore à la marquise de Saissac qui, en retour, était intervenue pour nous en haut lieu. Ma mère en avait profité pour me pousser, comme toujours, en avant. Devenue Mme d'Étiolles, bien établie dans le Faubourg, je pus lui rendre la politesse, et la faire admettre à mon tour en des cercles qui lui fussent demeurés clos deux mois plus tôt. J'eus ainsi mes entrées chez notre voisine, Mme Geoffrin, dont le salon était sans contredit, à la Ville, ce qu'était le cercle du Roi à la Cour : celui dont tout procède et où tout aboutit. Mme de Tencin nous avait bien, naguère, présentées à Mme Geoffrin et à sa fille, la marquise de La Ferté-Imbault ; être accueillies chez elles représentait tout autre chose – même si nous n'étions pas conviées à leurs lundis d'Amateurs, ni à leurs mercredis philosophiques...

Quel changement, pour nous, avec la compagnie bien terne qu'il me fallait recevoir, deux ou trois fois la semaine, chez mon oncle ! On ne parlait jamais, chez Mme Geoffrin, de ces questions d'affaires, d'alliances et d'intérêt qui émaillent la conversation des fermiers généraux. Tout n'y était que pour l'agrément, et l'on s'entretenait seulement, avec la dernière simplicité, d'opéras en vogue et d'écrits du moment. La société la plus relevée prenait ici le tour galant d'une assemblée des dieux de l'Olympe ; et c'était un privilège que d'y voir un grand seigneur, comme le duc de Nivernais, et un étranger raffiné comme lord Chesterfield, s'entretenir des lettres franco-anglaises comme s'ils avaient échangé des nouvelles de famille.

Au contraire de Mme de Tencin, Mme Geoffrin n'intervenait guère sur le fond des conversations. Le plus souvent, elle se contentait, de son air affable de marraine attentionnée, de relancer les sujets et de veiller que le propos ne s'envolât trop haut ou ne sombrât trop bas. J'admirais bien sincèrement ce faux détachement qui lui permettait de faire des politesses sans jamais s'engager, et la justesse incomparable avec laquelle elle traitait chacun, des plus grands personnages au dernier de ses laquais. Sa fille, sans l'imiter vraiment, n'était pas moins habile ; et les gentillesses dont elle sut me flatter d'abord me firent croire un temps qu'elle souhaitait vraiment devenir mon amie – ce qui n'était qu'une apparence. Elle se fit néanmoins un devoir de nous présenter à tous les habitués du salon, qui formaient alors comme une Cour en réduction.

Je remarquai surtout, butinant à l'envi dans ce joli parterre, M. l'abbé de Bernis, alors chanoine de Brioude, et dont le visage tout rond, potelé comme celui d'un enfant, s'illuminait d'un regard très vif. Il avait l'art de reprendre au vol certains mots que je n'osais prononcer assez haut, pour les donner en pâture à la compagnie ; mais loin d'en garder pour lui le mérite, il me renvoyait tous les applaudissements, comme un chasseur, ayant seulement porté le coup de grâce, vous rendrait le gibier que vous aviez tiré d'abord. Nous eûmes, deux ou trois fois, le plaisir de le trouver aussi chez ma cousine Élisabeth. Il m'y traita si bien que je crus pouvoir m'enhardir à le prier à souper chez mon oncle.

— J'en bénis déjà la perspective, me dit-il en chantant presque. Reparlez-m'en sitôt que j'aurai retrouvé un peu de tranquillité... Mes soirées sont pour l'heure tellement prises...

Au regard furtif qu'il jeta vers ma mère, je compris surtout qu'il ne souhaitait pas se commettre chez une dame de trop petite condition. Mme de La Ferté-Imbault ne m'avait-elle pas glissé déjà, un jour que nous venions lui présenter nos hommages :

— En voilà bien une fille attentionnée, qui ne sort jamais sans sa chère Maman...

J'avais senti, sous la douceur de surface, tout ce que la remarque trahissait d'embarras envers ma mère.

En vérité, la difficulté tenait moins au sang lui-même qu'à des questions autrement subtiles. Certes j'avais appris de Mme de Tencin, qu'en fait de position dans le monde, les titres que donne l'esprit ne sont pas moins légitimes que ceux procurés par la naissance. Mais à fréquenter chez Mme Geoffrin, je compris qu'il fallait néanmoins, pour se faire accepter de certains cénacles, que toute l'attitude se plie à de petits riens fort peu perceptibles, mais qui signent l'appartenance à la société vraiment élégante. Une façon discrète et naturelle de rire et même de sourire, une manière modeste et noble de se présenter et de prendre congé, l'art de parler juste sans jamais faire paraître de gravité – on ne saurait décrire cet air du monde, qui s'acquiert d'un bloc, par l'esprit, et sans qu'on puisse en démêler le détail...

Dans cette matière, M. l'abbé de Bernis, né grand seigneur quoique sans fortune, était assurément passé le maître ; et c'est sans presque en donner le sentiment qu'il décernait les brevets d'accès au monde véritable. N'acquérait pas qui le voulait le tour convenable pour y prétendre – et cela, quels que fussent les mérites reconnus par ailleurs aux postulants. Je peux affirmer que la plupart des convives que je traitais à l'hôtel de Tournehem n'auraient rien eu à envier, en fait de vertu et de probité, à ce qu'on rencontre dans les plus grandes maisons ; cependant, ils n'y auraient jamais été reçus, faute de posséder le ton juste et l'allure requise. Certaines patines ne s'obtiennent que par un long polissage ; et je devais accepter que des cercles qui eussent accueilli Mme d'Étiolles à bras ouverts se montrassent plus regardants envers sa mère, Mme Poisson.

*

* *

Si le statut matrimonial me procurait de grands avantages, la vie conjugale, en revanche, m'embarrassait fort. Dès la nuit de noces, j'avais compris que je n'avais point de joies à espérer de ce côté. Non que mon jeune époux se montrât moins déluré qu'un autre, ou ne fît son possible pour me satisfaire ; simplement je me sentais peu d'attrait pour les choses de la chair – même, j'y trouvais un certain dégoût. L'effet premier de mes réticences fut d'aiguiser en face un appétit sans limite ; transi comme un collégien repoussé, mon mari tomba vite amoureux de sa femme, et de la pire façon qui soit. Sa jalousie égalant en effet ses transports, l'on ne saurait décrire les affres dans lesquelles le plongeait le moindre geste courtois d'un homme à mon égard – ce qui, bien sûr, était courant. À la ville comme à la campagne, Charles Guillaume s'assurait qu'aucune liaison galante ne se cachait sous les dehors de la mondanité. Avec le temps, cependant, il comprit que le danger ne viendrait pas de moi ; et il se contenta de surveiller de loin mes fréquentations.

Nous passions les beaux jours à Etiolles, dans le domaine de son oncle, où j'étais déjà venue, l'été, avant mon mariage. Nous y habitions une sorte de gentilhommière, appelée la Grande Maison, flanquée d'un antique château et d'un jardin assez joli au bourg ; le tout dans un domaine qui faisait une seigneurie respectable, en bordure de la forêt de Sénart. Bien plus que de notre hôtel à Paris, j'en avais fait mon petit royaume, peuplé d'oiseaux en cages, de livres et, surtout, d'amis. Ma cousine Élisabeth nous y rejoignait souvent, traînant derrière elle le gentil pépiement de Mmes de Sassenage, d'Esparbès ou de Quitry. Venait aussi la sœur de Charles Guillaume, la délicieuse Charlotte, et son mari M. de Baschi. Ma mère se mêlait à nous le plus souvent, et de sa bonne humeur un peu forcée, relevait ce que nos réunions auraient pu présenter de mélancolique. Au reste, nos journées se passaient à bavarder et à chantonner, à cueillir des fruits au verger, à broder et à nous faire la lecture. Les romans à la mode voulaient compenser, je crois, la sagesse de nos autres passe-temps. Et je me souviens d'avoir vu, des journées entières, MM. de Blagny et du Rocheret, nos voisins, se relayer pour nous lire *Paméla ou la Vertu récompensée*, de l'Anglais Richardson, dans la traduction que venait d'en donner l'abbé Prévost. La morale de l'ouvrage était qu'une femme convenable ne s'accomplissait bien qu'en se vouant à un maître – or, je me disais, tout à part moi, que mon mari ne méritait en rien ce beau titre...

Le grand amusement, à Etiolles, c'était le théâtre. Mon oncle Tournehem en avait fait édifier un fort joli, en retrait dans les dépendances. La salle était petite, mais suffisante ; quant à la scène, elle offrait tout ce qu'on peut souhaiter en fait de machineries et de changements. Encouragée par le vieux M. Crébillon[1], qui me prodiguait de judicieux conseils, je devais passer là des semaines bien piquantes, à monter de petites pièces qui, bientôt présentées devant des assemblées choisies, contribuèrent pour beaucoup à ma réputation d'hôtesse. L'écho en fut même si flatteur qu'il ne tarda pas à porter ombrage à l'une de mes voisines, Mme de Villemur, dont le théâtre de société avait pourtant conquis, depuis des années, les faveurs de Paris. Souhaitant tuer dans l'œuf une concurrence qu'elle devinait dangereuse, Mme de Villemur m'invita bientôt à rejoindre sa propre troupe ; et je fis ainsi mes débuts devant un public des plus relevés, puisqu'on y voyait des cordons bleus[2] au coude à coude avec des calottes rouges, et nombre de dames habituées au talent des comédiens ordinaires du Roi.

1. C'est le dramaturge bien connu.

2. On appelait ainsi, familièrement, les membres de l'ordre du Saint-Esprit.

Ayant notamment campé une suivante de *La Seconde Surprise*, j'y obtins un succès tel que plusieurs seigneurs me vinrent féliciter à l'issue du spectacle, avec un empressement qui aurait pu inquiéter mon mari. D'autant qu'à leur nombre figurait le célèbre duc de Richelieu, premier gentilhomme de la Chambre, connu par tout le royaume pour son libertinage. C'était alors un homme mûr mais encore très vert, de corpulence moyenne et d'assez noble figure. Sa bouche paraissait occupée en permanence à mâcher quelque chose, ce qui devait trahir un incessant ruminement d'idées. Durant la représentation, j'avais plusieurs fois croisé son regard bleu assez trouble, où se lisait un intérêt plus que sensible pour mon jeu de scène… Ce soir-là, il se révéla cependant le plus respectueux des admirateurs, allant jusqu'à écarter de sa canne un jeune seigneur qui avait eu l'audace de retenir ma main.

— Madame, me dit-il d'un ton qui me parut fort noble, vous avez toutes les grâces rêvées, assurément, mais il en est une plus précieuse que les autres, et que je vous supplie de conserver longtemps : c'est l'air de pudeur et de dignité dont s'accompagne chacun de vos gestes.

Munie d'un conseil aussi galant, je n'eus de cesse, par la suite, que d'accentuer encore ma réserve naturelle – ce qui ne m'empêcherait pas, bien au contraire, de m'imposer davantage chez Mme de Villemur, où venaient aussi des courtisans considérables, tels que le duc de Duras ou le marquis de Saint-Priest. Je me faisais conter par celui-ci les derniers bruits de la Cour. Il me semblait qu'on devait mener, à Versailles, une existence tellement plus enviable que la nôtre – comme je me trompais, grands dieux ! Et comme j'aimerais, aujourd'hui, pouvoir revenir à mes divertissements d'alors, tout empreints des joies simples de la campagne !

*

* *

Bien résolue de m'élever par tous les talents possibles, je m'étais mis en tête d'apprendre aussi des rudiments d'équitation. Mon maître en cette discipline était le jeune comte de Briges, depuis marquis, cavalier séduisant et fort bien fait de sa personne – au point que lui soit resté le surnom de « Bel homme ». Sa figure comme son corps étaient faits à peindre, et l'on admettait sans peine qu'un regard aussi franc et un aussi large sourire lui eussent aliéné bien des cœurs. Il était l'un des écuyers du Roi, et je dois dire que cet argument, bien plus que sa tournure, avait influencé mon choix. Je comptais en effet qu'il m'informerait des déplacements de la Cour, et plus précisément, de ceux du Roi en forêt de Sénart. Depuis quelques années en effet, Sa Majesté avait acquis des La Vallière leur château de Choisy[1], ce qui l'amenait à souvent chasser près d'Étiolles. Mieux encore : ces chasses venant à traverser la seigneurie de mon oncle, je pouvais prétendre, en tant que châtelaine, à les suivre d'un peu loin, depuis une calèche.

Comme je l'en avais prié, le cher Briges me fournit donc, dès la fin de l'été 1742, un calendrier des chasses royales. Il espérait peut-être, pour prix de ses services, que je voudrais bien céder un peu aux avances timides qu'il m'avait faites ; si cela était, il en fut pour ses frais. La chose importante, c'était pour moi de me trouver, au jour dit, à la Croix de

1. Seuls en subsistent aujourd'hui les pavillons d'entrée et quelques dépendances.

Villeroy, postée en bonne place à l'assemblée des chasseurs. Je me souviens d'avoir arboré, pour la circonstance, une tenue de chasse couleur de feu et galonnée de noir, dont la veste, cintrée à l'excès, mettait en valeur la souplesse de ma taille. Ma femme de chambre du moment s'était surpassée pour coiffer mes fins cheveux blond cendré, et pour rehausser d'un discret maquillage des traits qui, à l'époque, étaient plus gracieux qu'aujourd'hui... J'avais proposé à ma cousine Elisabeth de m'accompagner, et je puis dire sans méchanceté que je ne craignais point la comparaison : trop brune, les traits accusés et les joues déjà fort saillantes, la pauvre n'était pas une beauté.

La perspective de voir le roi Louis XV m'enflammait comme rien au monde ; dans le même temps, je la trouvais si étrange que je n'en prenais qu'imparfaitement la mesure. J'avais toujours voué une sorte de culte à la personne du souverain. N'était-il pas, par la Grâce de Dieu, roi de France et de Navarre, régnant sans partage sur des millions de sujets et faisant connaître ses lois aux peuples de toute l'Europe, et même au-delà ? Comment, dès lors, était-il possible que moi, simple dame d'Etiolles, je pusse croiser sa route, à heure dite encore, et à deux lieues de chez moi ? Il paraissait impossible que cela fût si simple ; et les splendides chevaux de selle, qu'on prenait soin d'étriller encore à la Croix de Villeroy ce matin-là, me semblaient prendre leur part d'un vaste simulacre. Tout cela se révélerait bientôt n'être qu'une illusion ; le Roi ne viendrait pas – le Roi ne pouvait pas se trouver dans cette grande calèche rouge, de celles qu'on appelle gondoles, et qui approchait maintenant au milieu d'officiers chevauchants et de gardes du corps.

Pourtant je le vis bien. Le Roi lui-même était là, tout de bon, à cinquante pas de moi. Je le reconnus d'emblée à son regard de bonté magnanime, comme à l'air d'imposante majesté qui se dégageait de toute sa personne. Il était à trente pas quand s'arrêta la voiture découverte, et qu'il en descendit d'un bond. Il m'apparut d'emblée plus grand encore que je ne me l'étais figuré, et beaucoup plus beau. Sous une courte perruque de chasse, ses traits paraissaient, de loin, avoir été tracés au pinceau sur un visage bien fait. Au reste, des membres déliés, un port admirable, une aisance des gestes qui paraissait surnaturelle. Le Roi portait un justaucorps jaune paille et non rouge comme celui des autres chasseurs, et son cordon bleu lui barrait la poitrine, comme dans mes rêves. Sa redingote me parut identique aux autres : bleu de France à parements rouges, et très richement galonnée d'or. Seul coiffé au milieu des gentilshommes qui tenaient chapeau bas, il dit à l'un d'eux quelques mots assez longs, que je n'entendis pas. En même temps il chaussait de grandes bottes qu'un écuyer lui passait. Sans perdre un instant, il fut à cheval. Deux pas au trot, trois au galop : il disparaissait déjà, au milieu des chiens et des cavaliers, dans le tumulte des équipages.

Je n'avais rien perdu de ce moment privilégié, et demeurai quelques instants sous le choc. Ma cousine était plus émoustillée que réellement impressionnée, et elle me saoula de commentaires inutiles. Je préférai me renseigner sur le moyen le plus sûr de revoir le Roi :

— Vous pourrez le contempler à votre aise pendant le repas de chasse, à la clairière d'Aresne, me dit un valet amusé.

Nous allâmes donc nous y poster, et ne fûmes pas déçues d'avoir attendu deux ou trois heures.

Non que nous fussions du tout conviées à nous asseoir à la table dressée pour la circonstance en plein air, et qui ne comptait que des intimes ; mais à défaut d'y prendre place, il nous fut permis d'observer, à distance respectueuse, ce banquet tout à la fois bucolique et royal – et de fait, les spectateurs ne manquaient pas. Il me parut que la chère était délicieuse, composée surtout de farcis et de jambons, et que le vin de Champagne coulait à profusion. Soudain, alors qu'en dépit d'Élisabeth je m'étais approchée encore du petit groupe, le Roi, sans doute averti par l'un des convives, se tourna un peu de côté pour me voir et m'adressa un sourire des plus engageants. Suffoquée, je m'abîmai dans une profonde révérence – de celles que les courtisans fieffés nomment plaisamment un fromage parce qu'elles retombent de la même façon – ce qui n'eut pour effet que d'écarter son regard.

Fort étourdie de cette aventure, je rentrai à Étiolles dans un état d'ivresse indescriptible. Je passai la soirée entière à me remettre de mes émotions, et ne pensai plus qu'à en connaître de nouvelles. Aussi bien je revins fidèlement assister aux autres chasses qui se tinrent dans ma forêt, cet été-là. Mon assiduité fut payée de retour : par deux fois, nous reçûmes à la Grande Maison de superbes cuissots de sanglier adressés, au nom du Roi, par les officiers du vautrait. M. de Briges, qui s'amusait de ma candeur, m'assura que ces envois étaient décidés par le Maître lui-même, ce que j'avais du mal à croire – jusqu'au jour où, de retour à Paris, Mme de Tencin me rapporta des bruits selon lesquels on avait parlé de moi au lever du Roi, et que le duc de Richelieu s'était empressé d'y faire mon éloge.

— Personne ne doute, ajouta la vieille dame intrigante, que vous ayez toutes les qualités souhaitables pour intéresser Sa Majesté ; encore faudrait-il que vous sortiez de votre manche quelques vrais appuis à la Cour, et des relais. Vous n'obtiendrez rien sans cela.

*
* *

Je n'avais jamais pensé qu'on pût gagner la Cour sans y disposer de relations bien placées ; aussi n'est-ce pas tant le conseil qui me frappa, que ce qui l'avait précédé :

— Personne ne doute que vous ayez toutes les qualités souhaitables...

Ainsi donc Mme de Tencin et ses semblables partageaient l'avis souvent exprimé par mon oncle Tournehem, et selon lequel j'aurais pu faire un excellent « morceau de roi » ! Pour ce qui était des appuis, ils ne me feraient pas défaut, du moins sur le papier. Outre M. de Briges et, semblait-il, le duc de Richelieu lui-même, je savais pouvoir compter, le cas échéant, sur un premier valet de chambre du Dauphin, M. Binet des Marchais, qui se trouvait être le cousin de mon mari. Or il n'est pas de meilleur soutien à la Cour que ces gens du service intime, qui côtoient les princes à longueur de journée et peuvent s'immiscer d'office dans leur particulier. Ma mère prétendait aussi répondre de M. Le Bel, nouveau valet de chambre du Roi lui-même, et qu'elle avait autrefois bien connu. Une grande dame comme la duchesse de Chevreuse, que nous fréquentions encore beaucoup, pouvait parler de moi si nécessaire, ainsi que Mme de Saissac, parente de Mme de Luynes, première dame du Palais de la Reine. Enfin les relations de mon parrain Montmartel et de son frère n'étaient pas à négliger : un fidèle allié comme M. de Meuse n'était-il pas introduit dans le cercle même du souverain ? Au reste, tous ces relais n'étaient rien sans une stratégie qui les mît en branle ; c'est à quoi je devais donc m'employer pendant les mois qui me séparaient des nouvelles chasses en forêt de Sénart.

Quand revint la saison d'Étiolles, en 1743, je comptais dans mes nouvelles relations des personnes aussi considérables que M. de Voltaire, le grand philosophe, ou le président Hénault, juriste bien en Cour, au demeurant un intime de la Reine. Il faut dire qu'il était peu de soupers, alors, où mes grâces de débutante ne fissent merveille, et ne donnassent lieu, par la suite, aux jugements les plus flatteurs. Ma réputation de fraîcheur et de gaieté me précédait un peu partout, et elle était bien propre à éveiller la curiosité d'un homme comme Voltaire. Tout de suite il me fit bon accueil, et se chargea sans délai de faire ma renommée... Cela servait mes intérêts : j'avais compris, en effet, qu'il ne suffisait pas d'être remarquée par le Roi ; le plus délicat était de se faire apprécier de ceux qui l'entouraient. Aussi cherchai-je à revoir, plus que d'autres, le duc de Richelieu ; on le trouvait aisément à Chantemerle, chez Mme de Villemur ; et je devais m'y présenter assez souvent pour forcer le sort. Il me reconnut dès qu'il me vit, comme s'il n'avait attendu que ce moment. J'étais travestie en bergère pour les besoins d'une pièce ; le duc me tourna là-dessus, non sans esprit, un compliment à double tranchant :

— Cet habit vous sied à ravir, ne doutez plus de votre emploi.

Ma surprise n'en fut pas moindre quand, vers le début du mois d'août, il me fit savoir qu'avec ma permission il passerait volontiers par Étiolles avant de rejoindre Sa Majesté à Choisy. Charles Guillaume ne me chercha point querelle là-dessus ; et nous reçûmes le duc de Richelieu chez nous, sans cérémonie particulière, le temps d'un dîner[1] charmant en tout point. Vers la fin, il se mit à nous vanter perfidement sa nièce, Mme de La Tournelle, depuis peu duchesse de Châteauroux, alors favorite déclarée. La belle dame, fille du marquis de Nesle, succédait à ses deux sœurs, Mme de Mailly – celle-là même qui m'avait embrassée jadis à l'hôtel d'Angervilliers – et Mme de Vintimille, morte en couches en donnant un fils au Roi.

— La duchesse de Châteauroux est admirable, lança son oncle ; il est seulement à regretter qu'elle ne tienne aucun compte des avis qu'on peut lui donner.

Je répondis que c'était là, sans doute, un grand défaut, surtout s'il la privait de conseils avertis dans les choses de l'amour. L'incorrigible duc ne put s'empêcher de tousser à ma réponse, moins de gêne assurément que de plaisir – ou de surprise devant mon audace. Ses yeux bleus, langoureux à l'excès, se fixèrent sur moi, et je l'entendis me déclarer *mezzo voce :*

— Le Roi est fatigué de toutes ces grandes dames ; ce qu'il lui faudrait, un de ces jours, c'est une jolie bourgeoise de Paris, éloignée par la naissance de ces intrigues de Cour qui ont empoisonné ses relations avec les sœurs de Nesle.

Je ne sus trop en convenir.

1. À l'époque, on déjeune le matin, l'on dîne à la mi-journée et l'on soupe le soir.

Je devais voir la belle duchesse à quelque temps de là, lors d'une chasse accompagnée : brune, élancée, un port de tête inimitable – elle paraissait une Diane ravissante. Elle attendait le Roi sans patience, et bâillait allégrement dans son landau, au côté de Mme de Chevreuse. Je me permis de saluer gentiment notre protectrice, qui me fit en retour le signe de la main le plus obligeant. Visiblement, cette privauté ne fut pas du goût de la nouvelle duchesse ; elle me gratifia, pour sa part, d'un regard noir qui me glaça. Je relevai la tête et donnai un coup sec sur les rênes pour m'éloigner. Précisons que je conduisais moi-même, afin de mieux suivre les chasses, un charmant phaéton[1] laqué de bleu tendre, qui alliait une aisance extrême à la dernière élégance. Cette petite voiture était à elle seule une attraction ; et j'avais remarqué plusieurs fois que le Roi jetait un œil sur son passage – mais sans pouvoir distinguer s'il s'intéressait plus à l'attelage, ou bien à son cocher…

Ce phaéton m'offrait une singulière liberté de mouvement. Un soir, au couchant, il me permit même de suivre les chasseurs fourbus jusqu'au point ultime au-delà duquel le Roi n'appartenait plus qu'à sa Cour : je veux dire, le bac de Soisy-sous-Étiolles. À la lueur de flambeaux brandis par des laquais, le monarque et ses amis montèrent à bord d'une sorte de grande barque, où se trouvait un buffet éclairé *a giorno*. L'embarquement avait créé du tangage, ce qui divertit fort la compagnie. Le Roi lui-même poussa des cris, de cette voix que je croyais pouvoir désormais reconnaître entre toutes, parce qu'elle était rauque, et très prenante… Puis la grande barque largua les amarres, et je la sentis emporter mon cœur, tandis qu'elle

1. C'est un petit attelage découvert à quatre hautes roues.

glissait sur l'onde en direction de Choisy, pour disparaître au premier méandre que fait la Seine.

*

* *

Le beau Briges, pendant nos exercices équestres, s'amusait plus que jamais à piquer ma curiosité sur les goûts du Roi en matière de beau sexe. Non, on ne lui connaissait pas de liaison présente, hors de Mme de Châteauroux. Oui, on le disait de nature exigeante, et même difficile à satisfaire. Non, on ne le savait pas amateur de gorges profuses. Oui, on le pensait épris de femmes cultivées et volontiers piquantes. À la fin, je ne faisais plus le départ entre le portrait galant de Louis XV et les préférences personnelles de son écuyer. Cela finissait par m'agacer, et d'autant plus que Briges en jouait assez malicieusement.

— Enfin, lui dis-je un jour, est-ce du Roi que vous parlez, ou de vous-même ? Je veux son point de vue, non le vôtre !

« Bel homme » éclata de rire :

— C'est aussi, se défendit-il, que je n'ai rien à redire aux avis du Roi.

Ma mère suivait de près ces manœuvres d'approche, mais sans toujours en saisir l'objet, et sans comprendre qu'on pût sacrifier des relations déjà extraordinaires aux chimères d'une ambition plus élevée encore.

— M. de Richelieu est un si grand seigneur ! me disait-elle. Tu ne devrais pas prendre le risque de le froisser.

Je lui répondais que je ne repoussais les avances de cette espèce que pour rester fidèle à mon mari – ce qui, invariablement, lui faisait lever les yeux au ciel. De son point de vue, Charles Guillaume n'était rien qu'un mari de fortune, si aimable fût-il. Et pour un peu, ma mère aurait envié pour moi le sort de ma pauvre cousine Élisabeth, qui venait de perdre son jeune époux à la bataille de Dettingen, et s'en consolait lentement sous nos ombrages d'Étiolles.

Je ne partageais guère son cynisme. En vérité, je trouvais des qualités à mon mari, et ne souhaitais que lui être agréable. Quoique fort jaloux, comme j'ai dit, il avait confiance, au fond, dans ma probité. Et un jour qu'à table il me jugeait, pour amuser la compagnie, « bien capable d'aller le tromper », je répondis aussi vite qu'il n'avait aucun rival à redouter, hormis le Roi lui-même. Tout le monde rit de la saillie, et ma mère la première. Mais je sentis bien qu'à ma droite le cousin Binet ne riait pas vraiment, et qu'il échangeait avec M. de Tournehem un regard de secrète intelligence.

— Hormis le Roi ! répétait Charles Guillaume en gloussant. Chère Reinette, hormis le Roi...

Flore
ou le printemps

Chapitre 1

Au printemps de 1744, je m'installai à Étiolles pour préparer la venue de mon deuxième enfant. Le premier, né dans la foulée du mariage, et comme pour célébrer mon vingtième anniversaire, avait eu pour prénoms Charles et Guillaume, comme son père, auxquels j'avais ajouté Louis, comme le Roi. Hélas, le petit ange s'était révélé trop faible pour surmonter ses premières fièvres ; et nous avions eu la douleur de le perdre au berceau. Deux ans et demi plus tard, ce triste précédent pesa sur ma grossesse ; ma mère partageait mes craintes, et priait tous les saints que mon deuxième enfant se révélât plus robuste que le premier.

Des indispositions liées à mon état furent cause que je ne pus suivre la dernière chasse en forêt de Sénart, avant le départ du Roi pour les armées. Cette année-là en effet, Louis XV avait décidé, pour la première fois de son règne, de prendre part lui-même à la campagne menée dans les Flandres par le maréchal de Saxe. Le Dauphin, jugé trop jeune, n'avait pas été autorisé à l'accompagner – et d'autant moins que ma rivale en rêves, la duchesse de Châteauroux, s'était glissée dans les malles de son père... Aussi M. Binet put-il demeurer à Versailles, et nous informer de bonne source sur le déroulement des opérations.

Dois-je rappeler qu'à cette époque la guerre dite « de Succession d'Autriche » venait de prendre un tournant ? S'imaginant que le danger viendrait d'Angleterre et non d'Autriche, nos stratèges avaient décidé, plutôt que de marcher sur Vienne, d'aller porter l'offensive dans les Flandres, point faible de la coalition ennemie. Mais les Autrichiens nous avaient surpris, et l'irruption en Alsace des troupes du prince Charles de Lorraine avait précipité le maréchal de Noailles à leur rencontre, afin de leur faire repasser le Rhin. Le Roi lui avait envoyé, pour grossir l'armée d'Alsace, toutes les troupes encore disponibles au nord ; et lui-même devait le rejoindre au plus tôt. De fait, à en croire le cousin Binet, le Roi venait de baser son cantonnement à Metz.

Je n'en sus pas davantage avant mon accouchement, le 10 août, qui fut long, douloureux et pénible en tout. Au moins l'enfant était sauve : c'était une petite fille chétive mais valide, que nous baptisâmes Alexandrine, en tribut aux ardeurs guerrières du moment. Il me parut qu'elle ressemblait plutôt à son père ; à moins que ce ne fût un effet de sa rougeur, naturelle chez un nourrisson... Qu'importait ! Je l'aimais déjà sans partage – et sans rancune, puisque sa naissance me laissait meurtrie et très affaiblie.

Je relevais péniblement de ces couches quand une nouvelle, relayée par tous les courriers du royaume, m'atteignit de plein fouet : le Roi était tombé malade à Metz, il paraissait aux dernières extrémités, au point même de demander les sacrements ; il avait renvoyé Mme de Châteauroux, prié la Reine de lui pardonner ses infidélités et la famille royale, son mauvais exemple ; il s'était confessé et publiquement mortifié... Folle d'inquiétude, je sombrai du coup dans les limbes, où je restai deux longues journées. Ma mère devait me confier, par la suite, que la fièvre m'avait saisie alors, jusqu'à me faire tenir des propos incohérents. Dans mon délire, j'en avais appelé au Roi, et l'avais si clairement nommé que la situation avait embarrassé mon mari. Un temps, l'on avait cru me perdre, et ma famille avait passé une nuit entière agenouillée au pied du lit, à prier Dieu de me maintenir en vie... Puis la fièvre était retombée, et le médecin appelé par mon oncle m'avait déclarée hors de danger. Je reprenais peu à peu mes esprits, et recouvrais bientôt assez de santé pour m'inquiéter de celle du Roi. Les nouvelles étaient contradictoires, mais on ne désespérait pas de son salut. Pour moi je me jurais bien, si par bonheur il vivait, de tout tenter – le possible et l'impossible – pour lui faire connaître les sentiments qu'il m'inspirait de si loin.

Mes vœux ardents, joints à ceux de ses loyaux sujets, furent heureusement exaucés. À la fin du mois, nous apprenions que les alarmes de Metz n'étaient déjà plus sur place, en Lorraine, qu'un mauvais souvenir. Le souverain était sur pied, il avait repris sa tournée des régiments et rejoindrait bientôt Strasbourg en vue d'assister au siège devant Fribourg. En un mot, il était guéri. Alors le royaume entier laissa exploser sa joie : on fêtait partout le messager de sa guérison, au point d'embrasser son cheval – Louis XV était devenu Louis le Bien-Aimé. De partout monta la clameur des cloches qu'on faisait sonner à toute volée ; depuis mon lit, j'entendis des villageois se rendre en chantant aux offices d'actions de grâces ; même ma petite Alexandrine paraissait heureuse, tandis que je la pressais sur mon sein en retenant des larmes de soulagement. Je savais déjà que cet épisode de Metz avait mué en passion mon inclination pour le souverain ; mais j'ignorais encore que le spectre m'en reviendrait désormais, lourd de menaces, à la moindre occasion.

*

* *

Le Roi ne fit son entrée triomphale à Paris que le 13 novembre, à sept heures du soir, dans un climat de fête populaire comme la ville en avait rarement connu. On avait installé des fontaines de vin au coin des rues, où se précipitaient les petites gens. On chantait aux carrefours, on dansait sur certaines places. Élisabeth me fit même remarquer, alors que nous prenions position à une croisée ornée de fleurs tressées, que certains marchands distribuaient gracieusement de la saucisse ou des galettes. Je ne sais si Mme de Châteauroux fut de ces réjouissances populaires, mais j'en doute fort : retirée avec sa sœur, Mme de Lauraguais, dans une maison de la rue du Bac, elle avait tout lieu d'en vouloir au Maître d'un reniement qui, pour désespéré qu'il fût, n'en avait pas moins manqué d'élégance. Le Roi avait-il cru de bonne foi qu'il achèterait son salut en renvoyant sa maîtresse ? Les événements montrèrent qu'il en éprouvait du remords : n'y tenant plus, il dépêcherait bientôt auprès des sœurs son ministre en apparence le plus dévoué, le comte de Maurepas, pour qu'il leur notifiât leur retour en grâce. Mais le sort voulut que ce même jour, la duchesse de Châteauroux tombât malade subitement, d'une atteinte cruelle autant que mystérieuse, et qui finirait par l'emporter.

La malignité publique ne manqua pas, sur le coup, de tenir M. de Maurepas pour responsable de ce trépas inattendu ; et lui, parce qu'il n'aimait rien tant qu'entretenir le doute sur ses ressorts profonds, ne chercha point à démentir la rumeur. Pour moi, j'avoue n'avoir jamais arrêté d'opinion sur ce fait. Certes, j'ai pu mesurer, dans la suite, la méchanceté de cet homme-là ; et je dirai, en temps utile, toutes les avanies qu'il me fit subir ; je l'ai même suspecté un temps de chercher à m'empoisonner – faut-il en conclure, pour autant, que le ministre expédia la maîtresse du Roi dans la tombe ? Je ne saurais l'affirmer. Reste que Mme de Châteauroux quitta la scène avant d'avoir revu le Roi, ce qui sembla le plus triste dans cette affaire ; la grosse Mme de Lauraguais n'en reparut pas moins vite à la Cour ; quant à l'autre sœur, Mme de Mailly, mortifiée d'avoir mené ce qu'elle pensait être une mauvaise vie, elle préféra se retirer du monde.

Dans les mois qui suivirent, on racontait partout une historiette édifiante, et que voici : la malheureuse Mme de Mailly, un jour qu'elle venait assister au sermon du carême à Saint-Leu, l'église étant bien remplie, n'avait pu gagner sa place habituelle qu'en faisant déranger un peu l'assistance par le Suisse. Il se serait alors trouvé un brutal pour lancer assez haut :

— Voilà bien du remue-ménage pour une catin !

À quoi Mme de Mailly aurait répliqué, mais du ton le plus doux et le plus pénétré :

— Monsieur, puisque vous connaissez mes faiblesses, priez Dieu qu'il me les pardonne.

Si ces propos sont vrais – et j'ai lieu de le croire –, ils disent bien l'ambiguïté d'une situation où le plus grand éclat côtoie la pire indignité. Non qu'à mes yeux le péché soit si grand, dès lors qu'il s'appuie sur des traditions séculaires ; mais l'envie du Public et la calomnie qu'elle entraîne ne manqueront jamais de le rendre haïssable.

À la Cour, de telles considérations ne dissuadaient nullement les dames de se mettre sur les rangs, dans l'espoir de remplacer bientôt la pauvre duchesse. Les deux dernières sœurs de Nesle, Mmes de Flavacourt et de Lauraguais, mais aussi des intrigantes comme Mme de Forcalquier, Mme de La Popelinière et tant d'autres, firent leur possible pour s'attirer la faveur royale. La plupart avaient de la beauté, mais aucune n'avait mon cœur ; elles s'attaquaient aux sens du Maître, alors que j'en voulais surtout à son esprit. Seulement elles fréquentaient la Cour, quand moi, j'y demeurais étrangère...

*
* *

Pour dire la vérité, le moment était en fait moins propice qu'il n'y paraissait peut-être. Déjà en deuil de sa sixième fille, Madame Félicité, qui s'était éteinte en septembre loin de lui[1], le Roi vécut très mal la perte de sa maîtresse, le 8 décembre. Aussi ne cherchait-il guère à s'en distraire ; et d'autant moins qu'à ces disparitions allait s'en ajouter une autre, survenue une semaine plus tard : celle de la vieille duchesse de Ventadour, gouvernante des Enfants de France, que le Roi avait toujours appelée « Maman » et qui, de fait, en avait assumé le rôle auprès de lui. Sa vraie mère, la Dauphine de Bourgogne, était morte, de même que son père et son frère aîné, avant qu'il fût en âge de s'en souvenir. Orphelin dans les langes, le petit Dauphin,

1. La pauvre était morte à Fontevrault...

futur Louis XV, avait donc porté sur ses épaules toutes frêles la lourde charge d'héritier du Trône d'un très vieux monarque... Sa gouvernante, solide – dûment conseillée par Mme de Maintenon –, était parvenue à garder en vie le fragile espoir de la dynastie. Louis XIV lui en avait su gré, mais pas autant que Louis XV lui-même, qui la couvait depuis lors d'un amour proprement filial. C'est dire si le décès, à quatre-vingt-treize ans, de sa bonne « Maman Ventadour » affectait le Roi, et s'il devait le tenir éloigné des idées licencieuses qu'on pouvait lui prêter alors.

Bien plus tard, je devais comprendre à quel point le Roi demeurait mortifié de n'avoir pas connu ses parents. C'était au point de vouer à leur mémoire une sorte de dévotion, et à sa mère en particulier, dont il recherchait partout l'empreinte. La princesse Marie-Adélaïde de Savoie, duchesse de Bourgogne, Dauphine de France, avait été, de l'avis général, l'ornement, la grâce et la fantaisie du dernier règne à son déclin ; ses portraits, en casaque ou en robe de chasse, nous conservent l'image avenante et fraîche d'une jeune femme brillante, volontiers espiègle. Or, cette image-là, le Roi cherchait à la retrouver dans toutes les femmes qu'il distinguait. Quand il avait épousé Marie Leszczynska, n'avait-il pas commandé à M. Gobert un portrait de la jeune Reine, conforme au détail près, jusque dans la robe et dans le maintien, à celui de sa mère par Santerre ? Aussi bien, et quitte à passer pour immodeste, je dirai que ce trait du Roi ne compta pas pour rien dans l'intérêt qu'il devait bientôt porter à mes charmes. Sans le savoir, je lui avais offert en effet, dans les clairières de la forêt de Sénart, vêtue souvent en chasseresse, une figure assez digne de son obsession.

*
* *

Cette fin d'année nous voyait déménager, une fois de plus. Quittant le faubourg Saint-Honoré sans nous en éloigner cependant, nous nous transportions rue Croix-des-Petits-Champs, dans le vieil hôtel de Gouvernet, anciennement hôtel de Gesvres. Mon oncle y bénéficiait d'un accord avantageux, auquel certains revers de fortune, quoique modérés, ne le rendaient pas insensible. J'en profitai pour lancer tout un train d'invitations, qui me valurent de recevoir à souper, dans le courant de janvier 1745, des convives aussi prisés que MM. Duclos et Voltaire. Mon cher philosophe était alors assez en cour pour qu'on lui confiât l'écriture d'un divertissement de circonstance, *La Princesse de Navarre*, qu'on devait donner pour les noces du Dauphin. C'était la grande affaire alors que ce mariage, dont les fêtes devaient coïncider avec le carnaval. Les réjouissances promettaient d'être les plus brillantes qu'on eût vues de longtemps ; en dépit de la guerre, ou bien à cause d'elle, le Roi lui-même avait manifesté le désir qu'on y fît la plus grande dépense, pour la gloire de son règne et l'amusement de ses peuples.

Le cousin Binet m'avait fait savoir, d'abord par M. de Briges, puis de vive voix, qu'il était tout disposé à nous loger à Versailles, Élisabeth et moi, si, par bonheur, nous parvenions à nous faire inviter à l'un des grands bals de la Cour. Il ne pouvait ignorer, en disant cela, que ma mère, depuis quelque temps déjà, intriguait fort en ce sens. M. Le Bel, qu'elle avait pris la liberté de revoir, l'avait assurée que ce ne serait pour lui qu'un jeu d'enfant, et que nous aurions sous peu de ces billets tant convoités. M. de Tournehem se montra, de son côté, un peu plus que compréhensif : il s'arrangea pour envoyer mon mari dans une tournée d'inspection de nos sous-fermes de province, ce qui me laisserait le champ libre le temps du carnaval, et peut-être au-delà...

M. Le Bel tint parole : un courrier de Versailles nous apportait, vers la fin du mois, des invitations adressées nommément et d'une plume enlevée. Sous le sceau de M. de Richelieu, premier gentilhomme en année[1], chacune était gravée aux armes de France et disait :

Madame,
M. le duc de Richelieu a reçu ordre du Roi de vous avertir de sa part qu'il y aura bal à Versailles le mercredi 24 février à 5 heures du soir.
S. M. compte que vous voudrez bien vous y trouver.
Les dames qui dansent seront coiffées en grandes boucles.

Je relus cela dix fois au moins, comme on ressasse, pour sa douce musique, l'annonce d'une victoire. La date n'était point trop proche, et nous laissait du temps pour parfaire nos robes et pourvoir à tout. Élisabeth se jeta dans ces préparatifs à corps perdu ; je la regardai faire en feignant la réserve. Mais un jeudi matin, qui était le 5 février, un exprès nous arriva de Versailles, envoyé par M. de Briges, et qui nous faisait connaître, avec la dernière assurance, que le Roi se rendrait discrètement, le soir même, au bal dit du Petit-Écu.

1. Les quatre premiers gentilshommes servaient un an, à tour de rôle.

*
* *

Le bal public du Jardin royal, qui venait d'ouvrir dans la ville de Versailles, se tenait, pour la durée du carnaval, à l'auberge qu'on appelle l'hôtel de Lannion, rue de Satory. Il devait son surnom de Petit-Écu au droit que les hommes acquittaient à l'entrée, les femmes étant exemptées. Ce bal était moins commun qu'on ne l'a dit : les usages y étaient observés, quoique avec plus de liberté qu'à la Cour. L'on y entrait masqué ou non, selon qu'on souhaitait davantage intriguer ou séduire. Quant à la fréquentation, pour être mêlée, elle restait élégante. Que le roi de France ait souhaité s'y rendre pourra sembler singulier aux personnes qui ne sont point accoutumées à l'intimité des princes ; mais ceux que la naissance ou la fortune aura placés dans leur entourage comprendront tout le sens d'un tel choix. Le Roi, en forçant ainsi ses habitudes, voulait tout bonnement s'amuser dans un endroit retranché, et dont la simplicité presque rustique le délasserait de ses obligations.

Ma cousine s'était un peu fait prier pour m'y accompagner ; mais quand j'avais fait mine de solliciter une autre complice – Mme d'Esparbès, par exemple –, elle s'était presque mise en colère. « Je sais jusqu'où vos ambitions peuvent vous conduire, m'avait-elle déclaré ; et sans les approuver nécessairement, j'ai trop à y gagner pour ne pas me prêter au jeu. » C'était annoncer bien crûment la couleur ; et j'aurais dû, sans doute, tirer dès cette époque les conséquences ultimes de si beaux calculs. Mais je préférais alors m'amuser du cynisme d'Élisabeth, et le tourner en dérision.

Nous fûmes donc au Petit-Écu vers onze heures, comme des sultanes venues s'encanailler au bazar. Je portais une robe de taffetas cerise des plus visibles, et qui tranchait sur le gris-vert un peu terne choisi par ma cousine. Les abords du bal étaient peu soignés, mais la salle elle-même, couverte de treillages, possédait tout le charme possible. L'on aurait dit une grande volière, où des oiseaux joliment parés seraient venus se faire la cour. Moi-même, ne portais-je pas, couronnant mes cheveux, une haute plume rouge, vaporeuse, et qui vacillait dans l'air échauffé ? Mises en train par une musique des plus allantes, nous dansâmes donc tous les menuets et toutes les contredanses. Cependant je n'attendais, sans trop y croire, que l'arrivée du Roi ; mon impatience était grande, mais aussi mon appréhension. Tout en m'appliquant aux pas et aux gestes que m'avait jadis enseignés M. Guibaudet, je ne quittais l'entrée des yeux, attendant le moment où des huissiers s'y posteraient pour livrer le passage à Sa Majesté. Je ne pouvais l'imaginer autrement que dans sa redingote de chasse, bleue, rouge et or, même si je savais bien qu'elle serait vêtue différemment ce soir. J'en étais venue à visualiser cette arrivée discrète, mais royale, aussi clairement que si je l'avais eue sous les yeux ; malheureusement, l'heure avançait et le Roi refusait de se montrer.

Mon attention restait rivée sur l'entrée du bal. L'un de mes cavaliers masqués s'en rendit compte :

— Vous paraissez attendre quelqu'un, me glissa-t-il tout bas dans une volte.

— C'est qu'on doit me raccompagner en voiture… inventai-je effrontément.

— Ainsi vous êtes venue sans votre petite calèche ?

Cette voix un peu rauque…

Je retins mon souffle et manquai deux pas. Dire que je ne l'avais pas reconnu sous son masque ! Rien ne me l'avait distingué : il portait un habit de velours vert sombre, sans broderie excessive, et dont les boutons, seuls, s'ornaient de diamants. Je fus prise de vapeurs. Heureusement, la danse nous éloigna quelques instants. Puis elle nous rapprocha...

— Je ne pensais pas que mon phaéton fût à ce point remarquable...

— Tout le monde l'a remarqué au contraire. Le Roi lui-même en est fou.

Je n'osais trop tenir sa main, en dépit de tous les usages. Il ne parut pas s'en rendre compte. Je cherchais en vain à retrouver, perçant le masque, l'éclat si doux de son regard. Nous enchaînâmes encore deux danses. À la quatrième, mon beau masque[1] s'impatienta :

— Nous avons été repérés.

— Vraiment ? Je ne...

— Là, devant la fenêtre, ils n'en perdent pas une miette.

— Mais...

— Dans une minute, tout le parquet saura qui danse avec vous. Il vaut mieux que je disparaisse.

Et juste avant qu'il ne s'incline :

— Trouvez-vous donc samedi, au bal masqué chez les Princesses. Votre nom à l'entrée suffira. Venez sans la calèche...

Un dernier baisemain, puis mon danseur se fondit dans les autres. Je n'avais même pas vu son visage.

---

1. On appelait ainsi un danseur masqué.

Chapitre 2

Mesdames Henriette, dite Madame, et Adélaïde, étaient alors les seules des six princesses à demeurer à la Cour. L'aînée, qu'on appelait Madame Infante, était depuis cinq ans en Espagne, où elle avait suivi son mari. Quant aux cadettes, elles achevaient leur éducation à l'abbaye de Fontevrault, subissant en cela des mesures d'économie édictées par le feu cardinal de Fleury[1]. Je reparlerai plus loin du caractère des Princesses ; il suffira de dire ici qu'elles n'étaient déjà, en dépit de leur jeune âge, que trop promptes à se régler sur les vertus casanières de leur auguste mère. Pas plus que le Dauphin, elles n'appréciaient les divertissements de la Cour – forts contraignants pour elles, il est vrai, du fait d'une étiquette très rigide. Ainsi je devais apprendre, des semaines plus tard, que ce bal masqué du 7 février avait manqué d'être annulé pour ces raisons mêmes. La gouvernante, Mme de Tallard, était montée dire au Roi que ses filles ne brûlaient pas d'impatience à l'idée de festoyer. « Cela ne fait rien, avait insisté leur père, à leur âge, on aime toujours danser ! » Et le bal avait

1. Il exerça les fonctions de Premier ministre de 1726 à sa mort, en 1743, sous le titre de ministre d'État.

été maintenu. Dans le cas contraire, j'ignore quels chemins aurait empruntés le destin...

Arrivées à Versailles sur les six heures du soir, nous avions passé le temps qui nous séparait du bal à nous agiter et à peaufiner nos maquillages, dans un réduit du Grand Commun, dont le cousin Binet pouvait disposer à son gré. Sur les coups de neuf heures, Mlle Clerget, femme de chambre admirable prêtée par ma mère, se mit en devoir de nous rajuster. Puis elle voulut nous voir marcher, afin de mieux juger de l'ensemble. Je la laissai donc inspecter ma robe, conçue pour l'occasion dans un taffetas bleu semé de violettes brodées, partout liserée d'une fine résille d'argent, et rehaussée des bijoux qui étaient ceux de ma dot.

Le château était illuminé en prévision du mariage, et c'est peu dire que son apparition avait frappé nos esprits encore vierges de tout cela. Les bâtiments me parurent d'abord plus étendus, moins parfaits et, pour tout dire, bien éloignés de ce que j'avais imaginé. Je m'étais attendue à un hôtel des Invalides en plus grand ; or je découvrais des constructions de brique plus familières, en tout cas du côté des cours ; je les aimai néanmoins, parce qu'elles formaient la demeure du plus grand des rois. Éberluée par les illuminations, ma cousine déplorait que son défunt mari, le regretté comte d'Estrades, n'ait pu profiter d'une occasion si brillante – j'étais bien aise, de mon côté, que Charles Guillaume fût retenu loin de Versailles...

Nous gagnâmes le bal un peu avant minuit, en empruntant le passage entre la cour royale et le parterre dominant l'Orangerie. Mesdames avaient laissé leurs appartements de l'Aile des Princes à leur frère, qui devait les partager avec sa nouvelle épouse. En échange, elles venaient de s'installer dans celui qu'il avait occupé, juste en dessous de chez la Reine. Fort impressionnées, nous franchîmes une porte illuminée, ouverte dans le passage, et gardée par deux suisses impassibles. Ma cousine prit ma main et la mit sur son cœur pour me prouver qu'il battait la chamade ; j'aurais pu en juger aussi bien d'après l'emballement du mien... Comme prévu, nous donnâmes simplement nos noms à l'entrée de la première antichambre, puis tentâmes de nous frayer un chemin jusqu'aux deux cabinets où l'on dansait. L'assistance était aussi considérable que magnifique, et les richesses exhibées me donnaient, avec l'anonymat des masques, l'impression d'errer dans les champs Élysées des anciens Grecs. La grosseur et la profusion des pierreries, surtout, me firent croire à un enchantement ; on en voyait partout : bordant les décolletés des dames ou incrustant leur coiffure, aux culottes des gentilshommes ou sur leurs boucles de souliers... La première émotion passée, tout cela me grisa plutôt. Rien ne venait déparer un tableau somptueux en tout : la musique était divine, les pâtisseries, exquises et l'éclairage, des plus brillants.

La Reine et les Princesses avaient choisi de danser masquées, ce qui ne permettait pas de les distinguer des autres dames. L'assistance s'en trouvait rehaussée d'autant, puisque chacun pouvait penser que sous le loup de sa voisine se cachaient les traits de la reine de France... En même temps, cette royauté diffuse, et comme diluée, avait perdu son caractère intimidant ; et l'on en pouvait jouir sans avoir à la redouter. Fussé-je incommodée, il m'aurait suffi de porter mon masque à mes yeux pour qu'il me servît de muraille, et me rendît l'égale de tous les danseurs. Ma cousine en profita plus que de raison, qui se laissa inviter à virevolter par une foule de seigneurs qui eussent été bien étonnés s'ils avaient su qu'ils donnaient le bras à une petite comtesse même pas présentée. Pour moi, j'évoluais à visage découvert, pour être bien certaine que le Roi me reconnût. Cela eut pour effet d'éloigner tous les galants, les gens de Cour n'ayant point coutume de se mêler à l'inconnu.

Un masque se hasarda cependant à m'inviter pour un menuet ; de sorte que j'étais déjà dans le cercle des danseurs, quand le Roi y fit discrètement son entrée. Je le reconnus tout de suite en dépit de son masque – au demeurant je ne fus pas la seule, à en juger par les murmures et les regards de tout le salon. Mon cœur s'était mis à battre le rappel si fort que je crus un instant défaillir. Une espèce de panique me prit, que j'aurais eu grand-peine à maîtriser, si le Roi ne m'y avait lui-même aidée. Dès la deuxième danse, il me tendait le bras en effet ; puis, de cette manière ferme et douce que j'avais tant goûtée au Petit-Écu, il me fit danser le plus élégant des menuets. Cependant nous n'étions libres de rien. Les regards indiscrets qui nous épiaient raidissaient un peu mes jambes, en même temps qu'ils enflammaient mon esprit. J'attendais que le Roi me dise un mot pour lui répondre quelque chose de bien senti... Cela ne vint pas. Parfaitement muet, il se contenta d'effleurer ma main de ses lèvres à la faveur d'une contredanse. Je me sentais de plus en plus crispée, et fus presque soulagée quand mon beau masque dut faire danser une autre dame – sans doute pour donner un peu le change – non sans m'avoir glissé un billet dans le creux de la main.

De retour à Paris, il fallut tout raconter à ma mère. Bien qu'affaiblie depuis quelque temps – ses cheveux avaient blanchi en trois semaines –, elle avait demandé qu'on l'éveillât dès mon retour. Emmitouflée dans un grand châle, elle m'assaillit de questions : qu'avait pu dire le Roi ? M'avait-il seulement fait compliment de ma toilette ? Et la Reine : paraissait-elle détachée de son mari autant qu'on le disait ? Y avait-il d'autres jolies dames ? Était-il prévu que je retournasse bientôt à Versailles ? Je ne boudai pas mon plaisir, et lui contai tout en détail, pour la plus grande joie des femmes de chambre assemblées. À la fin, je tendis à ma mère le mot du Roi qui disait plus ou moins : « Il paraît qu'on danse encore au Petit-Écu, ce mercredi 11. En serez-vous ? »

— Tu en seras, n'est-ce pas ? insista-t-elle.

Je me levai et, l'embrassant tendrement au front :

— Les désirs du Roi sont des ordres, répondis-je. Il faut bien s'y soumettre...

*

* *

M. Le Bel me fit porter un pli à Paris, le mercredi matin, pour me désigner un certain coin du jardin, en retrait sur la salle de bal, où le Roi souhaitait me trouver. Je gagnai cet endroit vers minuit, et passai là près d'une heure, dans des courants d'air glacials. Plusieurs masques m'avaient repérée, et j'en voyais qui sortaient régulièrement de la salle pour s'assurer que j'étais toujours là, et s'en amuser sans doute... Enfin je vis s'avancer, enveloppé dans une cape bleu de nuit, un seigneur dont je ne pouvais plus ignorer la démarche. Soucieuse de son *incognito*, je m'abstins évidemment de toute révérence. Le Roi était accompagné d'un gentilhomme qui paraissait mal supporter le masque, et qu'il me présenta comme le duc d'Ayen, capitaine de ses gardes ; mais il traînait aussi dans son sillage une jeune fille fort avenante, qui tenait son loup à la main et saisissait le moindre prétexte pour découvrir un visage d'une fraîcheur extrême... Je n'avais pas imaginé de me trouver dans une telle concurrence ; la surprise m'en fut si cruelle que je pensai bien défaillir. D'autant plus qu'on sentait le Roi tout énamouré de la belle inconnue.

Nous rentrâmes. Le Roi m'adressa, pour la forme, un compliment assez général ; puis il se défit de sa cape et ne tarda pas à entrer dans la danse. Je compris alors que ses sourires ne seraient, ce soir-là, que pour la jeune fille – ce qui me rongeait d'amertume et de dépit. L'indifférence même de la jeune beauté à mon égard me paraissait une insulte. J'aurais voulu me jeter sur elle et la défigurer de mes propres mains. Pourquoi m'avoir fait venir, si je n'étais pas désirée ? Me réservait-on le bel emploi de suppléante ? Au bord des larmes, j'éprouvai le plus grand mal à demeurer d'un commerce agréable. Le Roi s'en aperçut assez vite et, profitant d'un intermède dans le bal, me prit à part un moment, dans une sorte de petit salon peu fréquenté.

— Vous ne semblez pas trop vous amuser, Madame.

— Sire, je n'ai point l'habitude de ces bals...

— Moi qui les croyais en vogue à Paris !

Il se mit à rire doucement et retira son masque. J'esquissai une révérence et me repris aussi vite. Il souriait encore. Si près de lui dans la pénombre, je pouvais enfin observer ses traits, les plus ravissants que j'aie jamais connus à un homme ; j'avais fort envie de les caresser, de les baiser peut-être... Le visage un rien allongé, le front dégagé, les yeux sombres mais tendres sous des cils étonnamment longs et des sourcils faits à peindre, le nez Bourbon sans excès, et cette bouche au dessin exquis :

à trente-cinq ans tout juste, Louis XV était alors au sommet de sa beauté. Mon trouble devait être palpable.

Délicatement, le Roi fit glisser mon visage de soie pour découvrir l'autre, le vrai, celui qui frémissait du seul désir de lui appartenir. Je fis pourtant le geste de détourner pudiquement un regard déjà mouillé.

— L'autre fois, ce n'était pas vous que je cherchais...

— Mais je crois bien, Sire !

— Cependant, j'ai été ravi de vous trouver là...

— Vous m'en voyez comblée.

Je ne pus me garder d'une pointe de dépit dans le ton, et cela intrigua le Maître.

— Vous êtes un petit animal des forêts, me dit-il avec toute la tendresse possible. De ceux qu'on n'attrape point si facilement.

Je fus surprise, au vrai, qu'il pût tirer si tôt une conclusion si juste... Le duc d'Ayen s'approcha, démasqué à demi, s'épongeant le visage avec son mouchoir. Tout en me jetant un regard ironique, il murmura un mot à l'oreille du Roi qui répondit :

— Fort bien. Faites-la raccompagner. Veillez à tout.

Le grand officier salua discrètement et se retira, et le Roi me dit, en riant de nouveau, que ma jeune rivale abandonnait le terrain ; il lui fallait rentrer gentiment au bercail...

Puis il replaça mon masque aussi délicatement qu'il me l'avait ôté, remit le sien, et me reconduisit par la main sur le parquet où nous dansâmes jusqu'à la fermeture. Au dépit avait succédé la plus grande jouissance qu'il m'ait été donné de ressentir : celle d'évoluer secrètement, parmi le bon peuple, au bras d'un monarque dont la gloire retentissait jusqu'aux confins du monde habité. Je n'étais plus

Mme d'Étiolles, je n'étais pas encore Mme de Pompadour ; j'étais simplement la petite Reinette qui avait enfin trouvé son rang et gagné sa place, juste à la droite du roi de France – à sa gauche, diront les fâcheux.

*

* *

L'euphorie fut de courte durée. Elle fit place, dès le lendemain, à un abattement féroce. Qu'avais-je obtenu, en effet, sinon de passer une fin de soirée près du Roi ? En quoi ce délicieux épisode avait-il modifié ma position ? Nous ayant raccompagnées à la voiture, le Roi m'avait certes baisé les mains et glissé de bien douces paroles, mais la nuit avait passé là-dessus, le soleil s'était levé sur un jour nouveau, et je me réveillais, dans notre hôtel de Gesvres, victime d'un bon coup de froid, tiraillée entre une mère trop confiante et une cousine affreusement sceptique. J'écrivis à M. de Briges, ainsi qu'au cousin Binet, qu'ils voulussent bien me tenir au courant des moindres propos du Roi sur mon compte. En vain. L'écuyer crut peut-être me satisfaire en répondant, cinq ou six jours plus tard, que certaines personnes pensaient m'avoir reconnue dans la dame en bleu, au bal chez Mesdames... On ne pouvait être plus mal servie.

Quand arriva la date du mariage princier, le 23 février, je n'avais pas reçu plus de nouvelles du Roi que s'il ne m'avait jamais connue. Certes, je pouvais comprendre que son temps fût compté, et que les préparatifs de l'arrivée de la future Dauphine l'eussent accaparé. Cela justifiait-il pour autant un complet silence ? Lasse et dépitée, ne sachant plus qui croire, j'en venais presque à suivre

Elisabeth dans ses humeurs chagrines : après tout, la nuit du Petit-Écu n'avait peut-être été qu'une galanterie sans lendemain... Mais pour l'admettre tout à fait, il aurait fallu que j'en prisse mon parti ; or j'étais bien résolue, au contraire, à tirer un nouvel avantage des solennités du 24 : en vue du bal paré, je m'étais fait confectionner, chez l'une des meilleures couturières, une robe que je voulais absolument digne de l'intérêt du Roi. La coupe en était audacieuse, le tissu richissime. Cousue dans un somptueux brocart d'argent rebroché d'or, elle était de surcroît semée de fleurs en soie au naturel, ce qui faisait le contraste le plus saisissant en même temps qu'un très charmant ensemble. J'avais soigné mon décolleté pour mettre en valeur ma gorge pigeonnante, et couronné mon apparence d'une coiffure exquise, où se retrouvaient, en plus petit, certains des ornements du corsage.

Ainsi parée, et toujours flanquée de ma chère cousine, je me présentai donc, un peu avant six heures du soir, à la Grande Écurie de Versailles, devant la porte du Manège. L'avant-veille, on y avait donné le divertissement de *La Princesse de Navarre*, dont Voltaire avait écrit les paroles. Depuis, le personnel des Menus Plaisirs[1] avait trouvé le temps de transformer le théâtre en une superbe salle de bal. Sur la scène et devant elle, un gradin supportait les cent cinquante musiciens. Tout en face, une estrade couverte de moquette à grands ramages avait été dressée pour les fauteuils du Roi, de la Reine, du Dauphin, de la nouvelle

1. Cette administration, sous les ordres des premiers gentilshommes de la Chambre, était chargée des fêtes à Versailles.

Dauphine et des Princesses. Les personnes invitées étaient placées nommément tout autour de la lice, dans des sortes de loges disposées en espaliers. Je me demandais comment nous allions bien pouvoir nous extirper de là pour aller danser. Mais quand le bal commença, je compris que nous ne danserions pas du tout. La stricte étiquette réglant toutes les danses ne concernait, en effet, que des seigneurs et des dames que le Roi nommait parmi ceux assis aux tout premiers rangs. Les autres invités demeuraient spectateurs... Placées comme nous l'étions, c'est-à-dire dans un angle, en hauteur, à l'arrière de la tribune royale, il était impossible que le Roi nous vît – à supposer d'ailleurs qu'il n'ait pas été absorbé par le spectacle des danseurs évoluant devant lui.

Fort déçue, je n'avais nullement le cœur à la fête. Ma cousine essaya de me dérider, mimant le Roi me cherchant dans la foule pour me nommer à danser avec le Dauphin. Mais j'avais hâte que le supplice s'achevât. Et je crois sincèrement que si, ce soir-là, Elisabeth n'avait pas insisté pour que nous profitions, comme il était prévu, de notre chambre au Grand Commun, j'aurais volontiers, quant à moi, repris pour de bon le chemin de Paris.

*

* *

Le jeudi, pas plus que la veille, M. Le Bel ne se manifesta, ni le cousin Binet, chez qui nous logions pourtant. On ne pouvait croire à tant de légèreté, ni accepter de se trouver délaissées à ce point. Nous arpentâmes sans entrain les allées du Petit-Parc, près du château, et nous forçâmes à trouver jolis les perspectives, les parterres, les fontaines... Ainsi réjouies, nous tentâmes vainement de tromper notre attente jusqu'au bal en costumes, qui devait se donner à minuit, dans la galerie des Glaces. La fête s'annonçait singulière à deux titres : d'abord, le Roi en avait voulu les déguisements audacieux, et plusieurs compagnies s'étaient formées parmi les courtisans, qui prétendaient rivaliser d'invention dans l'accoutrement. Surtout, l'accès en était à peu près libre ; il suffisait, en effet, pour être admis, qu'une seule personne par bande se démasquât pour faire inscrire son nom. Autant dire que ce bal promettait d'être le plus ouvert jamais donné à la cour de France, et que toutes les Parisiennes un peu jolies viendraient y tenter la fortune auprès d'un souverain qu'elles savaient, depuis deux mois, sans maîtresse déclarée.

Il y avait Appartement ce jour-là, c'est-à-dire que les gentilshommes et les dames de la Cour étaient conviés à venir jouer dans l'enfilade illuminée des grands salons. Le *lansquenet* du Roi occupait le centre de la galerie. Les tables ne seraient escamotées que vers onze heures, au moment de faire place au bal. Cependant, au dehors, l'agitation avait commencé depuis longtemps ; dès sept heures du soir, les rues, les avenues et les cours avaient été prises d'assaut par des centaines de carrosses venus de la capitale. L'afflux de public était tel que je fus bien près de renoncer pour ma part ; échaudée par l'échec de la veille, je ne voyais pas comment j'allais pouvoir, dans la cohue, aborder le Roi qui, lui-même, aurait pris le soin de se travestir... Mais Élisabeth ne songeait qu'à faire admirer sa tunique d'Arlequin, et je n'eus pas le cœur de la décevoir ; aussi me faufilai-je dans son sillage, en fendant la marée humaine, jusqu'au vestibule de l'escalier des Ambassadeurs, qui existait encore à l'époque[1]. Quand nous parvînmes enfin à la barrière des huissiers, elle se démasqua pour passer, et je fis machinalement de même. Nous venions de nous détacher de la mêlée lorsqu'un page fondit sur nous en dévalant les marches, et nous pria de le suivre jusqu'au palier du milieu.

M. de Richelieu était là, qui paraissait faire les honneurs de la maison ; il s'amusait à observer la foule en compagnie d'un gentilhomme, M. de Bonneval, des Menus Plaisirs. Nous répondîmes obligeamment à leurs révérences ; puis le duc me prit familièrement par le bras :

— Je suis bien aise de vous avoir repérée dans la multitude, commença-t-il. Sa Majesté vous fait dire de vous trouver dans le salon de la Guerre quand passeront les ifs...

Je ne compris pas, dans un premier temps, le sens de cette obscure requête.

— C'est que, reprit le duc, le Roi fait partie d'une troupe de seigneurs déguisés en ifs, taillés en boule au sommet, comme ceux du parc. Ils sont huit, vous les reconnaîtrez sans peine.

Le cœur battant, je remerciai vivement M. de Richelieu, qui hocha la tête pour abréger les politesses. Comme j'allais remettre mon masque, il arrêta ma main et se saisit de l'accessoire :

— Allons, décréta-t-il ; votre emploi de bergère n'a nul besoin de cela...

Nous fîmes une nouvelle révérence et nous engageâmes dans la volée de marbre menant au salon de Vénus, orné de perspectives en trompe l'œil. Avant d'y entrer, je lançai encore un regard vers le premier gentilhomme : il avait mis mon masque et paraissait s'en amuser follement...

1. Il ne fut détruit qu'en 1753.

Le Grand Appartement[1], que je voyais alors pour la première fois, brillait de tous les feux du Grand Siècle. Ses plafonds grandioses imaginés par Le Brun et peints, pour la gloire de Louis XIV, par Audran, Coypel ou Blanchard, mêlaient leur chatoiement à la richesse des stucs dorés. Aux murs, les brocarts écarlate galonnés d'or tranchaient sur la marqueterie de marbre des bas-lambris – pour autant qu'on pût l'apercevoir... La foule était déjà si dense, en effet, qu'on aurait pu aller d'un bout à l'autre de la glorieuse enfilade sans poser un pied sur le sol. Les costumes s'intégraient finalement bien au décor : tout n'était pourtant que Turcs en barbiche et Chinois à pagodes, ballerines, pierrots et marionnettes à fils, dans une confusion de masques sans précédent.

Des bruits couraient : on disait que la Reine resterait masquée jusqu'à l'arrivée du Dauphin et de sa femme, qui eux, seraient sans masques. On assurait que l'entrée du côté de l'escalier de Marbre était à présent bloquée, et les convives, las d'attendre, assis par terre dans l'Œil-de-Bœuf... Nous traversâmes à grand-peine des salons où l'on dansait – ceux de Mars, de Mercure où était la tribune, et d'Apollon – avant d'atteindre enfin le salon de la Guerre, qui est l'antichambre de la galerie des Glaces, et que ses lustres et torchères faisaient briller comme en plein jour. Élisabeth se fit fort de nous frayer encore un chemin vers le grand buffet courant le long des fenêtres. Tout était servi en maigre, ce qui faisait un étalage incroyable de pâtés et d'émincés de poissons et de crustacés, accompagnés de vins de toutes les sortes, avec aussi des fruits confits à profusion...

1. Nom donné à l'enfilade des grands salons, au nord.

Soudain, soulevant la rumeur des initiés, la troupe des ifs, apparemment fort attendue, fit son apparition dans la galerie, et se mit à progresser vers le midi. Il y eut un mouvement de foule, et je fus déportée contre un mur. Je saisis alors une patère et m'y cramponnai, pour être sûre de me trouver sur le passage du précieux bosquet ; puis, quand il fut en vue, je m'employai, malgré la presse, à sourire à chacun des huit arbres – à tout hasard...

— Ils sont taillés à merveille, dit un domino[1] noir, dans mon dos.

— Certes, soupirai-je, mais je vous croyais caché dans l'un d'eux...

— J'ai renoncé, répondit le Roi. Tout le monde est au courant, c'était un coup à périr étouffé...

— Votre Majesté me surprend donc pour la deuxième fois.

— Gageons que ce n'est pas la dernière.

Puis, me parlant si près que je sentais son souffle au creux de mon cou :

— Puis-je vous sauver d'une asphyxie certaine ? Mon appartement est là-derrière.

— Sire, vous me comblez d'honneur... Mais j'étais venue avec Mme la comtesse d'Estrades, et...

— Qu'à cela ne tienne, j'aurai donc deux invitées.

Je tentai de dissimuler ma surprise et fis un signe énergique à Élisabeth, qui nous suivit, sans bien comprendre, au fond du salon d'Apollon. Le domino dit un mot à l'oreille d'un garçon

1. Désigne aussi bien l'ample cape qu'on portait alors dans les bals masqués, que la personne cachée dessous.

bleu[1], de faction devant une porte dérobée se découpant dans la tenture. Aussitôt, le battant s'enfonça, libérant un passage où nous nous engouffrâmes tous les trois. J'étouffais de bonheur et de fierté ; et je dus me tenir un instant au lambris pour ne pas défaillir. Le Roi passa devant et traversa un premier réduit pour s'engager dans un escalier semi-circulaire qui débouchait, en haut à gauche, sur un cabinet de bibliothèque. J'étais à la fois surprise de ce choix, et infiniment flattée de me retrouver dans ce que je devinais être le saint des saints. Mes yeux n'étaient pas assez grands pour tout dévorer du décor, à la fois simple et raffiné : les tapis, surtout, me frappèrent par leur éclat ; mais aussi la très légère odeur d'humidité qui, mêlée à celle des bougies et du bois consumé, me rappela exactement celle de la Grande Maison, à Étiolles.

Élisabeth paraissait elle aussi dans l'extase. Elle ôta son loup quand le Roi découvrit son visage.

— Le marquis de Meuse m'assure que vous aimez les livres, me dit-il.

C'est ma cousine qui répondit :

— M. de Meuse vous a dit vrai, Sire, Mme d'Étiolles dévore tous les ouvrages ; c'est sa passion.

Un tel empressement, qui sonnait faux, m'indisposa. Cherchant à faire diversion, je m'emparai, sur une console, d'un exemplaire d'une vieille tragédie de M. Crébillon, *Rhadamiste et Zénobie*.

— L'auteur, dis-je, est un fort honnête homme. Il est de mes amis.

— Alors il a bien de la chance, dit gentiment le Roi, me laissant muette de plaisir.

Puis il nous entraîna dans une étroite galerie longeant une cour intérieure. Le curieux dédale,

1. C'est ainsi qu'on appelait, à Versailles, les valets de pied du Roi.

d'une simplicité presque étonnante, était désert – quoique toutes les bougies en fussent allumées. Au bout de la galerie, nous découvrîmes la véritable bibliothèque, de proportions idéales, et admirablement rangée de la façon la plus commode. Toutes les reliures portaient les armes de France. J'en oubliai mon étiquette, et me plongeai avec délices dans les volumes merveilleux que le Roi, fin connaisseur, étalait sous mes yeux ébahis ; c'étaient de somptueux armoriaux manuscrits, des annales magnifiques et très richement illustrées, des livres d'heures si anciens, et si rares, que je n'aurais pas cru qu'il en pût exister de semblables. Le Roi nous les montrait en confiance, sans plus de gêne que s'il s'était trouvé dans la compagnie de ses plus vieux amis. À l'évidence, le caractère exceptionnel de la situation lui échappait ; pour lui, ce moment n'avait rien que de très naturel. Il me parut que le Roi s'intéressait par-dessus tout à l'histoire. Comme je caressais une armure exposée dans un angle :

— C'est celle de Philippe VI, me dit-il non sans fierté.

— Tout de bon ? Voilà qui est bien émouvant...

— Et cela, ajouta-t-il en me tendant un objet enveloppé dans une peau de chamois, c'est le couteau dont s'est servi Tanguy du Châtel pour tuer Jean sans Peur au pont de Montereau !

— Ah, Sire !

— Pardon, je ne voulais pas vous inquiéter...

Je retrouvai vite ma bonne humeur.

— C'est que... les Princes me conviennent davantage vivants que morts...

Le Roi sourit de ma tentative de bel esprit, et m'observa très tendrement.

D'en bas, de partout, nous parvenaient les échos de la fête. Des cris se mêlaient aux rires, et les chansons couvraient à présent la belle musique... Nous réalisâmes enfin que mon Arlequin de cousine, figée en dépit d'elle-même dans une attitude de respect, luttait à toute force pour ne pas s'assoupir.

— Si vous le souhaitez, je vais vous faire raccompagner, me dit le Roi avant qu'Élisabeth ne s'effondrât tout à fait.

— Sire, je vous savais un grand Roi ; je vous sais à présent le meilleur des hommes.

Ce fut son tour de demeurer coi. Il nous guida en silence, à travers une salle à manger et une galerie, jusqu'au palier de son degré privé[1], où somnolait un valet de chambre, M. Quentin de Champcenetz père.

— Champené, dit-il à sa façon, reconduisez ces dames, puis remontez prendre mes ordres.

— Sire, comment remercier Votre Majesté de ces instants merveilleux ?

— En vous trouvant, Madame, dimanche au bal du Prévôt.

— J'y serai... Sous un domino noir, comme le vôtre !

Nous fîmes une révérence que nos costumes rendaient sans doute bien ridicule ; puis nous redescendîmes les deux étages derrière le valet, jusqu'à une porte gardée, donnant sur la cour. Nous fûmes de là, récupérer nos manteaux près du vestibule du Grand Escalier ; alors seulement, nous tombâmes dans les bras l'une de l'autre, et criâmes comme deux folles au souvenir incroyable de cette aventure. Des escaliers dérobés, des couloirs secrets, des cabinets interdits et la bibliothèque la mieux gardée du royaume : voilà ce que nous allions retenir de cette soirée grande ouverte au

1. Aujourd'hui, le Degré du Roi.

public, et qu'on n'appellerait plus que « le bal des ifs ».

*

* *

Il pourra paraître singulier que mes premières rencontres avec le roi de France aient toutes été ménagées à l'occasion de bals plus ou moins brillants. La raison en est simple : pour un prince soumis nuit et jour aux exigences de l'étiquette et à la vigilance de ses gardes du corps et de la marche, le seul moyen de rencontrer une dame étrangère à sa Cour était alors de profiter des licences rares que lui offrait le carnaval. La difficulté d'organiser de telles rencontres ne faisait qu'ajouter, au demeurant, à l'envie de se retrouver…

*

* *

À Paris, trois jours après le bal des ifs, celui du dimanche gras devait encore attirer une foule considérable. M. de Bernage, le prévôt des marchands[1], avait voulu que la Ville rivalisât d'opulence avec la Cour. N'avait-il pas fait édifier, sur les sept plus grandes places, des salles de bal où se mêlaient à plaisir tous les genres de public ? Dans la cour de l'Hôtel de Ville, une architecture de dorures et de glaces était venue doubler la grande salle, pour accueillir les invités du bal masqué offert par le corps municipal.

Il était prévu que le Roi y rejoindrait son fils et sa nouvelle belle-fille, mais qu'il entrerait, pour plus de sécurité, par la petite porte du passage

1. Autrement dit, le maire de Paris.

voûté de la rue du Martroy. C'est donc sous ces arcades que je me postai dès minuit, pour endurer une attente constamment troublée, pour ne pas dire bousculée, par les débordements de la foule. Le Dauphin, moins patient, quitta l'assistance vers une heure du matin ; moi, je tins bon, en dépit de la colère et de l'épuisement : il était trois heures passées, et même presque quatre, quand le Roi finit par arriver. Or il entra masqué, et par la grande porte de la place de Grève – ce qui me valut de me laisser surprendre pour la troisième fois. M. de Bernage lui-même vint accueillir le souverain, et, entre deux courbettes, nous conduisit dans un cabinet privé, un peu à l'écart.

Cherchant sans doute à justifier son retard, le Roi, prenant à témoin le duc d'Ayen, m'expliqua tout son périple : il était passé par le Petit-Écu pour venir ; puis il avait croisé, à hauteur de Sèvres, le Dauphin qui lui avait décrit le désordre régnant à l'Hôtel de Ville ; il avait alors, pour éviter la foule, fait un crochet par le bal de l'Opéra, qui était payant, donc moins fréquenté... Il ne m'appartenait certes pas de juger des raisons du Maître, mais ce discours me parut cependant si cavalier que je ne pus contenir ma mauvaise humeur.

— Et vous, Madame, vous êtes-vous bien amusée ?

— À ma façon, Sire... J'ai compté les dominos.

Le Roi rit de cette impertinence, puis il me demanda :

— Souhaitez-vous danser maintenant ?

— En vérité, je crains d'être un peu lasse pour me montrer gracieuse. Si Votre Majesté le permet, j'aimerais mieux me retirer.

— Fort bien, je comprends votre fatigue. Mais permettez au moins que je vous raccompagne...

Éberluée d'une attention si contraire à l'ordre des choses, je suivis mon illustre chevalier servant dans la pénombre, jusqu'à la voiture de louage qu'il avait dû juger plus discrète que son carrosse écarlate.

— Nous avons laissé la berline à la barrière d'octroi[1], me dit le duc d'Ayen – c'étaient les premiers mots qu'il m'adressait.

Le Roi s'assit à côté de moi sur la banquette du fond, retira son masque, et me scruta d'un œil où je crus lire de la tendresse. Puis il prit ma main, sans façon, et se mit à parler gaiement de cette escapade nocturne. Il paraissait ravi de se promener ainsi, *incognito*, et je compris dès ce soir-là son goût prononcé pour le secret.

En dépit de l'heure avancée, les artères de Paris étaient encore populeuses et le fiacre n'avançait qu'à grand-peine vers la rue Croix-des-Petits-Champs. Le Roi commentait ce que nous voyions, et je me sentais flattée à l'excès de partager les confidences du monarque sur sa capitale ; or, malgré les récentes manifestations de joie qui l'avaient accueilli à son retour de Metz, il me parut qu'il regardait la Ville comme un réservoir d'assassins et de conjurés, et jetait aux maisons le regard distant qu'on réserve, sur un champ de bataille, aux lignes ennemies. Comme nous passions rue de la Ferronnerie :

— C'est là qu'on a tué le pauvre Henri IV, dit-il.

Le duc d'Ayen approuva, et donna des précisions que le Roi se permit de rectifier. Souvent, je m'étais demandé de quoi pouvait bien être tissée la conversation des grands – j'avais le début de ma réponse : des mêmes fils que celle des petits...

1. L'un des soixante bureaux de péage marquant l'entrée de la ville.

Le Roi avait passé son bras sur le dossier derrière moi, sa main touchant mon épaule couverte. La voiture cahotait au gré des embarras de la chaussée ; puis elle finit par s'immobiliser.

— Un louis au cocher s'il nous en sort, dit le Roi.

— Sire, repartit le duc, c'est bien trop. Votre Majesté va nous faire reconnaître. Qu'elle sorte un louis d'or, et la police saura tout dès demain matin...

— Dans ce cas, donnez un écu de six francs !

Le duc en profita pour sortir du fiacre et s'installer à côté du cocher.

Le Roi n'attendait que cela. Tandis que la voiture repartait en cahotant, il s'approchait de moi et, devant que j'aie pu réagir, me donnait un baiser merveilleux.

Je sentis soudain qu'on s'attaquait par la douceur à mes appas les moins gardés. Il y eut des gestes esquissés, et quelques-uns plus audacieux, qui me mirent presque en état d'avoir à me défendre, mais on ne dépassa point l'honnêteté d'une sage étreinte qui se conclut par un ultime baiser.

Le fiacre était finalement arrivé devant le porche de l'hôtel de Gesvres... mais personne n'avait osé nous le dire.

Chapitre 3

Le carême qui suivit ce carnaval ne fut nullement, pour moi, celui du repentir. Tout à l'opposé : c'est dans cette période indécise, et dont le souvenir me fait l'effet d'un rêve, que je devins la maîtresse du Roi.

Je me rendis plusieurs fois à Versailles en mars 1745 ; j'y arrivais ordinairement vers midi ; M. Le Bel ou M. Bachelier, premiers valets, m'attendaient au pied du petit degré, pour me conduire à ce dédale de cabinets que j'avais entrevu pendant le bal des ifs. J'y passais le plus clair de mon temps, dans l'attente que le Roi pût se dégager des obligations de sa charge. La bibliothèque faisait mes délices, mais aussi les cartes géographiques et chronologiques présentées, sur des rouleaux montés à ressorts, dans la galerie longeant la cour des Cerfs. Quand l'ennui menaçait de poindre, j'avais toujours le recours de contempler, pour me distraire, les merveilleux tableaux ornant ces pièces – et notamment les neufs « chasses étrangères[1] » de la petite galerie, commandées aux plus grands peintres du temps : M. Lancret avait fait une chasse du léopard ; M. Parrocel, une de l'éléphant et une autre, du tau-

1. Ces toiles sont aujourd'hui rassemblées au musée d'Amiens.

reau sauvage ; M. Carle Van Loo, une de l'ours et une autre, de l'autruche... Pour moi, je rêvais de chasser le courtisan, dont la présence, en bas, m'interdisait de voir le Maître à mon gré ; écartant un peu la mousseline aux lucarnes, j'apercevais, dans la cour royale, les allées et venues des chaises, portées par des valets en livrée... Les heures auraient pu me paraître longues, elles filaient en vérité ; quand on attend le roi de France en ses appartements les plus retirés, les satisfactions de vanité sont telles qu'elles rempliraient sans peine des jours entiers.

Enfin j'entendais le Roi venir ; selon l'humeur, je me précipitais à sa rencontre ou me cachais derrière un meuble. Nous nous embrassions avec toute l'ardeur des amours naissantes, et nous perdions en baisers, en caresses. Je redécouvrais, après quatre années de mariage, des plaisirs qui m'avaient paru, naguère, autrement fades ; et je m'en remettais au royal amant de mon éducation dans des matières où j'étais demeurée fort ignorante. Le Roi me consacrait ses plus belles heures ; quand il n'avait pu dîner avec moi, d'une côtelette ou d'un vol-au-vent, il s'arrangeait pour écourter le débotté et me réserver de longs moments avant son souper. Certaines fois, nous descendions aux bains, qui se trouvaient alors au premier étage entre les deux petites cours, pour y procéder à des ablutions langoureuses, et dont les raffinements se prolongeaient à côté, sur les lits de repos du salon de bains. Nous nous acclimations de corps et d'âme, et trouvions un surcroît de piquant aux murmures indiscrets des valets, derrière nos portes... D'autres jours, le Roi me rendait plusieurs visites brèves, et s'amusant à en varier le style, se montrait tour à tour pressé, coquin, sauvage ou drôle... Le soir venu, je reprenais tard le chemin de Paris et de la rue Croix-des-Petits-Champs – où ma mère, en dépit d'une santé toujours déclinante, attendait de pied ferme aux nouvelles.

*
* *

Mon mari poursuivait en province la longue tournée dont l'avait opportunément chargé notre oncle. Son retour ne s'annonçait pas moins imminent, ce qui ne laissait pas que de m'inquiéter. Je m'éveillais la nuit en sursaut, croyant l'avoir entendu rentrer. Même en plein jour, l'idée fugace de sa présence pouvait gâcher mes plaisirs les plus doux. Or, malgré la bonne volonté de nos amis du Vexin, les Savalette de Magnanville, il paraissait impossible de l'occuper ailleurs au-delà de Pâques.

Je m'en étais ouverte au Maître, mais à mon grand regret, il n'avait pas pris – ou voulu prendre – la mesure du danger. Ma mère me conseilla de passer par la plume ; aussi fis-je remettre au Roi une lettre, dans laquelle j'exposais bien clairement mes raisons de redouter l'avenir : si personne ne l'en dissuadait en effet, mon mari voudrait sans doute m'enfermer à l'hôtel de Gesvres, et peut-être même dans un couvent... L'aventure serait finie, alors, et ma vie, perdue ! Se pouvait-il que le sort se montrât si dur ? La perspective de perdre mon Maître m'était insupportable ; plus jamais, concluais-je, « plus jamais je ne pourrai vivre éloignée de Votre Majesté ».

Dieu merci : cette flèche atteignit la cible et porta son feu dans le cœur du Roi ; dès ma visite suivante, il me proposait de passer la nuit à Versailles, et m'assurait aussi qu'il ne m'abandonnerait point aux foudres d'un mari trompé. Un logement de fortune me fut donc attribué, qui avait accueilli jadis Mme de Mailly ; ses trois pièces venaient dans la suite des Cabinets, juste au-dessus de la galerie où s'était d'abord installée, sous le dernier règne, Mme de Montespan. J'y vis un peu plus qu'un signe du destin : un vrai message galant, comme le Roi aimait à m'en délivrer.

*

* *

Dans les débuts, la Cour n'avait rien percé de mes allées et venues clandestines. Des bruits avaient pu courir sur les prémices de ma faveur, mais il paraissait impossible à la fine fleur de la noblesse française que le Roi, tournant le dos aux traditions, jetât durablement son dévolu sur une simple dame d'Étiolles, dite « la Bestiole », et qu'on regardait de haut comme une banale bourgeoise de Paris.

Les seuls à se méfier recrutaient dans l'entourage du Dauphin – ce qu'on appelle, à la Cour, le parti dévot. Ces amis des jésuites croyaient me savoir celle des philosophes, ce qui me désignait de droit comme leur bête noire. Des supputations qu'ils firent sur mon compte amenèrent le cousin Binet, qui leur devait tout, à protester de sa bonne foi et de la mienne ; il s'en alla trouver l'évêque de Mirepoix, Mgr Boyer, ancien précepteur du Dauphin devenu ministre de la Feuille[1], pour se porter un peu vite garant de ma vertu sans tache. Je n'étais venue à Versailles, affirma-t-il, que dans l'intention de demander un poste de fermier général pour mon mari ; ayant eu mes audiences, j'allais rentrer sagement à Paris... Naturellement,

1. La Feuille en question est celle des bénéfices ecclésiastiques, et ce « ministre », le prélat chargé de les distribuer.

le prélat ne crut rien de ce beau discours, et menaça M. Binet des pires représailles s'il s'avérait jamais qu'il eût menti.

Aussi mon pauvre cousin vint-il me trouver, en larmes, pour me supplier de lui épargner un scandale. J'eus toutes les peines du monde à l'empêcher de s'agenouiller pour donner plus de poids à ses prières, et le sommai à mon tour de me nommer celui qui exigeait ainsi mon départ.

— C'est Mgr Binet, gémit-il en étouffant un sanglot, mais il n'est pas le seul. Tous veulent que vous renonciez. Tous !

Je rapportai cela au Roi le soir même, qui s'en irrita ; il détestait l'idée qu'un évêque aux vues courtes prétendît ainsi lui dicter sa conduite ; mais il craignait, dans le même temps, les condamnations morales dont le clergé l'accablait.

Lorsque, à la mi-carême, les mieux renseignés apprirent que j'étais maintenant logée plus ou moins, la nouvelle fit un effet détonant. On me rapporta qu'il n'était plus question que de cela dans Versailles. Aussi était-il grand temps de donner un peu de pain aux canards ; et c'est pourquoi je me montrai, dès le lendemain, au théâtre du Manège. Je ne sais si les spectateurs apprécièrent le divertissement qu'on donnait, sur une musique de M. Rameau ; mais je sais bien qu'aucun ne manqua de me dévisager ! Quand je racontai la scène au Roi, il en éprouva du mépris pour les curieux, en même temps qu'un certain orgueil.

— Je regrette de n'avoir pas profité du spectacle ; j'entends : du vrai spectacle, celui de la salle...

— Venez samedi aux Italiens, suggérai-je.

C'était la veille des Rameaux. Pour me plaire, le Roi se laissa fléchir, et s'en vint sourire, dans la petite salle de la Comédie, aux farces de Pantalon... J'occupais une loge d'avant-scène, fort en vue de la salle, bondée comme jamais. Mlle Clerget s'était surpassée pour me donner, dans l'instant même où j'en avais le plus besoin, la grâce d'un ange, à quoi je me fis fort de joindre la réserve d'une vierge. À peine assise, je sentis peser sur moi le regard insistant de tout ce qui comptait à la Cour. La Reine elle-même était là ; je vis qu'elle me considérait sereinement depuis sa loge ; derrière elle, certaines dames s'étaient levées pour m'observer plus à leur aise. Au premier entracte, un garçon bleu m'apporta un petit billet qui venait de la loge grillagée du Roi, placée juste au-dessous de celle de la Reine ; il n'était pas du Maître lui-même, mais de M. de Richelieu, qui accompagnait Sa Majesté et s'était permis d'écrire : « Tenez encore un acte, et le théâtre est à vous. » De fait, je tins bon, toujours gracieuse, modeste, aussi radieuse qu'élégante. À la fin, la Reine étant sortie, je fus étonnée de voir que le public attendait, pour la suivre, que je me fusse levée à mon tour. Or la rumeur qui accompagna mon départ n'autorisait aucun doute sur le verdict de la Cour : j'avais fait la plus forte impression ; personne ne contesterait plus ma distinction. Et aujourd'hui encore, je demeure certaine que cette soirée à la Comédie ne compta pas pour rien dans la décision du Roi de rendre publique la faveur dont il m'honorait.

*
* *

Cependant, les sermons du carême et le climat religieux de la semaine sainte avaient eu tendance à refroidir ses ardeurs. Sous divers prétextes, et alors qu'il renonçait une fois de plus à faire ses Pâques, le Roi s'arrangea pour ne point trop m'approcher de plusieurs jours... Un matin, il monta me porter un livre dont un passage l'avait pénétré. Je reçus de ses mains le petit volume et découvris, stupéfaite, qu'il s'agissait d'un recueil des sermons de Massillon !

— J'espérais, me dit-il, que vous voudriez bien m'en poursuivre la lecture.

— Sire, je crains de n'ajouter rien, par ma voix, à l'éloquence du prêcheur...

— Ce n'est pas tant la voix qui compte, que l'esprit.

— En ce cas, Votre Majesté gagnerait à s'en imprégner en silence...

— Allons, je vois que mon idée ne vous plaît pas. À croire que vous n'avez pas deux sous de piété !

Il sortit là-dessus, me laissant dans de mortelles alarmes – les premières, je crois, d'une série qui ne devait jamais cesser...

Au vrai, cet accès de cagoterie[1] ne dura pas trois jours ; et nos amours reprirent bientôt dans un surcroît d'ardeur. J'y trouvai du coup plus d'attrait que d'ordinaire ; et lors de nos ébats enfiévrés, me surpris à prendre des initiatives qui eussent étonné même chez une courtisane aguerrie... Le Roi s'en trouva bien, et me dit en riant qu'il n'aurait bientôt plus grand-chose à m'apprendre.

*

* *

Le jeudi suivant Pâques, un premier souper dans les Cabinets me tint lieu de déclaration. Étaient

1. La cagoterie, c'est une dévotion excessive et affectée.

conviés, parmi les seigneurs proches du Roi, ceux que je connaissais déjà – les ducs d'Ayen et de Richelieu, mais aussi le marquis de Meuse que j'avais vu chez mon parrain – auxquels s'ajoutèrent le duc de Luxembourg et le marquis de Gontaut. Pour les dames, la comtesse de Lauraguais étant à Paris – où j'eusse aimé qu'elle demeurât toujours –, le Roi avait appelé la marquise de Bellefonds, dame du Palais de la nouvelle Dauphine.

De ce souper, qui se tint dans la salle à manger des Cabinets, je goûtai le savoureux mélange de grandeur et de simplicité. La conversation me parut légère sans être jamais déplacée ; l'on parla surtout, si mes souvenirs sont bons, du bal que donnait l'ambassadeur d'Espagne à la même heure, dans son hôtel de Conti. Après souper, nous passâmes dans la petite galerie, alors en jaune d'or, et où sont les tableaux de chasse exotiques dont j'ai parlé. La même simplicité régna là, tout le temps du jeu. En somme, je découvrais, ravie, que l'air de ces petits soupers était le même qu'on respirait chez Mme Geoffrin, excepté pour la liberté des sujets, qui était moindre, et pour le ton qui, lui, se voulait plus relevé.

*

* *

La nouvelle tant redoutée arriva fin avril, par un exprès où ma mère m'annonçait, sans détour, que mon mari était rentré à l'hôtel de Gesvres, et qu'il avait été dans la dernière furie de m'en trouver absente. Cette réaction sans nuance était pire qu'en mes plus mauvais rêves. Non, Charles Guillaume Le Normant n'avait pas disparu ; il existait encore et entendait bien que tout le monde le sût. Au demeurant, la situation ne l'avait pu surprendre tout à fait : M. de Tournehem s'était porté à sa rencontre près de Mantes et, dans la voiture qui les ramenait à Paris, lui avait déjà tout exposé : que j'avais éprouvé pour le Roi un de ces goûts violents dont on ne saurait se déprendre ; et qu'il n'avait, quant à lui, d'autre parti à prendre que de songer à une honnête séparation. Ma mère ajoutait, dans sa dépêche, que Charles Guillaume rejetait pour l'heure toute tentative de conciliation. Il ne parlait que de procès, de couvent, de vengeance, et jurait même de me retirer la petite Alexandrine. Tremblant et pleurant, je courus porter ce message au Maître qui fut bien affecté de me voir en si piteux état.

— Là, là, que craignez-vous dans votre position ?

— Il va tant faire que Votre Majesté sera contrainte de lui donner satisfaction.

— Cela, jamais.

Le ton ferme du Roi me rasséréna. Je lui tendis le message, pour qu'il le lût à son tour. À la fin :

— Vous avez là, me dit-il, un mari bien honnête...

— Il est surtout très court d'esprit.

— Voyons... Y a-t-il dans votre entourage un juriste à qui vous puissiez confier l'affaire ?

— Oui, Sire, et même plusieurs.

— Fort bien. Nous allons entamer une procédure...

Dans un sursaut d'audace, je lançai alors :

— Ce qu'il me faudrait, en vérité, c'est un statut qui me mît à l'abri des méchants.

— Voulez-vous une pension ou quelque prébende ?

— Sire, c'est un titre que je vous mendie. Un titre qui change mon nom et me libère un peu de la tutelle conjugale...

Le Roi vrilla son regard dans le mien :

— Un titre, Madame ? Faut-il donc y songer déjà ?

Dès le lendemain, j'étais priée de choisir, parmi différents noms disponibles, celui qui me conviendrait le mieux. Or il en était un que je savais tombé en déshérence depuis la mort, cinq ans plus tôt, de ma voisine de Soisy-sous-Étiolles, Françoise de Pompadour. Ce nom plut tout de suite au Roi qui me dit :

— Je suis certain qu'il vous ira très bien.

Quant à la terre, un marquisat proche de Brive-la-Gaillarde, elle était depuis peu dans la famille de Conti, qui l'avait achetée sous la Régence et en tirait alors plus de dix mille livres de rente[1].

Le seul obstacle à son acquisition tenait à certains scrupules qu'avait formés le Roi. Connaissant le caractère tranché du contrôleur général des Finances, M. Orry, et n'ignorant rien du mépris de ce grand commis pour la position de maîtresse royale, le Roi craignait un peu de s'adresser à ce ministre pour régler leur dû aux Conti... Il m'en fit l'aveu par un soir très pluvieux, où je sentis la honte que pouvait lui inspirer notre double adultère – surtout en face de certaines personnes à la réputation de vertu sans tache. Mon envie n'était point d'embarrasser le Roi ; et je m'arrangeai donc pour que les fonds nécessaires fussent avancés par mon cher parrain Montmartel.

Et c'est ainsi que, dès la fin d'avril, les gens avertis se crurent autorisés à ne plus m'appeler que Mme de Pompadour.

*

* *

1. Une rente annuelle de dix mille livres (ou francs) était considérée comme un signe de richesse apparente.

Par un triste matin de mai, le Roi partit, comme l'année précédente, rejoindre dans les Flandres l'armée du maréchal de Saxe. La veille, nous avions passé la soirée à regarder des cartes qu'il avait dépliées sur mon lit, mes tables et mes tapis, et où nous avions repéré le champ de la bataille décisive qui devait se mener incessamment. Le terrain s'appuyait sur quatre redoutes, dont Fontenoy qui donnerait son nom à la bataille ; il n'avait guère que neuf cents toises[1] de largeur. Le Roi, qui en avait étudié les atouts avec le maréchal, me les redit avec un allant qui calmait un peu mon angoisse. Puis il me rappela, non sans fierté, que ce serait peut-être la première fois, depuis Saint Louis à Taillebourg, qu'un roi de France allait battre l'Anglais ; c'était en tout cas la première, depuis Jean le Bon à Poitiers, qu'il aurait le Dauphin à ses côtés. En effet, le jeune prince avait obtenu, au contraire de l'année précédente, d'être du voyage, au grand émoi de sa femme, de sa mère et de ses sœurs. Aussi la Reine fut-elle au lever du Roi, dès l'aube, pour embrasser son mari, certes, mais surtout son fils, qu'elle rappela vingt fois, versant des larmes. Pour moi, je n'y fus point ; n'ayant pas été officiellement présentée, je ne disposais pas des entrées requises.

*

* *

Il avait été décidé que je passerais à Étiolles le temps de cette campagne de Flandres, entre mes parents, mon oncle Tournehem, mon jeune frère Abel et ma petite Alexandrine. Mon mari avait eu, je dois dire, le bon goût d'accepter finalement une

1. Soit environ 1,7 km.

nouvelle mission dans le Sud, ce qui m'épargnait bien des embarras. Je ne sais quelle contenance j'aurais prise, s'il m'avait fallu l'affronter en tête à tête... Je me hâtai d'autant plus à déposer ma demande de renonciation à la communauté. Dès le 7 mai, M. Collin, un procureur de mes amis, déposait au greffe du Châtelet un acte en ce sens, assorti d'une demande de récupération des trente mille livres de ma dot. La procédure aboutirait, cinq semaines plus tard, à un arrêt par lequel je retrouverais presque ma liberté d'avant mariage.

La veille de son départ, le Roi avait fixé la liste des personnes admises à me rendre visite à Étiolles. Outre des parents comme ma belle-sœur Baschi ou mon cousin Ferrand, je n'y devais recevoir que très peu d'hommes. À leur nombre comptait le marquis de Gontaut, que j'accueillis d'emblée comme un vieil ami. Ce très parfait gentilhomme, plein de justice et de bonté, avait été choisi par le Roi pour la confiance qu'il lui inspirait, et pour l'exemple qu'il me donnerait, du meilleur ton possible : n'alliait-il pas un usage prodigieux du monde à une distinction sans exemple ? Or l'idée du Maître était que je misse à profit ces quelques semaines de retraite pour me rompre aux habitudes de la Cour. M. de Gontaut, sans oser jamais me reprendre, pouvait, d'exemple et de conseil, me servir de premier guide dans le sérail.

À ce discret modèle vint s'en adjoindre un autre plus voyant, en la personne de l'abbé de Bernis. Il m'avait semblé que nul n'était mieux indiqué pour transformer la jeune bourgeoise que j'étais en vraie dame de la Cour. Le Roi n'avait pas mis d'obstacle à mon choix ; aussi ma cousine avait-elle dû convaincre son ami de se faire le mien. Oubliant à bon compte ses réserves sur ma mère

– ou prétextant, pour les réviser, du rôle de gouverneur qu'on voulait lui voir jouer –, l'abbé consentit à venir séjourner un peu à Étiolles, afin de m'infuser le tour et les façons de sa noblesse d'épée. C'était un beau programme que ce décrassement printanier, et je le pris pour tel, consacrant mes journées à me régler sur le langage, les gestes et les attitudes de ces deux précepteurs malgré eux. Je ne puis éviter de rire encore en revoyant M. de Bernis imiter, pour me le donner à copier, le sourire absolument inexpressif qu'il convenait, selon lui, que j'arborasse en toute circonstance. Cette mimique lui conférait un air benêt et supérieurement faux, qui tirait à ma cousine des larmes de rire, mais dont M. de Gontaut me déconseilla, en aparté, de jamais faire usage...

Chaque jour, quand ce n'était pas deux fois par jour, je recevais du Roi une lettre « pour Madame d'Étiolles, à Étiolles », apportée jusqu'à moi par un courrier des armées. J'en faisais sauter le cachet[1] – frappé de la devise « Discret et Fidèle » qui me paraissait bien galante –, et buvais chaque mot de sa main comme on boirait un cordial. Entre deux caresses, le Roi m'y donnait des nouvelles de la guerre, quoique de manière laconique. Il reviendrait au duc de Richelieu de m'en livrer tous les détails, dans des missives fort longues en revanche, et qu'il semblait avoir dictées sans pitié pour le secrétaire. En 1745, ces nouvelles étaient presque toujours excellentes.

Dès le 11 mai, à cinq heures du matin, l'ennemi avait engagé le combat. Un des premiers boulets était venu faucher M. de Gramont, le faisant rouler mort aux pieds de son oncle qu'il venait d'embras-

1. De cire, naturellement.

ser. Ses troupes, les gardes-françaises[1], ne se battirent au demeurant pas mieux qu'à Dettingen[2] ; et la colonne des Anglo-Hanovriens, massive et bien réglée, força d'abord toutes nos lignes en profondeur. Des différents régiments remontaient de mauvaises nouvelles, au point qu'on crut un moment la victoire assurée à l'ennemi. Le Roi, refusant d'obtempérer aux supplications du maréchal de Saxe qui souhaitait le mettre en sécurité derrière l'Escaut, n'envisageait plus que de charger la colonne, à la tête de sa Maison. Le duc de Richelieu ayant fait remarquer que les troupes anglo-hessoises de Cumberland et celles, hollandaises, de Waldeck, étaient coupées de leurs bases, le Roi décida de leur donner l'assaut. Et comme Charles VIII à Fornoue[3], Louis XV retourna à son profit le quasi-désastre de Fontenoy ; or ce sursaut héroïque allait nous donner une victoire décisive.

Le jour où le courrier des armées m'apprenait cette heureuse nouvelle, M. de Voltaire se trouvait parmi nous. Lui aussi jouissait du passeport d'Etiolles, davantage en vertu de mon amitié, il est vrai, que de l'estime du Roi qui s'en méfiait. De toutes les personnes qui me devraient leur avancement, et qui finiraient par devenir légion, Voltaire fut sans conteste le premier. Je n'étais pas installée à Versailles, en effet, que j'avais appuyé avec insistance la proposition du premier gentilhomme de lui octroyer, au titre de sa *Princesse de Navarre*, la première charge vacante de gentilhomme ordinaire et le brevet, moins lucratif

1. Ce célèbre régiment, créé par Charles IX, assurait l'ordre public en temps de paix.
2. C'est dans cette bataille de juin 1743, perdue par les Français, qu'est mort le mari d'Élisabeth d'Estrades.
3. En 1495.

mais autrement prometteur, d'historiographe[1] de France. Sans ignorer la part qu'il en devait à son protecteur, le duc de Richelieu, le cher philosophe était venu m'en remercier quand la victoire le mit en demeure de sacrifier à ses fonctions nouvelles ; et nous le vîmes œuvrer par ses vers à faire entrer dans l'Histoire le nom de Fontenoy. M. de Bernis se moquait un peu de cette épopée dictée par les circonstances ; il faut dire qu'en retour Voltaire ne manquait jamais une occasion de railler ce jeune abbé trop prisé des dames - académicien à trente ans quand lui, à cinquante, guignait toujours un fauteuil –, et lui reprochait méchamment de commettre de longues poésies passablement fleuries, au point de le renommer « Babet la Bouquetière », du nom d'une marchande fameuse du quartier de la Madeleine...

Leurs duels à fleurets mouchetés, qui avaient M. de Gontaut pour témoin, me transportaient d'aise. Avec ma mère et ma cousine, nous nous délections de ces joutes entre deux orateurs de haut vol, qui transformaient notre coin de campagne en tribunal universel de la république des lettres. Au reste, je sus tirer mon profit de leurs deux talents opposés, pour instiller douceur et piquant à mes réponses aux lettres du Roi. Je les mis aussi en demeure de réformer mon langage, en le purgeant des tournures basses qui le gauchissaient.

— Quel outil que mon frère !, lançais-je par exemple souvent. Quel étrange instrument, en vérité !

— Madame, reprenait patiemment M. de Bernis, laissez donc les outils à vos jardiniers, et les instruments tout de même. Pour ce qui est de votre frère, je vous autorise à l'affubler du nom de polis-

1. En quelque sorte, le rapporteur officiel de la geste royale.

son, et même de celui de gredin, puisque aussi bien vous semblez fâchée contre lui…

Les leçons de Voltaire n'étaient pas plus insistantes, et cependant elles marquaient l'esprit d'une façon qu'on pourrait dire indélébile. Près de vingt ans ont passé, mais je m'en rappelle les différents arrêts comme édictés d'hier. Et cette semaine encore, je reprenais une de mes femmes, parce qu'elle avait dit « grassouillette » pour simplement « dodue ». Le jour où je m'y étais risquée moi-même, le poète m'avait fait passer un billet sur-le-champ, avec les vers suivants, pesés au trébuchet :

Grassouillette, entre nous, est bien un peu caillette[1].
Je vous le dis tout bas, belle Pompadourette.

On n'a pas plus d'à-propos. Mais au-delà du beau langage, Voltaire se souciait encore de mon instruction générale. Ainsi, quand il apprit que je n'avais point lu l'*Abrégé de l'Histoire de France* du président Hénault, il poussa les hauts cris et m'en confia le soir même un exemplaire qu'il paraissait avoir fait chercher à Paris tout exprès. En fait, je devais découvrir qu'il s'était contenté de monter le chercher dans sa chambre ; et ma lacune, peut-être, lui eût soudain paru moins grave, s'il n'avait pas été en position de la combler aussi vite et d'une manière à ce point spectaculaire…

*
* *

Le 9 juillet, la lettre qui m'arrivait de Flandres n'était pas adressée, comme de coutume, à

1. Se disait d'une jeune femme peu distinguée.

Mme d'Étiolles, mais « À Madame la Marquise de Pompadour ». Une telle ligne de la main du Roi annonçait un brevet imminent, et je baisai de joie le cachet « Discret et Fidèle »...

Mais alors que je me rendais au salon pour exhiber à la compagnie ce nouveau trophée de campagne, un énorme coup de tonnerre fit trembler la maison sur ses bases, cassant partout des glaces et jetant hors de ses gonds la porte vitrée du salon. Nous en restâmes tous interdits, et ma mère s'évanouit un moment. La raison de ce tremblement de terre était en fait l'explosion accidentelle, à une courte lieue[1] de chez nous, du magasin de poudres d'Essonnes. Le souffle avait été si puissant qu'il avait emporté les vitres de tous les bâtiments de Corbeil. Comment interpréter un si violent augure ? M. de Bernis nous tira d'embarras en déclarant aussitôt :

— Marquise, dites-vous ? Un seul coup de canon !

Le véritable brevet, portant mention de mon nouveau titre, devait suivre à quelques jours de là. Par un trait de galanterie bien conforme à son caractère, le Roi l'avait exprès signé de Gand, le jour même de la levée du siège par le comte de Lowendal. Et Voltaire de rimer sur-le-champ :

Il sait aimer, il sait combattre :
Il envoie en ce beau séjour
Un brevet digne d'Henri quatre,
Signé Louis, Mars, et l'Amour.

Mars, il est vrai, enchaînait les victoires : Bruges allait se rendre au marquis de Souvré, Oudenaarde au Roi lui-même, après quatre jours de tranchée ;

1. Environ quatre kilomètres.

puis Dendermonde au duc d'Harcourt ; et Ostende, à M. de Lowendal de nouveau... Partout en Flandres, le Roi se faisait acclamer par des populations heureuses de compter désormais au nombre de ses sujets. À ces nouvelles du Nord, il fallait ajouter celles, non moins excellentes, qui nous parvenaient de l'Est, où le roi de Prusse battait partout les Autrichiens. Au sud seulement, l'infant don Philippe, gendre du Roi, connaissait des difficultés ; encore n'étaient-elles pas vraiment préoccupantes.

*
* *

Voyageant par l'esprit sur les confins du royaume, je demeurais physiquement recluse à Étiolles. Je n'étais guère sortie que pour me rendre à Brunoy, derrière la forêt, dans la charmante propriété de M. de Montmartel. J'avais vu mourir sa femme, ma marraine, quelque six ans plus tôt ; j'apprendrais la disparition tragique de son fils Amédée, le compagnon de mon enfance, le jour prochain de ma présentation à Versailles... Pour l'heure, en ces belles soirées d'août, Brunoy me semblait respirer la joie de vivre. On s'y sentait portée à aimer, dans l'hôte délicieux qui nous en faisait les honneurs, un homme arrangeant pour tous. N'avais-je pas eu recours à lui, tout récemment encore, pour acheter ma terre de Pompadour ? Je croisai justement à Brunoy le contrôleur général des Finances, M. Philibert Orry, dont le Roi parlait toujours avec respect. Je pensais qu'averti de ma position il me ferait au moins bon visage ; il n'en fut rien. Au contraire, M. Orry fut avec moi de la dernière hauteur, et ne consentit pas même à répondre à mes politesses. Je n'en restai pas moins gracieuse et souriante, comme M. de Bernis venait de m'apprendre à le faire.

— Avez-vous goûté de ces arbouses ? lui demandai-je, alors qu'on nous en présentait une pyramide écarlate. Elles sortent des serres de mon parrain et je les sais délicieuses...

M. Orry demeura de nouveau sans répondre, puis, comme je feignais de m'éloigner un peu :

— Je ne sais quel goût elles ont, me dit-il, mais je connais bien leur prix.

Il sous-entendait par là que M. de Montmartel faisait payer trop cher au Trésor les services qu'il rendait. Je jugeai venu le moment de me retirer ; mais comme je lui demandais encore, bien ironiquement, de se montrer toujours aussi bien disposé envers mon parrain et sa famille, il alla jusqu'à me répondre dans un accès de sotte humeur :

— Madame, si vous êtes ce qu'on dit, je vous obéirai ; mais si vous ne l'êtes pas, vous n'obtiendrez rien.

*

* *

Au tout début de septembre, je regagnai la capitale pour y attendre le retour du Roi. J'avais dû laisser ma mère à Étiolles, le mal[1] qui la rongeait depuis quelque temps la rendant trop faible pour voyager. Je lui avais proposé de demeurer plus longtemps auprès d'elle, mais rassemblant toute l'énergie qui lui restait :

— Vas-tu repartir bien vite à ton devoir, m'avait-elle intimé, ou veux-tu que je t'y reconduise moi-même ?

1. Il s'agissait d'un cancer.

Je fis promettre à mon père de me tenir au courant chaque semaine des mieux et des rechutes ; puis je montai dans la berline, le cœur moins léger qu'il n'aurait dû l'être. Ne rentrais-je pas à Paris pour y accueillir mon beau guerrier triomphant ?

À peine étais-je de retour rue Croix-des-Petits-Champs que s'y annonça le duc de Gesvres, gouverneur de Paris, aux côtés du lieutenant général de police[1]. Je les reçus dans l'austère cabinet de travail de mon oncle. Ces hauts personnages me firent la révérence comme à une princesse du sang, puis me dirent bien respectueusement qu'ils venaient prendre mes dispositions pour la réception de Sa Majesté à l'Hôtel de Ville... Je ne savais pas qu'il dût seulement s'en tenir une ; cependant je cachai mon désarroi et, traitant ces messieurs avec toute l'aisance possible, leur indiquai les personnes que je désirais avoir à ma table. Apparemment, ils n'en attendaient pas davantage, et repartirent satisfaits. Je me permis alors de faire porter un pli à M. de Bernage, prévôt des marchands et grand ordonnateur de cette soirée, pour ajouter un nom à ma liste : celui de Mme de Sassenage, qui était venue souvent à Étiolles, et dont le mari était désormais menin[2] dans la Maison du Dauphin.

Cet ordre expédié, je m'assis au bureau et demeurai songeuse. Ainsi donc, avant même que le Roi ne fût de retour, ma nouvelle position de favorite déclarée me valait les plus grands égards ! Moitié grisée, moitié effrayée, je pris d'un coup conscience du caractère inouï de ce qui m'arrivait. J'avais eu beau rêver d'une telle position depuis mon

1. Les équivalents de nos préfet et préfet de police.
2. Titre honorifique attaché à cette Maison.

enfance, je n'étais pas certaine, le rêve se concrétisant, de pouvoir m'acquitter sans encombre d'un rôle auquel rien ne m'avait préparée. La faveur du Maître me plaçait sans ambages au sommet d'un immense escalier ; mais n'allais-je pas le redescendre aussi vite ? Pis encore : de mauvais sires comme M. Orry n'allaient-ils se faire un devoir de m'en précipiter la tête la première ?

Je courus à la fenêtre et tentai de l'ouvrir pour m'aérer un peu. Comme l'espagnolette me résistait, j'appelai vivement, et houspillai la pauvre femme qui se présenta – et qui était, au demeurant, la meilleure des servantes...

— Ouvrez toutes les fenêtres du rez-de-chaussée, lui dis-je, il me faut de l'air.

— Vraiment toutes ? Madame ne craint-elle pas les courants d'air ?

— Vous avez raison. Je ne sais plus... Mon Dieu, mais qu'est-ce donc qu'il m'arrive ?

Prenant ses grosses menottes rougies par le labeur dans mes fines mains blanches, je fondis en larmes et demeurai tout un moment à pleurer devant la pauvre fille qui n'en pouvait mais... Son silence compatissant et embarrassé me calma cependant, et je tentai de remettre de l'ordre à mes esprits défaits. Le gouverneur de Paris venait chercher ses ordres chez moi ? Ce n'était qu'une étape ! J'y devais voir avant tout une invitation à poursuivre ; l'ambition qui m'avait portée jusqu'au Roi devait travailler à me maintenir à ses côtés. Une phrase obsédante resurgissait de ma mémoire : « C'est une chose que d'aller à la Cour, avait dit ma marraine en d'autres temps ; c'en est une autre que de s'y faire admettre »...

*

* *

Le Roi et le Dauphin firent leur entrée dans Paris le 7 septembre vers trois heures, et traversèrent, pour se rendre aux Tuileries, une cité en liesse : les rues étaient pavoisées, les façades, tendues de tapisseries et les chaussées, semées de fleurs... Je vis partout, en me rendant aux Tuileries de mon côté, des écussons de Fontenoy dont les marchands avaient pavoisé leurs échoppes. Une jeune femme monta même sur le marchepied de ma voiture et prétendit me faire boire « à la santé de monsieur le Dauphin et de son digne père » ! Je lui fis observer en riant qu'elle inversait sans doute l'ordre des mérites... Ce nouveau triomphe populaire effaça presque celui de l'année précédente. À leur arrivée au vieux palais, les glorieux vainqueurs trouveraient la Reine, la Dauphine et les Princesses avancées jusqu'en haut des marches ; de sorte que les retrouvailles se firent sous les vivats de la foule. Le Roi demeura ensuite près d'une heure dans la galerie, à parler debout, au milieu de sa famille assemblée, puis il passa se changer et ne monta me voir que vers sept heures, dans l'appartement qu'on avait réservé à mon usage.

Mon guerrier m'apparaissait enfin, radieux et noble, fatigué sans doute, mais suprêmement détendu. Il ne portait, sur sa chemise sans cravate, qu'un charmant négligé de velours turquoise. J'avais revêtu quant à moi, pour le surprendre, un attifement de nymphe, qui voulait figurer l'Amour recevant Mars. Je le dis à mon Maître, et reçus pour réponse un fougueux baiser, bien digne, assurément, du dieu des combats.

— Je les ai toutes ici, me dit le Roi en sortant un paquet de lettres de son giron, noué d'un ruban qu'il avait dû me dérober avant de partir. Toutes vos promesses ! Le temps paraît venu de les tenir, à présent.

Je toussai un peu.

— Voyons, poursuivit-il en se retenant de rire. Par quoi commencerons-nous ?

Et dépliant une première missive, il lut :

— « Il me tarde de vous prouver, par un empressement des plus tendres, que je n'aime, que je n'adore, que je n'idolâtre que vous au monde. » Eh bien, je m'en voudrais, bel Amour, de vous faire attendre davantage...

Guidés par mes lettres d'abord, puis surtout par nos sentiments, nous passâmes, cette nuit-là, par tous les états d'une douce union. Le Maître fut heureux de me retrouver accueillante au plaisir, et me le prouva par des transports du cœur et des sens à peu près sans exemple.

*

* *

Le lendemain soir, à l'Hôtel de Ville, je tins, dans un charmant cabinet à l'étage, une table particulière où siégeaient mon oncle Tournehem, mon frère Abel, Mmes d'Estrades et de Sassenage. Les ducs de Richelieu et de Bouillon vinrent respectueusement me présenter leurs hommages, ainsi que le prévôt, M. de Bernage qui, lui, monta même deux fois... Les fêtes, les harangues et les feux d'artifice devaient durer encore. Ce n'est que le 10 septembre qu'un carrosse des Écuries[1] me ramena, toujours aux côtés d'Élisabeth, à Versailles dans la suite du Roi. J'avais quitté le château

1. La Petite Écurie, sous la direction de « Monsieur le Premier », s'occupait des carrosses du Roi.

simple dame et maîtresse pressentie ; je le retrouvais marquise et favorite en titre. Un temple s'ouvrait à moi, de gloire et d'honneurs ; mais aussi d'intrigue et d'envie.

Chapitre 9

Ma présentation à la Cour fut la grande affaire de ce retour à Versailles. La cérémonie, habituellement sans surprise, prenait un singulier relief du fait de ce que j'étais pour le Roi. Dès son arrivée aux Tuileries, Sa Majesté avait prié la princesse de Conti, dont la famille m'avait cédé la terre de Pompadour, d'accepter d'être ma marraine en cette occasion délicate. La vieille dame feignit un peu de trouver la pilule amère, et courut protester de son embarras chez la Reine ; mais au fond, elle était ravie de trouver ce moyen d'éponger d'un coup l'énorme dette de jeu qu'une imprudence légendaire lui avait fait contracter. Élisabeth, de son côté, fut présentée le 12, ses quartiers de noblesse facilitant les choses ; ainsi me servait-elle d'éclaireur, mais comme un soldat des tropiques, acclimaté au curare, vous fraierait un chemin vers un maquis plus dangereux pour vous que pour lui. Le surlendemain, elle était à mes côtés dans l'épreuve, en compagnie de sa propre marraine.

J'avais revêtu, pour affronter tous les regards, le noir prescrit par l'étiquette ; mais loin de m'en trouver enlaidie, j'étais parvenue à souligner, par une robe couleur de jais, l'éclat remarquable de mon teint. La présentation au Roi promettait d'amuser l'assistance, par le côté artificiel de la situation ; n'avions-nous pas passé ensemble une partie de la nuit ? De fait, l'entrevue se révéla tendue. La princesse de Conti débita sans conviction les paroles d'usage, et le Roi bredouilla quelques mots pour la forme. Je regrettai qu'il se montrât finalement plus gêné que moi – mais j'apprendrais bientôt qu'il se troublait en fait souvent, dès lors qu'il avait à parler en public...

C'est surtout chez la Reine que les courtisans étaient venus s'entasser, attirés sans nul doute par le piquant d'une confrontation, il est vrai fort délicate. La princesse de Conti me tirant derrière elle, Mmes d'Estrades et de La Chau-Montauban me poussant presque, nous traversâmes au pas de charge la salle des gardes et l'antichambre du grand couvert, en direction du salon des Nobles, au midi. D'aussi loin que j'aperçus la souveraine, je m'abîmai dans une révérence modeste et bien respectueuse. Je fis la deuxième à mi-chemin, puis la troisième en arrivant devant elle, la tradition m'engageant à feindre de baiser le bas de sa robe. J'ôtai pour cela le gant de ma main droite ; mais sous le coup de l'émotion, j'en arrachai mon bracelet qui tomba sur le tapis. La princesse de Conti m'aida à le ramasser, tandis que la Reine parlait déjà pour nous mettre à l'aise.

Savoir ce qu'elle me dirait avait été la question principale – celle qui, depuis deux jours au moins, agitait les galeries et les cabinets. La plupart des courtisans en tenaient pour la coiffure et le rouge ; d'autres assuraient qu'elle s'en prendrait à ma robe, pour la juger bien riche ou trop peu sage ; les plus féroces auraient aimé qu'elle ne dît rien du tout, afin de mieux marquer son dépit. C'était mal connaître la bonne reine Marie. Déjouant tous ces avis, elle préféra me confier qu'elle avait été charmée, aux Tuileries, de faire mieux connaissance avec la marquise de Saissac, dont sa première dame[1] était la nièce. C'était me faire une vraie gentillesse, Mme de Saissac se trouvant être une des rares personnes titrées que je connusse de longue date. Fort troublée d'une telle marque de bonté, je ne sus rien trouver de sensible à répondre, et murmurai seulement :

— J'ai, Madame, la plus grande passion de vous plaire.

La Reine me dit bien tranquillement qu'elle n'en doutait pas un instant, puis elle nous parla de ses enfants, à qui je devais être présentée dans la foulée. L'échange avait duré au-delà de l'ordinaire, et la Reine y mit fin par un charmant salut ; je pus alors, repoussant du pied ma traîne vers l'arrière, sortir à reculons sur trois nouvelles révérences. Les médisants en étaient pour leurs frais : la marquise de Pompadour avait subi l'épreuve du feu sans trop d'encombre ; elle faisait maintenant partie de la Cour, le plus officiellement du monde.

*

* *

Un voyage de Choisy fut aussitôt décrété par le Roi, afin de nous soustraire un moment aux regards malséants. Très peu d'intimes y furent admis ; c'étaient, pour autant qu'il m'en souvienne, MM. de Richelieu, d'Ayen, de Duras et de Meuse du côté des seigneurs ; Mmes de Lauraguais, de Bellefonds, de Brancas et de Sassenage de celui des dames – la princesse de Conti ayant obtenu de rester à Versailles, pour y faire sa cour à la Reine… Surtout, le Roi, voulant m'être agréable, avait invité, pour la première fois de son règne,

1. On parle ici de Mme de Luynes.

tout un petit aréopage de gens de lettres, où figuraient MM. l'abbé Prévost, de Voltaire, Duclos, Gentil-Bernard et même de Moncrif, l'ami de la souveraine. À en juger par les rires et les éclats de voix qui souvent nous revenaient de leur salle à manger, je me disais que l'intimité du Maître ne les empêchait pas de mener bonne vie à Choisy...

C'est pour les sœurs de Nesle que le Roi avait acquis cette ancienne villégiature de la Grande Mademoiselle ; Mme de Châteauroux en avait fait sa chose. Le souvenir encore vif de celle qui m'avait précédée se trouvait à peine effacé par les embellissements qu'on venait de faire. Au-dehors, on prolongeait la belle terrasse dominant la Seine, pour bâtir en regard un nouveau corps de logis ; au-dedans, M. Parrocel commençait à redécorer la galerie sur le thème des campagnes de Flandres, et l'on finissait d'agrandir l'appartement du Roi. Le mien se trouvait un peu haut sous les combles, près d'une bibliothèque ; il était encore tendu de la moire rayée blanche et bleue qu'avait choisie Mme de Mailly... Je me consolais en contemplant, dans le lointain, les frondaisons familières de ma forêt de Sénart. Le Roi ne manquait jamais de m'en rappeler la proximité, et me demandait constamment si je me sentais bien « chez moi ».

Le voisinage d'Étiolles devait avoir eu pour effet de lui fouetter le sang, tant il me parut, durant ce petit voyage, passablement porté sur les plaisirs charnels. Il nous fallait y sacrifier plusieurs fois par jour, c'est-à-dire bien plus que je n'aurais souhaité quant à moi. Mes esquives de chat l'avaient naguère attiré ; elles commençaient de le lasser à présent. Mon exigeant amant supportait mal que je voulusse quelquefois me soustraire à son étreinte, et prenait pour de la froideur ce qui n'était que l'envie de souffler un moment. J'aurais cent fois préféré, certains soirs, qu'il priât Voltaire ou Duclos de troubler notre intimité, afin de satisfaire l'esprit autant que nous avions comblé le corps... Mais le Roi ne l'entendait pas ainsi ; me sentant plus réservée, peut-être, que de coutume, il n'eut de cesse de me manifester son désir.

— Sire, répondais-je, il faut aussi songer un peu à nous reposer.

— Il sera bien temps de dormir à Versailles ! Pour l'heure, goûtons le peu d'intimité qui nous reste !

— Mais nous passons tout le jour ensemble, et toutes les nuits...

Le Roi se leva brusquement :

— Ne consentirez-vous donc jamais à me satisfaire ?

— Je ne pensais pas...

— Je ne sais ce que vous pensez, mais je sais trop bien ce à quoi vous ne pensez jamais !

De telles scènes me laissaient dans des affres de stupeur. À la fin, le Roi s'obséda de tout cela ; il en forma dès lors tant d'aigreur et de bile que les fièvres, s'emparant de sa nature affaiblie par quatre mois d'armée – et quatre nuits de veille – le forcèrent bientôt à garder le lit.

Il nous fut impossible de dissimuler cette indisposition royale. Sitôt qu'elle en fut avisée, la Reine fit demander si elle pouvait venir à Choisy, ce qui n'était pas de coutume. Le moyen, cependant, de tenir à distance une épouse inquiète, soucieuse de la santé du Prince, pour ne rien dire de son salut ! Non sans ironie, on lui fit répondre qu'elle trouverait à Choisy une bonne table et des vêpres à la paroisse...

Pour moi, je redoutais plus que tout la réédition des scènes de Metz. Le tour pris par les événements en rappelait en effet toutes les prémices, et je me voyais déjà, renvoyée sans appel, obligée de quitter Choisy sous les quolibets du commun. Se pouvait-il que tout s'achevât si vite, et si médiocrement ? Atteinte soudain de furieuses migraines, je dus m'aliter à mon tour, et faire tirer les rideaux de mon lit. Ma cousine prit apparemment ma détresse en pitié et, s'instituant mon agent, fit la navette entre l'appartement du Roi et le mien, pour me tenir informée de toute évolution. Après deux jours d'incertitude, elle vint un matin à ma toilette, pour me murmurer à l'oreille :

— La Reine vous fait dire de ne point tant vous morfondre, et souhaite vous voir rétablie au plus vite.

Je poussai un grand soupir.

De son côté, le Roi commençait de se rétablir ; et personne n'avait songé, cette fois, à convoquer les prêtres. Cependant, l'alerte avait été rude, et m'avait fait sentir, quoique sans nécessité, l'extrême fragilité de ma position.

Deux jours après l'épouse attentionnée, on annonça la visite du beau-père de Sa Majesté, l'ancien souverain de Pologne[1]. Le Roi était alors suffisamment rétabli pour avoir chassé toute la matinée. Ceux qui l'avaient suivi étaient au salon d'assemblée, occupés à deux parties de quadrille. Un peu épais, un peu guindé, et la voix passablement enrouée, le bon roi Stanislas ne fit point trop bonne figure ; or il s'enquit maladroitement de la santé de son gendre, s'embarrassant des précautions qu'on eût prises en présence d'un mourant.

1. Stanislas Ier Leszczynski n'exerçait plus sa souveraineté, depuis le traité de Vienne en 1738, que sur le Barrois et la Lorraine.

Le Roi ne répondit que par bribes à ses questions intempestives ; à la fin, comme le père de la Reine voyait que personne n'arrêtait sa partie pour lui, il finit par saluer dans le vide et par s'en aller. J'en eus mal à sa place, comme s'il avait été mon propre père.

*

* *

Dès la fin du mois, nous fûmes à Fontainebleau, pour le traditionnel voyage d'automne. La Cour m'attendait à ce tournant ; je lui avais échappé chez Louis XIV ; elle me rattrapait chez François Ier. C'est dire si je mis à profit les bonnes leçons de MM. de Bernis et de Gontaut. Tous deux m'attendaient d'ailleurs à mon arrivée, dans l'appartement bas qu'avait occupé, deux ans plus tôt, la duchesse de Châteauroux. L'abbé paraissait inquiet et le marquis, ravi.

— Vous allez être la Belle de Perrault, me dit celui-ci, dans son Palais dormant.

Je l'embrassai pour sa peine. Quant à M. de Bernis, du ton qu'on prend pour les fâcheuses nouvelles, il me dit que mon père venait d'annoncer sa visite à Fontainebleau. Je lui demandai si cela dérangeait quiconque.

— Monsieur votre père, me dit-il, est le meilleur des hommes, j'en conviens volontiers. Seulement... Il se pourrait bien qu'on lui fasse payer ce qu'on n'ose reprocher tout haut à sa fille ; je veux parler de certaines habitudes étrangères à ce pays-ci...

Je répliquai à ce grand seigneur que mon père n'avait point pour habitude de manger avec ses mains ni de chiquer son tabac, ce qui égaya fort M. de Gontaut. Cependant, je savais que l'abbé disait vrai – et la tendresse infinie que j'éprouvais pour mon père me faisait souffrir par avance des rebuffades qu'il ne manquerait point d'essuyer parmi nous.

*
* *

Le moment est venu, peut-être, de présenter un peu ce père dont je n'ai rien dit encore. Si je suis restée discrète à son sujet, c'est par crainte de réveiller des douleurs assoupies dans mon cœur ; je ne saurais, en effet, parler de lui sans évoquer des souvenirs bien pénibles pour moi. Une chose est d'écrire ses Mémoires, une autre, de rouvrir des plaies mal couturées. Il me faudra pourtant y venir, puisque aussi bien l'heure est aux confessions...

Je commencerai par dire que ma famille, comme le savait si bien M. de Bernis, se trouvait éloignée de la Cour par d'infranchissables distances. Bien qu'il eût la haute main sur la Boucherie de l'hôtel des Invalides[1], mon grand-père du côté maternel n'avait jamais été qu'un entrepreneur ordinaire. Ma mère avait certes reçu l'éducation d'une jeune bourgeoise, avant de nouer, par son mérite, des amitiés dans certains cercles en vue, mais c'était de peu de poids dans la balance, surtout quand la branche paternelle faisait pencher le fléau du mauvais côté. Mon grand-père Poisson avait été marchand-tixier et laboureur à Provenchères, où il posséda quelques terres. Il s'était sacrifié pour envoyer mes oncles faire leur droit à Langres, où ils étaient devenus huissier pour l'un, et pour l'autre, greffier. Mon pauvre père, lui, parce qu'il était cadet, avait dû se contenter de conduire les

1. Disons qu'il approvisionnait cette institution en viande.

chevaux… Et s'il avait porté, par la suite, le titre d'écuyer du duc d'Orléans, ce n'est qu'à l'entremise de nos amis, les frères Pâris, qu'il le devait.

Entré à leur service dans la toute fin du dernier règne, mon père leur avait, il est vrai, rendu quelques services. Combien de fois l'ai-je entendu conter les missions insensées qu'il accomplit pour eux en Champagne, en Provence et jusqu'au Danemark ? Alors que j'étais toute enfant, n'avait-il pas sillonné une partie du royaume, afin de pourvoir en grains la capitale exsangue ? Pourtant l'État ne lui avait su aucun gré de ses bons offices ; et c'est là qu'il me faut parler d'un épisode pénible entre tous : celui de son exil. Car lorsque, après la disgrâce du duc de Bourbon[1], une commission du Conseil se fut mis en tête de faire tomber nos amis Pâris, mon père, un peu trop solidaire de leurs comptes, se vit condamner à rembourser au Trésor la somme inouïe de deux cent trente mille livres – ce qui le contraignit à fuir au-delà du Rhin.

Aussi, des années durant, les moments qui eussent dû me paraître le plus heureux m'avaient-ils emplie d'une tristesse inguérissable ; et j'avais eu souvent le cœur serré à l'idée que mon père vivait loin de nous, dans cette Allemagne d'où ses lettres nous parvenaient trop rarement. L'absence forcée de la personne que j'aimais le plus au monde s'était imposée à mon cœur meurtri comme une intolérable injustice, et je rêvai longtemps de revanches achevées. En y repensant aujourd'hui, je me dis que c'est par là, peut-être, que mon penchant pour la chose royale prit le corps d'une ambition véritable : ce que je n'aurais pas osé pour moi-même, j'allais donc le tenter pour lui.

1. Louis Henri, duc de Bourbon, prince de Condé, a été Premier ministre pendant la minorité de Louis XV, de 1723 à 1726.

En attendant, ma mère s'était retrouvée seule à Paris, privée de son foyer, avec deux enfants à nourrir. Mon placement chez les ursulines de Poissy l'avait quand même soulagée, lui permettant d'œuvrer plus librement à la récupération de ses biens. Elle sut faire face... Encore jeune, fort belle et pleine d'esprit, elle vit accourir à la rescousse une armée de chevaliers servants dont il me faut admettre qu'elle n'eut peut-être pas la force de les repousser tous. Le plus secourable, car le moins intéressé, fut un très brave veuf, M. Le Normant de Tournehem, dont on a vu, déjà, tout ce que je lui devrais.

Un très beau soir de 1736, alors que nous venions de passer à table, Mme de Saissac avait surgi chez ma mère à l'improviste. Toute émue, elle nous dit que le cardinal de Fleury avait donné son aval à une requête de nos amis Pâris, visant au retour de mon père. Je ne puis exprimer la joie qui s'empara de notre petite tablée – je crus tout de bon que mon cœur s'allait décrocher. Nous passâmes deux semaines à remercier ceux qui avaient contribué à ce beau succès. Et le jour venu, discrètement fardée pour la première fois, je revis enfin ce père dont j'avais attendu neuf ans le retour. La surprise que je lus dans ses yeux, quand il comprit que la jeune fille un peu en retrait n'était autre que sa petite Reinette, me valut peut-être l'émotion la plus pure de toute mon existence.

Du François Poisson de mon enfance, j'avais conservé l'image d'un homme plein d'assurance, jovial et bon vivant. Soit que ses années d'exil l'eussent un peu changé, ou que mon regard se fût affiné depuis, je retrouvai un homme inquiet sous les dehors de sa bonhomie coutumière. Il voulait constamment nous convaincre, mon frère Abel et moi, de son honnêteté – alors que nous aurions été les derniers à en douter. Je dus entendre cent fois le récit de ses pérégrinations dans les contrées germaniques. Il me raconta comment, par l'entremise du commandeur de Thianges[1], rencontré à Hambourg, il avait pu se mettre en position de convaincre le contrôleur général de sa bonne foi. Je l'écoutais moins par curiosité que pour lui donner le soulagement de s'être justifié à mes yeux.

*
* *

À présent, j'accueillais donc à la cour de France ce père dont j'avais tant rêvé de venger les humiliations. J'aurais ainsi la satisfaction de le voir traité en ami par des gentilshommes aussi distingués que MM. de Gontaut et de Bernis, qu'il avait fréquentés, il est vrai, tout l'été. Au-delà des quolibets, inévitables en ce pays, je savourais mon bonheur de contribuer de la sorte à sa dignité. Sa présence à Fontainebleau était une étape de plus sur le chemin de sa réhabilitation. Mon père en était conscient, qui dès son arrivée me marqua sa volonté de plaire à tout le monde. Il paraissait insouciant, heureux de vivre, mais ce n'était qu'une apparence ; car dès qu'il put me voir en privé, ce fut pour m'avertir de l'état préoccupant de ma mère. Rentrée à Paris à la faveur d'un répit trompeur, la pauvre subissait les atteintes redoublées du mal affreux qui la dévorait. Je promis de l'aller visiter à mon retour de Fontainebleau, ce que je fis en effet. J'en profitai pour embrasser ma petite Alexandrine, qui profitait si bien qu'elle faisait dire

1. De son vrai nom M. de Damas, il avait joué un rôle dans le retour du roi Stanislas en Pologne de 1733 à 1736.

à sa grand-mère que c'était sa propre vie qui passait dans l'enfant...

Ce devait être la dernière fois que je voyais ma mère. Très affaiblie, le teint cireux, les cheveux presque épars sur les oreillers qui la soutenaient, elle me parut appartenir déjà plus au monde des morts qu'à celui des vivants. Néanmoins, c'est bien sa voix que j'entendis, quand elle se mêla, au prix d'efforts sans doute insurmontables, de me livrer ses ultimes conseils :

— Reinette, murmura-t-elle, ma belle Reinette... Comme ce nom te va bien, à présent ! En as-tu rêvé, de tout cela ! S'il te plaît, occupe-toi un peu de ton père, c'est un enfant... Et continue de bien servir le Roi, qui est ton seul maître. Tu m'entends ?

J'acquiesçai en silence. Ma mère me parla de mon mari, pour me prier de l'oublier au plus vite, de ma fille, pour m'engager à la tenir le plus possible éloignée de la Cour ; de la famille aussi, dont elle redoutait les assiduités intéressées. Surtout elle me parla de ce qu'elle appelait mes devoirs :

— Je te connais, ma Reinette, les plaisirs de la chair ne t'ont jamais retenue. Applique-toi doublement. Ne crois pas les voix qui voudront t'en détourner. Quoi qu'il arrive, n'oublie jamais que c'est là ton office auprès du Roi, et que c'est en le remplissant bien que tu pourras te maintenir auprès de lui.

Je pleurais en l'écoutant, au point qu'elle dut s'interrompre deux ou trois fois. À la fin, elle parlait si faiblement que je la comprenais à peine. Voyant que j'avais perdu le fil, elle me fit signe d'approcher, et me redit bien doucement :

— Je suis fière de toi, ma fille.

Je fondis en larmes, et mouillai son front en le baisant...

*
* *

En dépit de tout, mon père était demeuré fidèle aux frères Pâris, et notamment à M. Duverney dont il continuait de bien servir les intérêts. Moi-même, j'aimais la franchise de ce lieutenant général[1] en civil, que je n'appelais que « mon nigaud », tant il pouvait paraître soupe au lait. Mon père ne tarda pas à m'informer du différend qui l'opposait, dans sa gestion des subsistances, à l'effroyable M. Orry. Ce dernier contestait certains prélèvements sur le Trésor qu'il jugeait excessifs et même « contraires à la probité ».

Piqués au vif, mon parrain et son frère avaient répliqué en gelant tout nouveau marché tant que l'insolent resterait en place.

— Vous devriez, me dit mon père, faire savoir à Sa Majesté tout le mal que se donne Duverney pour que ses soldats soient toujours nourris et munitionnés à temps...

Je promis de m'en faire l'écho.

— Pendant que vous y êtes, ajouta mon père, pourquoi ne rapporteriez-vous pas les méchants bruits courant sur ce nouvel intendant[2] qu'a imposé le contrôleur général en la personne de son neveu, Bertier de Sauvigny ?

Cela, je m'y refusai tout à fait ; je voulais bien user de mon influence pour vanter les mérites d'un brave homme ; sûrement pas pour rabaisser ceux d'un inconnu.

Je ne sais quel cas le Roi pouvait faire alors des conseils téméraires d'une jeune femme inexperte ;

1. L'équivalent d'un général de division aujourd'hui.
2. C'est le représentant du Roi à la tête d'une généralité, ici celle de Paris.

mais il me fallut bien constater qu'il m'écouta par deux fois lui résumer une situation dont il n'ignorait rien par ailleurs. À la fin, me pinçant délicatement le menton, il me dit :

— Vous dissertez sur ces matières sérieuses comme le plus ennuyeux de mes ministres.

— Mon souci n'était pas d'accabler Votre Majesté, mais de l'éclairer sur une affaire qui regarde au plus près ses intérêts.

— Je veux bien...

— Sans doute serait-il plus avisé pour moi de me tenir éloignée de cela comme du reste. Est-ce ma faute, cependant, si j'aime encore mieux servir mon roi que lui plaire ?

— En quoi vous m'êtes infiniment précieuse...

Le lendemain de cet échange, le Roi renouvelait sa confiance à nos amis Pâris, et acceptait la démission du contrôleur général – sans d'ailleurs le désavouer vraiment, puisqu'il nomma pour le remplacer, en la personne de M. de Machault, intendant du Hainaut, un homme neutre, et dont on disait qu'une intégrité sans faille lui tenait lieu de politique.

Mon parrain fit le voyage de Versailles pour me remercier de ce qu'il appelait une victoire, quand même je n'y avais eu qu'une part infime. Pour un peu, il m'en était presque plus reconnaissant que d'avoir ménagé son remariage avec la fille du duc de Chârost, Mlle de Béthune. Il est vrai que sa fortune avait pesé dans ce dernier marché, au moins autant que ma faveur ; je m'en félicitais pourtant comme d'une œuvre autrement personnelle. Au demeurant bien étonnée moi-même d'une influence dont je repoussais chaque jour les limites, je me jurais bien de n'en jamais faire usage que dans l'intérêt du Roi. Ce qui, bien sûr, ne m'interdisait pas de voir aussi le mien.

Le départ de M. Orry laissait vacant, notamment, le poste clé de directeur général des Bâtiments. Il me parut que ce magistère des Arts ne pouvait tomber entre de meilleures mains que celles de mon cher oncle. Je fis tant pour en convaincre le Roi qu'il finit par entrer dans mes vues, et proposa donc à M. de Tournehem de lui échanger sa ferme générale contre les Bâtiments. J'étais très satisfaite de pouvoir ainsi m'acquitter de mes dettes envers un très fidèle bienfaiteur ; mais pour être vraiment heureuse, il me fallait pousser encore un peu l'avantage : c'est ce que je fis en obtenant, par la même décision du Conseil, que la direction générale fût donnée en survivance à mon jeune frère Abel ! Ainsi seulement, le succès me parut complet. J'en tirai la leçon de ne jamais craindre de demander beaucoup pour obtenir, non pas moins, mais plus encore.

Des bruits ne tardèrent pas à me revenir, selon lesquels ce crédit naissant paraissait déjà inconcevable à la vieille noblesse. Supportable chez une favorite bien née, l'influence dont je jouissais au grand jour pour les nominations se révélait outrageante, dès lors qu'elle élevait une bourgeoise sans naissance, issue de la finance la moins honorable, et ne se prévalant d'aucune parenté sérieuse parmi les grands officiers[1] de la Cour. Mon nom de jeune fille devint très vite l'objet des plus sordides jeux de mots, et l'on ne manqua plus une occasion de renvoyer les Poisson à leurs marécages. Sans M. de Bernis à mes côtés, j'aurais peut-être cédé aux invectives et n'aurais su discipliner en moi le flux et le reflux de la colère ; mais l'abbé, qui ne comptait plus les quolibets sur son propre compte, sut

1. Les grands officiers étaient les titulaires de hautes charges dans les services curiaux.

trouver les mots pour m'aider à me composer un visage impassible :

— Laissez-les dire et médire, ma chère amie. Laissez-les donc s'épuiser sur votre effigie ; qu'ils s'y fassent les crocs, qu'ils s'y cassent les ongles ! Avant qu'il soit longtemps, le plus grand nombre viendra vous manger dans la main et vous caresser les joues. Vous verrez alors que j'avais raison.

*

* *

La veille de Noël, ma mère s'éteignait en notre hôtel de Gesvres, d'une suffocation liée à son mal. Nous l'enterrions en famille, le dimanche 26, avant la grand-messe à Saint-Eustache. Bien que j'eusse dû m'y attendre, cette disparition ne laissa pas que de me frapper d'hébétude. Perdre sa mère est toujours un très grand malheur ; mais dans mon cas, la peine se doublait d'une peur terrible : comment allais-je affronter, désormais, tous les cahots de la vie ? Pour ma consolation, je compris bien vite que ma mère n'était vraiment morte qu'aux yeux des autres ; elle continuait à vivre en moi : ses conseils, ses mises en garde et ses encouragements m'accompagneraient en songe, longtemps après sa disparition.

Sur le coup, je ne tentai point de dissimuler au Roi un chagrin qu'il comprenait pour l'avoir connu lui-même. Son premier mouvement fut de m'emmener à Choisy, où nous soupâmes chez moi, en très petit comité. Pour la première fois, mon « frérot » fut même admis à se joindre au cénacle ! Puis, le soir de la Saint-Sylvestre, Sa Majesté demeura longtemps à mes côtés, alors même que la Reine l'attendait pour une présentation d'automates.

— Ne restez point, Sire, je vous en supplie. L'on vous attend en bas.

— Est-ce à vous, Madame, à me rappeler à mes devoirs ?

— Mais que va penser la Reine ?

— La Reine veut toujours qu'on soulage les âmes en peine.

L'année devait commencer par un Marly[1] ; le Roi me proposa de l'annuler d'un trait de plume. J'hésitai d'abord ; mais M. de Bernis me fit voir le danger qu'il y aurait eu à décevoir toutes les dames qui s'étaient mises en frais à cette occasion – de surcroît pour un deuil dont la disproportion n'aurait fait qu'attiser l'envie générale ; aussi déclinai-je l'offre du Roi, pour m'en aller comme les autres faire jolie figure à Marly... Mes larmes ne cessèrent pas de couler pour autant, et je dus garder un mouchoir roulé dans ma paume tout le temps que dura le séjour.

J'allais oublier un joli détail. Ce fameux soir de la Saint-Sylvestre, le Roi m'avait sorti d'un petit sac de peau une tabatière en or émaillé, superbe, et sur laquelle était incrustée une admirable petite montre : c'était le cadeau qu'il avait prévu de faire à ma mère pour ses étrennes... Je lui conseillai d'en faire don à la reine, ce qu'il trouva bon. Ainsi la mort de Mme Poisson, simple bourgeoise de Paris, eut-elle un effet notable, quoique indirect, sur les relations au sein de la famille royale : pour la première fois depuis longtemps, la reine Marie recevrait en effet, en 1746, des étrennes dignes d'elle et de son infidèle époux.

1. On disait « un Marly » comme s'il s'était agi d'un nom commun.

Chapitre 5

À Versailles comme ailleurs, je vivais encore dans les meubles des sœurs de Nesle. L'enfilade qui m'était allouée, dans l'attique au-dessus du Grand Appartement, avait été la leur et demeurait inchangée pour l'essentiel. Son grand avantage était d'offrir, par des croisées prenant jour sur le parterre du nord, une vue dégagée jusqu'aux frondaisons lointaines de la forêt de Marly. Au-dedans, les goûts capricieux de Mme de Châteauroux se retrouvaient dans tous les aménagements ; la duchesse, qui avait réservé beaucoup de place à ses bains et à ses offices, avait même fait exécuter, par le machiniste Arnoult, une chaise volante[1] permettant d'éviter les cent marches du degré d'Épernon. Le mécanisme en était assez ingénieux, et permettait de manœuvrer la nacelle de l'intérieur, en jouant aisément sur la corde la traversant de haut en bas.

Avec le Maître, j'étais seule autorisée à emprunter la curieuse machine, dont l'accès donnait près de mon antichambre. Mais le plus souvent, il passait, pour me rejoindre, par ses intérieurs. En sa présence, personne, excepté le service et les intimes, n'était admis à fréquenter cette partie du château, étagée

1. Autant dire un petit ascenseur.

autour de la cour dite des Cerfs. Mon appartement y formait, avec les Petits Cabinets du Roi et les terrasses du troisième étage, une manière de paradis réservé. Dans ce labyrinthe ignoré du public, et qu'on ne pouvait entrevoir d'aucun appartement privé, nous menions une vie dérobée aux contraintes. Évidemment, ma chambre en était le foyer ; c'est là que nous nous tenions le plus volontiers, en tête à tête, avec l'Amour pour confident unique.

Je puis dire que mon Maître m'aura aimée comme seul un roi peut aimer. Dois-je en parler ? En dépit de son rang si élevé, avec quel bonheur il savait s'abaisser jusqu'à baiser mes jolis pieds. Il les prenait dans ses mains et les caressait d'abord avec une infinie délicatesse. Comme il en redessinait bien chaque doigt, chaque courbe, et la cambrure gracieuse ! Ses baisers sur mes petits pieds étaient doux, légers et tendres ; ils me faisaient l'effet de papillons des champs... Je riais beaucoup, il riait aussi... je relevais mes trois jupons, je l'enveloppais dans mon châle, nous basculions sur le lit – toujours en riant... Dieu que nous fûmes heureux dans l'appartement d'en haut, et comme j'en regrette, à présent, pour ce qu'ils savaient abriter, les plafonds bas et le décor un peu fané !

Ce logement de Cour était assez grand pour que j'y fisse venir quelquefois ma petite Alexandrine, maintenant que sa grand-mère n'était plus là pour la gâter. Elle venait donc, de temps à autre, passer quelques jours avec sa gouvernante, la bonne Mme Dornoy, et toutes deux couchaient alors dans la plus jolie pièce du service. Au reste je m'étais constitué une Maison princière en réduction, comprenant un écuyer[1], deux valets de chambre, quatre

1. C'est ici le gentilhomme qui accompagne une dame, range sa traîne ou porte son manteau.

ou cinq femmes selon les moments, un bibliothécaire – le charmant père de La Garde – et un médecin. J'avais soigné la table comme on fourbit les bonnes armes, confiant la cuisine à M. Benoît et le service au raffiné Lignés. Enfin, pour diriger tout ce petit monde, j'avais convaincu M. Collin, qui avait réglé magistralement mon procès en séparation de biens, d'abandonner sa charge de procureur pour devenir secrétaire de mes commandements – autant dire l'intendant de tout.

*

* *

Je ne recevais encore que de manière informelle. Mais la nomination aux Bâtiments de M. de Tournehem avait fait, comme j'ai dit, présumer de mon influence ; et mon antichambre, pourtant assez vaste, ne désemplissait plus. La première difficulté de Cour dont j'eusse à connaître vraiment regardait de près la famille royale. En effet, cédant aux instances de ses filles, le Roi venait de décréter la fin de l'éducation de Madame et de Madame Adélaïde, ce qui allait priver leur gouvernante, la duchesse de Tallard, d'un office bien juteux ; aussi cette dame vint-elle me crier son désir de conserver quelque place dans la Maison nouvelle des Princesses. Je promis d'en parler à Sa Majesté et m'apprêtais à le faire en effet, quand Madame elle-même, me prenant discrètement à part au sortir de la chapelle, me pria, de la manière la plus pressante, d'empêcher à tout prix que Mme de Tallard restât auprès d'elle et de sa sœur. Bien embarrassée, je promis aussi de ce côté...

Ne pouvant balancer entre Madame et la duchesse de Tallard, je pris le parti de tout exposer au Roi, qui donna satisfaction à ses filles. Il lui paraissait que si Mme de Tallard s'était fait détester des Princesses quand elle eût dû s'en faire aimer, elle ne méritait guère de ménagement. C'est donc la maréchale de Duras qui serait nommée dame d'honneur de Madame ; la duchesse n'ayant plus que ses yeux pour pleurer. Aussi allait-elle user de son droit d'ancienne gouvernante[1] avec toute la rigueur possible : elle fit main basse, en quittant son service, sur les moindres effets de Mesdames, allant jusqu'à se saisir des bonbonnières au fond de leurs poches ! Madame Adélaïde se mit, fort plaisamment, à sucer alors un tas de petites dragées, disant qu'il fallait bien qu'elle les mangeât puisqu'elle n'avait plus de boîte où les mettre...

Si j'entre autant dans le détail, c'est que cette affaire me valut d'essuyer la première des vilenies destinées à me perdre. Avec une noirceur indicible, Mme de Tallard organisa en effet, pour se venger de ce qu'elle pensait être un mauvais service de ma part, une terrible calomnie : une place étant à pourvoir parmi les femmes de la Dauphine, elle fit circuler un billet sous mon nom, donnant à croire que j'intriguais pour y imposer une créature à moi, et me mettre ainsi dans l'état d'espionner chez les Princes. C'est ma cousine qui vint m'en avertir la première :

— Lisez ceci, ma bonne, me dit-elle en me tendant le billet falsifié, et dites-moi si vous avez jamais rien vu de plus vicieux !

Je mis au moins trois minutes à comprendre la manigance, tant il m'est difficile d'entrer dans d'aussi sombres combinaisons. Élisabeth s'y mouvait plus aisément :

1. La tradition l'autorisait à emporter tout ce qui avait été à l'usage des Princesses.

— Je crains bien qu'il ne soit trop tard pour parer ce coup-ci, me dit-elle. Mme la Dauphine ne parle déjà plus que de votre indélicatesse. Attendez-vous, d'une heure à l'autre, à une protestation de M. le Dauphin.

J'appelai aussitôt mon écuyer, et me fis préparer pour me rendre chez le couple princier.

— Je ne leur laisserai pas le temps de me faire grand mal, dis-je à ma cousine.

Sur quoi je l'abandonnai à ses larmes de crocodile.

Sans même passer par le cousin Binet, je me fis donc annoncer chez le Dauphin et la Dauphine. Ils me reçurent dans le petit cabinet[1] de la Princesse – affectant de ne rien déranger à leur train – et m'écoutèrent comme on entend, pour la forme, les derniers mots d'un condamné. Mes arguments durent porter cependant ; à moins que mon indignation ne plaidât seule en ma faveur ; toujours est-il qu'on voulut bien me rendre justice de l'infamie qui m'était faite. Le Dauphin me dit même quelques mots agréables, ce qui tranchait sur sa froideur coutumière à mon égard.

— Vous n'auriez pas dû tant vous alarmer, dit-il ; mais je suis ravi que vous nous en ayez parlé si bonnement.

Je fis une révérence bien sage et sortis de là sans demander mon reste.

Pour autant, je ne m'estimais pas tirée d'affaire. Il m'était revenu en effet qu'on tentait, de la même façon, d'indisposer la Reine contre moi. Voulant désamorcer cette nouvelle bombe, j'allai trouver Mme de Luynes, la priant de sonder la souveraine

1. Normalement, on ne recevait jamais dans ces petites pièces réservées à l'intimité. Y être admis pouvait être interprété comme un honneur insigne – ou une marque de mépris.

sur ce fait. Je reçus dès l'après-dînée un billet que j'ai conservé depuis tout ce temps, en gage peut-être de fidélité :

— Je viens de parler à la Reine, Madame ; je l'ai suppliée avec insistance de me dire naturellement si elle avait quelque peine contre vous ; elle m'a répondu du meilleur ton qu'il n'y avait rien et qu'elle était même très sensible à l'attention que vous avez de lui plaire en toutes occasions ; elle a même désiré que je vous le mandasse.

Ces mots de réconfort me rendirent la vie : j'ai toujours tenu cette Princesse pour une manière de sainte et un modèle des grandes vertus, et n'aurais pu supporter l'idée qu'on lui donnât mauvaise opinion de mes services.

*

* *

Une année s'était écoulée, depuis la série des bals qui m'avait vu naître à la Cour. Le carnaval de 1746, nettement plus sage que le précédent, nous fournit quand même l'occasion de quelques escapades nocturnes. Le soir du lundi gras, nous entraînâmes ainsi tous ceux qui soupaient avec nous dans un pèlerinage au Petit-Écu. De là, nous fûmes tous aux Écuries chercher trois carrosses, et filâmes vers Paris et le bal de l'Opéra. Le Roi avait passé son bras autour de mes épaules, comme naguère... À hauteur du Pont-Tournant, nous troquâmes les voitures de la Cour contre une plus discrète, qui était au prince de Soubise, et une de remise. Les dames montèrent dans la première avec le Roi – je me souviens qu'il y avait, notamment, ma cousine Élisabeth, la grande Mme de Brancas et Mme du Roure ; nous acceptâmes aussi le maréchal de Saxe, qui venait d'arriver de

Bruxelles pour engranger les lauriers de sa gloire et recevoir en hommage l'usufruit du château de Chambord. Il s'était vu couronner, sous les acclamations de la foule, quelques jours plus tôt à l'Opéra... Les autres hommes furent dans la seconde voiture.

La soirée fut très réussie, même si quelques danseurs avertis avaient fini par nous percer sous les masques. C'est au retour que le carrosse de M. de Soubise cassa devant Saint-Roch, et qu'il fallut s'entasser dans la voiture de remise ! Certains seigneurs durent monter à l'arrière, en postillons, et le maréchal lui-même se retrouva sur le siège à côté du cocher ! Je n'avais pas souvenir de m'être tant égayée depuis mon arrivée à la Cour. Nous nous couchâmes après le jour, la messe dite, et fûmes le soir même au bal de Mesdames, dont la duchesse de Tallard – qui en faisait pour la dernière fois les honneurs[1], à côté de la maréchale de Duras –, fit mine de ne me point connaître.

Malgré tous ses efforts, cette noire sorcière n'avait pu entamer mon crédit auprès de la Reine. Je mesurais cependant les limites dans lesquelles s'inscrivait une estime en tout point mesurée. Ainsi Mme de Luynes ne parvint-elle pas à me faire admettre parmi les quinze dames qui aideraient la souveraine, le jeudi saint, à laver les pieds des petites filles pauvres. On me fit répondre que j'aurais eu le mérite de ma demande sans en avoir la peine... Je ne m'avouai pas vaincue pour si peu, et comptais bien trouver ma revanche lors des cérémonies de Pâques. Quelque temps auparavant, croisant Mme de Luynes dans l'Appartement, je lui lançai d'un air que je voulais dégagé :

1. Les Princesses n'étaient pas encore en âge de recevoir elles-mêmes.

— Tout le monde dit que je quêterai le jour de Pâques...

Je vis que la bonne duchesse ne savait trop comment me répondre ; il est vrai que j'avais formulé mon souhait comme s'il avait traduit une intention du Roi – pourtant je fis encore chou blanc, la Reine nommant finalement Mme de Castries pour cet office.

Sans désarmer, je redoublai d'attentions pour la grande dame. Les jours d'Appartement, j'avais soin de ne jamais postuler qu'à son jeu, attendant, pour me retirer, que le Roi fût lui-même sur le point de monter dans les Cabinets. Lorsque m'arrivaient de belles fleurs, ou des fruits vraiment exceptionnels, je ne manquais jamais de les faire porter à la Reine, quand je n'y allais pas moi-même. Faut-il le dire ? Mes présents étaient toujours bien accueillis, et les remerciements qui m'en revenaient paraissaient sincères. Mme de Brancas me rapporta même que la Reine avait dit un jour, comme on évoquait, dans son particulier, le scandale de ma présence auprès de son mari :

— Puisqu'il faut quelqu'un dans cette place, j'aime mieux celle-ci qu'une autre.

Le compliment était mince, mais je le savais honnête ; or il m'était d'un grand prix. J'avais en effet besoin du soutien de la Reine pour museler un peu le parti dévot, et tenter d'endiguer les flots de malhonnêtetés qu'on déversait contre moi de ce côté de la Cour. Aussi attendais-je comme un viatique l'autorisation de monter, ne serait-ce qu'une fois, dans ses carrosses ; mais le privilège ne m'en était nullement acquis, et Mme de Luynes en fut réduite à argumenter : la Reine, me dit-elle, ne menant que deux carrosses, cela ne faisait jamais que douze places[1] ; mais elle ajouta que sitôt qu'une dame de la suite viendrait à manquer, l'on me ferait prévenir. Je voulus bien prendre cette excuse au pied de la lettre.

Un jour du printemps, à Marly, j'avais accompagné le Roi jusqu'à la terrasse de l'Abreuvoir, afin d'y admirer les groupes équestres[2] sculptés par M. Coustou, et qu'on avait installés là pour remplacer ceux de Coysevox. Apparaît soudain, au bout de la terrasse, un petit aréopage de dames entourant la Reine, et qui vient dans notre direction. Je sentis que le Roi s'en trouvait gêné et ne savait trop comment s'y prendre. Peu soucieuse de l'embarrasser, je me fondis naturellement dans l'assistance, et le laissai donc seul pour saluer son épouse. Il en fut quitte pour rentrer de même au Pavillon, ce qui fut jugé plaisant... Mais il ne m'en parla pas plus que cela ; et j'appris que, de son côté, la Reine avait apprécié ce geste d'effacement de ma part.

*

* *

Je voyais approcher le temps des armées avec une angoisse inexprimable. Il me semblait que je ne pouvais plus demeurer loin de mon Maî4tre ; je craignais qu'il n'allât se perdre dans ces camps où la petite vérole faisait des ravages ; surtout je redoutais qu'un éloignement, même passager, ne fît vaciller la flamme dans son cœur... Ma sollicitude un peu pressante ne laissait pas que de l'amuser, et c'étaient, de sa part, des boutades continuelles sur son impatience à repartir

---

1. N'oublions pas que Mesdames y montaient aussi.
2. Leurs répliques sont aujourd'hui à l'entrée des Champs-Élysées.

en campagne... Or il était à craindre que les armées anglaises ne fussent bientôt libres de revenir se battre sur le continent : on avait en effet renoncé à envoyer des troupes en Écosse, à l'appui des révoltés du prince Charles Édouard Stuart[1], et ces malheureux venaient de s'effondrer à Culloden, fin avril. La faute en incombait aussi à la France, qui n'avait su, après avoir poussé ces braves gens à se soulever dans son intérêt, que les abandonner à un ennemi sans merci. Cela choquait avec raison : on ne gagne jamais à se jouer légèrement du destin des hommes. Toujours est-il que le maréchal de Saxe avait dû regagner les Pays-Bas pour y préparer de nouveaux combats ; sa troisième campagne de Flandres promettait d'être décisive.

Je suivais ces grandes affaires avec l'assiduité étonnée d'une débutante au *lansquenet*. La politique ne m'avait jamais attirée, et je considérais de bonne foi qu'elle n'était pas une affaire convenant à mon sexe. Mais puisque aussi bien c'était la langue du pays, il me fallait chercher à la comprendre – à défaut de la parler encore. À dire vrai, il me paraissait que tout l'art, en ce domaine, consistait à savoir mentir et à tromper son monde à propos. Je soutenais qu'il y avait plus d'esprit et de politique dans l'art qu'une jolie femme emploie à sa toilette que dans tous les ministères de l'Europe ; tant il est vrai que l'art de plaire est autrement subtil que celui de tromper. Pour fausse qu'elle fût, sans doute, ma vision ne s'en renforçait pas moins de l'incurie chronique de certains ministres. Ainsi le marquis d'Argenson, alors en charge des Affaires étrangères, venait-il de mener,

1. Encore appelé le « Chevalier de Saint-Georges », il était prétendant au trône d'Angleterre.

sur le flanc sud, des tractations secrètes avec notre ennemi le roi de Sardaigne ; il en était sorti une manière d'ultimatum à notre alliée, la cour d'Espagne – ce qui mettait le Roi dans le plus grand embarras vis-à-vis de son puissant oncle ! Nous avions dû, pour réparer la bourde, envoyer à Madrid le duc de Noailles, chargé d'une mission aussi désagréable que bien délicate.

Le moment tant redouté vint trop vite : tout début mai, le roi repartait pour la Flandre... Je me consolai en pensant qu'il n'y devait rester que quelques semaines, et serait de retour à la mi-juin pour assister aux couches de la Dauphine. Le jeune Prince restait d'ailleurs auprès de sa femme, ce qui limita les émois dans la famille royale. Il y eut pourtant un incident au moment du départ, et je dois dire que j'en fus la cause involontaire. Le Roi était monté, à l'issue d'un lever très matinal, me faire ses adieux. Il en profita pour me charger d'une commission surprenante, venant de lui :

— Il y a, me dit-il, près de Dreux, une maison qui était aux Crécy, dont elle porte d'ailleurs le nom.

— Oui, Sire...

— J'aimerais que vous y alliez jeter un œil en mon absence, et que vous me disiez au retour ce que vous en pensez.

— J'irai, si ça peut être utile...

— Je le crois ; car dans le cas où elle vous plairait, cette maison deviendrait la vôtre. Disons que je vous la céderais...

Je tombai à genoux et remerciai le Roi d'une bonté dont chaque jour me prouvait qu'elle était sans limite. Nous fîmes incontinent des projets de voyages et de séjours pour le temps, sans doute prochain, où la Paix serait signée. Et je pris, pour une fois, l'initiative du premier baiser... Comment de tels adieux n'auraient-ils pas duré un peu ? Jamais je n'aurais pensé, tant le Roi paraissait calme et dispos, qu'il savait la Reine, dans le même temps, en instance dans l'Œil-de-Bœuf ! Lasse de patienter, elle menaçait de s'en retourner chez elle quand son mari reparut enfin...

*

* *

Non loin d'Étiolles, j'avais retenu Choisy pour y demeurer en l'absence du Roi. Je m'y étais rendue avec Sa Majesté, quelque temps avant son départ, officiellement pour régler les détails de mon prochain séjour. En fait, il avait fallu m'y mener pour cacher mon état, qui était bien embarrassant : j'étais enceinte de trois mois, et la grossesse avait pris un mauvais tour. Mon ventre m'avait tourmentée au-delà de ce que puis dire ; il me paraissait une plaie béante et qui ne faisait que se gâter avec le temps. De fait, je souffris le martyre tout au long du chemin, pensant mourir à chaque minute, et perdis l'enfant dès notre arrivée à Choisy. Le Roi s'en montra moins marri que moi, et se préoccupa surtout de me soigner et de me cajoler tout doux : il se souciait peu que je lui donnasse un bâtard de plus – mais pour moi, ce fut un déchirement. J'en venais à détester la vie agitée qui me semblait en être la cause. Ma résolution était formelle : je devais mettre à profit ma retraite printanière pour prendre du repos et me recomposer un bon naturel.

Sur ordre du Roi, j'étais descendue de mes combles, pour m'installer dans un appartement beaucoup plus accessible, à défaut d'être beaucoup plus grand. Presque seule avec mes gens, et ne recevant de visites que des dames autorisées, j'avais un peu le sentiment de mener à Choisy la vie qu'avait dû connaître Mme de Montespan à Clagny, sur la fin ; l'aspect même de la maison m'y aidait, mais aussi mes lectures : ne dévorais-je pas, alors, les *Mémoires* du marquis de Sourches sur la cour de Louis XIV ?

Par un beau matin frais et ensoleillé, nous prîmes la route de Crécy, avec mon oncle Tournehem, qui avait maintenant la haute main sur les Bâtiments, et mon parrain Montmartel, dont l'assistance financière allait encore se révéler utile... Nous vîmes au passage, à deux lieues devant Dreux, l'allée du château de ce marquis de Sourches dont j'avais les mots plein la tête ; les temps et les lieux offrent ainsi des rapprochements dont on ne saurait saisir la cause, mais dont l'effet le plus sûr est de nous convaincre que ce monde est un grand mystère. À Dreux, nous prîmes à gauche la route de Crécy, qui nous fit arriver face au château. Mes compagnons convinrent avec moi que le pays était aride et la situation, point trop agréable. La maison elle-même, assez belle et joliment meublée, réclamait des changements sans nombre. Enfin, le plus rebutant tenait aux extérieurs ; de la petite terrasse, la vue était arrêtée par un coteau des moins aimables, et l'on ne pouvait imaginer de tracer des jardins dignes de ce nom qu'en parallèle aux façades. Mon parrain affirma que cela n'était point rattrapable, et qu'il valait mieux que je cherchasse un autre refuge. Je n'étais pas de cet avis. J'aurais préféré transformer la maison de mes propres mains, plutôt que de risquer de décevoir le Maître ; au reste, tel qu'il était, j'aimais déjà fort mon château de cartes, et me promettais d'y accomplir des prodiges.

*
* *

Le Roi, qui avait pris possession de Louvain, Malines et Anvers, rentra comme prévu pour assister aux couches de sa belle-fille, qui ne firent pas un spectacle bien réjouissant. Alors que la grossesse se prolongeait dangereusement, fatiguant beaucoup la frêle Dauphine, on apprit que son père, le roi Philippe V d'Espagne, venait d'être foudroyé par une crise d'apoplexie[1]. Afin de ménager un peu la future mère, on choisit de lui cacher un temps cette nouvelle, ce qui mêla beaucoup de fausseté à un climat déjà tendu. De sorte qu'aux souffrances de l'accouchement et à la déception – légitime au royaume de France – de donner le jour à une princesse allait s'ajouter, pour accabler la malheureuse, un choc aussi terrible qu'inattendu. C'en fut trop pour la santé fragile de Marie-Thérèse Raphaëlle ; et la Dauphine mourait trois jours après ses couches, au matin du 22 juillet. Il n'est rien d'affreux comme la douleur qu'en conçut Monsieur le Dauphin, ni d'indécent comme le combat que se livrèrent, devant la dépouille même de la défunte, les princes dits étrangers[2] et les ducs de France. L'enjeu de leur querelle inique était la préséance à donner l'eau bénite. Personne ne voulant céder, il fallut que le Roi intervînt et fit ôter le goupillon de la chambre ardente ! Avant d'arriver à la Cour, j'eusse été bien étonnée d'apprendre que la vanité humaine pût se hisser à des sommets si honteux.

1. On avait alors l'apoplexie facile : toutes les congestions, embolies et autres malaises mortels étaient ainsi nommés.
2. Les maisons de Lorraine, de Bouillon, etc.

Prise de court, la Maison du Roi ne savait où loger la famille[1] éplorée. Le Maître ne voulait pas entendre parler de Marly, qui aurait trop rappelé le deuil de ses propres parents ; Compiègne et Fontainebleau furent jugés trop éloignés ; et l'on opta finalement pour notre Choisy... La maison, qui m'avait paru trop grande au printemps, quand j'y résidais presque seule, se révéla bien exiguë à l'été, pour accueillir les souverains et tous leurs officiers. Moi-même je dus céder mon nouvel appartement à une dame du Palais de la Reine, pour me retrouver plus mal lotie qu'à mon premier séjour. Quant au Roi, il souffrit de la confusion de ce voyage, qu'un double deuil rendait de surcroît bien sévère. Le retour à Versailles n'ayant point été placé sous de meilleurs auspices, je n'eus dès lors aucun mal à le convaincre d'aller passer une semaine à Crécy, en très petite société.

Il n'y eut avec nous, pour inaugurer ma nouvelle maison, que les habituels – entre autres, les ducs de Richelieu, d'Ayen, de La Vallière, M. de Gontaut, la princesse de Conti, Mmes de Brancas et du Roure, ainsi que ma cousine et mon jeune frère – tout ce monde s'entassant dans deux grandes berlines allemandes... Le gros duc de Chartres[2] et le beau prince de Conti[3], en princes du sang, nous rejoignirent par leurs propres moyens. C'était la

1. Rappelons que le Roi ne devait jamais demeurer dans la proximité d'un mort.
2. C'est le père de Philippe Égalité.
3. Et lui, le candidat malheureux au trône de Pologne.

première fois que je recevais le souverain chez moi, et je m'étais épuisée, ainsi que mes gens, à ce que tout fût au mieux. De fait, le séjour se révéla idyllique ; est-ce là ce qu'on appelle la grâce des premières fois ?

Sans pourtant l'aimer fort, je fis des politesses au jeune et brillant prince de Conti, vainqueur à Mons et revenu des armées sur une querelle de susceptibilité avec le maréchal de Saxe. Outre que j'étais l'obligée de sa mère depuis ma présentation, j'avais pour dessein de lui obtenir le titre de généralissime, qui devait lui permettre, le cas échéant, de remplacer opportunément le Roi à la tête des armées. Mon but était pour l'heure que le Maître ne reprît pas le chemin des camps ; puisqu'il était revenu près de moi, j'entendais bien qu'il y restât au moins jusqu'après l'hiver. Je savais pouvoir compter, à cet égard, sur le concours du cher maréchal, peu soucieux de s'embarrasser à nouveau d'un souverain au bivouac... Aussi voulut-il bien envoyer un message au Roi, où il garantissait qu'aucune action d'importance n'était à attendre pour la fin de cette campagne-ci. Et le Maître put se résoudre à demeurer chez lui... Je louai le Seigneur et profitai doublement de Crécy.

Au reste, tout le monde fut d'avis que ma maison, pour n'être pas trop bien située, ne manquait nullement de charme. On eut même de la peine à s'en arracher, surtout pour aller supporter les courants d'air de Fontainebleau... J'eus, pour ma part, la compensation de faire cette route automnale dans le carrosse de la Reine, où je remplaçais la duchesse de Villars, que la grande dame n'appelait que « Papète » – de même qu'elle appelait Mme de Luynes « La Poule »... Ainsi donc cette gentille Poule avait tenu parole. Il est vrai qu'on n'avait toujours pas à se plaindre de mes services de ce côté-ci : n'avais-je pas fait en sorte, avant le départ du Roi en mai, qu'il épongeât d'un coup les dettes formidables contractées par la Reine au jeu de cavagnole ? Ainsi va la Cour : tout n'y est que services rendus et obligations dues.

Chapitre 6

La nouvelle souleva Fontainebleau d'enthousiasme, en ce 12 octobre 1746 : le maréchal de Saxe venait de remporter à Rocourt, près de Liège, une victoire éclatante sur les troupes du prince Charles de Lorraine. Comme j'avais eu raison de faire confiance à mon maréchal, et combien la victoire me paraissait plus douce, à pouvoir la fêter auprès du Roi ! J'apprendrais plus tard, à mes dépens, toute l'importance d'un stratège éminent quand on prétend gagner d'éminentes batailles... La Cour et le Public étaient pleins, déjà, de la gloire du nouveau Turenne ; et je me rappelle un trait qui ravit la compagnie lors d'un souper chez moi : M. de Brissac, rapportant un ancien fait d'armes du maréchal, dit :

— Je soupais avec Saxe au soir de la bataille...

Je l'arrêtai dans son propos, et lui fis observer que le respect voulait qu'il dît, au moins, « monsieur de Saxe ».

— Eh morbleu, Madame, me répondit-il, est-ce donc qu'on dit monsieur César ou monsieur Alexandre ?

D'Italie nous parvenaient des nouvelles moins exaltantes. Ayant pris Gênes, puis Vintimille et le comté de Nice, l'ennemi s'apprêtait, pour la deuxième fois du règne, à nous attaquer sur notre sol !

Tout Fontainebleau s'alarma de cette irruption, et d'autant plus qu'on pouvait craindre des protestants du Languedoc qu'ils n'en profitassent pour se soulever contre l'autorité royale. L'on confia la riposte au maréchal de Belle-Isle, qui était le petit-fils du fameux Nicolas Fouquet de Louis XIV ; ce grand militaire partit dans l'heure. Bientôt il franchirait l'Argens, libérerait Castellane et, courant sus à l'ennemi, lui ferait repasser le Var au petit trot, rétablissant, dans toute cette partie du Royaume, la paix qu'avait voulue le Roi.

À Fontainebleau, je reçus un matin la visite de mon père, en compagnie de M. Duverney. Nous parlâmes des armées – et notamment de ces entrepreneurs aux vivres qui, en dépit des menaces, allaient à la guerre pour leur seul profit. « Ce sont des sangsues, disait mon père, des sangsues, voilà tout ! » Soudain, de sa manière un peu gauche et brutale, mon cher nigaud sortit de sa manche un pli que rien n'avait annoncé, et me remit ce mot de mon cher maréchal, exposant, comme un nouveau plan de bataille, le dernier projet qu'avait formé ce grand stratège : marier notre inconsolable Dauphin à la princesse Marie-Josèphe de Saxe, fille de son demi-frère le roi Auguste de Pologne ! Il me parut d'abord singulier que M. de Saxe prétendît ainsi donner pour bru à la Reine la fille de celui qui avait détrôné son propre père...

— La conduite des princes, me répondit notre ami, est à l'image de celle des dieux : fort éloignée de la raison commune. Aussi bien je ne désespère pas de vaincre les préventions de la reine Marie ; elle sait ce qu'elle me doit.

De fait, nos amis Pâris avaient joué, jadis, un rôle éminent dans son mariage avec le roi de France.

— Cependant, poursuivit-il, je n'ai pas pour coutume de me voiler la face : nous aurons bien besoin de votre appui, et tant auprès de la Reine que du Roi.

Je dus promettre de m'y employer. Ne devais-je pas un service à mon maréchal ?

Au demeurant, il n'était que temps de redonner femme au triste Dauphin. La bigoterie dans laquelle il s'était réfugié depuis la mort de l'Infante commençait en effet de lui tourner la tête - et l'on sait qu'il n'est de meilleur remède à la dévotion, cette maladie des âmes faibles, que le mariage. Le Roi partageait mon avis là-dessus ; mais il voulait s'assurer d'abord de la vigueur d'une princesse dont le rôle serait d'assurer la survie de sa dynastie.

— Le comte de Saxe m'écrit que sa nièce est un puits de santé, me dit-il un soir. Nous allons envoyer le duc de Richelieu à Dresde, il s'y connaît en femmes...

— Il paraît que la jeune princesse est parfaitement saine, approuvai-je sans relever l'allusion graveleuse.

— Tant mieux ! Qu'elle me fasse un tas de petits princes, et je serai content.

— Il faut espérer que la Reine le sera aussi.

— La Reine a plus à y gagner qu'à y perdre. Elle a déjà Choisy...

Le jeu de mots était plaisant. J'avais obtenu, en effet, pour achever de nous concilier la grande dame, qu'elle prît part à notre halte de Choisy, lors du retour prochain de Fontainebleau à Versailles. Je dis au Roi, en passant, que le marquis d'Argenson, alors aux Affaires étrangères, considérait déjà le futur mariage comme établi, et qu'il s'en proclamait partout l'auteur. N'avait-il pas détaché, dès le printemps, la cour de Saxe de la coalition ennemie ?

— D'Argenson est décidément une bête[1], me dit le Roi ; il se croit le seul ami de Dresde. Son frère est plus réaliste... Mais pour celui-là, je crains fort de n'avoir à m'en séparer bientôt.

— Sire ! En pleine négociation de paix ?

— La belle affaire ! D'Argenson n'a jamais œuvré pour la paix ! Ses conférences s'éternisent à Breda[2], et l'on se demande pourquoi. Vraiment, je suis curieux de voir ce qu'il en sortira. Rien, sans doute...

Il semblait en effet que nos plénipotentiaires demandassent trop, ou que les ennemis n'offrissent point assez. En fin de compte, après bien des compliments et bien des arguments, ces conférences de paix, donnant raison au Roi, devaient se révéler infructueuses. Or le marquis d'Argenson en avait fait sa chose – comme de tout le reste... Je décidai de l'égratigner un peu :

— S'il devait quitter, dis-je, il n'y aurait pas grand monde pour le regretter.

— Ne croyez pas cela : sa cour est presque aussi fournie que la mienne, et sans doute plus sincère.

De fait, l'annonce de la disgrâce de ce ministre, deux mois plus tard, souleva un tollé suffisant pour inquiéter son successeur, M. de Puysieulx. Soucieux de calmer les esprits, le Roi avait eu soin, pourtant, dans le temps où il renvoyait l'aîné, de confirmer le cadet, comte d'Argenson, dans sa charge de secrétaire d'État à la Guerre, et de lui octroyer les grandes entrées[3] de la Chambre. C'était

1. C'était son surnom : d'Argenson la Bête.

2. Dans les actuels Pays-Bas.

3. Le privilège du grand lever était moins prisé que celui du petit lever, car la cérémonie en était plus ouverte.

en janvier 1747, le jour même où fut célébré à Dresde, par procuration, le remariage du Dauphin avec la princesse Marie-Josèphe. L'oncle de la mariée, notre grand Maurice de Saxe, était fait maréchal général des camps et armées, titre que n'avaient porté, avant lui, que Turenne et Villars. Afin de ménager la susceptibilité de la Reine, la nouvelle Dauphine devait être d'abord reçue par le Roi seul, à Choisy, lors d'un séjour où ne seraient conviées que fort peu de dames.

Ce petit voyage promettait donc d'être inoubliable. J'avais souhaité y faire venir ma belle-sœur, la comtesse de Baschi ; mais le premier gentilhomme en année, M. de Gesvres, s'en référa aux ordres pour me refuser cette faveur :

— Je suis sincèrement navré, Madame, mais seules sont admises les compagnes des grands officiers de la Couronne, s'excusa-t-il.

Je m'en plaignis au Roi le jour même :

— Sire, ne pourrait-on, à plus d'un titre, considérer que j'exerce un grand office auprès de Votre Majesté ?

— Assurément, Madame, on le pourrait...

— Et ne pourrait-on, par extraordinaire, considérer Mme de Baschi comme la compagne du grand officier que je prétends être ?

Le Maître partit d'un grand rire, et ma belle-sœur fut invitée à nous rejoindre. Ce voyage de Choisy tint toutes ses promesses, en beauté comme en importance. Nous y tînmes une sorte de banquet de noces avant l'heure, dans la nouvelle galerie rehaussée d'or sous le soleil d'hiver, autour d'une table qui ne comptait pas loin de cinquante couverts ! Or, dans une assemblée si brillante, la présence seule de la future Dauphine avait empêché que je prisse place à la droite du Roi.

*
* *

Les cérémonies du second mariage eurent lieu en février, soit deux ans exactement après celles du premier. Le parallèle en fut douloureux pour le Dauphin, mais pour moi, délicieux : ce temps de grands bals me valut en effet de revivre les premiers moments de ma passion avec le Roi... Il y eut de nouveau bal masqué chez Mesdames, et je m'y rendis dans la même robe bleue, ornée de violettes, que la première fois. Il y eut de nouveau bal paré au Manège, mais cette fois, j'y dansai dans les premières après les Princesses ; le Roi devait y nommer aussi ma cousine ; et pendant tout un menuet, elle garda plaisamment, pour m'amuser, les yeux rivés sur la tribune d'angle où j'avais tant pesté l'autre fois... Enfin, il y eut un bal des ifs – quoique sans ifs, celui-là –, mais la bousculade y fut moindre, la galerie des Glaces ayant été réservée aux seules personnes présentées.

Comme deux ans plus tôt, les plus jolies dames de la Cour voulurent faire assaut de grâce, dans l'espoir à peine voilé de se faire remarquer du souverain. Aucune ne manquait d'arguments : la petite Forcalquier avait des yeux de biche, la jolie Belzunce, des lèvres de rose, la nouvelle Robecq, une gorge d'albâtre. La grosse La Marck avait bien de l'esprit et la charmante Périgord, une vertu des plus émoustillantes... Mais si je devinais le Roi sensible à tant d'appas, je me le savais plus encore attaché par des liens dont nulle n'aurait pu deviner la robustesse. J'aimais, j'étais aimée, nos passions s'accordaient : sa douce force me soutenait au milieu des pièges qu'on me tendait sans cesse ; et j'apaisais de mon côté, par des raffinements dont il faisait ses délices, les humeurs noires qui pouvaient l'assaillir. Nous n'aimions pas seulement, en l'autre, ce qu'il était, mais ce qu'il nous permettait de devenir en sa présence. Et chaque fois que je venais me blottir contre mon adorable Maître, nous éprouvions tous deux le sentiment qu'un soleil inondait nos cœurs et nos âmes.

Comme j'aurais voulu que ces amours portassent des fruits ! Pourquoi mon ventre s'acharnait-il à nous en priver ? Intime trahison ! Le printemps m'apporta de nouveaux espoirs de grossesse, d'autant plus terribles qu'ils furent bientôt déçus. Comme chaque fois que s'éloignait de moi cet enfant que je suppliais le Ciel de m'envoyer en dépit du péché, j'eus l'affreux sentiment de me trouver d'un coup vieillie. Cependant il ne fallait point se laisser aller ; et je devais, coûte que coûte, soigner les apparences. Plaire au Maître, le distraire et l'amuser, et en toute occasion dissiper ses sombres pensées – telle était, à cette époque, mon souci de tous les instants.

En petite société, lors des soupers ou des jeux dans les Cabinets, il se montrait le plus souvent affable, délié d'esprit, curieux de tout et causant bien, et arborait un air jovial qui surprenait les moins familiers – plus habitués à la raideur majestueuse qu'il affichait en public. Mais dans le grand particulier, le Roi pouvait retomber dans un abattement d'où rien ne semblait pouvoir le tirer. C'est dans ces moments-là qu'il me fallait, avec toute l'habileté du monde, capter son esprit, m'en rendre la maîtresse et, sans qu'il s'en rendît trop compte, l'occuper de sujets plus joyeux. Je m'attelais alors au clavecin et, d'un corps de voix modeste, mais qui jadis avait charmé les salons de Paris, je lui fredonnais une jolie romance ou quelque ballade... Il arrivait que je conviasse le divin Jélyotte à nous rejoindre ; et les duos que nous chantions alors avaient le don de rendre au Maître cette gaieté dont j'aurais aimé qu'il ne se départît jamais.

*
* *

Lors du séjour de Choisy en janvier, l'idée de monter une petite pièce était venue aux ducs de Nivernais et de La Vallière. J'avais eu, à Chantemerle, l'occasion de donner la réplique au premier ; quant au second, il ne faisait point un secret de cette passion pour les planches, qui l'avait conduit à créer l'un des meilleurs théâtres de société dans son château de Champs, en basse Brie. L'envie de jouer me reprit aussitôt ; et j'eus l'heureuse surprise de voir le Roi y souscrire avec amusement. Nous retînmes, pour commencer, le répertoire de Molière, qui paraissait indiqué pour une première fois ; et j'optai personnellement pour la comédie de *Tartuffe*, dont la charge contre les faux dévots promettait de me venger assez de l'attitude hypocrite du parti jésuite. Je fis prier Mlles Dumesnil et Gaussin, de la Comédie-Française, de venir nous exercer à un jeu de scène qu'elles possédaient comme nulle autre, et les répétitions nous occupèrent le reste du séjour. Je m'étais prudemment réservé le rôle secondaire de Dorine, la servante, laissant les principaux emplois à Mmes de Sassenage, de Pons et à la duchesse de Brancas. Le duc de La Vallière ferait Tartuffe, M. de Croissy, Orgon, et les ducs de Nivernais, d'Ayen et M. de Meuse, les autres rôles.

De retour à Versailles, nous devions faire bâtir une scène à la hâte, dans la Petite Galerie de

Mignard[1]. Mon oncle Tournehem s'arrangea pour mettre à notre disposition ce qu'il fallait de mobilier, de costumes, d'accessoires et de personnel ; ces aménagements furent limités, au demeurant, et l'on dut se contenter, pour loges où s'habiller, d'un morceau du palier de l'escalier des Ambassadeurs, et de l'ancien cabinet des Médailles en retour ! Le Roi, qui devait craindre un peu le ridicule, voulut limiter l'accès de la représentation à quelques amis sûrs : outre ma cousine Élisabeth, M. de Gontaut, l'abbé de Bernis, mon oncle Tournehem et mon jeune frère, il n'avait prié que le maréchal de Saxe – à qui rien n'aurait été refusé – le président Hénault, Mme du Roure et MM. de Champcenetz père et fils, valets de chambre. Des personnages aussi importants que le prince de Conti, le maréchal de Noailles ou son fils, pourtant gouverneur de Versailles, se virent refuser l'entrée – de même que le premier gentilhomme, qui m'en sut mauvaise grâce. Du moins la soirée fut-elle chaleureuse ; comme le Roi avait autorisé qu'on se manifestât sans attendre son signal, les spectateurs compensèrent la maigreur des applaudissements par une ferveur admirable.

Tout heureuse de renouer ainsi avec mon divertissement favori, je décidai de ne pas laisser le soufflé retomber. Une semaine après *Tartuffe*, nous donnâmes donc *L'Esprit de contradiction*, de Dufresny, également un classique. M. de Croissy y joua supérieurement ; je n'en dirais pas autant du cher Gontaut, qui m'avait demandé cette grâce mais ne s'en tira point trop bien ; deux jours entiers, je lui fis répéter son rôle, et le répéter encore, jusqu'à ce qu'il fût présentable. Quelques gentilshommes ayant formé un petit orchestre, on dansa à l'issue

1. Mignard l'avait non seulement peinte, mais décorée.

de la représentation – ce qui fit beaucoup jaser à la Cour, où l'on redoutait ces plaisirs trop réservés.

Méprisant les envieux, j'allais bientôt nommer M. de La Vallière directeur de la scène, avec, pour le seconder, M. Paradis de Moncrif, l'académicien proche de la Reine. Ma troupe se composerait du carré de mes ducs, ainsi que du beau Croissy, du charmant La Salle, du bon Gontaut ; pour les dames, j'avais joint à mes amies habituelles l'irrésistible Mme Trusson, femme de chambre de la Dauphine, et Mme Binet des Marchais[1], l'épouse de mon cousin – et la fée des gens de lettres... Mon bibliothécaire, M. l'abbé de La Garde, me parut tout désigné pour le rôle modeste, mais crucial, de souffleur.

— Merci mille fois, Madame, me dit-il avec des larmes dans les yeux ; moi qui n'osais vous le demander !

Il me sembla plaisant d'établir, pour une si fameuse troupe, un règlement en dix articles, que le Roi voulut bien honorer de son seing. Il y était stipulé qu'on n'y voulait point de novices ; que les emplois y étaient fixes et les rôles, incontournables ; que nul ne pourrait désigner lui-même son remplaçant en cas d'empêchement. Les dames se trouvaient très justement favorisées ; j'avais souhaité qu'elles eussent, seules, le choix des œuvres et du calendrier. Les deux derniers articles avaient trait à la ponctualité, les dames se voyant accorder une petite demi-heure de grâce aux répétitions... J'allais l'oublier : M. Cochin fut prié de nous graver des billets d'invitation, marqués du seul mot de « Parade », et où l'on verrait Colombine, ornée de rubans, minaudant avec Léandre sur des tréteaux,

1. Elle deviendrait la fameuse comtesse d'Angivilliers.

tandis que Pierrot, abandonné, passait une tête bien triste par le rideau du fond...

Notre première série se poursuivit, peu après les cérémonies du mariage, avec la comédie *Les Trois Cousines*, de Dancourt, que nous jouâmes devant le Dauphin et la nouvelle Dauphine. Je m'étais réservé le rôle exigeant de Colette, et m'y taillai un franc succès ; même le jeune Prince me gratifia d'applaudissements nourris – sans m'en considérer davantage...

Quant à son auguste mère, pour vaincre sa réticence naturelle, il me fallut faire assaut d'habileté. J'avais appris, par Mme de Villars, que la grande dame désirait fort qu'on donnât le bâton de maréchal à un vieux lieutenant général de ses amis, M. de La Mothe – qui, du reste, le méritait bien. Je fis comprendre au Roi quel parti nous pourrions tirer de cette grâce, et Sa Majesté voulut bien entrer dans mes vues. Un matin, il annonça donc à son épouse la nomination de M. de La Mothe ; et dans la foulée, la convia pour le samedi suivant à une représentation dans les Cabinets. Trop fine pour ne pas comprendre le marché, la Reine accepta gracieusement l'invitation ; et c'est ainsi que j'eus l'honneur de jouer pour la première fois devant toute la famille royale – excepté la Dauphine qui était enrhumée.

Par un hasard assez malencontreux, la comédie annoncée ce soir-là était *Le Préjugé à la mode*, de M. de La Chaussée, où un mari n'ose avouer l'amour qu'il voue à sa femme, de peur que cet honnête sentiment conjugal ne le condamne au ridicule ! Imperturbable, je jouai, face à M. de Duras, le rôle de l'épouse aimée, avec tout le naturel dont je fus capable. La Reine ne me tint pas rigueur du sujet, puisqu'elle me fit ses compliments à l'issue de la soirée. Il faut dire qu'à cette comédie nous avions ajouté le petit opéra *Bacchus et Erigone*, du jeune Cassanéa de Mondonville, où je tenais le rôle de la nymphe. Me concentrant sur les vocalises, j'en avais observé l'heureux effet sur mon illustre public ; puis je me surpassai dans le divertissement qui suivit, dansant aux côtés de l'excellent M. de Courtenvaux. Aussi bien est-ce à Érigone, sûrement plus qu'à Constance, qu'allèrent ce soir-là les mots aimables de la souveraine.

*

* *

Le maréchal de Saxe vint à ma toilette, fin mars, pour prendre congé. Je lui donnai une rose d'or qu'on s'apprêtait à épingler dans mes cheveux, afin qu'il eût un souvenir de son admiratrice jusque dans ces Flandres où il paraissait désormais chez lui.

— Madame, me dit-il de son ton désinvolte, il faut que cette fleur nous apporte la paix ; je m'en vais l'y aider.

De fait – n'en déplaise au marquis d'Argenson de triste mémoire – le royaume était plus qu'en position de négocier : au nord, trois campagnes victorieuses nous avaient déjà rendus maîtres des Pays-Bas autrichiens ; au sud, l'ennemi venait d'être repoussé au-delà du Var... Le maréchal de Belle-Isle s'annonça d'ailleurs début avril ; il venait présenter ses nouveaux plans pour l'Italie. Je lui réservai un accueil digne de ses grands services, et ce me fut un bonheur que de voir ce vieux guerrier frémir d'aise à mes compliments. Il allait profiter de son séjour à Versailles pour m'entretenir souvent de guerre et de politique, et m'initier mieux qu'aucun autre aux arcanes de la diplomatie.

La grande affaire, alors, c'étaient les Sept-Provinces[1], que le Roi n'avait cessé de convier à la neutralité, mais qui tardaient à s'y ranger. Il paraissait singulier, en vérité, que ces marchands hollandais, si prompts d'habitude à faire parler leur intérêt, ne prissent nullement dans cette rencontre le parti le plus avantageux pour eux. Comme ils se trouvaient à même de lever contre nous une armée bien dangereuse, il nous fallut prévenir leur mauvais coup. Le Roi partit donc fin mai pour Bruxelles, où il inspecta les troupes un mois durant. Puis il décida de marquer, par une nouvelle action militaire, sa volonté de prendre barre sur la coalition. La bataille eut lieu le 2 juillet, à Lawfeld, tout près de Maastricht, et la victoire ne nous revint qu'au prix de lourdes pertes. Ne pouvant dès lors investir la cité sans risque, le Roi et le maréchal envoyèrent le comte de Lowendal prendre Berg-op-Zoom. Le vainqueur de Gand et d'Ostende fit si bien dans ce siège qu'en cinq semaines il vint à bout de la place, pourtant réputée imprenable – au point qu'on l'eût appelée « la Pucelle »... Dès le lendemain, le Roi nommait M. de Lowendal maréchal de France, et levait le camp pour me revenir.

*

* *

Parmi les victoires de l'été, il en était une qui me toucherait plus que les autres. En effet mon père, qui n'était pas à une audace près, avait fait le voyage avec M. Duverney jusqu'à la Commanderie des Vieux-Joncs, où le Roi avait établi ses quartiers dans les meubles de l'ennemi. Il s'y était

1. En gros, les actuels Pays-Bas.

fait recevoir du souverain et, lui présentant des actes de révision déjà vieux d'un an, avait obtenu des lettres de noblesse pour services rendus à l'État. Ainsi, après que mon brevet de marquise avait poussé sur la victoire de Gand, celui de mon père s'épanouissait sur celle de Lawfeld – je me louai fort de ce nouveau trophée, et commandai sur-le-champ à M. d'Hozier, l'héraldiste de la Cour, un blason « de gueule à deux poissons d'or adossés » que j'envoyai chez mon père pour qu'il le trouvât à son retour... Mon frère lui-même ne serait plus nommé que marquis de Vandières, du nom de la terre dont notre père était fait seigneur.

Ayant atteint le seul but que je me fusse jamais fixé, celui de voir mon père rétabli dans son honneur, j'avais passé le reste de l'été à jouir de notre réussite. La tristesse de Versailles sans le Roi se trouvant aggravée par le deuil de la reine de Pologne, mère de notre souveraine, j'avais fait le plus possible d'escapades à Choisy, et surtout à Crécy, en compagnie de ma cousine et de quelques dames, dont Mmes de Sassenage et de Livry en suivantes assidues. J'aimais à la folie mon petit château près de Dreux, et c'était un bonheur que de m'y laisser aller, comme autrefois à Étiolles, aux joies simples de la vie campagnarde. Mon plus grand plaisir était de prendre le chemin qui descendait jusqu'à la Blaise, et m'asseyant sur la berge, de tremper mes pieds engourdis dans l'eau fraîche de la rivière... Comme j'étais heureuse alors, et comme je trouvais la vie merveilleuse ! Ma petite Alexandrine s'approchait du bord en riant, et ôtait ses souliers minuscules pour faire comme sa Maman. Tandis que je la serrais contre moi, elle se mettait à battre des pieds pour nous éclabousser… Je pleure en écrivant ces lignes – que ne suis-je restée libre d'en rire ?

Chapitre 7

L'espérance de donner un enfant au Roi résumait alors toute mon ambition. J'y aurais sacrifié bien des plaisirs et bien des gloires. Sans cesse, je déplorais que la Fortune refusât plus longtemps à notre amour ce qui m'apparaissait comme son prolongement nécessaire. J'allais désespérer peut-être quand, à l'automne de 1747, il se confirma que j'étais de nouveau dans ces dispositions qu'on dit avantageuses. Je me rappelle les mots du Maître quand je lui en fis part. Nous étions à La Muette[1], cette minuscule demeure royale qui touche au bois de Boulogne, et où le Roi était beaucoup venu dans ses plus jeunes années.

— Si cet enfant est à l'image de votre Alexandrine, me dit-il, je l'aimerai, n'en doutez pas.

— Vous n'êtes jamais si touchant que dans le rôle du père aimant.

— Oui, mais ce n'est pas mon préféré ; et je mets l'emploi d'amant avant celui de père...

— Sire, la nature n'en use pas autrement.

De fait, le Roi redoutait plus que tout que cette nouvelle grossesse ne vînt à altérer ma santé déjà fragile. Une coqueluche, contractée dans mon enfance au couvent de Poissy, avait rendu mes

1. À l'époque, on disait aussi « La Meute ».

bronches vulnérables au moindre refroidissement. Aussi bien elles cédèrent, cette année-là, aux vents coulis de Fontainebleau, jusqu'à me terrasser de fièvre. Cette affection se porta bientôt sur tout le corps et, vers la mi-octobre, je sentis que mon ventre recommençait à me vouloir trahir : l'enfant se détachait de moi. Une bile affreuse se déclara, qui m'obligea de prendre les eaux et décida le Maître à m'emmener à Choisy le temps utile à mon rétablissement. On maintint grand feu dans mon âtre. Mes femmes se relayèrent pour prodiguer leurs soins à mon corps endolori ; elles me couvrirent de compresses très odorantes, m'abreuvèrent de tisanes parfumées à l'excès, me badigeonnèrent d'onguents de toutes les façons... Le Roi ne quittait mon chevet que pour aller s'aérer à la chasse, et le regagnait sitôt rentré.

— Sire, disais-je, je veux vous donner cet enfant !

— Rendez-moi déjà sa tendre mère, répondait-il en buvant doucement mes larmes.

Avant novembre, j'ai compris que tout était perdu. De nouveau mon ventre s'est déchiré, mon ventre a crié, mon ventre a saigné, mon ventre a pleuré. Toutes les larmes de mon corps se sont répandues en rage impuissante et honteuse. Matrice inféconde et douloureuse ! Tout ce vers quoi je tendais et qui n'arriva point ! Tous ces berceaux sur lesquels je ne me pencherais jamais ! Seule dans l'ombre de mes rideaux fermés, m'enfouissant au creux de l'édredon, il me fallut pleurer à en tousser, tousser à en cracher du sang.

*

* *

Versailles, où nous prîmes nos quartiers d'hiver, ne me parut guère plus joyeux qu'à l'été. Mon appartement tendait à y devenir l'un des centres de la Cour, et l'on croisait dans mon cabinet tous les ministres sauf le cardinal de Tencin, tous les princes du sang hormis le prince de Conti, tous les ambassadeurs excepté le nonce apostolique. M. de Bernis m'avait appris à traiter chacun selon son rang, mais en ne marquant ces distinctions que par des manières délicates et des moyens ingénieux, de sorte qu'elles n'eussent rien de tranchant ou de choquant pour les personnes. Mais pour élaborée qu'elle fût, cette vie publique me pesait assez ; aussi demeurais-je le plus souvent possible dans mon intérieur. Quand l'ennui me prenait trop durement, je montais aux terrasses que le Roi s'était réservées au troisième étage, sur la cour des Cerfs. C'était une sorte de jardin suspendu, qui a bien diminué depuis, mais composait alors, avec ses délicats treillages, ses belles rocailles, ses fontaines roucoulantes et ses fleurs rares, un endroit délicieux et irréel – comme un petit paradis au-dessus du monde. La principale curiosité résidait dans les volières fort ouvragées qui s'y trouvaient, et que j'avais transformées, la première en poulailler, la seconde en colombier. Je pouvais passer là de longs moments, à tromper mon ennui dans la compagnie des pigeons. Leurs tendres caresses me redonnaient confiance en la vie, et j'admirais comme une enfant l'intelligence de l'un, la fatuité d'un autre... Mme de Montespan avait eu six souris qui tiraient un carrosse en filigrane, quand elles ne prenaient pas la liberté de mordre ses belles mains ; nos jolies femmes ne juraient plus que par les chats ; pour moi, j'aimais alors surtout les pigeons.

Au reste les oiseaux, de quelque espèce qu'ils fussent, ont toujours fait mes délices. J'en aurai mis partout : à Crécy puis à Bellevue ; dans mon ermitage versaillais comme en celui de Fontainebleau ; et si je pouvais les encager sans leur faire perdre leur voix ou leur couleur, je vivrais encore entourée de rossignols et de rouges-gorges vivants ; je me contente aujourd'hui de ceux qu'a peints pour moi M. Boucher. Rien ne m'enchante comme le doux chatoiement des plumes, rondes ou effilées, parfois vaporeuses. À mes cheveux, sur mes robes ou au-dessus de mon lit, j'aime à voir celles du cygne, du faisan, de l'autruche, du paon… J'en ai même voulu sur les plats qu'on sert à ma table, et que mes cuisiniers ont appris à si bien relever d'une aigrette dure ou d'un panache oscillant.

*

* *

À l'époque dont je parle, les soupers des Cabinets avaient tendance à se tenir chez moi, le plus souvent. Mes cuisines, elles aussi à l'étage des terrasses, avaient encore été agrandies d'une pièce, et comprenaient trois âtres de cheminée, des tournebroches, un four, des fourneaux-potagers surmontés de hottes… M. Benoît, qui régnait sur ces forges odorantes, n'avait pas son pareil pour fondre une crème à la Pontchartrain ou un potage à la Villeroy, accommoder le brochet à la polonaise, la perche à la hollandaise, la lotte à l'allemande, trousser des cailles à la Saintonge et des ramereaux[1] à l'impromptu. Les lapereaux venaient de chez M. de La Vallière, les coquelets de chez le Roi, les dindonneaux de mon propre élevage. Je

1. En l'occurrence, de petits ramiers.

veillais à ce que ma table ne fût jamais dégarnie des accompagnements qui faisaient sa réputation : croustades de chanterelles et gratins de fenouil, épinards à la faisselle ou choux-fleurs au parmesan... Quant aux entremets, froids ou chauds, c'est peu de dire que j'y veillais avec la dernière exigence, m'assurant que les sorbets n'arriveraient point en eau, ni les pommes chaudes, trop caramélisées.

À table, je ne déléguais à personne le soin d'orienter la conversation, encourageant certains convives et modérant les autres, relevant les sujets plaisants pour mieux étouffer les ennuyeux. C'est tout le secret d'un souper agréable ; et j'ai vu cent fois, hors de chez moi, de beaux repas se languir, faute d'une maîtresse de maison qui sût tenir d'une main ferme les rênes de ce grand charroi qu'est une tablée. À l'automne de 1747, le gros de la conversation devait rouler sans doute sur les comédies des Petits Cabinets, que l'on préparait pour la nouvelle saison, et pour lesquelles mon oncle avait aménagé la Petite Galerie en un véritable théâtre, un peu sur le modèle d'Étiolles – si ce n'est que l'espace s'y trouvait encore plus mesuré. Après les classiques de la première saison, les dames de la troupe avaient retenu ma proposition de créer cette année des comédies récentes, sinon plus en prise sur le temps.

*

* *

Le premier spectacle eut lieu le 21 décembre, au lendemain de mes vingt-six ans. M. de La Vallière, en directeur courtois, déclama, devant le rideau, un charmant compliment en vers, que j'ai conservé parmi mes trésors, et qui disait donc :

Dans le jeu que pour vous on prend soin de former,
Vos talents enchanteurs vous font mille conquêtes.
Ce fut pour couronner votre art de tout charmer
Que l'Amour inventa vos fêtes.

On comprendra mieux que ma voix ait un peu tremblé dans les premières notes du rôle d'*Ismène*, en cette pastorale où le duc d'Ayen jouait Daphnis. Pour la musique, j'avais engagé cette fois des gens de métier, sous la houlette de M. Rebel, qui ne présidait pas encore l'Académie royale. Le Roi fut enchanté de cette inauguration et, m'embrassant devant les chanteurs, dans mon habit de taffetas bleu liseré de gaze blanche, redit même plusieurs fois :

— Voilà un charmant spectacle !

Pour lancer les comédies, j'avais choisi *L'Enfant prodigue*, de Voltaire, et convié le philosophe à se joindre à nous dès la première répétition. M. de Bernis était là, lui aussi, et j'eus le sentiment, à les voir bavarder gaiement tandis que nous nous escrimions sur les planches, de me retrouver à Étiolles, l'année de Fontenoy… J'apprenais le rôle de Lise, et M. de Voltaire contribua fort à me le faire bien entrer. À la fin, il me remit un compliment qu'il avait tourné dans sa manière par trop flatteuse, mais qu'on ne pouvait se défendre de trouver galant. Cela finissait ainsi :

Que vos jours précieux soient marqués par des fêtes !
Que la paix dans nos champs revienne avec Louis !
Soyez tous deux sans ennemis
Et tous deux gardez vos conquêtes[1].

1. Il faut y voir, bien sûr, une allusion à la Paix.

Ces derniers vers m'inquiétèrent un peu ; ils étonnèrent le Roi et déçurent la Reine ; mais ce sont Mesdames qu'ils choquèrent vraiment. Quant au Dauphin, il s'en déclara heurté, et dit partout qu'il fallait que Voltaire eût perdu la raison pour commettre de telles insanités... De sorte qu'à la répétition suivante je me sentis forcée de garder mes distances vis-à-vis du rimeur, qui d'ailleurs comprit mon embarras et ne reparut point dans la suite. J'en fus chagrinée, et cela dut se remarquer au soir de la représentation, qui fut donnée la veille de la Saint-Sylvestre. Les Princesses n'épargnèrent pas Voltaire pour autant, et tandis qu'on applaudissait, ne se gênèrent pas pour faire entendre bien haut leur désapprobation.

Ce fâcheux précédent risquait fort de détourner le Roi des auteurs à la mode. C'est d'ailleurs à sa demande, et en vue d'apaiser les esprits, que nous reprîmes, au début de l'année, notre premier succès : le *Tartuffe* de Molière. Il n'est guère de meilleure attitude, face aux dégradations lentes, que celle qui consiste à revenir aux sources. Notre premier *Tartuffe* avait eu du succès ; le second connut un triomphe – et d'autant plus qu'à présent le Maître acceptait autant de spectateurs que la salle en pouvait contenir, soit une bonne quarantaine. Le décor bleu et argent qu'y avait ajouté M. de Tournehem en faisait un véritable petit théâtre, mieux configuré sans doute que la salle de la Comédie.

M. Gresset n'a peut-être pas le quart du talent de Voltaire, mais il fit preuve, à cette époque au moins, d'une habilité bien supérieure. Nous devions créer sa comédie du *Méchant*, en concurrence avec les Comédiens-Français. Je l'avais lui aussi convié à nos répétitions ; mais il y montra une discrétion et une humilité qui tranchèrent fort sur le ton impérieux de l'historiographe. Le Roi étant venu s'amuser de nous voir prendre nos marques, lui dit :

— Ne trouvez-vous pas que le comte de Maurepas[1] et votre Méchant ne font qu'un ?

— Sire, répondit l'auteur, je ne savais pas que vos ministres fussent aussi comédiens.

Mieux inspiré que Voltaire en fait de flatterie, M. Gresset s'extasia de même sur l'aisance du duc de Nivernais à jouer Valère, et poussa le compliment jusqu'à prier Rosselly, des Comédiens-Français, de venir s'en inspirer pour son propre jeu. Dès le soir de la première, l'enthousiasme du public effaça au reste mes amertumes, et me confirma dans l'idée de poursuivre.

C'est que, par le théâtre, je m'étais mise à même de renouveler l'intérêt du Roi pour ma personne, en m'affichant dans des registres variés, sous des jours inédits. Tour à tour ingénue, gouailleuse, piquante ou délicate, j'avais su raviver les sens du Maître et leur ouvrir des voies nouvelles vers le désir. Ainsi, dans *Les Amours de Ragonde* – un opéra-bouffe que nous donnâmes après *Le Méchant* –, avais-je choisi le rôle de Colin, jeune berger, tandis que le marquis de Sourches s'était attifé en Ragonde, fermière un peu mûre… Ce soir-là, le Roi dut apprécier que je gardasse mes habits de jeune homme – et notamment un gilet rose fort ajusté – pour ajouter à nos plaisirs un grain d'ambiguïté. Les divertissements qui suivaient certaines représentations m'étaient aussi des occasions de prouver une grâce, une maîtrise, une séduction que

1. On retrouvera bientôt ce ministre de la Marine.

m'auraient enviées à bon droit, je crois, plus d'une danseuse de métier. Mieux encore : le Roi tirait une espèce de fierté à ce qu'on me vît chanter pour lui, et danser, et jouer ; et l'aura des applaudissements me redonnait à ses yeux l'éclat qu'une trop grande habitude aurait pu m'ôter.

*

* *

Le comte de Coigny, grand ami du Roi – surtout pour la chasse – et qui avait joué Damis dans *Le Préjugé à la mode*, quitta ce monde au début du mois de mars. Ses gens prétendirent l'avoir trouvé sur la route au-dessus de Passy, inanimé dans la neige rougie, près de sa chaise de poste renversée... En fait, son beau-frère, le marquis de Croissy, devait m'apprendre la vérité : le beau gentilhomme avait péri dans un combat en duel contre le prince de Dombes, cousin bâtard du Roi par le duc du Maine[1], qu'il avait offensé sans le vouloir lors d'une partie de cartes à l'hôtel de Conti. Le Roi s'accusa d'abord de ce qu'il croyait être un accident : « C'est moi qui l'avais prié de venir », disait-il. Puis il apprit la vérité, et s'en trouva plus amer encore. Il faut dire que le comte de Coigny avait été le confident de sa prime jeunesse et, de tous les familiers, certainement celui à qui sa confiance était allée le plus volontiers. Le perdre si subitement, et d'une façon si choquante, valut au Maître une révolution des sangs qui me fit craindre pour sa santé.

Soit qu'il m'en voulût de n'avoir pas senti comme lui tout le drame de cette disparition, ou bien que ce deuil réclamât des consolations que la

1. Un des fils légitimés de Louis XIV et de Mme de Montespan.

chasse seule pouvait lui procurer, je sentis que le Maître, loin de se rapprocher de moi dans cette épreuve, se renferma plutôt sur lui-même. Cela me valut quelques migraines et bien des inquiétudes, et j'eus grand mal, dès lors, à tenir mes rôles dans les dernières représentations de l'hiver. Je trouvai quand même la force de chanter *Cléopâtre* – dont l'histoire me touchait comme nulle autre, et qui vint clore la saison. Pendant le carême, j'organiserais encore, pour distraire un peu le Roi de sa mélancolie, d'agréables concerts de musique sacrée, qui prolongeraient le plaisir des chanteurs et des musiciens, et réchaufferaient saintement nos âmes – mais sans y faire couler plus de gaieté... Heureusement, à la fin du mois, le retour de Fontevrault de Madame Victoire, quatrième fille de France, vint à point nommé pour chasser nos tristes humeurs. Le Roi s'en fut accueillir la princesse au village de Sceaux, où les retrouvailles furent bien touchantes.

*

* *

La douceur du printemps fit l'aimable prétexte d'un petit voyage à Crécy, où nous pûmes admirer le beau travail accompli par mon architecte, M. Lassurance. Usant des pierres abandonnées sur le chantier de l'aqueduc de Maintenon, il était parvenu en effet à consolider l'assise du logis ; puis il avait entrepris de rebâtir les ailes de part et d'autre de la cour. Sur la colline derrière la Blaise, l'on commençait de tracer un amphithéâtre de pelouse entre les deux bois. Quant aux intérieurs, ils prenaient forme, tapissés et tendus de gourgourans et de basins[1] bleus, gris ou verts... Je me

1. Il s'agit là d'étoffes choisies pour leur simplicité.

découvris, lors de ce voyage, un faible certain pour le boudoir où trônaient maintenant deux globes magnifiques, un terrestre et un céleste, dont je ne sais s'ils invitaient plus au voyage ou bien au rêve... Le Roi s'en fut chasser quant à lui du côté de Houdan et dans la forêt de Châteauneuf, de préférence à celle de Dreux. C'est aussi à ce moment, je crois, que j'instituai l'uniforme[1] que porteraient désormais les habitués de Crécy : il serait vert comme celui de Choisy, et galonné d'or en bordure et aux boutonnières, mais sans broderies, pour l'en distinguer ; les femmes n'en eurent point.

*

* *

Vers cette époque, j'eus la visite, à Versailles, de mon vieil ami Darboulin. Il venait, de la part de mon mari, me prier d'intervenir en sa faveur sur des questions regardant la Ferme générale. Je fus contente d'apprendre que Charles Guillaume, après avoir souffert un moment de notre séparation, s'était fait un callus là-dessus et ne pensait plus guère qu'à prendre du bon temps avec de jeunes danseuses... Ma mère aurait donc eu raison, qui m'avait dit, lorsque je l'étais venue visiter peu avant sa mort, que mon mari finirait par oublier notre union, et plus vite que moi-même... Dieu que les vrais sentiments des hommes sont éloignés de ce qu'ils s'en figurent de bonne foi, et qu'il est difficile, à les observer, de savoir comment évoluera leur cœur ! Je n'en fis pas moins bon accueil aux requêtes de M. Darboulin ; il est vrai que j'avais justement besoin de la signature de mon mari pour l'achat d'une propriété moins éloignée de Versailles

1. C'était une tradition dans certaines maisons royales.

que mon Crécy beauceron. J'avais pensé d'abord la trouver dans la terre de Montre-tout, que j'eusse rebaptisée « Tretou » ; mais le Roi ne s'y plut nullement, et je la délaissai bien vite pour La Celle et son « Petit-Château ».

C'est dans cette dernière maison, voisine de Saint-Cloud, que Sa Majesté me proposa d'aller passer la Saint-Jean, jour de ma fête. Nous y étions dès la veille et passâmes donc la nuit sous ce toit modeste. Au matin, j'eus la surprise de m'éveiller aux accents d'une musique admirable : une petite troupe de musiciens costumés en bergers était venue donner l'aubade sous mes fenêtres ; puis, quatre fraîches fillettes, elles aussi joliment parées, entrèrent pour me réciter un compliment, et déposèrent à mes pieds de splendides gerbes de fleurs des champs. J'en pleurais déjà quand on me fit remarquer, au milieu de la plus grosse gerbe, un écrin magnifique frappé des tours de Pompadour ; un diamant s'y trouvait, très gros, que le Maître avait acquis de feue la duchesse d'Orléans. Mise en train par ces délicatesses, je passai la journée entière à couver mon beau seigneur comme on réjouit un guerrier au retour d'un combat mythique ; ce ne furent que baisers, caresses, étreintes inédites – et je me livrai à lui ce jour-là, plus complètement sans doute que je l'eusse jamais cru possible. Mon Maître, comblé, parut surpris lui-même des feux qui me dévoraient.

Le soir venu, je fis servir le souper dans la douce fraîcheur des jardins. Les musiciens étaient revenus, et ils accompagnèrent le chœur de mes ducs qui chantait mes louanges sous les étoiles naissantes... Soudain, sans que je m'y fusse attendue le moins du monde, des gerbes de feu embrasèrent le ciel : le Roi avait commandé, en mon honneur, ce feu d'artifice digne des plus grands événements, et dont l'ampleur tranchait sur la modestie du logis. Brûlant de reconnaissance, je laissai les bouquets de lumière nous transporter dans un ciel de gloire et d'amour infinis – et dessiner le « J » de Jeanne qui s'enlaçait au « L » de Louis. Je serrai dans mes paumes la main droite du Roi de France, et chantai plus fort dans ma tête pour ne me point laisser aller à des sanglots de joie.

Cérès ou l'été

Chapitre 8

Tout l'été de 1748, je conservai mon Maître à portée de vue ; car dans l'attente de la paix, aucune campagne ne l'appelait loin de moi. Les Français se trouvaient victorieux dans tous les territoires où ils avaient porté la guerre ; hélas, on n'en pouvait dire autant des combats nautiques, où les Anglais s'employaient de détruire ce qu'il restait de notre marine... Ainsi paraissait-il évident autour de moi que l'Europe serait menée désormais par deux peuples, dont l'un régnerait sur les terres, et l'autre, sur les mers. Cette guerre nous laissait au demeurant bien affaiblis. Certes, nous avions fait la preuve, au nord comme au sud, de la suprématie de nos armes ; seulement nous sortions de là épuisés d'hommes et d'argent, et riches de victoires plus que d'alliés. C'est dire si nous espérions la paix – quitte à renoncer pour elle à certains avantages : à mon grand soulagement, le Roi, qui n'avait jamais eu l'esprit de conquête, se souciait bien plus d'asseoir la sécurité de son royaume que d'en repousser les frontières. Et par le traité qu'il s'apprêtait de signer, nous voulions instituer, selon ses mots, « la paix d'un Roi et non celle d'un marchand ».

*
* *

Hormis de rares voyages à Crécy et surtout au « Petit-Château » de La Celle – pour lequel M. Gaudreaux[1] venait de me livrer tout un mobilier de bois précieux –, nous passâmes le gros de la saison à Compiègne, dont le château, qui n'avait pas été rénové, m'évoquait la cour des rois Valois. J'y étais logée fort à l'étroit, en dépit d'une vue dégagée sur l'horizon forestier. L'espace m'était si mesuré qu'il m'y fallait donner à souper dans une antichambre, et partager mes cuisines avec la Reine ! Je m'évadais d'autant plus volontiers vers le charmant pavillon de la Ménagerie, où j'aimais à contempler de grands oiseaux... Les « maisons de bois » n'avaient point encore vu le jour, à cette époque, mais déjà je goûtais les charmes campagnards de l'endroit. Je ne me lassais pas des ciels de plomb qui préludent aux orages d'août, ni de l'ombre très noire des grands chênes, les jours de soleil accablant... Tranquillement installée à leur pied, je passais mes après-dînées sous la protection de leur feuillage, à deviser honnêtement avec M. de Gontaut – ou bien à peaufiner les plans du théâtre amovible qu'on devait m'installer, à Versailles, dans l'escalier des Ambassadeurs.

Je me tenais également au courant de l'avancement des travaux dans mon propre appartement. Mon oncle Tournehem devait en effet mettre à profit les voyages de Compiègne et de Fontainebleau pour faire effectuer certaines transformations à Versailles, décidées avec l'assentiment du Maître. Après trois années passées dans le décor des sœurs de Nesle, il paraissait juste, en effet, que je pusse jouir d'un décor que j'aurais choisi moi-même. Ma principale indication visait à cloisonner le grand cabinet au-dessus du salon de Mars, pour en faire

1. L'un des grands ébénistes du temps.

une chambre et un petit cabinet, plus intimes et faciles à chauffer. L'on en devait aussi couvrir les murs selon la technique du chipolin[1] qui à la douceur des tons allie celle des parfums... De nouvelles boiseries, un meuble d'hiver retissé, des bras de lumières neufs et quelques retouches de peinture achèveraient de redonner lustre et fraîcheur à mon séjour de l'attique nord.

Depuis Compiègne, j'avais enfin préparé la grande fête de nuit que je souhaitais donner à La Celle, pour remercier le Roi de sa surprise de la Saint-Jean, et célébrer, avant tout le monde, les prémices de la paix d'Aix-la-Chapelle. Il était prévu que, parée du costume bleu sombre de « la Nuit étoilée », et précédée de hautbois et violons, je conduirais Sa Majesté à travers un parc enchanté : un premier bosquet dissimulerait une scène où M. d'Ayen, costumé en Pan, et Mme des Marchais, en Flore, danseraient avec un groupe d'enfants de l'Opéra. Puis, au détour du petit canal illuminé de verres de couleur et embrasé de feux de Bengale, apparaîtrait M. de La Salle en berger, qui nous dirait son compliment en vers. Feignant de l'interrompre, tout un groupe de valets costumés en villageois sortirait alors des bois alentour, et distribuant masques et dominos, guiderait la compagnie vers un autre bosquet illuminé, où se tiendrait un bal, ouvert par douze petits pierrots et pierrettes. Tout cela me paraissait fort beau en songe, et je croyais l'avoir vécu avant même que la date ne fût venue. Cependant la réalité se révéla

1. D'après Mme Gallet, cela revenait à appliquer successivement huit couches de colle chaude de peau de lapin.

tout autre : la nuit fut certes douce, les animations, magnifiques et les figurants, motivés ; mais le Roi lui-même, agacé par tant d'apprêts, ne se départit pas d'un air morose des plus fermés ; il bâilla même sans cesse, et finit par me refuser la moindre danse ! De sorte que la fête la mieux préparée fut en même temps la moins réussie, et que ces réjouissances manquées me laissèrent un goût d'amertume dans la bouche, encore sensible après quatorze années...

*

* *

M. de Voltaire, de la cour de Lunéville où il affectait de se réfugier après son malheureux éloge, m'écrivit pour me prier d'empêcher la représentation, à Fontainebleau devant le Roi, d'une parodie qu'on voulait donner de sa dernière pièce, *Sémiramis*. Il fit appuyer sa requête par mon parrain qui, du reste, m'avoua ne s'en acquitter que pour avoir la paix. Soucieuse de plaire au philosophe, je voulus bien m'assurer que la parodie ne serait pas jouée devant Sa Majesté ; et dès mon retour à Versailles, je fis savoir à Voltaire qu'il avait eu gain de cause. Mais cela ne lui suffit point ; il en voulut davantage. Et je conserve le souvenir de jours entiers passés à calmer cette âme inquiète, sur une affaire qui ne me paraissait pas si vitale... Je vais retracer une de ces journées, ici même, pour donner une idée de ce que cela recouvrait.

Mes journées commençaient alors dès huit heures, par une courte visite du médecin, qui s'enquérait de ma santé tandis qu'on préparait ma chambre pour la journée. Le matin dont je parle, une de mes femmes a dû me remettre, au saut du lit, un mot de M. de Bernis s'annonçant à mon déjeuner ; je lui aurai fait dire de se tenir prêt pour neuf heures et demie. Comme chaque matin, ma toilette privée pouvait commencer. L'on disposait autour de moi les serviettes chaudes, imbibées de toutes les essences que j'aimais, dont l'eau de jasmin et celle d'oranger qu'on distillait au Grand Commun. Je savourais la caresse des linges sur ma peau, et m'attachais à prolonger le sentiment de renaissance qu'elle procure au corps las. L'on m'apportait aussi des poudres, dont je faisais moi-même mes onguents et mes crèmes, dosant chacune à l'aide d'une cuiller de vermeil. C'était là ma compétence, et je n'ai jamais laissé à personne le soin d'y pourvoir à ma place. Puis Mme du Hausset, ma femme de chambre la plus experte en ces choses, s'appliquait à masser mon front, mes tempes et mes cheveux. Je basculais la tête en arrière, et profitais voluptueusement de ce moment qui me paraissait propre à dissuader la migraine, mon pire ennemi.

On laçait mon corset, on me passait mes jupons, ma jupe, mon corsage. Des rubans, des agrafes, à défaut de colifichets et d'ornement : j'étais habillée, mais pas encore parée, quand arrivait le temps du déjeuner. C'était l'heure que choisissaient mes amies intimes pour me venir dire le bonjour ; et de fait Mmes d'Estrades, de Livry, de Brézé, de Brancas, accourent dans ma mémoire, ce matin-là, pleines des nouvelles de la Cour et de la Ville... M. de Bernis entre comme convenu à la demie... Il m'explique que l'ambition de Voltaire est qu'à présent la défense de moquer sa *Sémiramis* vaille non seulement à la Cour, mais encore à la Ville ! Cela fait rire la compagnie, et mon abbé lui-même ne sait quelle contenance adopter devant une réaction qui paraît de simple bon sens. Je comprends qu'il souhaite surtout ne pas décevoir un nouveau collègue.

— Vous n'auriez jamais dû appuyer la candidature de Voltaire à l'Académie ! me lance ma cousine à ce propos. C'est un ingrat, il vous le fera regretter !

Je ne suis pas loin, alors, de penser comme elle ; en tout cas j'ai résolu de taire au Roi la nouvelle requête formée par son historiographe.

Les jours de semaine sans conseil, Sa Majesté me revenait au sortir de la messe, et nous passions en tête à tête le temps nous séparant de son dîner public – le plus souvent à travailler et à écrire, non sans de galants intermèdes. Mais disons que, ce jour-là, le Roi tenant conseil, il n'était pas disponible ; aussi passai-je vers onze heures dans mon grand cabinet, pour y tenir ce qu'on appelait ma toilette publique. Je recevais dans ce moment tout ce que la Cour comptait de brillant et d'ambitieux. Ministres, ambassadeurs, maréchaux et grands officiers de la Couronne se bousculaient chez moi – mais aussi de jeunes militaires pleins d'avenir, des savants et des érudits de passage, des artistes en mal de commande : tous ceux qui souhaitaient porter quoi que ce fût à la connaissance du Roi. Les princes du sang ne dédaignaient pas ce nouveau rendez-vous, et le duc de Chartres, notamment, comptait au nombre de mes piliers. Dès lors, il n'était pas rare qu'il y eût quarante-cinq ou cinquante personnes en même temps dans mon cabinet, faisant cercle autour de ma toilette, tandis qu'on me maquillait, me poudrait et me passait dentelles et bijoux. Souvent, il fallait établir un roulement...

Je parcours des yeux la petite foule, et pousse un soupir : par chance, le comte de Maurepas est monté ce matin – ce qui n'est pas si fréquent.

Selon les circonstances, je ne manquais jamais de plaisanter un vieux courtisan sur une petite aventure qui m'était revenue aux oreilles, de féliciter un ministre étranger des heureuses nouvelles arrivées de sa Cour, de recevoir aussi l'hommage et les remerciements de tous ceux à qui j'avais rendu service dans les jours passés. M. Gourbillon, mon valet de chambre, avait ordre de me présenter sobrement les personnes que je n'avais encore jamais reçues. Je leur faisais mille grâces alors, de même qu'aux plus fidèles, et m'arrangeais toujours pour que cette longue corvée parût alerte et pleine d'entrain. Il me fallait distraire l'assistance de bons mots et de récits drôles, l'amuser d'objets curieux ou singuliers que m'avaient fait porter leurs inventeurs. Désignant de loin le comte de Maurepas, qui avait Paris dans son département, je lui ferai bientôt signe de s'avancer pour causer un peu. L'occasion est trop belle, et bien qu'irritée au fond par les caprices de Voltaire, je demeure soucieuse d'effacer la mauvaise impression que le grand homme pourrait conserver de l'accueil réservé naguère, sur mon théâtre, à son *Fils prodigue*.

— Ne pourrait-on faire en sorte, monsieur le Ministre, que la parodie de *Sémiramis* ne soit point jouée à Paris ?

— Madame, je m'en voudrais de priver les Parisiens de cet innocent délassement.

— M. de Voltaire m'assure que tous les bons principes y sont bafoués.

— Il faudra sans doute que nous n'ayons pas lu le même texte...

Au ton de M. de Maurepas, je sens bien qu'il se refuse à m'obliger, moins dans l'intérêt du bon peuple, que pour me nuire simplement. Je n'insisterai pas.

À cette époque, mes après-dînées étaient réservées au Roi, et souvent consacrées à la chasse. Les jours où j'en étais dispensée – la vérité étant que je m'en dispensais moi-même assez souvent –, je mettais à profit les quelques heures de liberté ainsi gagnées pour vaquer à mes affaires, me rendre à Paris ou chez mes fournisseurs ; pour me donner aussi le loisir de dessiner et de graver des pierres douces, en dépit d'une vue malheureusement défaillante. Ce jour-là, je me rendrai naturellement chez M. Berryer, l'intendant de police, afin d'envisager avec lui quelles mesures il serait possible de prendre pour interdire la fameuse parodie. Puis je rentrerai chez moi, et me ferai un devoir d'écrire sur-le-champ à M. de Voltaire pour lui faire connaître tout le mal que je me suis donné pour le satisfaire.

Il arrivait parfois que le Roi me rejoignît au sortir de son débotté ; mais le plus souvent, il réservait ces heures à sa famille et à Mme la comtesse de Toulouse, veuve de son grand-oncle bâtard et depuis toujours sa confidente. J'avais donc tout loisir d'entretenir une correspondance abondante. À la fin de 1748, le retour de Fontevrault de Mesdames Sophie et Louise, puis l'arrivée de Madrid de Madame Infante, venue présenter au Roi et à la Reine leur petite-fille, l'adorable infante Isabelle de Parme, allait donner une singulière importance à ces soirées familiales. La réunion des six Princesses à Versailles eut ainsi pour effet de retenir un temps le Maître hors de chez moi, pendant les heures propices de la tombée du jour.

Les soirs d'Appartement, le Roi soupant avec la Reine – ce qu'on appelle « au grand couvert » –, je me mêlais quelquefois à la Cour pour assister en musique, comme les autres dames, au spectacle grandiose de ce ballet gastronomique. Les autres soirs, qui suivaient souvent la chasse ou la comédie, il y avait souper dans les Cabinets ; et je retrouvais alors toute ma prééminence. Que la table fût dressée chez le Roi ou chez moi, je présidais en effet à la soirée. J'imagine encore que c'est le cas ce soir-là, et que j'en profite pour dire tout haut du bien de Voltaire, afin que personne n'ignore, dans l'entourage du souverain, que je veille personnellement sur les intérêts du philosophe dans l'affaire qui nous occupe. La soirée se prolongeait au gré du café et des jeux, jusqu'à une heure ou deux du matin. Quand il me sentait trop lasse, le Roi mettait fin aux parties comme de coutume, en disant : « Bien, allons nous coucher. » Nos invités prenaient aussitôt congé de moi, et descendaient assister à la cérémonie du coucher, dans la grande chambre de Louis XIV, où Sa Majesté les rejoignait dans l'instant. C'était chaque soir le moment où mes femmes pouvaient me déshabiller et me préparer pour la nuit, non sans me prodiguer quelques tisanes ou compresses, censées me soulager de la fatigue... Enfin le Roi montait me rejoindre, et venait se blottir dans mon lit pour y passer une nuit plus ou moins sage, selon l'humeur.

*

* *

L'évocation des soins prodigués à Voltaire donnerait à penser qu'il en devint mon obligé pour la vie... Il n'en fut rien. Cela ne l'empêcha pas, dès le mois suivant, de se répandre partout en reproches à mon encontre : n'avais-je pas eu le mauvais goût de soutenir publiquement son vieux rival, M. Crébillon ? Je venais de favoriser, en effet, ce poète à l'ancienne façon, qui jadis, à Étiolles, avait guidé mes premiers pas dans le théâtre. L'ayant fait appeler à Choisy, je l'avais prié de me lire ce *Catilina* auquel il travaillait depuis des années, et dont ses amis – au premier rang desquels était M. de Nivernais – me faisaient le plus grand éloge. De fait, je trouvai bien de la noblesse à l'ouvrage, et encourageai le vieux dramaturge à en venir à bout.

— Terminez votre pièce, monsieur, lui dis-je, et le Roi la fera monter par les Comédiens-Français.

Comme il tombait presque à genoux à ces mots, je lui dis que Sa Majesté était consciente de la part que prenaient les bons auteurs à la gloire de son règne. Louis XIV n'avait-il pas sauvé Corneille de l'oubli ? M. Crébillon m'allait baiser bien chastement les mains, quand le Roi se fit annoncer. Sans se redresser, le vieillard accomplit sans hâte son geste de gratitude et, me jetant un regard malicieux :

— Ciel, me dit-il, le Roi nous a surpris, Madame ! Nous sommes perdus…

Je ris fort à cette boutade, et le Maître aussi, qui trouva tout l'esprit possible à mon vieux poète.

Du coup, Sa Majesté s'intéressa au sort de la pièce, acceptant même d'en financer le montage sur sa cassette[1] ! Les amis de Voltaire allaient exagérer cette faveur par la suite, afin de la déprécier dans le Public. Mais à la vérité, le Roi n'était pas entiché plus que cela ; et deux mois après, quand je lui proposai d'honorer la première représentation de sa présence, il m'opposa la difficulté pour lui d'un déplacement à Paris, et maintint sa chasse à l'ordinaire. Il fut donc admis que je m'y rendrais seule avec quelques dames, depuis La Celle où nous passerions la journée… Or, vers deux heures,

1. C'est-à-dire sur ses fonds personnels !

nous finissions de dîner pour partir, quand le concierge du Petit-Château accourut, hors d'haleine :

— Le Roi, Madame ! me dit-il. Le Roi est ici.

De fait, le petit groupe des chasseurs vint nous surprendre à table, ce qui me troubla un instant. Le Maître avait-il éprouvé du remords ? Il paraissait heureux, en tout cas, de son effet, et nous mena lui-même jusqu'à la voiture qui devait nous conduire à la Comédie-Française.

— Ne manquez point, me dit-il alors que nous partions déjà, de faire mon compliment à notre ami !

Je lui envoyai un baiser pour sa peine, et mandai tout cela à M. Crébillon, qui nous attendait à l'entrée de la salle. Le vieil homme se dit bien touché de ce mot du Roi, et me vanta du même coup la somptuosité du décor et des costumes, qui étaient fort riches, il est vrai. Le jeu des comédiens se révélant à la hauteur de tant de moyens, le Public fit un triomphe à notre protégé. La cabale adverse en était pour ses frais... Et je pus rentrer à Versailles le cœur léger, et l'esprit pénétré de bonnes choses à redire au Roi. À peine avais-je mis pied à terre, d'ailleurs, qu'il accourut de lui-même à ma rencontre :

— Eh bien, avons-nous gagné notre procès ? Avons-nous réussi ?

— On ne peut mieux, Sire. Le verdict a été sans appel : Paris parlera longtemps de votre *Catilina*.

Le Maître commençant de se piquer de théâtre, je ne devais rien négliger pour asseoir et entretenir son goût. Ainsi m'employai-je, par exemple, à lui tenir secrets les importants changements effectués dans l'escalier des Ambassadeurs, de sorte qu'il en eût toute la surprise au soir de l'inauguration. Les marbres, les ors et les peintures de Le Brun avaient en grande partie disparu sous un décor amovible de MM. Peyrotte et Boucher : dans des harmonies de bleu tendre, de vieux rouge et d'or, ces magiciens de couleurs et de formes avaient imaginé un bel ensemble de pilastres, de balconnets et de parements de toile peinte, traités faux bois et faux marbre. La scène venait se placer le long de la volée conduisant au salon de Diane, les gradins et la tribune royale, contre celle du salon de Vénus – le niveau du palier central accueillant la fosse d'orchestre. Tout cela formait l'ensemble le plus ingénieux, le plus surprenant, le moins ordinaire qui fût. J'avais choisi, pour ouvrir la saison, un divertissement de M. Rameau sur le thème de la Paix, composé d'un prologue et de deux ballets, et dont les effets de scène, comme les changements à vue, montraient la nouvelle salle à son avantage. J'y parus d'abord en muse Uranie, puis dans l'éclat d'une Vénus admirablement parée : mon costume était de soie bleue assortie au décor, et garnie de mosaïque d'argent, sur une jupe de taffetas blanc piqué de rosettes bleues... La soirée fut magnifique en tout ; cependant, je dois à la vérité de rapporter que le spectacle n'amusa point le Roi comme l'aurait fait une comédie ; et l'abondance des moyens avait un peu terni, sans doute, l'entrain de notre petite troupe.

Au reste, l'intérêt de la nouvelle salle résidait grandement dans ses machineries, conçues pour accueillir des opéras. Nous y donnâmes d'abord *Tancrède,* dans le genre médiéval et vaguement oriental ; viendraient plus tard les charmes plus antiques *d'Acis et Galatée*, de Lully, pour lequel on fit assaut d'invention dans les accessoires.

Mais plus les costumes nous magnifiaient, plus les décors nous rapprochaient des grands divertissements publics, et plus les officiers de la Maison civile pestaient de se voir exclus de tout. D'autant que ce nouveau théâtre accueillait désormais sans peine une centaine de spectateurs – ce qui le posait en concurrent direct de la Comédie du château. Le duc d'Aumont, premier gentilhomme en année, finit ainsi par s'impatienter de ce qu'il regardait comme un empiétement sur ses prérogatives : en effet, non seulement il eût dû conserver les spectacles dans ses attributions, mais l'escalier des Ambassadeurs, en tant que dépendance du Grand Appartement, relevait de sa compétence... Aussi le duc en vint-il à nous refuser, pour marquer son mécontentement, de payer des frais de transports pour les grands décors du ballet de *La Lyre enchantée*. Il retarda de même la fourniture de chandeliers et de fausses pierreries pour plusieurs représentations... M. de La Vallière me signala ces petitesses avec humeur, et je les rapportai au Roi sur le même mode :

— Sire, certains de vos grands officiers paraissent faire peu de cas du divertissement de Votre Majesté !

Le Roi jeta un œil amusé aux billets refusés, et souriant, se contenta de secouer la tête. Je sentis la colère m'étouffer :

— Comment ! repris-je. Vous ne sentez donc pas toute l'impertinence de tels refus ?

— Laissez revenir Son Excellence, et vous allez voir autre chose !

C'est le duc de Richelieu que le Maître nommait ainsi, en souvenir d'une fugace ambassade à Vienne. Il aurait pu tout aussi bien l'appeler « le maréchal », ce vieux courtisan ayant tout juste reçu le bâton, pour sa contribution à la levée du siège de Gênes. Quoique fort irritée, je savais que, malheureusement, le Roi avait raison : M. de Richelieu, qui devait remplacer M. d'Aumont le 1er janvier, serait infiniment moins souple que son prédécesseur. Il avait déjà fait savoir à ses alliés son intention de reprendre en mains la marche des spectacles – et la Cour entière attendait le bras de fer qui n'allait pas manquer de nous opposer bientôt.

Aussi est-ce dans une certaine effervescence que furent données plusieurs comédies, où je tentai d'amuser le Roi en renouvelant mon jeu : je me fis tour à tour un air idiot dans *La Mère coquette*, les yeux bridés dans *L'Opérateur chinois*, des cheveux blancs dans *Philémon et Baucis*... En m'enlaidissant ainsi prudemment, j'entendais conférer, par contraste, un nouvel éclat à des charmes trop connus. Le Public ne s'y trompa point, qui réserva une manière de triomphe à chacune de mes audaces. Mon théâtre s'instituait voie royale. Participer à une représentation devint une faveur enviée à la Cour, même des plus hauts personnages. On sut que le moindre rôle donnait accès, après le spectacle, au souper des Cabinets ! J'avais en effet résolu le Roi d'y convier jusqu'à des soixante personnes ! Une grande table était alors dressée dans la Petite Galerie. L'on n'avait jamais vu tant de presse dans les intérieurs, ni tant de jeunesse d'ailleurs – certains comédiens n'avaient pas quinze ans ! Jusque-là, la chasse avait été, pour les seigneurs, le moyen régulier de s'attirer des privautés royales ; mes spectacles y offriraient désormais un accès autrement efficace. C'est dire si ma famille, mes amis, et jusqu'à mes femmes de chambre, furent bientôt assaillis d'offres de service ; certains princes du sang ne craignaient pas d'avoir à jouer les utilités dans la plus petite comédie ; l'affluence en redoubla encore à ma toilette, et il n'était pas rare, dans les débuts de 1749, que la file de mes visiteurs s'étendît sur trois étages, jusqu'au bas du degré d'Épernon !

*

* *

M. de Richelieu reparut à Versailles dès la veille de Noël, au petit matin, tout auréolé de ses lauriers génois – et bien décidé, à ce que j'en sus, d'en découdre avec la « petite Pompadour ». Il n'en oublia pas les usages pour autant, et me vint faire sa cour avec toute la fausseté du monde. Les cérémonies de l'ordre du Saint-Esprit, qui se tiennent toujours au 1er janvier, avaient rendu nécessaire le démontage temporaire de mon théâtre, afin de remettre le grand escalier dans son premier état. M. de Richelieu y fit procéder sans dommage, et l'on applaudit à la rapidité des changements : il avait fallu deux petits jours pour démonter la salle ; la remonter demanda à peine plus de temps ! Nous préparions alors une nouvelle représentation de *Philémon et Baucis*, suivie d'un ballet, *Les Éléments*, qui promettait de m'offrir comme une apothéose. Las ! C'est l'occasion que choisit M. de Richelieu pour manifester sa mauvaise volonté. Sur un billet de sa main, les magasins des Menus Plaisirs durent cesser de fournir le moindre accessoire sans son aval exprès. Surtout, les musiciens habitués des Cabinets furent sommés d'interrompre leur participation à tout spectacle pour lesquels le duc lui-même ne les aurait pas mandatés.

— Madame, me dit M. de La Vallière, c'en est fini du beau rêve...

Je me montrai moins résignée. Avant de porter l'affaire devant le Roi, je priai mon ami d'aller sonder une dernière fois le maréchal, pour trouver un accommodement.

M. de La Vallière voulut bien ravaler sa fierté, et entreprit une démarche en ce sens, priant M. de Richelieu de lui laisser un magistère dont tout le monde, à commencer par le Roi et la Reine, n'avait eu qu'à se féliciter.

— Mais dites-moi, monsieur le duc, rétorqua ce vieux cabot de maréchal ; serait-ce donc que vous auriez acheté une cinquième charge de premier gentilhomme ?

Il n'y avait rien à répondre à tant de mesquinerie, et M. de La Vallière s'en revint me dire, la voix tremblante, que le duc n'en avait point voulu rabattre.

Le Roi entra chez moi pendant cet entretien, et voulut savoir ce qui nous mettait en émoi. Je le lui dis en substance.

— Pour cela, soupira-t-il en baissant les yeux, je vous avais prévenus. Son Excellence n'est pas homme à se laisser déposséder de privilèges qui lui reviennent de droit.

Se sentant désavoué, M. de La Vallière demanda la permission de se retirer. Je l'arrêtai :

— Attendez un peu, dis-je. Les choses ne peuvent aller de la sorte.

Et me tournant vers le Roi :

— Depuis trois saisons, avec M. de La Vallière et quelques autres, nous œuvrons sans compter pour vous offrir des divertissements que vous avez maintes fois eu l'occasion d'approuver. Faut-il dès lors, et pour complaire à une tête chaude comme l'est celle du duc de Richelieu, que nous renoncions à ce qui faisait notre fierté et votre délassement ?

— Voilà bien où nous mèneront vos fantaisies ! me rétorqua le Roi dans un mouvement d'humeur.

Le théâtre est un amusement ; je n'entends pas qu'il devienne la source de difficultés nouvelles. Duc de La Vallière, vous avez ma permission de vous retirer. Quant à vous, Madame, trouvez, je vous prie, un autre sujet dont m'entretenir !

La mort dans l'âme, je feignis de n'y plus penser ; mais aux larmes qui m'échappèrent, le Roi put juger de mon amertume. Je passai l'après-midi à regretter déjà les beaux projets auxquels il nous faudrait renoncer pour la fin de la saison. Je ne pouvais en faire mon deuil. Or, le soir, faisant patienter ses filles, le Roi monta me voir après le débotté :

— Je viens de parler à Son Excellence, commença-t-il.

Je portai mes mains à mes lèvres.

— Eh bien, mais ne le prenez pas ainsi !

Le Roi saisit mes doigts et affecta de les baiser ; il paraissait soulagé :

— Je lui ai demandé bien crûment combien de fois, déjà, il avait été à la Bastille.

Je fus parcourue d'un frisson :

— Et qu'a-t-il répondu ?

— « Trois fois, Sire. » Sur quoi je me suis permis de lui en rappeler les différents motifs. Je vous prie de croire qu'il a tout aussitôt changé de couleur ! Le duc d'Ayen me dit qu'il a pensé le voir défaillir devant tout le monde. C'est une semonce ; je sais qu'il l'entendra.

Je me levai pour embrasser le Roi, et le remercier de cette justice dont il venait de nous donner une nouvelle preuve.

— Nous allons si bien jouer lundi, lui dis-je, que Votre Majesté n'aura pas lieu de s'en repentir.

Le Roi me fit taire par un long baiser, qui me prouva qu'il ne m'en voulait nullement. De son côté, M. de Richelieu comprit très vite où était son intérêt, et ne s'opposa plus à la poursuite ordinaire des représentations. Il donna même l'ordre définitif à tous les musiciens de se mettre, en priorité, « à la disposition de madame la marquise de Pompadour, pour tous ses spectacles ».

Le nouveau maréchal adoptait un profil bas en attendant des jours meilleurs ; mais il ne doutait pas que l'occasion lui viendrait, un jour ou l'autre, de me faire payer ce qu'il ne pouvait manquer de regarder comme un affront.

Chapitre 9

Le duc de Richelieu passa le début de 1749 à me chercher querelle. Un jour, il faisait durer une audience pour empêcher le Roi de monter me voir avant de passer chez Madame Infante ; une autre fois – c'était à La Muette – il donnait à danser au-dessus de la chambre où je me tenais, malade ; et sur l'observation qu'on lui en fit, répondait qu'à défaut de conserver pour lui les spectacles il fallait bien qu'il amusât ses amis d'autre façon... Sa mauvaise foi ne me laissait d'autre issue que de prendre mon mal en patience ; n'avais-je pas déjà imposé un camouflet au maréchal ? Mais en vérité, ses simagrées ne m'atteignaient plus ; tout juste attisaient-elles en moi l'envie d'augmenter encore, pour le dépit du vieux fat, la renommée de mon théâtre des Cabinets.

Nous y redonnâmes *Acis et Galatée*, puis une pastorale héroïque, *Silvie*, qui marqua le début du carnaval. Les répétitions s'enchaînaient vite, très vite, trop vite sans doute ; et il n'était pas rare que je dusse m'aliter au sortir de séances de travail harassantes. À la fin, ma fatigue devint telle que mes grasses toux d'enfance réapparurent, et que je découvris, avec effroi, que je crachais encore du sang... Il faut dire que la dernière pièce de la saison, *Le Prince de Noisy*, montée à grand renfort de machinerie, n'était pas la moins éreintante : j'y incarnais l'intrépide Poinçon, un garçonnet plein d'ardeur, et qui se muait, au fil de la pièce, en un prince sensible et délicat – cela faisant peut-être, au bout du compte, le meilleur de mes rôles. J'avais endossé, pour la circonstance, une sorte d'habit cintré à la grecque, boutonné aux poignets et fermant jusqu'au cou, dont la mode s'allait répandre sous le nom de « négligé à la Pompadour »... Je n'étais pas peu fière de donner ainsi le ton, et faisais discrètement remarquer au Maître l'effort de certaines dames à me ressembler... Au reste, le Roi prenait pleine part à mes succès : il me tressa des louanges publiques sur le dernier spectacle, et devant tous les convives assemblés dans les Cabinets, dit assez haut que j'étais « la plus charmante femme qu'il y eût en France ». Ces mots me réchauffèrent comme un lézard au soleil, et me payèrent d'un coup de mes efforts.

*

* *

Après quatre années d'une liaison certes inégale en fait d'amours, les assiduités de Sa Majesté me prouvaient qu'elle ne s'était point tout à fait lassée de moi comme maîtresse. Nos nuits gardaient ce qu'il faut de surprise pour ne pas sombrer dans une habitude absolument fatale ; encore mes fréquentes indispositions, relayées par la crainte qu'avait le Roi de les aggraver, avaient-elles eu raison de la vraie connivence. Entre nous, le plaisir en venait à devancer le désir, et cela tendait, tout insensiblement, à nous éloigner un peu...

D'une manière plus générale, nous partagions moins souvent nos loisirs : je venais pour ma part de renoncer tout à fait à la chasse ; le Roi, quant à lui, ne m'accompagnait plus à la Comédie hors des Cabinets. Et le premier soir du carnaval, alors que j'étais fatiguée d'avoir joué, le Maître accepta de se rendre sans moi au bal du Petit-Écu. La nouvelle s'en répandit à la Cour et au-delà ; elle fit tant de bruit et donna si fort à douter de ma faveur que nous dûmes, dès le lendemain soir, organiser une nouvelle sortie où je parus, bien ostensiblement cette fois, au bras du Roi.

*

* *

C'est dans le temps du carême que je subis les effets d'une grossesse malheureuse, une fois de plus. Celle-là n'avait point assez duré, il est vrai, pour me donner espoir ; mais c'était tout de même un échec supplémentaire, et qui faisait songer à un acharnement du sort. J'acceptai ce nouveau coup avec résignation, mais non sans une souffrance aiguë. De surcroît, il m'en vint une infection bien pénible, du genre que les médecins nomment « fluor albus », ou « fleurs blanches », accompagnée de pertes affreusement humiliantes. La duchesse de Brancas – qui vient de mourir à l'heure où j'écris ces lignes, et qu'on appelait « la grande » du fait de sa haute taille – me proposa de consulter le docteur Quesnay, qui était alors au duc de Villeroy, et passait pour bien connaître les maladies des femmes. Je vis arriver un petit père d'allure bonhomme, affichant des manières de chirurgien-barbier[1]. M'ayant auscultée, l'étonnant praticien me prescrivit un certain nombre de breuvages et d'onguents, à base de belladone

1. Un chirurgien-barbier était alors moins bien considéré qu'un médecin.

notamment – mais il prétendit aussi réformer mon régime.

— Enfin, qui pourrait supporter cette course effrénée ? me gronda-t-il. Avez-vous cru que la santé ne connaissait point de limites ?

— C'est le service du Roi qui n'en tolère aucune...

— En ce cas, il faut que la science se charge de vous en imposer. Enfin ! Servirez-vous encore le Roi quand vous serez trépassée ?

Je lui souris tristement. Sous des dehors bourrus se cachait à l'évidence un brave homme ; et l'on sentait passer dans son regard, par-dessus ses bésicles, toute la tendresse d'un second papa. Aussi bien, je ne connaissais pas le docteur depuis un quart d'heure que, déjà, je n'envisageais plus de m'en séparer.

— Il vous faudra sacrifier de l'ambition au bien-être, me dit-il. La santé, c'est comme la paix, ça ne se maintient pas sans concessions !

L'allusion n'était pas très heureuse. On venait de publier, à l'époque, les termes de la paix signée, en octobre de l'année précédente, à Aix-la-Chapelle. Les concessions acceptées par le Roi y paraissaient généreuses à beaucoup, et le peuple s'échauffait de voir nos victoires rendues inutiles par des accords trop magnanimes à ses yeux. On disait des harengères de la halle qu'elles avaient inventé une expression nouvelle : « bête comme la paix » ! Or la plupart des opposants au traité m'en désignaient comme la vraie responsable, quand je n'y avais point eu de part décisive. Je m'ouvris de cette injustice au brave docteur :

— Tout le monde m'accuse d'avoir appuyé une paix trop favorable à l'ennemi...

— Écoutez votre cœur... Qu'en dit-il, au fond ?

— Mon cœur me donne raison. J'ai peut-être hâté la paix dans l'esprit du Roi ; seulement je ne l'ai fait que pour le bonheur du genre humain.

— Si votre cœur est pur, soyez tranquille ; le reste ne vaut pas qu'on s'y arrête.

Comme par miracle, les mots de M. Quesnay apaisèrent mon tracas ce jour-là, ce qui eut pour effet de calmer aussi mes souffrances ; et je me sentis soudain si reposée que je dus prendre sur moi de ne point m'endormir sous les yeux du docteur.

*

* *

À propos de paix, M. de Voltaire m'avait fait parvenir un exemplaire de son *Panégyrique de Louis XV*, avec des traductions en latin, espagnol, italien et anglais ; mais en habile homme, il y avait joint son manuscrit sur la guerre récente, qu'il achevait ainsi : « Il faut avouer que l'Europe peut dater sa félicité du jour de cette paix. On apprendra avec surprise qu'elle fut le fruit des conseils d'une jeune dame du plus haut rang, célèbre par ses charmes, par des talents singuliers, par son esprit et par une place enviée. » Puis, décochant pour la bonne mesure une flèche à la reine de Hongrie : « Ce fut la destinée de l'Europe dans cette longue querelle qu'une femme la commençât et qu'une femme la finît. La seconde a fait autant de bien que la première avait causé de mal. » C'était me donner trop d'importance en vérité, et négliger du même coup l'intervention de personnes autrement qualifiées. Mais Voltaire me faisait sa cour ; et quitte à me prêter une influence que je n'avais sûrement pas eue, j'aimais mieux que ce fût pour m'en louer que pour me la reprocher. Je fis donc tomber de mon bec un fromage, sous la forme d'un brevet autorisant le flatteur à vendre – pour plus de soixante mille francs ! – cette charge de gentilhomme ordinaire qu'il n'avait pourtant jamais payée. Rien ne retenait plus mon renard de s'en aller trouver un nouveau corbeau dans la personne, tout enflée d'importance, du roi de Prusse...

On sait, du reste, l'impuissance des gens de lettres à contrer les huées de la rue... Mon nom resta voué aux gémonies du populaire. Le tumulte en remontait jusqu'à Versailles ; et M. Berryer, lieutenant général de police, à qui je m'en étais remis de le faire cesser, me mandait chaque jour de nouveaux libelles. Dans l'un d'eux – Dieu sait pourquoi je l'ai gardé – mon nom se trouvait opposé à celui d'une Agnès Sorel[1] magnifiée par le temps :

Belle Agnès ! Tu n'es plus ! Ton altière tendresse
Dédaignerait un Roi flétri par sa faiblesse.
Hélas, pour t'imiter, il faut de la noblesse.
Tout est vil en ces lieux : ministres et maîtresse.

Belle sottise, en vérité, et qui eût mérité les fers à son auteur ; mais le moyen de savoir d'où venaient de telles perfidies ! Comme je l'invitais à m'en désigner l'origine, mon Argos finit par admettre que toutes n'étaient pas le fait de Parisiens anonymes.

— Connaissez-vous si mal Paris que vous n'y puissiez dénicher les auteurs de ces torchons ? m'étais-je impatientée.

— Pour Paris, Madame, je le connais aussi bien qu'on puisse le connaître, me répondit piteusement

1. La dame de Beauté avait aidé son amant Charles VII à finir de bouter l'Anglais hors du royaume.

M. Berryer. C'est Versailles qui m'inquiète davantage...

De fait, la plupart des libelles émanaient de la Cour même – et mieux : de personnes qui, bien régulièrement, me venaient présenter leurs hommages ! Mon plus dangereux détracteur, et qu'on pouvait regarder comme le président de la fabrique de ces charmants couplets, était le ministre de la Marine en personne ! Ce serviteur des premières années, imbu de la confiance du Maître, fort répandu chez la Reine et le Dauphin, mais par trop infatué de sa position pour conserver la discrétion requise, m'avait depuis longtemps prise en grippe. Il ne supportait pas, notamment, que j'aie dû interrompre, à plusieurs reprises, ses séances de travail avec Sa Majesté : « Monsieur de Maurepas, lui avais-je dit une fois, vous faites venir au Roi un teint jaunâtre qui ne lui vaut rien... » Au reste, ce ministre n'avait jamais aimé les favorites : il se vantait partout d'avoir terrorisé Mme de Mailly, et ne démentait pas les rumeurs d'empoisonnement courant sur lui, à propos de la mort suspecte de Mme de Châteauroux, dont j'ai parlé.

Tout s'accéléra un fameux matin, quand ma cousine produisit à ma toilette privée un nouveau libelle, très diffusé à l'en croire, et que tout le monde attribuait au ministre de la Marine. Cet affreux quatrain dépassait, en ignominie, tout ce que j'avais pu voir. Des larmes vinrent aussitôt m'en brouiller la lecture. Cela disait :

Par vos grâces nobles et franches,
Iris, vous enchantez les cœurs.
Sous vos pas, vous semez des fleurs :
Mais ce ne sont que des fleurs blanches...

Qu'on pût ainsi dévoiler au grand jour mon affection la plus intime, la plus secrète, la plus constamment dissimulée, voilà qui me parut insupportable. Sonnée, marquée, le souffle court, j'attendis impatiemment le Maître, pour lui montrer jusqu'où pouvait aller la méchanceté de certaines personnes. Comme j'aurais voulu qu'il partageât mon indignation, et, s'assurant de M. de Maurepas, qu'il le fît tout droit conduire à la Bastille ! Mais le Roi n'en fit rien, malheureusement. Feignant de ne point comprendre l'allusion blessante aux fleurs blanches, il se contenta de froisser le libelle en haussant les épaules...

C'est alors que je reçus un concours inattendu. M. de Richelieu monta me visiter après un débotté ; hier encore mon adversaire, il venait aujourd'hui me proposer un pacte :

— Mettons de côté nos petites querelles, me dit-il. Maurepas est un fieffé coquin, qui m'a toujours barré l'accès au ministère. Je lui promets depuis longtemps un chiot de ma chienne. En conjuguant nos influences, nous pourrions fort bien le perdre dans l'esprit du Roi...

Sur quoi le maréchal me remit un mémoire où se trouvait exposée toute l'incurie du ministre à la tête de son département : lenteur des constructions navales, faiblesse des bâtiments lourds, engorgement des ports, insuffisance des arsenaux – toutes les tares de sa politique s'y trouvaient dénoncées. Je serrai la main du duc de Richelieu, un peu comme on voit faire aux marchands de chevaux, et m'empressai de glisser le mémoire dans les papiers que j'avais à montrer le soir même. J'étais consciente du danger qu'il pouvait y avoir à découvrir ainsi ses batteries ; mais Maurepas était allé trop loin, et le temps n'était plus de riposter dans la finesse. Aussi observai-je bien le Roi du coin de l'œil, lorsqu'il tomba sur le mémoire ; je vis qu'il le lut entièrement, de l'air le plus pénétré. Cependant il ne m'en toucha mot.

*
* *

Lasse d'injures, j'en venais à regretter d'avoir cherché, par M. Berryer, à connaître l'état de l'opinion. Car le pli étant pris, la rue n'en finissait plus de me prêter des vices criants : j'étais censée m'enrichir en vendant des places de sous-fermiers, cacher des fonds dans toutes les banques de l'Europe, me faire construire huit palais en même temps, porter des robes en point d'Angleterre d'une valeur de vingt mille livres la pièce ! J'aurais volontiers souri à ces fables, si elles n'avaient cherché à faire de moi la cause des malheurs publics... Or, à force, l'afflux des vilenies finissait par m'étourdir ; j'avais le sentiment que la rumeur tournait autour des grilles du château, et s'insinuait par les cours dans les passages, le long des couloirs et jusqu'aux antichambres où elle bruissait sinistrement, pour me venir prendre à la gorge. Atteinte au plus profond de moi, j'avais parfois le sentiment de sombrer dans un précipice bien noir, et qui me happait ; et j'en venais presque à donner raison à mes détracteurs, perdant par instants le simple respect de ma personne. La migraine se mit à ne plus me quitter. Accablée de tout, oppressée d'un rien, j'avais le sentiment de ne pouvoir respirer à ma guise, et conservais la bouche ouverte pour y faire entrer davantage d'air.

Dans le silence retrouvé des après-dînées, ma fidèle Nicole du Hausset m'appliquait tendrement sur les tempes des compresses d'herbes odorantes, dont elle couvrait aussi mes yeux, et qui m'apaisaient.

Elle m'avait allongée sur mon lit, et fermait les rideaux pour me protéger du monde – du moins le sentais-je ainsi. Ce retrait en moi-même avait pour vertu de m'inonder d'abord de larmes ; elles me coulaient des yeux comme si des vannes avaient sauté ; puis, quelque peu assoupie d'aromates, de pénombre et de chagrin, je me laissais glisser vers les douceurs du songe, et donnais libre cours à mes rêveries. J'étais jeune et pure, j'étais aimée, fêtée, encensée pour la noblesse de mes intentions... Je riais et chantais, et volais même parfois. Tout m'était simple et léger... Puis soudain, au détour d'un sentier pourtant fleuri, de mauvaises pensées m'assaillaient par surprise ; et je rouvrais les yeux sur mes rideaux fermés, avec l'impression d'avoir trébuché. Ainsi la méchanceté me venait-elle relancer jusqu'à ma couche, avec son cortège hideux d'insultes et de duretés ; catin, commère, traînée, sangsue : aucun mot ne me serait épargné ! Je me roulais en boule et gémissais doucement : j'avais entrevu l'homme dans sa cruauté entière – l'homme-chien, l'homme-loup, l'homme-tigre qui dévore. L'homme qui broie, l'homme qui tue.

*

* *

Ma cousine Élisabeth m'avait conseillé d'emblée de prendre à son piège M. de Maurepas, en l'accusant simplement de ne savoir tenir cette Ville dont il avait la charge. Fatiguée de la complaisance dont le Roi pouvait faire preuve envers son vieux serviteur, je finis par suivre l'avis d'Élisabeth ; et par un frais matin d'avril, je la suppliai de m'accompagner chez le ministre. Nous traversâmes donc la cour en chaises jusqu'aux bureaux de la Marine.

M. de Maurepas, le sourcil haut sur un regard aigu, nous accueillit avec une ironie de mauvais augure. J'attaquai sans préliminaires :

— J'ai tenu à me déplacer, lançai-je, pour qu'on n'aille pas dire que j'envoie chercher les ministres ; c'est moi qui viens les trouver.

Le comte de Maurepas balbutia là-dessus quelques politesses, auxquelles Élisabeth répondit par un sourire. Je me devais de conserver l'avantage :

— Enfin, monsieur le Ministre, vous avez Paris dans vos attributions, n'est-ce pas ?

— Certainement, Madame.

— J'imagine que ce n'est pas pour rien... Comment, dès lors, pouvez-vous tolérer que les mauvaises chansons y prolifèrent ? On n'en avait jamais tant vu ! Passe encore qu'on s'égaye à mes dépens ; ce que je ne puis admettre, c'est qu'on le fasse au détriment du Maître.

Aucune réponse.

— Aussi, monsieur, j'aimerais vous demander quand vous saurez l'origine de ces chansons odieuses.

Le ministre ouvrit enfin la bouche :

— Quand je le saurai, Madame, je le dirai au Roi.

— Et pensez-vous que cela sera bientôt ?

— Le Roi en sera, de toute façon, le premier informé.

— Le Roi, le Roi ! Vous faites, monsieur, bien peu de cas de ses maîtresses.

— Je les ai toujours respectées, Madame, de quelque espèce qu'elles fussent.

« De quelque espèce qu'elles fussent »... J'aurais voulu croire à une erreur ; mais le sursaut d'Élisabeth me signala que j'avais bien entendu. Sans m'attarder plus avant, je quittai le cabinet de ce triste sire, et m'en revins chez moi, remontée par ma cousine, et possédée de l'urgence de venger cette humiliation nouvelle. Or, le soir même, soupant chez la maréchale de Villars, M. de Maurepas devait encore amuser l'assistance en mimant notre visite matinale. Il contrefaisait à merveille la voix et les façons de ses victimes, et je crois volontiers qu'il fit tout son possible pour bien divertir la compagnie. L'on nous rapporta des propos qu'il avait tenus alors, et qui montraient bien le fond de sa nature. Dénigrant mon initiative de l'aller trouver chez lui, il avait ouvertement prédit qu'elle me porterait malheur. « Je me souviens, ajouta-t-il, que Mme de Mailly vint aussi me voir deux jours avant que d'être renvoyée pour Mme de Châteauroux. Celle-ci, on sait que je l'ai empoisonnée ! Je vous assure que je leur porte malheur à toutes. » Le Roi, qui jusque-là s'était mis en retrait sur cette affaire, fronça les sourcils et décida de s'informer plus précisément des faits et gestes privés de son ministre. Pour autant, il ne changea rien à sa conduite envers lui.

Par un effet de ce climat délétère, qui affecta peut-être mon jugement, j'en étais venue, sans doute un peu vite, à me persuader que le comte allait chercher à m'empoisonner. Aussi me donnai-je les moyens de m'en prémunir : je fis garder mes cuisines de jour comme de nuit, et interdire l'accès de mes caves. À table, je ne goûtais plus d'un plat la première, et refusais absolument qu'on préparât quoi que ce fût pour mon usage unique[1]. Je songeais même à faire goûter l'eau de mes carafes, quand le Roi s'impatienta de ce qu'il tenait pour enfantillages.

1. Rappelons qu'alors la Marquise ne faisait pas maigre.

— À force de jouer *Cléopâtre*, me dit-il, voilà que vous vous prenez pour elle... Dites-moi si vous souhaitez qu'on vous établisse une échansonnerie[1] !

— Sire, je serais moins prudente si le danger ne couvait là, juste à ma porte !

— Aussi ne lui donnez donc pas tant d'importance !

Cependant, les renseignements pris par le Roi confirmaient bien mes premiers soupçons. Non seulement le méchant homme colportait sur mon compte des chansons bien odieuses – et dans lesquelles le Maître n'était pas épargné –, mais il s'avérait qu'il était lui-même l'auteur de la plupart ! Il pesait, par ailleurs, de tout son crédit pour laisser croire que j'allais bientôt céder la place, et fermait les yeux complaisamment sur des menaces qu'on prononçait contre moi dans Paris.

Un soir, le Roi voulut bien me faire part de ces conclusions, certes accablantes, mais qui ne faisaient que recouper les miennes. Nous étions dans mon cabinet, en compagnie de deux ou trois intimes. Je lui demandai quelles mesures il entendait prendre :

— Le comte est homme d'esprit, tergiversa le Roi. Et je ne le crois point fol. Il devrait bien se donner lui-même des limites.

— Ainsi donc ce n'est pas assez ! explosai-je. Mais quelles preuves faudra-t-il donc réunir contre cet assassin, pour que vous consentiez à le mettre hors d'état de nuire ?

— Vous vous échauffez, Madame...

— Oui, Sire, je m'échauffe ! Et c'est bien le moins, quand ma propre vie est en cause, pour ne rien dire de votre réputation !

1. Le service de bouche en charge des breuvages.

Le Roi s'était levé et, feignant d'observer quelque chose par la fenêtre, s'était mis à siffler, ce qui chez lui était le signe infaillible d'une extrême nervosité.

— Bien, dit-il au bout d'un long moment. Très bien...

Personne n'en sut davantage ce soir-là. Le lendemain matin, M. de Gontaut me rapporta que le Maître, à son lever, avait fait excellente figure à M. de Maurepas. Ainsi, apprenant que le ministre devait se rendre à Paris pour y suivre une noce : « Je vous ordonne, lui avait-il intimé, de vous y bien divertir. » Nous partîmes, de notre côté, pour le Petit-Château dans la matinée, et c'est là-bas seulement que Sa Majesté me fit part de son intention de se passer des services du ministre.

Les termes du renvoi me furent rapportés par Elisabeth, qui les apprit du comte d'Argenson. Le billet de la main du Roi, parvenu à M. de Maurepas dès l'aube, au retour de sa noce, disait en substance : « Pour tenir la promesse que je vous avais faite de vous le mander moi-même, si le cas arrivait, je vous fais savoir que vos services ne me conviennent plus. Vous donnerez votre démission à M. d'Argenson. Vous irez à Bourges, Pontchartrain[1] étant trop près. Je vous donne le reste de la semaine pour partir, mais vous ne verrez que votre famille. Ne me faites point de réponse. »

Dieu que j'étais bien vengée ! J'imaginais la Cour poussant déjà les hauts cris, la Reine implorant le Ciel, le Dauphin versant une larme... Pour moi, je me sentais sauve. J'aurais voulu baiser les mains du Roi et lui dire ma gratitude pour son trait d'autorité ; cependant, sachant le mal qu'il avait eu de se résoudre à cette issue, je préférai cacher mon

1. Résidence de M. de Maurepas.

soulagement sous une réserve de mise. Le retour à Versailles ne m'en fut pas moins doux : c'était de nouveau le château du bal des ifs qui m'accueillait chez moi.

Du moins c'est ce que je croyais...

En effet, mes malles étaient à peine ouvertes que m'arrivait de Paris un curieux paquet adressé « à madame de Pompadour », et qui portait, sur une enveloppe à l'intérieur, la mention suivante : « Je vous prie, Madame, de découvrir cela en particulier. »

Ce sont ces mots qui m'intriguèrent, et d'autant plus que mon valet de chambre avait reçu la veille, en notre absence, la visite d'un quidam venu l'informer d'un complot se tramant contre moi. M. Quesnay approuva ma prudence et se proposa de déficeler le ballot à ma place. Avec ses doigts de chirurgien, il procéda tout en douceur – or ce qu'il découvrit lui fit étouffer un juron : on avait lié entre elles six petites fioles très fines, du genre qu'on appelle « larmes bataviques », et qui devaient exploser à la moindre brisure, criblant de verre leur destinataire... Cette nouvelle attaque me bouleversa ; je devais en trembler plusieurs jours durant, et ne pus me tenir de pleurer quand je dus en conter les détails au Roi.

Le jeune visiteur de la veille ayant confié son adresse à M. Gourbillon, il fut aisé de le trouver et de lui faire avouer sa culpabilité dans un crime évité de justesse. Il disait se nommer Danry, mais n'était appelé que Latude. Son intention, jura-t-il, n'avait jamais été de me faire du mal : simplement, me sachant effrayée de complots, il avait imaginé ce moyen de manifester son zèle, dans l'espoir d'une récompense... Il en eut une belle en effet, puisqu'on le jeta à la Bastille, où il croupit encore[1].

M. Quesnay tira quant à lui de l'incident une morale bien utile :

— Vous avez trop montré votre inquiétude, ces derniers temps, me dit-il. À crier aux ennuis, l'on finit quelquefois par se les attirer...

*

* *

Au reste, mon nouveau médecin était du commerce le plus agréable – de ceux qui instruisent et distraient tout à la fois. Aucun domaine n'échappait à son savoir ; mais c'est dans les matières qu'on dit « économiques » qu'il faisait montre des plus vastes lumières. Mâchonnant, en parlant, le coin de ses bésicles, il m'expliquait tout le bien qu'il fallait penser des réformes engagées par M. de Machault aux Finances, et qui visaient à établir l'égalité de tous les sujets devant l'impôt. Le projet d'établissement d'un « vingtième », pour lequel M. de Machault convoquait alors des conseils extraordinaires, voulait diminuer de moitié la vieille charge du « dixième » sur les revenus fonciers, tout en élargissant son assiette aux ordres privilégiés – et notamment à l'Église qui, jusque-là, était restée exempte de toute contribution obligatoire.

— Le Roi et Machault travaillent pour la justice, me répétait le docteur. Nous devons espérer qu'ils seront suivis...

— Jamais le clergé ne se laissera déposséder sans broncher.

— Nous verrons bien, alors, qui, du Roi ou des clercs, commande en ce pays !

1. Il n'en sortira qu'à la Révolution.

Pour moi, je me doutais que cette épreuve de force aurait des répercussions à la Cour – et je savais bien à qui le parti dévot s'en prendrait de préférence. J'allais devoir m'assurer de nouveaux appuis pour contrecarrer des attaques nouvelles... Du moins je pouvais compter, sinon sur le soutien, du moins sur la neutralité de M. de Richelieu ; la crise dont nous sortions avait au moins eu cet effet, qu'elle m'avait débarrassée de mes deux principaux ennemis d'alors : le premier par l'exil ; le second par l'exemple de ce qu'il en pouvait coûter. Notre rabibochage fut officiel et solennel ; nous le fêtâmes à Marly en mai ; et le Roi accepta pour l'occasion une invitation chez le duc pour le mois d'août, dans sa folie des Percherons.

*

* *

En attendant les hostilités, je n'aspirais qu'à trouver du repos. N'emmenant avec moi que le cher marquis de Gontaut, j'allais passer des heures bénies dans le petit pavillon qu'on venait d'édifier à mon usage, non loin de Trianon, et que j'appelle mon Ermitage. Il n'avait que huit toises de long pour cinq de large[1], tout de plain-pied. Mais il était assez près pour qu'on s'y rendît, en « vinaigrette[2] », à la moindre vacance. J'aimais à m'y décharger du poids des grandes affaires, et à m'y amuser de tissage ou de peinture à la gouache. Le Roi venait quelquefois partager cette douce retraite, ou bien quelque prince du sang... Mais je n'y voulais point d'autre monde, et entendais conserver à ces lieux,

1. Environ quinze mètres sur dix.
2. On avait donné ce surnom à de petites voitures à bras, ancêtres du pousse-pousse.

si divinement modestes, tous les aspects d'une maison particulière à la campagne. Nous étions si bien dans mon Ermitage ! Quand je sentais que M. de Gontaut, bercé par les petits oiseaux, menaçait de s'assoupir, je me chargeais de le réveiller comme on amuse un enfant : « Allons voir, lui disais-je, ce que mes poules ont pondu aujourd'hui. » Et l'emmenant vers la basse-cour, mon panier de paysanne à la main, je m'efforçais de ne plus penser aux libelles, à la paix, au « vingtième » : n'existait plus en moi qu'une Reinette épuisée, et qui avait beaucoup à faire pour conserver son âme d'enfant.

Chapitre 10

Il y avait à Compiègne, dans la Ménagerie, une petite biche du Bengale qu'on nourrissait de pain mouillé et de mie au lait. Le caractère farouche de la fragile créature n'avait d'égal que sa confiance aveugle dans ceux qui la soignaient ; et je me disais, en la regardant lécher leurs mains, que la confiance en quelques-uns est souvent le pendant d'une défiance indistincte pour tous les autres. C'est bien, du reste, la façon dont j'envisage le monde, et qui me fait fuir, chaque fois que je le puis, les assemblées trop nombreuses – ou point assez triées. Mon refuge, à Compiègne, était un kiosque de bois, magnifique, récent cadeau de la Sublime Porte au roi de France, et autour duquel j'avais fait tracer un jardin tout en courbes et en détours, à la manière de ceux qu'affectionnent les Anglais. Ce petit ermitage semblait aussi pittoresque au-dehors qu'il était raffiné au-dedans, puisqu'on y avait entassé, sur de soyeux tapis, des sofas très profonds, couverts de coussins passementés. J'y venais me rafraîchir de sorbets pendant les heures les plus torrides.

Les grosses chaleurs ne parvenaient point, du reste, à réchauffer, chez moi, un tempérament décidément glacé pour l'amour. Je ne savais que faire pour réveiller un peu des sens que les caresses du Roi n'échauffaient qu'à grand-peine. « En vérité, se plaignait mon amant, vous êtes une macreuse[1] ! » J'en étais d'autant plus désolée que j'adorais cet homme-là, et que j'aurais donné ma vie pour continuer de lui plaire comme aux premiers temps. Cependant la passion s'estompait, insensiblement, à la manière d'un parfum ; et je craignais plus que tout qu'elle ne finît, un jour, par se dissiper tout à fait.

Lors d'une certaine nuit orageuse, j'entendis et sentis le Maître se tourner et se retourner dans le lit, en s'écartant de moi le plus possible. La gorge sèche et les yeux fixes, j'ai d'abord espéré que cet éloignement ne fût pas volontaire ; et j'ai avancé, pour en juger, une main timide. J'avais à peine effleuré le Roi que, soufflant de lassitude, il se leva d'un bond et prétexta de la chaleur pour s'en aller passer le reste de la nuit sur le canapé de ma chambre. Terrassée par l'esclandre, je demeurai prostrée jusqu'au matin.

Il devenait urgent, pour suppléer à la nature, que j'adoptasse un régime échauffant : je me fis donc servir à déjeuner du chocolat ambré à triple vanille, et à dîner des truffes entières et du potage au céleri. Je poivrai doublement mes aliments et ne refusai plus un verre de vin de Champagne... À la fin, voyant que cela ne suffisait pas, je me procurai de cet élixir que vantaient les gazettes, et dont je crus sentir en effet qu'il me fouettait les sangs. Mme de Brancas, alertée peut-être par mes femmes, me demanda la raison de tant d'excès :

— Je crains, lui répondis-je, de perdre le cœur du Roi en cessant de lui être agréable.

— Allons donc !

---

1. En bon chasseur, le Roi compare ici la Marquise à une sorte de petit canard nordique dont on croyait qu'il avait le sang froid.

— Les hommes mettent, comme vous pouvez le savoir, beaucoup de prix à certaines choses...

Je racontai à cette bonne amie l'épisode du canapé. Puis, comme je lui montrais mon flacon de drogue, la grande-duchesse s'en empara et, affectant de le renifler, le jeta dans la cheminée d'un air de dégoût.

— Je n'aime pas être traitée comme une enfant, protestai-je.

Sur quoi j'éclatai en sanglots. Mme de Brancas vint caresser mes mains et, saisissant un linge sur ma toilette, m'en essuya délicatement les joues.

— Tout cela n'est point si grave, me dit-elle avec douceur.

— Oh que si ! hoquetai-je entre deux sanglots. Il se dégoûtera de moi et en prendra une autre.

— Vous ne l'éviterez pas en suivant votre régime ; or ce régime vous tuera.

Mme de Brancas approcha un fauteuil près du mien et, un sourire au coin des lèvres, me livra son point de vue bien franchement.

— Continuez de vous rendre indispensable au Roi, par votre douceur naturelle, votre enjouement de tous les instants, votre admirable aisance. Ne le repoussez point dans d'autres moments, mais sans feindre de zèle... Croyez-moi, laissez faire le temps. Le Roi est homme d'habitude, et la coutume le lie entièrement. Ce sont ces chaînes-là qui vous l'attacheront à jamais...

J'embrassai mon amie et lui recommandai le plus grand secret sur tout cela. Au vrai, je n'avais pas attendu ses bons conseils pour me rendre nécessaire au Roi ; mais qu'elle partageât mes certitudes les plus ancrées me soulagea grandement. Cela ne m'empêcha pas de consulter M. Quesnay, à mots couverts, sur les moyens de retrouver sainement de la vigueur.

— Si je comprends bien, vous aimeriez éprouver un peu plus d'appétit pour certaines choses...

— C'est cela, docteur, c'est tout à fait cela.

— Pour obtenir ce que vous désirez, vous devez d'abord prendre soin de votre état : bien digérer, faire de l'exercice assez régulièrement, vous aérer chaque jour. Si possible, faites un voyage à la mer...

Ce dernier conseil résonna en moi comme une évidence. La mer ! Je ne l'avais jamais vue qu'en rêve et en peinture ; et je n'y avais d'accès régulier que par le déballage de la marée dans mes cuisines. Plusieurs fois dans le passé, le Roi m'avait parlé d'une tournée qu'il aurait aimé faire, des différents ports de son royaume. Je me fis fort de redonner quelque actualité à l'idée.

— Nous pourrions bien pousser jusqu'au Havre, me concéda-t-il un soir où nous étions d'humeur badine. Voyons cela avec Rouillé...

*

* *

M. Rouillé remplaçait, à la Marine, le comte exilé. Ce n'était certes pas un brillant esprit, mais on le disait appliqué et fort honnête homme ; surtout, il n'avait garde de me déplaire en rien. Aussi le voyage du Havre fut-il monté en grande hâte, et annoncé pour la mi-septembre. Ce projet faisait dire bien des choses ; notamment, il paraissait exorbitant à certains que j'y parusse en quelque sorte à la place de la Reine. Une anecdote à ce propos : l'itinéraire prévoyant une halte à Gaillon, chez l'archevêque de Rouen, Sa Majesté en informa Mgr de Tavannes, également grand aumônier de la Reine. Sans doute peu soucieux de me recevoir sous son toit, le prélat se contenta, pour toute réponse, d'une grande révérence. Le Roi lui dit une seconde fois :

— M'entendez-vous ? J'irai chez vous, à Gaillon.

Nouvelle révérence, sur quoi le Roi dit en sortant :

— Non, monsieur, je me ravise. Je n'irai pas chez vous.

Trop habituée à de telles rebuffades pour m'en formaliser encore, je préférai jouir pleinement des grâces infinies qui m'étaient consenties.

Ainsi le Maître avait-il décidé que nous partirions de Crécy pour abréger un peu la route, et que le Conseil s'y tiendrait la veille de notre départ. J'eus donc le privilège inouï de recevoir à dîner tout le ministère, et notamment MM. Rouillé et d'Argenson qui partirent aussitôt après pour Le Havre, où ils devaient nous recevoir. M. de La Bourdonnaye était aussi parti devant, avec les fourriers[1] et ce qu'il convenait de bagages : nous devions retrouver en Normandie des tapisseries du garde-meuble, des lits, des tables, des sièges, mais aussi des commodes et des toilettes, qui nous garantiraient un logement plus que décent. Peu de seigneurs nous accompagneraient. Quant aux dames, le Roi m'avait abandonné le soin d'en établir la liste – et je nommai mes amies les plus intimes : la duchesse de Brancas, Mmes d'Estrades, du Roure et de Livry. J'aurais fort aimé voyager dans la voiture du Roi, mais l'étiquette s'y opposant formellement, il préféra monter dans un « vis-à-vis[2] », avec le duc d'Ayen. Nous suivions toutes les cinq dans une première berline, elle-même suivie d'une seconde et d'une « gondole » à six places.

1. Officiers qui, lors des voyages, étaient chargés de pourvoir au logement et aux vivres.

2. Petite voiture à deux places.

De Crécy, nous fûmes d'abord au château d'Anet, dont la vieille duchesse du Maine nous fit les honneurs – et l'on me glissa dans l'oreille que le vrai monument, à cette halte, n'était peut-être pas la maison... Le Roi nous ayant rejoints à l'issue d'une partie de chasse en forêt de Dreux, nous prîmes les voitures et partîmes bien gaiement vers la Normandie ; toute la compagnie s'amusait fort de voyager ainsi pour l'agrément ; et je n'ai point souvenir de voyage plus charmant. Il faisait déjà nuit quand nous arrivâmes en vue du château de Navarre, dont l'avenue et les cours s'illuminaient d'une infinité de bougies. Le lendemain, le Roi s'en fut encore suivre une chasse en calèche, dans la forêt d'Évreux ; j'en profitai pour visiter le merveilleux domaine du duc de Bouillon. Puis nous repartîmes après souper et fîmes, de nuit, la route jusqu'à Rouen. Les dames s'étaient trop reposées tout le jour pour avoir seulement le goût de somnoler un peu ; et nous chantâmes pendant tout le trajet, au point qu'il en vint des échos jusqu'à la voiture du Roi, et que M. d'Ayen nous reprocha, en riant, d'avoir fait fuir le gibier nocturne par notre tapage.

Rouen réserva grand accueil à son souverain. Sur tout le trajet du cortège, la foule s'était amassée en dépit de l'heure matinale, et criait « Vive le Roi ! », mais aussi « Vive madame de Pompadour ! », ce qui m'émut aux larmes. Nous ne fîmes halte en cette ville qu'un moment, le temps d'observer la manœuvre du pont de bateaux sur la Seine. La route se poursuivit tout le jour, à guetter la première apparition de la mer au loin, puis les retours, au gré du chemin, de sa ligne bleutée sur l'horizon.

J'étais fort excitée à l'approche du Havre, où nous entrâmes à six heures du soir, au bruit des soixante-treize pièces de canons des bastions et de la citadelle, auxquelles répondirent trente-six pièces de la Marine, rangées sur le front de mer. La foule était si dense sur notre passage que la bourgeoisie en armes eut grande peine à nous frayer la voie jusqu'à l'hôtel de ville. Comme à Rouen, je fus presque autant acclamée que le Roi, et dus me montrer et saluer comme une princesse. Nous descendîmes de voiture avec soulagement ; nous étions tous un peu courbatus, et comme enivrés de fatigue. Le Maître me plaisanta tout de suite sur les vivats qui m'avaient accueillie, et je ne pus m'empêcher d'en rougir. Le duc de Saint-Aignan, gouverneur de la place, ayant présenté ses hommages, un souper de vingt-huit couverts nous fut servi dans l'instant ; cependant l'appartement préparé pour Sa Majesté n'étant point assez vaste, on ne put y admettre la foule des curieux, qui avait pourtant attendu ce spectacle des heures durant. Trop fourbus, par ailleurs, pour aller voir la mer après souper, nous fûmes tous nous coucher avant neuf heures.

Le lendemain matin, tandis que le Roi assistait à la messe à Notre-Dame, je fus reçue dans la grand-salle par le corps municipal au complet, selon le protocole établi pour les reines de France. Sans me troubler plus que cela, je fis mine de trouver normale la pompe extraordinaire dont on m'entoura, et payai mes hôtes de toutes les grâces possibles. Le Roi rentra pour les audiences solennelles du parlement de Rouen et de la Chambre des comptes. De là nous fûmes visiter le Grand Bassin, d'abord à sec, puis en eau ; et la suite monta sur une flûte toute neuve et ornée de pavois. Nous vîmes l'équipage manœuvrer les voiles, ce qui est un spectacle bien extraordinaire, et le Roi ayant demandé qu'on nous montrât les cuisines, je poussai la sollicitude jusqu'à goûter une ration qui ne me parut point mauvaise. Nous visitâmes aussi l'Arsenal, où je baptisai un navire – nommé le *Prince-de-Condé* – qui rompit ses amarres au lancement et s'éloigna beaucoup sans qu'on pût le retenir... Puis nous assistâmes à une imitation de combat naval, où un navire français venait seul à bout de cinq bâtiments étrangers – plût à Dieu qu'il en fût de même au réel ! Un armateur m'ayant demandé de poser la première cheville d'un bateau qu'on mettait en chantier, je m'exécutai de bon cœur ; et le Roi, que l'on priait de baptiser cette future gabare[1], lui décerna, non sans m'adresser un sourire, le nom de *Gracieux*... Un passage à la corderie et une démonstration d'artillerie navale dorent les visites ; et je dois dire que mes amies s'amusèrent beaucoup à voir les tirs de canon soulever d'impressionnantes gerbes d'eau sous nos yeux ébahis. Nous passâmes, pour rentrer à l'hôtel de ville, par un chemin constellé de fleurs de lys, et ponctué d'arcades fleuries représentant des attributs maritimes. Enfin, la nuit venue, deux cents navires embrasèrent la rade, sous les vivats des Normands accourus au Havre pour cette fête inoubliable.

Hélas, nous devions prendre dès le lendemain le chemin du retour ; j'obtins qu'on fît un détour par les grèves pour observer la mer toute nue, dépouillée de navires et d'ouvrages militaires. Malheureusement la marée était basse, et nous fûmes incommodés par des relents de vase sans pouvoir contempler, que de loin, les flots en mouvement. Une fois en route, nous ne fîmes point de vraie halte, sinon au château de Bligny, propriété du maréchal de Belle-Isle alors aux armées, et dont

1. Entre notre péniche et notre cargo.

le duc de Luxembourg, gouverneur de Normandie, nous fit les honneurs en son absence. Les écuries, surtout, retinrent l'attention du Roi, tandis qu'avec les dames nous nous réjouissions de retrouver quelque confort. Le lendemain, nous passâmes par Mantes pour regagner Versailles. Au Val-de-Rosny, deux vignerons, passablement intimidés, présentèrent au Roi de belles grappes de leur cru sur des feuilles de chou ; ils eurent un louis pour leur beau geste. On voulut aussi nous faire don d'un superbe brochet vivant de cinq pieds de long[1] ; mais le Roi, craignant qu'on ne voulût jouer sur le mot de « poisson », n'agréa point – et je dus redoubler d'amabilité pour recevoir en son nom cet innocent trophée de pêche...

*

* *

Je revis Versailles le cœur lourd, comme une pensionnaire regagnerait son triste cloître, après de joyeuses vacances. Durant tout le voyage, le Roi m'avait paru si vif, si détendu, que je redoutais doublement de le voir bientôt retomber en des humeurs sombres. En même temps, je réalisais à quel point je l'aimais, et combien sa présence, douce et forte à la fois, m'était devenue nécessaire. Le soir même de notre retour, nous devions nous aimer comme jamais : avidement, furieusement – désespérément peut-être. De fait, je m'abreuvai, comme s'ils avaient dû m'échapper bientôt, de ce regard tendre et pénétrant, tellement unique ; de ce mouvement rapide de la tête sur le côté, que je n'ai jamais vu à personne d'autre ; de ces gestes surtout, précis et – pour

1. Soit un bon mètre et demi.

autant qu'on puisse dire – propres, et qui me faisaient frissonner d'amour... Cet homme était mon unique soleil ; je lui avais donné mon temps, mon honneur, ma vie même – et je regrettais seulement de n'avoir rien de plus à lui offrir, et plus entièrement encore ! Oui, ce Maître était bien « mon maître », au sens où M. Richardson l'avait entendu dans sa *Paméla*...

Pour autant, nos étreintes ne tardèrent pas à me peser de nouveau. J'aurais voulu la tendresse sans les transports, les sentiments sans les enlacements. Or un événement survint à quelque temps de là, qui devait bien pousser en ce sens.

Le Roi m'avait rejointe au lit, après un petit souper copieux, il est vrai, et fort bien arrosé – à peine avait-il eu le temps de me donner un baiser avant de s'endormir... Au milieu de la nuit, me tirant d'un sommeil toujours léger, il fut pris de halètements très sonores et très inquiétants. Approchant la veilleuse en tremblant, je vis que tout son visage s'était révulsé, et qu'il paraissait bien près de rendre l'âme. On ne peut se faire une idée de la terreur qui s'empara de tous mes sens – m'inspirant sur le coup un formidable sentiment d'impuissance.

Je sautai pourtant du lit et courus, en chemise, jusqu'au réduit de Mme du Hausset qui est, parmi mes femmes de chambre, celle que je connais depuis le plus longtemps, et en qui j'ai le plus de confiance.

— Venez, lui dis-je, le Roi se meurt !

Rentrées dans la chambre, nous jetâmes de l'eau à Sa Majesté.

— C'est une indigestion, me dit la bonne Nicole ; sur quoi elle fit avaler au Roi des gouttes d'Hoffmann[1]. La malheureuse aussi tremblait fort, et je crus un moment qu'elle allait s'évanouir.

1. C'est le remède miracle de l'époque.

Soudain le Roi ouvrit les yeux :

— Ne faisons pas de bruit, articula-t-il.

Et prenant ma femme de chambre par le bras :

— Allez seulement chez Quesnay lui dire que c'est votre maîtresse qui se trouve mal, et dites à ses gens de ne pas parler.

À peine avait-elle disparu dans le corridor que je pris le visage du roi dans mes mains :

— Sire, implorai-je, ne me faites pas cela, je vous en supplie... Pas cela...

Le Roi m'observait tendrement, sans répondre ; je m'éloignai seulement pour passer au plus vite une robe d'intérieur. M. Quesnay fit alors irruption et, stupéfait de constater que c'était le Roi qui se trouvait mal, adopta tout aussitôt un air de gravité. Il tâta le pouls du malade et, se décrispant un peu :

— La crise est finie, dit-il. Mais si Sa Majesté avait soixante ans au lieu de quarante, cela aurait pu être sérieux.

Sur quoi il inonda le Roi de gouttes du général de La Motte, et demanda qu'on fît du thé, dont le Maître but trois bonnes tasses. Je profitai de ce moment pour me remettre moi-même de mes émotions – sans doute les plus violentes de toute ma vie.

Le Roi passait sa robe de chambre et remettait ses bas. Il se reprochait d'avoir trop mangé et, me regardant deux ou trois fois :

— Vous revenez de loin, me dit-il, sans bien réaliser sans doute que c'est lui qui avait failli mourir.

Au reste, mieux vaut ne pas imaginer ce qu'il serait advenu de moi si, par malheur, le roi de France était venu à succomber dans mon lit ! J'eusse endossé devant l'Histoire une responsabilité sans exemple, et qui m'eût très sûrement conduite moi-même au désespoir, pour ne pas dire à une mort honteuse. Le Roi savait bien tout cela.

Le lendemain matin, M. Quesnay me monta un billet qu'il lui avait glissé pour moi à son lever, et qui disait : « Ma chère amie doit avoir eu grand'peur, mais qu'elle se tranquillise, je me porte bien à présent, et le docteur le lui certifiera. »

— Mon Dieu, dis-je encore à Nicole, tandis qu'elle me massait la tête. S'il était mort, quel embarras terrible !

J'insistai pour qu'elle oubliât absolument ce qui s'était passé ; le Roi lui fit donner un acquit-patent de quatre mille livres sur le Trésor, et une pension de mille écus à M. Quesnay, avec la promesse d'une place pour son fils. J'eus pour ma part une très belle pendule, ainsi qu'une tabatière dont le couvercle dissimulait un ravissant portrait du Roi.

*

* *

Je reçus ces présents la mort dans l'âme, car je sentais bien qu'ils marquaient une manière de rupture : non que le Roi se détournât officiellement de ma couche ; mais la peur que nous avions eue, l'un comme l'autre, lui allait fournir, de ce jour, une excuse évidente pour passer la nuit hors de chez moi. Je dois à la vérité d'ajouter que je ne fis pas grand bruit, alors, pour le retenir. Me mentant à moi-même, je me disais qu'il était plus prudent que nous ne dormions plus ensemble – mais je sais que ce n'est point tant la prudence qui parlait, qu'une insidieuse aspiration à des nuits plus tranquilles...

Cela s'accompagnait d'un besoin d'autant plus vif de m'assurer des sentiments du Roi. J'étais prête à céder du terrain sur l'amour charnel, à la condition d'en gagner encore sur l'amour mental. Moins de corps et plus d'esprit : en demeurant auprès de Sa Majesté malgré l'éloignement physique, je rêvais d'assurer au grand jour un office qui n'était déjà plus celui d'une maîtresse, et ne pouvait encore être celui d'une reine.

Je ne voyais guère, comme précédent, que l'exemple de Mme de Maintenon sous le dernier règne. Sa position auprès de Louis XIV, quoique affermie par un mariage secret, n'avait-elle pas annoncé la mienne auprès de Louis XV ? Je m'en fis surtout la réflexion quand l'occasion me fut donnée d'inscrire mes pas dans les siens. Je vais dire comment.

La paix signée, on n'avait plus parlé, chez les échevins de Paris, que d'élever un monument au Roi vainqueur. Le projet le plus avancé avait été celui d'une place qu'on voulait édifier dans le faubourg Saint-Germain. Seulement les riverains, effrayés par l'ampleur du chantier, s'y opposèrent avec force. Dès lors j'eus beau jeu d'appuyer un projet concurrent, qu'on devait à l'initiative du cher Duverney : reprenant une idée dans l'air depuis vingt-cinq ans, mon nigaud proposait la création d'un institut militaire où seraient formés de jeunes cadets de familles nobles mais pauvres. D'évidence il s'agissait de créer, pour les garçons, le pendant de ce qu'avait fait, pour les filles, Mme de Maintenon à Saint-Cyr.

Je n'eus aucune peine à convaincre le Roi du bien-fondé de cet institut.

— Menez à bien ce projet, me dit-il, et vous me verrez un homme heureux.

— Sire, il ne tient qu'à Votre Majesté d'en assurer la réussite.

— N'en croyez rien. L'affaire sera d'autant mieux lancée qu'on ne m'y saura point mêlé.

Je me mis à la tâche : une année durant, je ne vis pas un ministre que je ne l'entretinsse de la nécessité de cette école – car nous étions convenus de l'appeler l'École royale militaire. M. de Machault nous apporta son soutien le premier. Ses seules réserves concernèrent le financement : il désapprouvait en effet l'idée du Roi, qui était d'affecter à l'École le produit d'un impôt sur les cartes à jouer. Il lui semblait que c'était une dotation trop vile pour un établissement regardant la noblesse. Pour moi, je partageais là-dessus l'avis de mon nigaud, selon lequel tout se ressemble plus ou moins en fait d'imposition.

Suivant toujours l'exemple de Mme de Maintenon, je n'avais d'autre visée, dans cette entreprise, que de faire tout le bien possible, et d'en accroître seulement mon mérite. Je visitai, par une journée bien douce, la maison d'éducation de Saint-Cyr, où ces Dames me reçurent en digne héritière de leur fondatrice ; elles me conduisirent même sur sa tombe. Je me fis présenter les différentes classes, et l'on me montra les demoiselles, parées selon leur âge ; il y avait les Jaunes, les Rouges, les Bleues... L'atmosphère, qui mêlait l'insouciance de la jeunesse à la gravité de l'étude, me rappela mes années de pension chez les ursulines de Poissy – n'était le cadre, qui en imposait bien plus. Je compris, à certains regards dérobés, l'émoi qu'avait dû susciter, notamment chez les « grandes », l'annonce de ma visite... Les Dames m'exhortèrent à défendre le projet d'un institut qu'elles regardaient comme le petit frère du leur. Je le dis au Roi à mon retour, ajoutant que l'École militaire serait la gloire de son règne, un peu comme les Invalides l'avaient été de celui de Louis XIV. Au demeurant, l'emplacement pressenti était la plaine de Grenelle, non loin de la coupole de Saint-Louis ; et cela faisait dire qu'on verrait bientôt se dresser deux hôtels voisins, dont l'un serait le berceau des soldats, et l'autre leur tombeau.

C'est à Fontainebleau, après un an d'approches, que le projet d'établissement serait arrêté au Conseil. Au grand plaisir de mon père, M. Duverney se verrait charger d'un mémoire, que s'empresserait de viser un garde des Sceaux nouvellement en titre : j'ai nommé M. de Machault lui-même. Je pourrais donc tout remettre au Roi avant Noël ; et dès janvier 1751 serait promulgué l'édit portant fondation de l'École royale militaire. L'affaire aurait été menée rondement. Afin de bien marquer quel intérêt j'y prenais, je m'assurai pour la suite que l'ordonnance et l'exécution seraient confiées à des mains qui m'appartenaient, à savoir celles de mon oncle Tournehem et, par lui, celles aussi de mon frère.

C'était compter sans les menées du secrétaire d'État à la Guerre, qui depuis le départ de M. de Maurepas s'était mis à la tête de mes ennemis. Le comte d'Argenson n'aurait de cesse qu'il n'ait obtenu pour son département la haute main sur un projet dont la portée lui échappait grandement. Il voyait dans l'École une extension de ses armées, pour ne pas dire de ses bureaux, sans y rien déceler de la trempe des grandes institutions. C'est souvent le tort des politiques, que de juger des choses par habitude et sans envergure. Un cocher perd sa route à trop veiller sur le timon ; de même l'État fonctionnerait mieux, sans doute, si ceux qui ont charge de le conduire se souciaient moins des rouages, et davantage des fins ultimes.

*
* *

À mesure que je connaissais mieux les grands serviteurs du Roi, mon ancienne admiration pour eux faisait place à une certaine méfiance. Je ferais volontiers quelques exceptions, et notamment pour le maréchal de Saxe, dont on venait d'apprendre la mort dans son château de Chambord. Le brave Maurice avait peut-être abusé des petites femmes, mais cela n'enlevait rien à sa grande valeur. Le Roi pleura le sauveur de sa couronne, et tout le monde partagea sa peine. Pour le reste, les ministres n'étaient point tels que je me les étais figurés, et leur commerce, pour relevé qu'il parût, ne me semblait plus d'aucun attrait. J'en eusse dit autant, du reste, de la Cour tout entière, où il n'est de société que de la plus plate espèce. Je m'étais imaginé, autrefois, Versailles comme le séjour des ris et des plaisirs, des grâces et de l'esprit ; je découvrais qu'il est d'abord celui des malheurs et des pesanteurs. Et ce nom que le commun redit avec envie ne faisait plus figure à mes yeux que de cache-misère. Certes, on y fait assaut de politesse ; mais je ne connais point de politesse qui résiste à l'ennui. En un mot, je découvrais qu'il n'est pire compagnie que la bonne, ni plus petit monde que le grand. Aussi bien je m'ennuyais ferme. J'étais jeune encore, j'étais gracieuse à ce qu'on m'assurait – et cependant je m'ennuyais. Je m'ennuyais comme je n'aurais jamais cru possible de s'ennuyer jamais.

Les soirs de grand couvert, il arrivait qu'on m'entraînât, malgré mes refus polis, dans certains petits soupers bien assommants. Les gentilshommes s'y efforçaient de rire à tous les bons mots que je n'avais pas faits, et voulaient me convaincre, en dépit de moi-même, que j'avais envie de briller en leur compagnie. Quant aux femmes, belles peut-être, mais tellement ridicules, elles semblaient dire par tous leurs gestes : « Voyez mon visage, n'est-il pas charmant ? » De sorte que, cherchant à me plaire, tout le monde me déplaisait – quel tourment, en vérité, quelle plaie de l'existence, que ces petits soupers qu'on veut trouver si délicieux ! Je jurerais, pour ma part, qu'il n'est personne qui n'ait envie de s'en extraire quand tout le monde se flatte d'y prendre du bon temps, et que je ne suis point la seule à en sortir affligée.

À moins de trente ans, j'étais devenue triste sans raison particulière, et méditais sur la folie que j'avais faite en venant à la Cour. Toute cette pompe, tous ces plaisirs qu'on disait enchantés, ne m'enchantaient plus du tout. Il faut croire que le charme en était rompu… De temps en temps, levée dès l'aube, je descendais dans le parc pour y rêver à mon aise, et me morfondre. Et tandis que je tendais l'oreille au chant des rossignols, je sentais se creuser en mon cœur un vide immense, effrayant quand on y songe, et que rien ne pourrait plus combler. L'ambition est bien trompeuse, qui nous promet chaque jour un bonheur qu'elle est incapable de jamais fixer.

Chapitre 11

Mon frère Abel, qu'on appelait marquis de Vandières[1] à la Cour, était alors un jeune homme de vingt-quatre ans à peine, fort avenant de caractère comme de visage. Des yeux très beaux sous des sourcils très droits, des joues pleines, un nez et une bouche faits à peindre, lui conféraient une certaine ressemblance avec le Dauphin. Avec cela, beaucoup de feu dans le regard, et une certaine vivacité de toute la personne, annonçant les plus belles qualités – en dépit d'une nature parfois brutale et volontiers emportée. Point ou peu de vanité du reste, et aucune illusion sur le singulier levier qui lui valait sa position dans le monde. « Ce n'est pas moi qu'on salue, disait-il quelquefois en manière de boutade, c'est le frère de ma sœur... » Aussi bien je ne savais que faire pour lui prodiguer mes bienfaits sans trop heurter sa fierté. Cet obstacle seul me retint de trop favoriser mon « frérot » ; et c'est pour m'être montrée discrète que j'allais me révéler, somme toute, bien inspirée.

Depuis longtemps, mon sentiment était qu'Abel devait, en vue de succéder un jour à M. de Tournehem, s'aguerrir un peu dans les choses de l'art. Il devenait pressant que de bons maîtres l'ouvris-

1. Certains disaient : « d'Avant-hier »...

sent à la beauté – encore devraient-ils la lui faire éprouver et sentir, plutôt que la lui inculquer par principes. Mon oncle partageait ce point de vue ; et un soir qu'il était venu m'entretenir de travaux divers, il m'exposa son idée d'envoyer Abel en Italie pour quelques mois, dans la compagnie de personnes compétentes dans toutes les disciplines de sa charge future. M. Cochin, le graveur, ainsi que l'architecte Soufflot, paraissaient à mon oncle des hommes indiqués pour ce délicat office ; j'y ajoutai l'abbé Le Blanc, fort érudit en matière d'art, et mieux doué que les autres pour en causer. Le Roi se mit sans rechigner de ce projet ; restait à convaincre le principal intéressé de l'utilité pour lui d'une telle initiation. Mais à ma grande surprise, Abel comprit tout de suite la chance qui lui était offerte, et se prépara au départ avec autant de tranquillité que j'en éprouvai de secrète inquiétude... Quelques jours avant Noël, mon frère se mit donc en route aux côtés de MM. Le Blanc et Cochin, joyeux compères ; la petite bande devait retrouver M. Soufflot à Lyon, et poursuivre en direction des cols alpins. Par un trait bien conforme à son caractère, le « jeune Vandières », comme le nommait le Roi, ne m'était point venu saluer avant son départ – ce serait, avait-il dû estimer, autant de larmes d'épargnées...

Ainsi, pendant vingt mois, devais-je donc suivre avec la dernière sollicitude les progrès géographiques – et artistiques – de mon frère dans la péninsule ; et c'est avec des transports d'allégresse que je lisais les relations qu'il m'envoyait de sa réception dans les principales cours d'Italie. Je puis dire à peu près qu'il y fut traité en quasi-beau-frère du roi de France, et que jamais distingué visiteur n'obtint, lors d'un semblable voyage, les sauf-conduits et les passe-droits dont il fit son ordinaire.

De Turin, de Parme, de Bologne, me parviendraient aussi de délicieux colis pleins des spécialités locales, dont j'amuserais le Roi et mes amis – en attendant Rome et Naples... Abel paraissait ravi ; je le sentais s'épanouir dans ses lettres ; j'imagine que les leçons de ses compagnons n'en portèrent que mieux, et qu'il reçut alors l'essentiel de ce beau savoir et de ce goût très sûr qui, dans la suite, devaient l'imposer comme un grand directeur des Bâtiments.

*

*   *

Pour l'heure, la fonction était tenue à merveille par M. de Tournehem. Or la présence à Versailles de ce bon ange ne me fut jamais plus précieuse qu'en cet hiver où je dus défendre mes prétentions dans une affaire qui, justement, intéressait les Bâtiments.

L'évolution de mes rapports avec le Roi rendait en effet bien incommode le maintien de mes quartiers dans la suite immédiate des Petits Cabinets. J'avais pris mon parti de la distance qui, désormais, nous séparait physiquement ; et loin de la dissimuler, je m'étais résolue à en tirer un surcroît de stabilité : après tout, notre liaison se fondait désormais, non plus sur les caprices de la passion, mais sur les assurances de la tendresse. Un tel changement d'état valait bien un changement de lieux ; or, par une de ces coïncidences dont la vie semble tissée, vint à se libérer, à la fin de 1749, un des appartements princiers du rez-de-chaussée – deux étages au-dessous de celui que j'occupais depuis 1745. Ce logement avait été au duc de Penthièvre, qui se trouvait lui-même relogé tout à côté, dans l'appartement de sa mère – Mme la comtesse de Toulouse ne gardant pour elle qu'une petite pièce où bavarder avec le Roi, selon leur ancienne habitude.

— Sire, me lançai-je dès que j'eus vent de la vacance, il semblerait que l'appartement des Penthièvre vienne à...

— Allons donc ! me coupa le Roi. Qu'avez-vous donc toutes avec cet appartement ?

Je sentis mon sang se glacer, et dis comme malgré moi :

— C'est qu'il me paraîtrait bien digne d'héberger notre amitié, comme celui-ci le fut d'abriter nos amours.

Le Roi n'agréa que mollement la formule, et, balayant d'un geste le parallèle que je tentais d'établir avec la situation de Mme de Montespan sous le règne précédent :

— La vérité, me dit-il, c'est que je l'ai déjà promis à Madame !

Mon cœur se serra : cette option était justement celle que j'eusse voulu éviter. Je n'avais que trop souffert, déjà, de l'habitude qu'avait prise le Roi, tout le temps du séjour de Madame Infante, de descendre chez Mme la comtesse de Toulouse pour s'y entretenir avec ses filles, des heures durant. Puisque le Roi aimait à venir causer dans ces lieux, je préférais que ce fût avec moi qu'avec elles.

— Connaissant Votre Majesté, repris-je, il est peu probable qu'Elle ait rien promis. Peut-être a-t-Elle envisagé la chose, tout au plus...

Le Maître sourit et me tapota le front de son index :

— Vous êtes une fichue femme de tête ! lâcha-t-il.

Et après un silence :

— Mais cette fois, je ne puis rien pour vous. J'ai déjà donné le « bon[1] ».

1. Le « bon » du Roi, c'était son accord écrit.

Le soir même, en dépit de l'heure tardive, j'envoyai à mon oncle un billet par M. Pillot, qui assurait ma liaison avec la Surintendance. J'y suppliais M. de Tournehem d'intercepter l'ordre portant l'accord du Roi pour l'installation des Princesses dans l'appartement de la terrasse du Nord. Je le priai, par la même occasion, de me venir trouver dès le lendemain à mon déjeuner – ce qu'il s'empressa de faire :

— Eh bien, ma petite fille, me dit-il – affectant de ne plus savoir s'il était mon père, mon parrain, ou simplement le bienfaiteur de mon enfance... Qu'y a-t-il donc de si urgent, pour que vous me fissiez réveiller par Pillot au beau milieu de la nuit ?

— Avez-vous pu intercepter le « bon » du Roi ?

— Mais je n'ai rien vu de tel !

— Le Roi me dit qu'il a déjà promis l'appartement aux Princesses.

— Verbalement, peut-être... Car d'écrit, je n'ai point reçu d'ordre pour ce logement.

Je respirai. Il me fallut alors expliquer à mon oncle l'utilité pour moi d'emménager au rez-de-chaussée. M. de Tournehem fut difficile à convaincre ; il argua tout à tour de la dignité princière attachée à l'appartement, de son caractère vétuste réclamant des travaux sans nombre, de son exposition au nord, tellement triste par mauvais temps. À la fin, il invoqua même la gêne causée par l'indiscrétion d'un public toujours prompt à épier par les fenêtres, depuis la terrasse...

Rien n'y fit. Je voulais cet appartement, et ne laissai point repartir le directeur des Bâtiments qu'il ne m'eût assurée de son soutien dans la difficulté qui m'allait opposer à Mesdames.

De fait, dès le lendemain, Mme de Brancas me rapportait un propos tenu par Madame Victoire à son dîner public : « Qu'importe à la Marquise d'habiter en haut ou en bas, s'était demandé tout fort la jeune princesse ; il faudra toujours que le Roi monte pour redescendre, ou bien qu'il descende pour remonter ! Tandis que moi qui suis dame de France, je ne puis loger là-haut, dans les Cabinets... »

Qu'une des Princesses osât porter si vite le conflit sur la place publique me parut de bon augure ; c'était en effet le signe qu'elles n'étaient point trop assurées de leur fait.

M'engouffrant dans la brèche, je profitai d'un soir d'Appartement pour entretenir Mme de Luynes de l'intérêt qu'il pouvait y avoir, chez la Reine, à me savoir rangée loin des Cabinets. À ma surprise, la première dame du Palais me répondit que sa maîtresse en était consciente, et qu'elle en avait fait la remarque à ses filles le matin même. « Tout le monde est bien d'accord là-dessus », ajouta la duchesse.

Au passage, il s'avérait que notre concurrence, que j'avais d'abord crue secrète, faisait déjà des gorges chaudes à Versailles ! Il n'était plus temps d'avancer masquée. Dès le lendemain, à ma toilette publique, je déclarai, l'air de rien, que mes fidèles amis seraient peut-être bientôt libérés de la corvée des escaliers :

— Si j'emménage en bas, insistai-je, le prix que je mets à vos visites se trouvera diminué d'autant.

Cela fit sourire et donna surtout matière à développements. Il en revint au Roi des échos, qu'il apprécia modérément :

— Qu'est-ce qu'on me dit, que vous avez annoncé ce matin votre installation en bas ?

— « On » vous aura mal renseigné, rectifiai-je. J'ai seulement fait part, moi aussi, de l'avantage pour toute la Cour de n'avoir plus à monter cent marches pour me venir voir trois fois la semaine !

— Je sais cela, me dit le Roi. J'y songe bien, croyez-m'en.

Une telle ouverture m'aurait paru inespérée deux jours plus tôt. Cela m'encouragea et me donna la force de gagner à ma cause des partis aussi décisifs que le duc d'Ayen, le maréchal de Luxembourg, et surtout le prince de Soubise, qui osa le premier soutenir ma demande auprès du Roi. De son côté, la Reine prit fait et cause pour moi contre ses propres filles ; elle parvint à leur faire entendre raison, leur démontrant l'intérêt qu'il y aurait pour tous – et d'abord pour le salut du Roi – à ce que je quittasse l'univers secret et confiné des Cabinets, pour m'installer dans le grand jour d'un appartement princier.

Finalement, dans les derniers jours de l'année, le Roi me glissa tout bonnement :

— Pour vous, vos étrennes sont faites, puisque vous avez déjà l'appartement des Penthièvre…

Je m'abstins de toute démonstration particulière, pour ne point rappeler au Maître son revirement. D'ailleurs, au fond de moi, ce n'est pas la chaude bise du contentement qui vint saluer cette victoire, mais plutôt un vent froid venu du nord : l'attribution de l'appartement « d'en bas » marquait encore une étape dans ma progression à la Cour ; mais c'en était une, également, dans le mouvement irrépressible qui, d'évolution en glissement, continuait de m'éloigner du seul homme que j'eusse aimé.

*

* *

De son côté, le Roi, qui aimait trop les plaisirs de la chasse pour imaginer de s'en priver deux jours de rang, continuait cependant de les goûter moins que ceux de la chair... Et je savais, par des indiscrétions du service, qu'il recevait de temps à autre, dans un petit logis entresolé près de son degré, de jeunes personnes que M. Le Bel se chargeait de lui produire. De bonnes langues m'avaient avertie, également, de liaisons lointaines qu'on lui soupçonnait avec de très jeunes dames à la réputation douteuse. Quoique meurtrie, je choisis d'ignorer des passades qui contribuaient, en vérité, à me garder le cœur du Roi en satisfaisant ses sens à bon compte.

Il en alla tout autrement lorsqu'un riche Parisien que je ne nommerai pas, et qui avait une place dans les sous-fermes, vint trouver une de mes femmes pour la prier de m'avertir de la relation plus suivie que paraissait entretenir Sa Majesté avec sa jeune épouse ! Ayant surpris sa femme à baiser un certain portefeuille de cuir, le brave homme s'était mis à même d'en découvrir le code secret ; puis, ayant ouvert le maroquin, avait été surpris d'y trouver un portrait du Roi en miniature, ainsi qu'une lettre très tendre, dont on ne pouvait discuter la provenance... Il en avait pris copie, ainsi que d'un début de réponse de sa femme, où elle proposait au Roi de le retrouver, masqué, dans un bal public de Versailles. Ces arrangements m'en rappelèrent d'autres, et c'est ce qui me fit le plus souffrir en cette affaire.

J'étais préoccupée de ce qui pouvait apparaître comme une idylle naissante, et ne sus d'abord à qui m'en ouvrir. Or, chaque dimanche à l'époque, le lieutenant général de police, M. Berryer, venait à Versailles pour communiquer au Maître certains secrets de la correspondance violée par son

Cabinet noir[1]. Il passait souvent me voir avant son audience, le Roi étant encore à la grand-messe.

Ce dimanche-là, j'en profitai pour confier mes craintes au zélé fonctionnaire.

— Je crois savoir un bon moyen, me rassura-t-il, de dissuader Sa Majesté d'aller plus loin dans l'affaire qui vous inquiète.

Et passant à l'exécution de ses plans sans différer, il informa le Roi, dans l'heure qui suivit, qu'il y avait une dame qui le compromettait dans Paris. Comme le Maître se troublait un peu, le lieutenant général sortit la copie que je venais de lui confier, et la remit au Roi qui la parcourut en rougissant, puis la déchira de colère. M. Berryer put aller, dès lors, jusqu'à prétendre que cette dame se vantait partout d'une entrevue qu'elle devait avoir avec Sa Majesté lors d'un prochain bal – or le hasard voulut qu'on eût remis au Roi, le matin même, la lettre où figurait cette proposition...

— Il faut avouer, monsieur, que vous êtes bien instruit de tout !

M. Berryer dut opiner discrètement ; puis il ajouta, mesurant son avantage :

— Je pense devoir dire à Votre Majesté que cette dame passe pour fort intrigante.

— Oui... Je crois que ce n'est pas sans raison.

Le Roi, qui redoutait les indiscrétions plus que tout au monde, fut à l'instant même dégoûté de la dame, avec qui la relation fut rompue sans appel. Quant à moi, j'assurai M. Berryer de ma dette, et fis verser six mille francs à ma femme de chambre, à la condition qu'elle ne me priverait jamais de ses précieux services.

1. Ce service, ancêtre des écoutes téléphoniques, n'avait pas d'autre mission que de violer en permanence le secret des Postes.

*
* *

Ma petite Alexandrine s'installa vraiment à Versailles, avec sa tendre Mme Dornoy, au début de cette année 1750. Leurs facéties à toutes deux me distrayaient de la mélancolie qui me guettait alors ; surtout, la douce présence de ma fille me consolait un peu de l'absence de mon frère... Les premiers plans visés par mon oncle pour l'appartement du bas comprirent ainsi tout un petit logement pour celle qu'on appelait seulement par son prénom, à la manière d'une princesse : Mademoiselle Alexandrine.

— Voyez-vous un peu si l'on vous gâte ? lui disais-je avec complaisance ; vous serez bientôt mieux logée à Versailles que certaines duchesses !

— Mais, bonne Maman, me répondait-elle de sa petite voix ingénue, n'êtes-vous pas, vous-même, un peu plus qu'une duchesse ?

— Sans doute un peu plus, mais aussi un peu moins...

Le Roi ne manquait nullement de bontés pour ma fille – du moins lui faisait-il bonne figure pour m'être agréable. Je me rappelle qu'un matin il entra dans ma chambre alors qu'elle était occupée de me réciter un poème que lui avait appris sa gouvernante. Faisant signe qu'on ne dérangeât rien pour lui, il écouta sagement la déclamation ; puis, avançant vers l'enfant ses deux poings fermés :

— L'une de mes mains contient un louis, dit-il ; à vous de me dire laquelle.

Alexandrine, bien qu'impressionnée par le Roi, avait eu, dès le premier jour, la finesse de n'en rien laisser paraître. Elle désigna tout tranquillement la main droite, qui s'ouvrit tout grand sur la pièce d'or. Ma petite fille en sursauta presque de surprise et de joie ; puis, sans se formaliser autrement, elle prit le louis dans la paume du Maître, esquissa une charmante révérence, comme on lui avait appris de le faire, et sortit. J'étais moi-même émue, et dus me faire violence pour feindre de gronder le Roi :

— Vous l'habituez bien jeune à priser l'or...

— Ce sera pire plus tard, dit le Roi en rangeant la pièce de la main gauche.

Pour autant, je regardais comme inhumain d'infliger mon terrible régime de vie à une enfant qui n'avait pas six ans – quand bien même sa taille et son esprit lui en eussent fait paraître huit. Aussi m'appliquai-je à lui faire accepter l'idée d'entrer bientôt en pension.

— Vous aurez avec vous votre Mme Dornoy, lui disais-je ; et même Mlle de Soubise, avec qui vous jouez si bien.

Parmi les établissements recommandés, mon choix se porta sur le couvent de l'Assomption, non loin de la place Vendôme, et dont les religieuses suivaient la bonne règle de Saint-Augustin. Les enfants y jouissaient d'un cloître où s'amuser, et d'un jardin à la française ; quant à la discipline, elle y était honnête, mais point trop dure. J'écrivis donc à sœur Émilie de Saint-Jean Chrysostome, la supérieure, pour lui demander d'admettre ma fille. Elle me répondit qu'il serait bon que je vinsse me rendre compte moi-même de l'appartement qu'on pouvait lui allouer ainsi qu'à Mme Dornoy et à Mlle de La Forge, la sous-gouvernante. Aussi me rendis-je à Paris dans le mois de mai 1750 – ce qui n'était pas une bonne idée.

Le milieu de cette année-là fut en effet marqué par des émeutes bien singulières, en ce qu'elles avaient eu pour origine la plus sotte rumeur qu'on entendît jamais : plusieurs disparitions d'enfants ayant été constatées, il se disait en faux secret qu'elles étaient le fait de la police elle-même, agissant pour le compte d'un prince ladre[1], qui aurait eu pour seul remède de se baigner dans le sang des enfants... Est-il possible que de telles fables, qui paraîtraient grosses dans un conte, puissent prospérer dans le Public ?

Toujours est-il que la capitale se révéla peu sûre à compter de mai, et qu'il fallut bientôt en éviter la fréquentation. Bravant l'avis de M. Berryer, je décidai cependant de me rendre place Vendôme, où ce que je vis du couvent acheva de me tranquilliser : Alexandrine serait heureuse en ce bel endroit verdoyant. Sortant de là, j'approchais de chez M. de Gontaut pour y dîner, quand je vis mon ami accourir à ma rencontre. Il paraissait fort agité :

— Ne venez point par là, Madame, me lança-t-il d'aussi loin qu'il me vît. Le quartier est aux mains de la populace, et l'on y fait mille exactions !

J'invitai le cher marquis à monter à côté de moi dans le carrosse, et à me donner plus de précisions :

— La rue de Richelieu est en plein dans l'émeute, gémit-il, cela pourrait tourner mal. Le mieux pour vous serait de contourner par le Palais-Royal...

Mais à mesure que nous avancions, il semblait plus difficile d'échapper à ce qui paraissait une insurrection. La rumeur de la foule se faisait chaque instant plus inquiétante, et voyant un

1. « Ladre » pour « lépreux ».

attroupement au milieu de la chaussée, nous décidâmes de forcer le passage avant qu'il ne fût trop tard.

— C'est la Pompadour ! hurla soudain une voix gouailleuse. Je vous dis que c'est sa livrée jaune !

Je n'avais certes pas eu le temps de faire changer d'habit au cocher et aux postillons. Des insultes se mirent à pleuvoir sur mon compte. Mes gens furent pris à partie par des vauriens qui se hissèrent jusque sur la voiture. Il fallut freiner les chevaux.

Mon cher Gontaut eut alors le réflexe qui sauve :

— Mes amis ! cria-t-il aux hommes qui menaçaient de nous faire descendre. Mes amis, cette voiture est bien à Mme de Pompadour, et j'ai là, avec moi, une dame qui la connaît assez. Je vous donne ma parole de gentilhomme, pour peu que vous nous laissiez repartir tranquillement, de mettre dans l'instant la Marquise au fait de vos plaintes, sans rien lui cacher de votre colère bien légitime.

Cette promesse sembla devoir porter... Après quelque hésitation, la populace finit par relâcher mes gens, et nous pûmes nous extraire à bride abattue de cette capitale impossible. L'alerte avait été sérieuse, et je résolus de ne plus m'aventurer hors du domaine sans une bonne escorte à cheval. Au demeurant, l'envie me passa pour un temps de venir à Paris ; je préférais me retirer, chaque fois qu'il était possible, derrière les murs de mes demeures.

*

* *

Je m'étais fort complu à transformer et embellir Crécy, puis La Celle. Or mon bonheur s'était décuplé de voir le Maître y prendre un intérêt sensible.

Son examen critique de la moindre esquisse de plan ou d'élévation m'avait fait juger de son attrait bien réel pour les bâtiments, et deviner que c'était là, sans doute, un des moyens les plus sûrs de retenir utilement son attention. Aussi bien je m'étais mise en quête, dès le début de 1748, d'un terrain joliment exposé, et que je pusse livrer à la seule ambition qui vaille en fait d'architecture : celle qui veut faire jaillir de terre des édifices imaginés de toutes pièces, de la distribution des logis à leur ultime décoration. Se fixer sur un endroit vierge n'est jamais chose facile ; mais pour moi, je distingue aisément ce que j'aime de ce que je n'aime point. Aussi ne tardai-je guère à me décider. Ayant arpenté le domaine royal au voisinage de Versailles, je jetai mon dévolu sur un bout de coteau entre Meudon et Sèvres, et d'où la vue est fort belle sur Paris, par-delà la Seine. Du reste, sitôt que le Roi m'eut cédé l'endroit, je le baptisai « Bellevue[1] ».

À l'usage, mon choix se révéla plus heureux quant à la situation que pour la nature des sols. Le terrain, très sablonneux, exigeait en effet des fondations profondes ; il réclamait aussi, du fait d'accidents importants, des travaux de terrassement qui rappelaient, me dit-on, ceux décidés par Louis XIV à Marly ! Il fallut donc creuser beaucoup et beaucoup araser, ce qui me coûta cher. Peu m'importait alors : je me souciais seulement de la simplicité du résultat, même si on n'y tendait que par des opérations bien compliquées. Or M. Lassurance avait compris sa leçon ; et il me livra des plans en tout point conformes à mes désirs – c'est-à-dire d'une pureté proche de l'évidence.

1. L'essentiel de cette propriété de légende fut démantelé au début du XIXe siècle.

Élégance, harmonie, sobriété : tels furent les maîtres mots qui présidèrent à tout.

Mais c'est aux ornements que je mis le plus de prix. À peine les murs étaient-ils debout que je dépêchai sur les lieux une armée d'artisans de premier ordre – avec l'injonction peu modeste de prodiguer ici la quintessence de leur art. En effet, Bellevue n'était point, dans mon esprit, destiné seulement à l'agrément du Roi et au repos de mes amis ; j'entendais bien qu'il s'imposât, aux étrangers puis à nos successeurs, comme le plus glorieux témoignage du règne de Louis XV ! Jamais on n'avait vu si grand concours de talents pour un chantier si petit. Le défi ainsi posé, je me fis fort d'y associer mes artistes favoris : ainsi les ateliers de MM. Adam et Falconet furent-ils chargés des bustes du vestibule ; ceux de MM. Verberckt et Rousseau, de toutes les boiseries sculptées d'attributs amoureux ou champêtres, voire musicaux ; celui de M. Boucher, des toiles ornant, selon mes plans, la merveilleuse galerie à l'étage. M. Brunetti reçut commande des peintures mythologiques du grand escalier, M. Carle Van Loo, des trumeaux du salon d'assemblée et M. Pierre, de celui pour la musique ; M. Oudry, des dessus-de-porte de la salle à manger… De fines lanternes de glace aux plafonds, des bronzes ciselés partout aux huisseries, et aux murs, des soieries raffinées à l'infini – sans compter les plus beaux tapis qui fussent – vinrent compléter l'ensemble. Quant au mobilier, je le voulus sans égal, et réunis à Bellevue tout ce que nos maîtres pouvaient fournir de plus exquis et de plus neuf : sièges admirablement sculptés et tendus d'étoffes exotiques, lits extravagants à la turque, tables et commodes plaquées de bois de rose et ornées d'or moulu, curiosités sans nombre de la Chine…

Les motifs de fleurs dominaient aux boiseries, dans les étoffes et sur les placages. J'avais également commandé, à la manufacture de Vincennes, de très fines porcelaines imitant à s'y méprendre les roses du jardin, et qui, montées en bras de lumière à deux ou trois branches, avaient été semées partout dans la maison. De sorte qu'il n'existerait point de coupure entre les intérieurs et le reste, et qu'on pourrait passer sans transition du rez-de-chaussée aux parterres de fleurs et aux bosquets dessinés par M. Garnier-d'Isle... Des eaux jaillissantes animeraient aussi le parc, et des groupes de marbre, sculptés par MM. Coustou et Pigalle, viendraient en soutenir partout l'intérêt.

Dès l'été, mon nouveau domaine était assez avancé pour que je pusse accueillir, dans un pavillon ancien qui se trouvait au bas du parc – et que j'avais appelé « Brimborion » par dérision – la noce de ma petite cousine, Madeleine Poisson de Malvoisin. Rien ne m'amusait alors comme de marier de jeunes gens pleins d'avenir et, leur offrant l'hospitalité en même temps qu'un parrainage envié, de présider de la sorte à leur bonheur d'époux... Les invités s'extasièrent de la beauté des jardins et de la somptuosité encore un peu cachée de la maison ; je leur en fis les honneurs sans trop m'appesantir, et profitai surtout du voyage pour m'informer de l'avancement des derniers travaux. Je brûlais en effet d'inaugurer Bellevue, moins pour la vanité d'y briller que pour l'utilité de posséder un nouveau refuge où promener le Roi durant l'hiver. J'y fis donc œuvrer d'arrache-pied tout l'automne, ne ménageant point ma peine pour que les décors fussent achevés sans vrai retard, et les commandes, livrées à peu près en temps voulu. L'excellent M. Duvaux, de Paris, qui me fournissait le gros des meubles, me seconda pleinement dans cette vue – et nous pûmes annoncer sans forfanterie l'inauguration pour décembre 1750.

Finalement, la fête fut ravancée au 25 novembre, ce qui rendit épiques les derniers préparatifs. Seulement, le Roi était impatient de voir mon chef-d'œuvre, et avec lui, tous ceux qu'avaient alléchés les bruits insensés courant à son propos. De sorte que la surprise s'en trouva quelque peu éventée, et que sa découverte ne produisit pas tout l'effet escompté. Pour mon malheur, la journée se révéla venteuse et, les jardins se trouvant exposés à de furieuses bourrasques, on dut abréger la visite des bosquets. Mes convives coururent presque se réfugier dans la maison, qui du coup perdit beaucoup de sa magie. Tandis que le Roi lui-même constatait qu'on n'avait pu tendre convenablement toutes les soieries, je donnai l'ordre qu'on fît du feu pour réchauffer la compagnie. Mal m'en prit : les cheminées, qu'on n'avait point essayées encore, se montrèrent peu coopératives, et dans l'instant, les salons furent tous envahis d'une épaisse fumée, au point de faire tousser l'assistance et de la rejeter aux vents mauvais ! J'en aurais crié de rage ; mais je devais garder le sourire. Suivant les conseils de M. Collin, je dus alors improviser une salle à manger dans le vieux pavillon de Brimborion – celui qui, pendant l'été, avait accueilli la noce !

Par bonté, mes convives s'abstinrent de moquer ouvertement ma déconfiture ; mais leurs mines composées m'en dirent long sur l'impression que Bellevue leur avait faite. Pour comble d'infortune, je dus annuler, à la nuit tombante, le splendide feu d'artifice qu'on devait tirer depuis la Seine. Je m'en excusai sur le mauvais temps – mais la vérité était plus choquante : on avait discrètement averti le Roi que des Parisiens se réunissaient par milliers sur la plaine de Grenelle, en vue d'assister au spectacle ; aussi Sa Majesté m'avait-elle priée d'y renoncer, pour ne point donner encore matière à médire au Public. Enfin tout alla de façon que ma journée produisit un effet détestable sur tout le monde.

Cette vive contrariété, qui ne faisait qu'ajouter à l'extrême fatigue des derniers jours, me rendit plus malade que jamais. Cloîtrée chez moi, dans ma chambre, sur mon lit et les rideaux fermés, je dus me débattre avec les hallucinations moqueuses que me causait la fièvre. Cette maladie avait toutes les chances d'empirer, quand le Roi, me prenant doucement dans ses bras, sut dissiper en quelques mots l'amertume qui me dévorait.

— Allons, me dit-il, ce n'était là que la répétition générale. Votre Bellevue me plaît davantage que vous n'imaginez sans doute. Et dès que vous serez guérie, j'entends bien que vous m'y receviez à nouveau.

Je fondis en larmes.

— Sire, j'aurais tant aimé...

— ... me montrer ce dont est capable votre volonté ? Mais je suis bien placé pour le savoir.

Sitôt remise sur pied, je n'eus de cesse qu'un nouveau voyage fût organisé à Bellevue, qui s'avéra moins contrariant que le premier, mais sans offrir cependant le quart des agréments que j'avais attendus de cette maison. C'est aussi le lot des bâtiments neufs que de ne pouvoir livrer d'emblée le charme dont sont prodigues des maisons plus anciennes. Il faut les former à notre esprit, et leur donner le temps de révéler le leur. Or je savais, au fond de moi, que Bellevue ferait bientôt un séjour délicieux, et qu'on s'en disputerait le nouvel uniforme qui était de drap rouge et brodé d'or en pampre de vigne, sur un gilet de satin gris perle – les dames en robe du même gris, mais sans or ni broderies. Le Roi en était moins certain ; et le bruit courut, à l'issue du deuxième voyage, qu'il aurait soupiré à son retour : « Enfin, me voilà quitte ! » Je préférai n'en rien savoir et me concentrer sur un moyen de rendre plus attrayantes, à ses yeux, nos courses de ce côté-là.

Je comptais le théâtre à leur nombre. Puisque la rumeur publique, en exagérant leur coût, avait eu raison des représentations des Cabinets, à Versailles, je me devais, au demeurant, d'offrir ce havre à ma petite troupe. Nous montâmes ainsi *L'Homme de fortune*, de M. de La Chaussée, comédie composée pour inaugurer l'année 1751, en même temps que la salle de Bellevue – petite mais raffinée, et décorée divinement dans le goût chinois. Mes comédiens, dépaysés peut-être, et sûrement trop peu sûrs de leur texte, y furent jugés médiocres par l'assistance. Moi-même, j'eus des trous de mémoire, au point de devoir m'en excuser tout bonnement... Quant au ballet, intitulé *L'Amour architecte*, et où l'on voyait, notamment, une montagne accoucher du château de Bellevue, il fut jugé d'un goût douteux, ce que je puis comprendre avec le recul. Une fois de plus, nous dûmes, pour reconquérir notre public, aller puiser au vieux répertoire : et ce furent *La Mère coquette* de Quinault, puis *Les Trois Cousines* de Dancourt. Par la suite, je monterais encore de nouveaux opéras, dont *Zéliska*, sur une musique de mon vieil ami Jélyotte ; et dans le ballet de *Vénus et Adonis*, je danserais le rôle de la déesse, aux côtés du jeune vicomte de Rohan, dans celui de l'éphèbe. Mais pour tout dire, le cœur n'y était plus ; et je sentais qu'il me faudrait bientôt, pour qu'on n'en vînt pas à bouder une faveur naguère encore si recherchée, mettre un terme à la belle aventure.

Chapitre 12

À Versailles, la politique ne perd jamais ses droits. Mieux au fait que naguère de tous ses arcanes, je devais déplorer que la paix eût réactivé les vieilles querelles. La réforme de M. de Machault en faveur du « vingtième » avait mis, il est vrai, le feu aux poudres, ces Messieurs des cours supérieures[1] ayant beaucoup à perdre à l'établissement d'un impôt plus équitable... Dès les premières réticences du parlement de Paris, le Roi avait fait montre d'autorité et obligé les officiers à enregistrer l'édit, tout en invitant ceux des autres cours à les imiter. La chose fut moins facile dans les pays d'État[2] ; en effet, si la Bourgogne, la Provence et l'Artois se laissèrent convaincre, la Bretagne en revanche ne voulut rien entendre, pas plus que le Languedoc. Lors de l'assemblée annuelle de cette province, les députés du Clergé, poussés par ceux de tout le royaume, hurlèrent même au renversement des privilèges... Mais la résistance des magistrats devait achopper sur l'intransigeance de M. de Richelieu, commissaire du Roi dans cette assem-

1. On désigne ainsi les parlements des provinces constitutives du royaume.
2. Ce sont les provinces rattachées au royaume et qui jouissent par là d'un statut particulier.

blée – et nobles et prélats furent exilés, qui dans leurs diocèses, qui sur leurs terres. M. Le Nain, intendant du Languedoc, fut de surcroît remplacé par mon vieil ami Saint-Priest, qui tenta, non sans quelque succès d'ailleurs, d'apaiser là-bas des esprits par trop échauffés.

Mais, ainsi que je l'avais redouté, les plus vives oppositions au « vingtième » se manifestèrent dans les rangs de l'Église. Le clergé de France, attaché au principe d'un simple don annuel dont il fixait lui-même le montant, rechignait à toute perception obligatoire. M. de Machault tenta bien d'en faire admettre le principe dans les évêchés nouvellement rattachés à la Couronne ; et de fait il obtint satisfaction pour Cambrai, Arras ou Saint-Omer... Partout ailleurs, les évêques s'y opposèrent avec la dernière hargne. Si choquant que cela parût, il devenait patent que l'Église de France abritait de nombreux foyers de révolte. Aussi le Roi fut-il contraint, le 20 septembre 1750, de dissoudre l'assemblée du clergé – ce qui fut partout regardé, et notamment à Rome, comme un acte de défiance envers l'Église. Or le pape Benoît XIV venait justement de proclamer 1751 « année jubilaire ». Les évêques sautèrent sur l'occasion pour multiplier sermons et processions, et tenter de monter ainsi le peuple contre la réforme fiscale.

Je sais qu'il doit paraître étonnant qu'une femme en vienne à disserter de sujets qui, de coutume, relèvent de la compétence des hommes, mais puisque ma position m'a donné d'en connaître, il faut bien que j'en fasse état comme du reste. Au demeurant, j'ai pu éprouver, dans plus d'une occasion, que les femmes ne sont point fermées par nature à la politique, et qu'elles s'y adonnent parfois avec autant de raisonnement et de justesse que certains hommes... J'y fus, pour ma part, secondée par de bons esprits – au premier rang desquels venait M. l'abbé de Bernis, ecclésiastique sans doute, mais Dieu merci sans la prêtrise. Non que les prêtres soient toujours mauvais ; mais souvent, par leur intolérance, ils détruisent la vraie religion – celle qui est propre à consoler les âmes en peine. Et c'est un triste paradoxe, en vérité, que les abus de certains prêtres finissent par détourner de la foi ceux mêmes qui auraient le plus à en attendre.

Au demeurant, je savais les conseils de mon abbé dictés par le cœur et non par l'intérêt. De tous mes amis, M. de Bernis n'était-il pas le seul à qui ma faveur n'eût point encore profité ? C'est à peine si j'avais eu l'opportunité de lui faire donner un logement au Louvre[1] – qu'il s'empressa d'échanger, d'ailleurs, contre un autre dans une dépendance des Tuileries. L'intimité dans laquelle je l'admettais ne lui avait valu aucune de ces grâces que d'autres, pourtant moins proches, avaient reçues. Il faut dire que le Roi ne goûtait guère sa compagnie et ne lui adressait jamais la parole ; il lui trouvait un esprit fleuri, peu compatible avec la sobriété qu'il exigeait en amitié. Mais je sentais qu'il entrait plus de gêne dans sa froideur que d'hostilité réelle, et que l'habitude finirait par les acclimater l'un à l'autre ; c'est ce qui finit par se faire.

Un jour que j'avais offert à mon ami quelque jolie pièce de perse à mettre à ses murs des Tuileries, il croisa le Roi au sortir de chez moi, qui voulut voir l'étoffe et l'en complimenta ; sur quoi, tirant de sa poche un rouleau de louis d'or, il le remit à mon protégé en lui disant : « Tenez, voilà pour les clous ! »

1. Le Louvre servait de logement à des personnes pensionnées par le Roi. Les Tuileries étaient une résidence royale à part entière.

M. de Bernis reçut cette marque de bonté comme une grâce, ce qu'elle était bien en effet ; et je fis en sorte, de mon côté, de lui faire allouer dans la foulée une pension de mille cinq cents livres sur la cassette. Cependant l'abbé, académicien, grand seigneur quoique sans le sou et devenu comte de Lyon depuis peu, attendait autre chose ; et sans qu'il me l'eût dit vraiment, je savais son désir d'entrer dans la carrière diplomatique. Lui, visait l'ambassade de Pologne. Mais outre que le Roi décidait seul de tout ce qui touchait à ce royaume, il paraissait douteux qu'on y nommât un homme d'Église. La Suisse eût mieux convenu, mais elle échut à M. de Chavigny ; finalement, mon ami serait nommé à Venise, pour sa plus grande délectation.

*

* *

Pour en revenir aux difficultés du moment, elles me paraissaient, plus que tout, le fait du clergé. À la Cour, les jésuites et le parti dévot ne désarmaient plus. Les Enfants de France avaient eux-mêmes pris la tête d'une cabale empoisonnant l'existence du Roi. Madame Adélaïde surtout, celle des Princesses qui montrait le plus de caractère, obsédait son père de la nécessité de gagner son jubilé en réformant sa conduite – entendez : en me renvoyant ! Or il fallait compter avec ce trait constant du Maître qu'il s'est toujours senti coupable d'une vie menée en marge de l'union légitime. C'est pour lui un cas de conscience susceptible, à tout moment, de se muer en cuisant remords. Et le tour que le père Griffet, jésuite à la Bourdaloue, devait donner aux sermons de ce carême un peu particulier n'était pas pour calmer les alarmes d'un Roi tourmenté par la certitude de vivre dans la faute.

— L'on me dit que Mme de Mailly est morte ce matin, m'annonça-t-il un jour, sur un ton de quasi-reproche.

— On me l'a dit, Sire. Je sais qu'elle passait pour une femme très bonne. Elle m'avait embrassée une fois, quand j'étais plus jeune. C'était chez Mme d'Angervilliers, et...

Sans me laisser finir, le Roi ajouta :

— Elle était pénétrée de ses péchés... Sa dernière volonté aura été qu'on l'enterre sous la croix de bois des pauvres... Pensez ! Dire que nous avions le même âge !

De telles sorties me laissaient pantelante. Au fond, je devais me féliciter qu'il n'y eût plus, pour ainsi dire, de liens charnels entre le Roi et moi. Rien ne m'eût assuré, dans le cas contraire, que le Maître n'entendît me sacrifier à son propre salut. Après tout, le souverain ne recevait plus les sacrements depuis dix ans déjà, et s'en trouvait fort mal. Moi-même je souffrais le martyre de me voir attachée à ce char de honte royale ; et les vapeurs qui m'en venaient me faisaient dire malade « de la fièvre du jubilé »... Je dois cette justice à mes amis d'avouer qu'ils tentèrent, dans ces temps difficiles, de me faire un rempart de leur joyeuse humeur. Me divertissant à l'envi, je tâchais d'oublier les noirceurs qu'on me faisait, dans la compagnie d'amis très sûrs, au premier rang desquels était le prince de Soubise.

Depuis mon arrivée à la Cour, je n'avais cessé de goûter la gentillesse et l'esprit fin de ce grand militaire, qui n'en était pas moins grand courtisan. Fiable, enjoué, amusant, M. de Soubise m'avait tôt prise en affection ; et les attaques dont on m'assaillait faisaient vibrer en lui, disait-il, « la fibre du défenseur des belles citadelles »... Ravie, pour ma part, de pouvoir compter un si grand seigneur au nombre de mes chevaliers servants, je ne ménageai rien pour m'en faire un ami véritable ; et le Prince avait été de tous mes soupers, de tous mes voyages, de toutes mes fêtes... Lui-même me reçut, avec ou sans le Roi, dans son élégant domaine de Saint-Ouen, et à Paris, dans son fastueux palais. Lors du dernier carnaval, j'étais même parvenue à entraîner le Roi et quelques seigneurs dans une sortie nocturne au palais Soubise, où se donna le bal masqué le plus charmant qu'on vît jamais. Le Roi l'en félicita chaudement le lendemain à son lever ; c'est dire si mon ami se trouva bien payé de ses heureux offices.

*

* *

En face, le parti opposé s'était trouvé un nouveau porte-enseigne. Le comte d'Argenson, cadet du marquis renvoyé depuis trois ans, ne manquait jamais une occasion de me desservir. C'était devenu pour lui comme un passe-temps. J'en eusse aisément pris mon parti, si l'une de ses plus fidèles alliées n'avait été, en personne, ma chère cousine Élisabeth !

Soit goût de l'intrigue, soit volonté de contrecarrer ma fortune, Mme d'Estrades n'avait rien trouvé de mieux, en effet, que de se rapprocher du secrétaire d'État à la Guerre ; certains n'hésitaient même plus à l'en croire la maîtresse... Sans que nous en eussions jamais parlé, une si grande trahison ne pouvait rester sans effet sur nos rapports ; il nous en vint, à la longue, un affreux air de cajolerie perfide, qui me paraît la forme la plus mortelle, car la mieux déguisée, de l'inimitié.

Depuis l'été, sous prétexte de se rapprocher des siens, ma cousine avait fait vider, à Paris, l'appartement qu'elle avait occupé dans mon hôtel de Pontchartrain, et porter ses meubles dans la maison de sa famille, place Royale.

— Que signifie ce déménagement ? lui avais-je demandé en affectant un courroux amical.

— Que je ne veux point qu'on juge intéressée ma tendresse pour vous.

— Allons donc ! On connaît trop vos vrais sentiments...

Au fond de moi, je me désespérais de constater que l'amitié elle-même n'est pas à l'abri des usures du temps. « De toutes les façons, il n'est point d'amitié qui tienne entre deux femmes », pérorait M. de Gontaut. J'étais loin de partager son pessimisme, et m'attachais à lui prouver chaque jour le contraire. N'éprouvais-je pas déjà, pour de tendres amies, des sentiments d'une pureté et d'une élévation au moins égales à celles qu'on voit dans les relations des deux sexes ? Je me souviens d'avoir dit à Mme de Brancas que son affection m'était devenue aussi nécessaire que l'air qu'on respire ; j'éprouvais, à demeurer loin de ma belle-sœur Baschi, un ennui qui confinait à la désolation ; quant à Mme de Brézé, chacune de ses apparitions me causait de violents transports...

À l'heure où le Roi, sans se détourner vraiment de moi, mettait du moins des distances entre nous, il me paraissait que l'amitié pouvait former un substitut honnête à l'amour. Et je le soutenais, pas plus tard que ce matin, à Mme de Baschi : l'amitié fait la plus grosse part de la vie de l'âme. « L'amour est un plaisir du printemps, m'a répondu ma belle comtesse, mais l'amitié est de toutes les saisons. » Aussi bien j'avais préparé mon cœur à la goûter avec délices, et pour ne plus m'en passer. La fortune, désormais, pourrait toujours me tourner le dos ; il est un bien qu'elle ne m'ôterait pas – et c'était l'amitié des rares personnes qui me fussent tout à fait chères.

Je garde, à ce propos, un souvenir attendri du bien charmant voyage que nous fîmes à La Muette pour fêter ce printemps, et dont furent précisément toutes mes amies ou presque. Nous eûmes là trois bons jours de bonheur. Et l'on n'a rien vu, jamais, de plus enjoué que ce séjour sans contrainte, au cours duquel furent inaugurés de beaux salons sur le petit jardin.

*

* *

J'ai déjà dit le mal qu'avait tenté de me faire Mgr Boyer, ministre de la Feuille, lors de mon arrivée à la Cour, et dénoncé l'influence néfaste de ce prélat sur le Dauphin et son parti. Exaspéré par l'affaire du « vingtième », c'est encore lui qui, le premier, enjoignit ses pairs de reprendre la vieille croisade contre les jansénistes – autant dire contre les parlementaires. C'étaient des boucs émissaires qui en valaient bien d'autres... Le moyen de persécution préconisé par l'évêque de Mirepoix, et que reprit sans nuance Mgr de Beaumont, archevêque de Paris, était de refuser l'extrême-onction aux braves gens qui ne pourraient exciper d'un certificat de bonne foi catholique – on appelait cela un « billet de confession » !

Naturellement, le Parlement s'indigna de ce qu'il regardait, à bon titre, comme un refus de sacrement ; il le dit dans des remontrances datées de mars 1751. La sourde opposition des parlements et de l'Église allait ainsi tourner à la lutte ouverte – avec toutes les grandes conséquences qu'on en pouvait craindre. Le Roi vint s'en plaindre un soir dans mon nouveau boudoir du rez-de-chaussée, tout orné de précieux laques rouges :

— Ces grandes robes[1] et le clergé sont toujours à couteaux tirés. Ils me désolent par leurs querelles. Mais je déteste bien plus les grandes robes. Mon clergé, au fond, m'est attaché et fidèle ; les autres voudraient me mettre en tutelle.

— La fermeté peut seule les réduire.

— Certes... Et je voudrais pouvoir en exiler quelques-uns ; mais ce serait un train terrible. D'un autre côté, l'archevêque est une tête de fer qui cherche querelle. Heureusement qu'il y en a quelques-uns dans le Parlement sur qui je puis compter, et qui feront semblant d'être méchants, mais sauront se radoucir à propos. Il m'en coûtera quelques abbayes, quelques pensions secrètes...

Le Roi me donna le nom d'un de ces enragés pour la galerie ; il se trouva que le magistrat m'avait justement écrit le matin même, pour solliciter un rendez-vous.

— Eh bien, dit le Maître, voyez-le et laissez-le venir ; ce sera un prétexte pour lui accorder quelque chose s'il se conduit bien.

M. de Gontaut entra sur ces entrefaites, et parut gêné de tomber en pareille scène. Le Roi ne changea pas son ton pour lui ; il poursuivait :

— Le Régent a eu bien tort de leur rendre le droit de faire des remontrances ; tous ces gens finiront par perdre l'État.

— Ah ! Sire, dit le cher marquis, il serait bien fort que de petits robins puissent l'ébranler !

— Vous ne savez pas ce qu'ils font ni ce qu'ils pensent ! C'est une assemblée de républicains. En voilà, du reste, assez : les choses, comme elles sont,

1. Louis XV désigne ici les parlementaires.

dureront bien autant que moi. Causez de cela juste un peu, madame, dimanche avec M. Berryer !

Munie de ces deux commissions – et de quelques autres que je n'ai pas dites ici – je tâchai donc d'éclaircir si ces messieurs du Parlement iraient ou non jusqu'à entraver la marche de la justice. Or il me parut qu'il fallait s'y attendre en effet, et je le dis au Roi tout net – plus exactement, je le lui écrivis ; car nous avions trouvé ce moyen d'écarter de nos entretiens des allusions pesantes à la politique, sans nous priver pour autant de communiquer sur les affaires les plus graves. J'y trouvais mon compte par la franchise de ton qu'autorisait la forme écrite ; et le Roi trouvait le sien, par le goût qu'il avait de cette procédure. C'était un trait si poussé chez lui qu'il lui arriva plusieurs fois de me signifier ses volontés par un billet de sa main, alors même que nous venions de passer un long moment en tête à tête...

Ainsi donc je me retrouvai, dans ces temps-là, chargée de véritables missions politiques – dépassant de loin mon domaine habituel de faveurs et de grâces.

Il en allait de même pour les questions étrangères : mes relations avec les ministres des différentes cours devenaient plus sérieuses : je voyais ainsi constamment le lourd Prussien Le Chambrier, le terrible Anglais Albermale, le délicieux Autrichien Kaunitz-Rietberg... Je les recevais en audiences prolongées et prenais un intérêt chaque jour accru à leurs subtils jeux d'alliances et de contre-alliances. Au point que M. de Puysieulx, notre ministre des Affaires étrangères, en vint à résoudre le Roi de m'admettre en tiers au travail qu'il effectuait avec Sa Majesté. Sans devenir ministre en titre, j'y gagnais un certain droit de regard sur la plupart des départements – sauf celui de la Guerre, que se gardait jalousement M. d'Argenson.

Pour cet homme-là, j'en faisais mon affaire, et demeurais discrète sur nos fréquentes dissensions – de même que je minimisais les liens m'alliant, au contraire, à M. de Machault qui venait de recevoir les Sceaux en rajout des Finances. Ce grand commis s'honorait en retour de faire droit au plus gros de mes recommandations pour les pensions et gratifications dont il était la source. Je me flatte qu'elles ne fussent jamais inconsidérées : de ma vie, je n'aurai fait récompenser les gens qu'en fonction de leur seul mérite, et de leur dévouement au service du Roi et de la Nation. M. de Machault le savait mieux que personne ; et connaissant ma répugnance à intervenir en faveur de mes proches, il avait soin d'y devancer toujours mes humbles requêtes.

M. de Machault fit ainsi beaucoup pour l'établissement nobiliaire de mon père. Nous avions trouvé pour lui la terre de Marigny, dans la Brie, possédée jusque-là par une communauté religieuse qui l'avait héritée d'un grand chirurgien[1]. Le Roi l'acheta pour mon père, et la lui remit contre quittance d'anciennes créances sur le Trésor. Cette opération, faut-il le préciser, fut assez exceptionnelle pour mobiliser les services du Contrôleur général à tous ses stades ; et je dois rendre à M. de Machault cet hommage qu'il mena tout avec une sûreté sans exemple. Ainsi mon père, ses lettres patentes dûment enregistrées, put-il jouir de tous les droits féodaux afférents à ses terres,

1. La Peyronie en personne.

comme un seigneur de vieille race. Il n'en conserva pas moins la simplicité bonhomme que je lui avais toujours connue – et lors de sa réception au village de Marigny, séduisit toute la population par le naturel et la bonté dont il fit montre ! Bientôt il ferait clore le parc de sa propriété nouvelle, y ferait bâtir un château neuf, un colombier, un chenil, des communs... Et M. François Poisson, qui refusait qu'on l'appelât M. de Marigny, pourrait doucement vieillir sur ses nobles terres – comme je m'en étais fait serment dans mon enfance !

Le départ d'Abel pour l'Italie avait rempli notre père d'un orgueil bien touchant ; mais il l'avait aussi fort inquiété, en le renvoyant à cette solitude qui, trop souvent dans le passé, l'avait tenu loin de tout. Il en était quitte pour me venir voir plus souvent, et m'apporter des nouvelles du voyageur, dont mon propre courrier m'avait en général instruite le matin même – parfois plus complètement... Surtout, mon père prit l'habitude de rendre constamment visite à sa petite-fille à l'Assomption – un peu comme l'avait fait, jadis, mon cher grand-père maternel, quand il venait frapper au portail des ursulines pour m'emmener, avec ma cousine Angélique Deblois, dîner quelque part dans le bourg de Poissy. Mon père était fou de la petite, qu'il n'appelait que « son Fanfan », et dont il ne se lassait point de suivre les progrès en lecture, en écriture ou dans le chant.

— Je vois bien, lui disais-je parfois sur un ton faussement courroucé, que votre Fanfan a remplacé la petite Reinette dans votre cœur...

— Mais c'est impossible ! protestait-il. Vous êtes, sans partage, mes deux Alexandrine !

Lorsque j'accompagnais le Roi dans de petits voyages près de Paris, à La Muette notamment, il arrivait que mon père fît à sa petite-fille la surprise de la passer chercher à l'Assomption, pour me l'amener à embrasser et couver un peu. Je la revois, ma chère fille, fièrement assise sur le coussin turquoise d'une voiture qu'on avait faite à ses mesures, et que menait un petit âne... L'application qu'elle mettait dans ses gestes traduisait tout le souci qu'elle avait de plaire à sa « belle Maman ». En retour, je lui réservais, chaque fois qu'il m'était possible, d'agréables surprises, dont il semblait qu'elle fût touchée jusqu'au cœur. Ainsi la conduisis-je, une après-dînée que je l'étais venue visiter à Paris, à l'Opéra, dans la loge du duc de Chartres, où le Public put la contempler et l'applaudir à son gré.

— Aimez-vous bien la musique ? lui avais-je demandé tout bas après le premier air.

— Je crois bien que c'est elle qui m'aime, m'avait répondu mon ange adoré.

Cet été-là, je ne quittai Compiègne, à la mi-août, que pour l'aller retrouver à Bellevue, où je la faisais reposer depuis un bon mois déjà. Elle m'y accueillit avec des transports qu'on ne saurait décrire, et tint absolument à me mener elle-même dans tous les endroits du parc où elle avait songé à moi dans les dernières semaines... Ma chère fille était parfaite ; sans vraiment embellir en grandissant, elle commençait d'acquérir en revanche une personnalité fort attachante et qui, jointe aux grâces de son éducation, en faisait déjà un bout de femme tout à fait charmant. Quant aux airs de dame qu'elle cherchait quelquefois à se donner, pour irritants qu'ils fussent sans doute, ils m'invitaient surtout à songer à son établissement prochain. J'y voyais une affaire plus que sérieuse –

absolument essentielle pour moi. Je voulais en effet qu'Alexandrine, par l'éclat d'un mariage indiscutable, vînt fixer à jamais les fruits d'efforts menés chez nous depuis trois générations.

Au demeurant, le plus beau de tous les partis n'eût rien été, à mes yeux, à côté d'un fils du Roi, tout illégitime qu'il fût. Ainsi mon souhait le plus cher aurait-il été de marier Alexandrine au tout jeune marquis du Luc, de trois ans son aîné, et dont la mère, Mme de Vintimille, sœur de Mmes de Mailly et de Châteauroux, était morte en lui donnant le jour. Je me disais qu'il eût fait pour ma fille un époux désigné ; et j'imaginais mon bonheur, plus tard, de voir mêlés, sur le visage de mes petits-enfants, des traits du grand-père à ceux de la grand-mère... Je mis tout en œuvre pour réunir ces deux destinées. Par M. Collin, je fis convaincre le gouverneur de M. du Luc de l'amener goûter un jour à Bellevue, et organisai une rencontre dans la figuerie, où je m'arrangeai pour que vînt aussi le Maître.

— Quel est cet enfant, à côté d'Alexandrine ? me demanda-t-il alors que nous approchions des jeunes gens.

— Mais Sire, c'est M. le marquis du Luc.

— En effet...

Le Roi changea de couleur, et je sentis qu'il ne lui était point agréable d'approcher ainsi son fils naturel...

— N'est-ce pas que ce serait un charmant petit couple ?

Le Roi feignit de n'avoir pas entendu, et commença de s'amuser avec ma fille. Je regardais cependant le jeune marquis, occupé à se régaler d'une figue : il avait, en la dégustant, des gestes et des expressions du visage si semblables à ceux de son père que j'en demeurai dans l'étonnement.

— Ah, Sire, voyez...

— Hé quoi donc ?

— Rien... Rien, si ce n'est qu'on croirait voir son père...

Le Maître s'efforça de sourire :

— Je ne savais pas que vous connaissiez M. du Luc père si particulièrement...

Je ne relevai point.

— Vous devriez l'embrasser, dis-je, car il est fort joli.

— Je commencerai donc par la demoiselle...

Sur quoi il les embrassa, mais très froidement et d'un air contraint. J'en eus le cœur serré, et ne renonçai pas à ce beau projet sans y revenir deux ou trois fois par allusion. En vain. Le Maître se souciait fort peu que ma fille épousât l'un de ses bâtards.

*

* *

On sut dans ce temps-là que la Dauphine Marie-Josèphe était grosse. Après plusieurs fausses couches, une petite princesse, Madame Marie-Zéphirine, lui était née un an plus tôt, que tout le monde avait accueillie avec la déception qu'on imagine. Aussi les espoirs qu'on formait, à la Cour et dans le pays, sur cette nouvelle naissance, étaient-ils très grands. Le Maître m'en entretenait sans cesse, et je voyais, à sa nervosité, que ce n'était nullement par civilité. Je partageais, faut-il le dire, son très fervent espoir de voir bientôt assurés, par la naissance d'un mâle, les intérêts de la dynastie.

Dans la nuit du 12 au 13 septembre, nous étions à Trianon, occupés à une partie de piquet après souper, quand un suisse essoufflé vint annoncer dans l'antichambre que Mme la Dauphine était accouchée d'un garçon. J'en eus confirmation de mon côté par un discret message de mon valet de chambre. Bien qu'un peu circonspecte, j'en fis aussitôt part au Roi, afin de mettre un terme à ses inquiétudes. Il se leva, sortit puis rentra pour me dire que le fait était confirmé par M. de Turenne ; puis il partit pour le château dans la voiture la plus proche, qui se trouva être celle du prince de Conti. Je me hâtai de le suivre, et fus à peu près sur ses talons chez la Dauphine ; cependant, la course et l'émotion, ajoutées à la presse qui régnait dans l'antichambre, me firent défaillir un moment ; l'on dut me pousser discrètement vers l'embrasure d'une fenêtre, où je n'eus de témoins que la duchesse de Villars et ma cousine.

Le Roi, radieux, s'en vint pleurer de joie chez moi, et toute la Cour, derrière lui, marqua son allégresse. Je fis donner à Bellevue des feux d'artifice et des illuminations inoubliables – et sans qu'on se demandât, cette fois, si les Parisiens y trouveraient à redire... Ce dut être le cas, cependant, si l'on en juge par la froideur relative avec laquelle le Public accueillit l'événement. Il faut dire que le climat détestable instauré par le conflit du Parlement et du clergé, lié aux rumeurs les plus insensées et, plus encore que tout cela, à la cherté du pain, ne prédisposait guère le peuple à la fête.

De mon côté, les réjouissances coïncidèrent avec la mort de mon beau-père légal, M. Le Normant de triste mémoire – et le deuil de décence que cela m'imposa priva la Cour des autres festivités que j'avais eu dessein de lui procurer. Je me vengeai sur une série de petits mariages organisés dans mon Crécy aux abords de l'automne : quatorze jeunes couples furent ainsi unis sous mes auspices – et je veux croire que cela fit vingt-huit heureux...

Tout le monde festoya bien, en tout cas, dans la cour du château devenue comme un bal de village.

*

* *

Assurément, cette naissance du petit duc de Bourgogne devait figurer aux annales comme un événement faste ; et je crois pouvoir dire qu'il aurait pu réconcilier tout le monde à la Cour – pour peu que tout le monde en eût éprouvé l'envie. Au lieu de quoi, l'on continua de s'écharper sans pudeur. Le berceau même du petit Prince ne fut pas épargné, puisqu'une folle – nommée la Sauvé – femme de chambre mariée à un commis du comte d'Argenson, déposa près du nouveau-né un paquet effrayant, contenant de la poudre et un message insolent contre le Roi et contre moi.

Cette femme avait sans doute voulu se donner de l'importance, en prétendant, selon ce qui devenait une coutume, sauver du péril un jeune prince vénéré entre tous... Son acte insensé n'en montrait pas moins que le respect n'existait plus en cette Cour, et que les personnes les plus sacrées n'y étaient jamais destinées qu'à se trouver profanées pour la satisfaction d'ambitieux sans vergogne.

Chapitre 13

Dès les premiers coups de pioche, la construction de l'École militaire avait engendré des querelles. Deux administrations s'y mesuraient, celle de la Guerre et celle des Bâtiments – autant dire deux conceptions du projet. Les militaires, routiniers par nature et impatients par intérêt, voulaient accueillir au plus vite un premier contingent d'élèves, quitte à détourner une partie des fonds alloués au projet vers l'entretien de locaux de fortune. Plus ambitieuse, la direction des Bâtiments, sous l'égide de mon oncle, souhaitait que les édifices fussent achevés avant qu'on n'ouvrît l'École. Je partageais ce point de vue, moins par esprit de famille que pour la gloire du règne. Au reste j'étais censée entretenir des alliances dans les deux camps : M. Duverney, en tant qu'intendant de l'École, ne prenait-il pas ses ordres du côté de la Guerre ?

Assez vite, il m'apparut néanmoins que ce bon ami en tenait un peu trop pour les militaires. Ses relations avec mon oncle, jusque-là chaleureuses, se révélaient soudain difficiles ; elles se refroidirent encore lorsqu'une Régie[1] fut créée pour écarter l'architecte, M. Gabriel, de l'exécution des

1. Elle était sous la tutelle de l'administration des Bâtiments.

travaux. M. Duverney vint me trouver à Versailles, se disant persécuté par les gens des Bâtiments, et notamment par un certain M. Mollet, premier commis, au demeurant le plus méchant homme du royaume. Il me prévint aussi que les entrepreneurs des charrois, outrés des conditions imposées par la nouvelle Régie, avaient cessé le travail et attendaient une révision de leur contrat. Prenant la mesure du conflit, je me fis fort de le désamorcer. Il y allait de la tranquillité de mon oncle, que toutes ces disputes fatiguaient, et dont la santé, en cet automne de 1751, donnait tous les signes d'une grande faiblesse. Ravalant donc ma fierté, j'allai jusqu'à solliciter l'intervention du comte d'Argenson, afin qu'il voulût bien traiter directement avec lui ; je dois reconnaître qu'on me fit cette grâce.

Mais le 18 novembre, ayant fait le voyage d'Étiolles en signe d'apaisement, le ministre vit que son hôte se tenait avec peine à table. Bientôt le pauvre tomba en syncope. Il fallut le porter à son lit et convoquer les médecins, mais il était trop tard. Mon oncle expira peu après, sous les yeux du comte d'Argenson, son adversaire du moment et de tout temps le mien. Je reçus la nouvelle à Choisy, le Roi étant à la chasse. Ma première pensée fut pour mon frère, rentré à temps d'Italie, et qui allait hériter de la charge des Bâtiments du Roi.

*

* *

Mes larmes n'en étaient pas moins sincères : faisant retour sur moi, je revoyais, en effet, tous les bienfaits dont M. de Tournehem avait comblé ma jeunesse. Au fond, ne lui devais-je pas la plus grande part de ma fortune ? Il était là, déjà, lorsque ma mère vint me chercher, à Poissy, pour me tirer de chez les ursulines ; là quand il fut question de me prodiguer l'enseignement des meilleurs maîtres ; là, toujours, pour soutenir mes premiers pas dans le monde, m'ouvrir les portes de la belle société, m'octroyer un statut, un nom, un état... De corps ou d'esprit, mon oncle s'était trouvé, sans faille, où il pouvait, chaque fois, m'être le plus utile : à Étiolles quand j'avais approché le Roi, à Versailles quand je ne le quittais plus... Il avait su me donner un mari puis l'éloigner à propos, le raisonner et le consoler en temps voulu. Lui-même n'avait point dédaigné la grâce que je lui avais faite en le faisant nommer aux Bâtiments, et s'était acquitté supérieurement d'une tâche pourtant réputée ardue. Jour après jour pendant vingt années, il avait su devenir mon ombre, m'encourageant et me consolant tour à tour, de cette voix si bien assise, quoiqu'un peu haut perchée – cette voix qui continuerait de résonner en moi tant que je vivrais.

*

* *

Le premier dossier dont mon frère eut à traiter pour les Bâtiments fut donc celui, fort épineux, de l'École militaire. L'affaire était mal engagée, et délicate à mener dans sa position. Il fit face à tout avec courage, sinon toujours avec tact. Et d'abord, il sut marquer son territoire. J'avais ménagé, par les soins de mon parrain Montmartel, une entrevue entre son frère, M. Duverney, et le mien. Abel, qui tenait à tort l'intendant pour responsable de la mort de son devancier, se montra dur envers lui : il se présenta davantage en marquis de Vandières qu'en fils de François Poisson, plus en directeur général qu'en ami de la famille... Les compliments furent courts à ce que j'en sus, ou, pour mieux dire, il n'y en eut point. M. Duverney exposa d'emblée tous ses griefs envers l'administration des Bâtiments, et défendit son droit de regard sur le chantier. Puis il voulut remettre à mon frère un argumentaire écrit ; mais Abel le repoussa : « Des papiers, dit-il, je n'en veux pas. Le Roi décidera qui doit se mêler de cette affaire. » Je sus par mon parrain que M. Duverney se sentit mortifié de ce geste ; et je pense que c'est la première cause du refroidissement que j'ai, depuis, constaté dans nos rapports.

Cependant rien n'était réglé, et le chantier, délaissé par les entrepreneurs, paraissait en souffrance. Des bruits commençaient à courir, et le Public était plein de ce qui se passait. L'on regardait l'École royale militaire comme une tour de Babel qui serait bientôt abandonnée par la mésintelligence de ceux mêmes qui auraient dû concourir à son élévation. Il n'était que temps de trouver des accommodements. Nous en parlâmes avec mon frère, en présence de M. Quesnay qui, dans ces matières, était souvent d'excellent conseil. Le docteur nous dit qu'il fallait avant tout dédouaner les contractants, moyennant une bonne et suffisante caution. Mon frère enregistra l'avis, mais il lui donna un autre sens ; et le jour où une délégation des entrepreneurs se présenta à son hôtel, il fit dire qu'il ne pouvait la recevoir, étant parti pour Versailles ; puis il rendit publique la caution exigée pour tout désengagement, et qui était de deux cent mille francs ! En gonflant ainsi le chiffre, il prétendait décourager les rebelles et les remettre à l'ouvrage. C'est le contraire qui se produisit : M. Duverney, remonté contre mon frère et soutenu par le sien, proposa sur-le-champ d'avancer lui-même une aussi grosse somme – de sorte que les entrepreneurs purent déclarer forfait le plus légalement du monde, et quitter le chantier tout de bon.

C'est alors que des mémoires furent établis dans l'autre camp, qui réclamaient l'accueil immédiat d'un premier contingent d'élèves. On ne pouvait marquer plus clairement le mépris dans lequel on tenait la part de l'architecture et des constructions, et qui était pourtant la seule qui dût passer à la postérité. Sauf à tout perdre d'un projet qui m'était cher, je devais donc contre-attaquer. Mais d'abord, il me fallait avoir les mains libres pour relancer des travaux. Il était nécessaire que mon frère pût agir sans s'exposer plus avant à la mauvaise volonté des gens de la Guerre. Ce fut l'objet d'un projet d'arrêt visant à transférer le produit du droit sur les cartes à la seule administration des Bâtiments. Ayant obtenu l'accord officieux du Roi, je transmis ce projet au comte d'Argenson. L'après-dînée même, le secrétaire d'État se faisait annoncer chez moi. Il arborait son masque des mauvais jours :

— Je suis fâché d'être obligé de dire à madame la Marquise que son arrêt n'est pas proposable en l'état.

— Et pourquoi cela, monsieur le Ministre ?

— Parce qu'un pareil transfert, j'ose le dire, renverserait tous les principes de l'École militaire, et détruirait l'édit qui l'a formée.

— Vous savez bien qu'il n'en est rien, et qu'il s'agit seulement d'y travailler avec plus d'efficacité.

— En vérité, Madame, ce projet remet, sur un prétexte frivole...

— Comment donc « frivole » ?

— Il remet, dis-je, la Régie du droit sur les cartes en la tutelle du contrôleur des Finances, ce qui marche à l'encontre de tous les principes.

Je n'insistai pas davantage. J'avais compris qu'on ne pouvait rien espérer de ce côté : mon frère n'aurait jamais aucun droit d'ordonner sur la trésorerie de l'École. Nous répliquâmes autrement, par le biais d'un manifeste prouvant, sans contredit possible, qu'aux termes de l'édit de fondation l'ouverture de l'École aux cadets supposait l'hôtel fait et parfait. De cela pouvaient seuls connaître les Bâtiments ; jusque-là, tout devait donc rouler sur eux. Cette interprétation ne fut pas du goût de l'ami Duverney, qui m'adressa dans l'heure un courrier pour me prier de présenter au Roi sa démission ! Je crus d'abord à la foucade d'un vieil ami blessé. Mais un mois plus tard, une seconde missive me parvint, plus déterminée encore. Je lui mandai par retour que je n'avais différé de répondre à la première que pour lui donner le temps de réfléchir à une démarche qui me paraissait peu raisonnable ; et j'ajoutai que s'il persistait dans sa résolution, ce n'était pas à moi à transmettre sa démission, ne m'étant jamais mêlée des nominations d'officiers de l'hôtel. Mon nigaud ne désarma pas pour si peu, et représenta sa démission par le canal du comte d'Argenson. Comme je l'avais prévu, elle fut rejetée ; mais ce que je ne pouvais deviner, c'est que le Roi pousserait la sollicitude jusqu'à soutenir les ambitions de l'intendant, en autorisant l'accueil, au château de Vincennes, d'un premier petit contingent de vingt élèves.

— Est-ce ainsi que Votre Majesté encourage les efforts des personnes dévouées à Sa cause ? lui demandai-je le soir même.

— M. Duverney ne l'est pas moins que vous, me répondit le Roi. Son dévouement s'illustre d'une autre manière, voilà tout.

Nous dûmes nous débrouiller de cela, et faire en sorte qu'en dépit de l'envie le chantier rouvrît, tant bien que mal, et malgré les premiers frimas d'un hiver qui s'annonçait rigoureux.

*

* *

Cette année-là comme la précédente, le givre et la glace donnèrent à la cour de France un air de parenté avec celle de Russie. La blancheur aveuglante du paysage renvoyait en mon nouvel appartement l'éclat d'un jour irréel. On faisait grand feu dans les cheminées, et l'on avait sorti les fourrures des garde-robes : manteaux doublés de renard, manchons d'hermine, toques de vison, tapis d'ours et couvertures de voyage en castor. L'on avait aussi ressorti les traîneaux des remises, pour des courses qui, à Versailles, faisaient tout l'amusement des jours de neige. On sait la fierté du Roi pour ces nacelles magnifiques, que les meilleurs ébénistes enjolivent de sirènes, de tritons et de divinités diverses. L'un de ces ouvrages a même été conçu à partir de la carapace énorme d'une tortue marine – ce qui faisait dire en riant qu'on avait affaire à la tortue la plus rapide de la Création...

Début février, une belle course fut ainsi organisée sur le Tapis vert – qu'on eût dû rebaptiser le Tapis blanc – à laquelle prirent part Mesdames, sous l'œil amusé de leur père. Madame Henriette, l'aînée des cinq Princesses, et qu'on appelait seulement Madame, était dans le traîneau conduit par le Roi, ce qui lui acquit les applaudissements crispés de courtisans raidis par le gel. Madame elle-même frissonnait sous ses fourrures, d'un refroidissement qu'elle avait pris la veille, et dont elle avait eu garde de n'avertir que sa sœur la plus proche, Madame Adélaïde. Or l'affection ne fit qu'empirer dans la nuit ; et le lendemain, alors qu'elle était d'un petit voyage à Trianon, la Princesse ne put cacher davantage un état déjà presque inquiétant. Je lui conseillai moi-même de ne point s'exposer, et de ne rentrer au château que pour s'y faire soigner, ce qu'elle fit en effet. On la saigna le soir même, pour la première fois de son existence, et l'on convoqua la Faculté. Devenu médecin ordinaire de Sa Majesté, M. Quesnay fut appelé à consulter comme les autres, et c'est par lui que je sus que l'état de Madame était plus alarmant qu'il n'y parut d'abord.

— On incrimine des fièvres putrides, mais votre Princesse se meurt de tristesse, voilà la vérité, revint me dire le bon docteur tout en guettant ma réaction.

— C'est, lui confiai-je, qu'on la dit fort éprise de Mgr le duc de Chartres...

— Et voilà ! triompha Quesnay. L'amour, toujours !

— Or le Maître ne veut point entendre parler d'une alliance avec la branche cadette. Au surplus, je crois qu'il ne lui plaît guère de marier ses filles.

— Vous avez raison, il veut les garder pour lui. Moyennant quoi il les fera périr à petit feu.

— Madame Adélaïde est plus résistante, je crois bien.

— Disons qu'elle s'accommode mieux de la situation que sa sœur aînée...

De fait, la santé de Madame déclinait vite. En moins d'une semaine, son état empira au point d'être déclaré sans remède. J'avais envisagé, pour détendre tout le monde, un voyage à Bellevue qu'il fallut donc ajourner.

— Je crains que nous ne perdions bientôt la Princesse, m'avoua le Roi d'une voix étranglée, au soir du mardi 8 février.

— Sire, nos prières sont trop ferventes pour n'être pas entendues du Très-Haut.

— Mais le Très-Haut, Madame, a tant à nous reprocher !

Cela fut dit très vivement, et d'un ton sans appel. D'évidence, le Roi concevait la maladie qui frappait sa fille comme un châtiment envoyé par le Ciel ; et je ne pouvais exclure, une fois de plus, de faire bientôt les frais d'une issue que tout le monde annonçait comme inéluctable. Mme de Brancas, qui servait chez Mesdames, me tenait constamment informée des progrès du mal. Le mercredi 9, le Roi, la Reine et toute la famille royale s'en furent au-devant du saint viatique arrivant de la paroisse à la demande de la mourante, et qui lui fut présenté par Mgr l'évêque de Meaux, son premier aumônier, et le curé de la paroisse. La malheureuse Princesse avait été entendue la veille par le père Pérusseau, confesseur ordinaire du Roi ; et dès le lendemain, il fallut lui administrer les derniers sacrements. Cet engrenage était bien pénible à suivre ; et jamais encore, je n'avais vu le Maître à ce point dans les affres. Il y montrait des signes de la dernière fermeté, mais sans pouvoir chasser de son regard un air d'extrême souffrance, et qui donnait envie de le serrer sur son cœur.

Madame rendit son âme à Dieu le jeudi 10 février 1752, vers les deux heures après midi ; elle avait vingt-quatre ans. Cela me fut mandé par le marquis de Gontaut, qui était aux nouvelles depuis le matin, et que j'avais chargé de me tenir au fait de tout. Ce fidèle ami m'informa de surcroît que le Roi et sa famille s'apprêtaient à partir dans l'heure pour Trianon, où tout avait été maintenu exprès depuis le dernier voyage.

— Et de mon côté ? demandai-je au marquis. Savez-vous les intentions du Maître à mon égard ?

— Nullement, ma chère amie. Le Roi est comme frappé d'hébétude, et rien ni personne n'a pu lui tirer un mot depuis l'affreuse échéance. C'est Mme la Dauphine qui a passé l'ordre de partir pour Trianon. La Reine était trop affectée elle-même pour rien décider. Quant au Dauphin...

Je savais bien quel parti le frère de la jeune défunte m'eût conseillé d'adopter, pour peu qu'on lui en eût fait la demande... Si j'avais pris le sentiment de la Cour dans l'instant, il n'est point douteux que tout le monde m'eût conseillé de me terrer dans mes appartements, en attendant l'ordre du Roi de me retirer, à Bellevue ou ailleurs ! Fort dépitée, je décidai néanmoins de tenir bon une fois encore ; et contre vents et marées, j'ordonnai à M. Collin de faire atteler sur-le-champ, et de s'assurer que mon appartement fût prêt à Trianon. Puis je partis de mon côté, sans ordre de personne, m'installer dans cette résidence où je savais que je ne serais guère en odeur de sainteté.

— On ne vous attendait point ici, me dit en effet le duc d'Ayen quand ma voiture eut franchi la grille de Trianon.

— Je ne m'y attendais pas moi-même, répondis-je plaisamment, en me hâtant de regagner un appartement dont j'eus soin de ne pas sortir dans les jours qui suivirent.

Le Roi et la Reine se rendirent à Saint-Denis pour les obsèques et à Paris pour un *Te Deum*, et le grand deuil fut décidé à compter du 15. Je ne fis point draper[1] pour autant, n'ayant jamais eu de lien avec la maison de la défunte ; mais j'obtins que mes gens – à commencer par les porteurs – prissent l'habit noir, privilège des Maisons constituées.

Ces petites questions d'étiquette étaient cependant impuissantes à me distraire de l'angoisse affreuse qui m'étreignait : le Roi ne m'avait ni vue ni même écrit, depuis la mort de sa fille. Les bruits qui me revenaient de chez lui parlaient de repentance et de contrition ; or, si je n'avais point reçu l'ordre de me retirer, je n'avais pas été non plus priée de demeurer en place. De nouveau me revenait l'ineffaçable souvenir de Metz...

Je passai deux jours entiers et deux nuits à me faire à l'idée que ma carrière à la Cour touchait peut-être à sa fin. Au fond, cela ne m'affectait pas outre mesure – je redoutais seulement de ne jamais revoir mon Maître.

Un soir, enfin, un valet de chambre m'apporta un billet de la main du Roi, qui disait : « Je suis au désespoir, Madame. Ne m'en veuillez pas si je vous néglige un peu ces temps-ci, ce n'est point de propos délibéré, je vous assure. Plus tendrement que jamais, votre Louis. » Ces quelques lignes, en me rendant la vie, me donnèrent la force d'attendre plus sereinement la suite des événements.

Le vendredi 18 février, au château, mon valet de chambre interrompit mon souper privé pour annoncer le Roi qui survint dans l'instant. Je crus défaillir en le voyant, et courus me jeter dans ses bras. Mes femmes s'égaillèrent comme des souris surprises dans un grenier à grains ; et nous restâmes seuls, l'un contre l'autre. Je mis quelques

1. « Draper », c'était tendre appartements et voitures de crêpe noir.

instants à m'apercevoir que le Roi pleurait à chaudes larmes, ce qui me fendit l'âme. Je le consolai de mon mieux, ne sachant quoi baiser de son visage, que j'adorais tout entier.

— Je ne puis le croire, se lamentait-il. Je ne le voulais pas...

— Je sais, répondis-je, c'est affreux.

— Je ne puis le croire...

Madame n'était plus depuis déjà huit jours, et il semblait que le Roi eût attendu de se trouver dans mes bras pour laisser éclater tout son chagrin – qui était immense. Soudain prise d'un accès de tendresse incontrôlable, je fondis en larmes à mon tour, ce qui eut au moins pour effet de calmer celles du Maître.

— Grâce à Dieu, me disait-il en me serrant contre lui comme au premier jour ; grâce à Dieu, vous êtes là !

— Sire, je serai là tant qu'il vous plaira.

*
* *

Après des mois d'un éloignement indécis, j'avais enfin le sentiment de renouer avec l'unique objet de toutes mes passions. Le Maître était en mon pouvoir, de nouveau : son cœur, son esprit et son âme appartenaient à ce que moi-même j'avais de cœur, d'esprit et d'âme... Nous nous retrouvions dans la tendre complicité d'un amour impérissable ; et je sentais bien qu'à la peine immense de voir le Roi déchiré par un deuil effroyable se mêlait la volupté, non moins vive, de nous retrouver enfin tels qu'en nous-mêmes.

Peu soucieuse, cependant, de voir reparaître à la première occasion des incertitudes qui venaient de me causer bien du tracas, je profitai de ce que le Roi fût revenu à ses dispositions coutumières pour tenter, à quelque temps de là, de clarifier ma position auprès de lui :

— Votre Majesté, commençai-je sur un mode un peu solennel, connaît l'attachement et la reconnaissance qui me lieront à sa personne tant que je vivrai.

— Qu'allez-vous donc m'annoncer ?

— Rien que de juste et d'utile, Sire. Le temps me paraît venu de faire connaître au monde l'innocence et la pureté de ce qui nous relie désormais...

— Nous appartient-il de détromper quiconque ?

— Oui, Sire, parce qu'en proclamant la pureté de nos liens, nous désamorcerons ces bombes qu'on essaie par tous les moyens de poser entre nous !

Le Roi m'observa de ses beaux yeux sombres, teintés ce soir-là d'une légère nuance d'ironie :

— Êtes-vous bien certaine que ces liens dont vous parlez soient si purs au regard de la religion ?

— Je n'en puis juger seule, assurément. Et c'est aussi pourquoi je vous supplie de consulter là-dessus les docteurs de la Sorbonne et autres érudits, ainsi que votre confesseur, afin qu'ils vous instruisent de la conduite à tenir pour ne plus offenser Dieu.

Le Roi voulut bien céder à mes instances, et l'on consulta donc... Les docteurs se révélèrent conciliants, mais ce ne fut point le cas des jésuites qui se montrèrent, sur ce chapitre, moins accommodants que sur d'autres : le père Pérusseau répondit qu'il exigeait notre séparation totale ! Le Roi lui fit savoir qu'il n'était nullement dans le cas d'y consentir, qu'il n'agissait ainsi que pour me satisfaire et se moquait bien, quant à lui, des soupçons qui pouvaient courir dans le Public. Qu'enfin j'étais aussi nécessaire au bonheur de sa vie que très utile à la marche des grandes affaires.

Par son intransigeance, le père Pérusseau avait manqué une occasion unique, en redonnant au Roi les sacrements, de le garder de ses mauvais penchants.

*

* *

Nous n'étions guère plus avancés que cela, quand survint une nouvelle crise dans la famille royale, plus alarmante encore que la précédente. Six mois après la mort de Madame, alors que la Cour effectuait son habituel séjour d'été à Compiègne, la nouvelle arriva de Versailles, que M. le Dauphin avait dû s'aliter pour un chaud et froid qu'il avait pris en faisant à pied le tour de la pièce d'eau des Suisses. Or, dans la nuit du 2 au 3 août, un valet me vint avertir, directement de la part de mon cousin Binet, que la santé du Prince était en fait bien plus préoccupante...

Peu désireuse d'avoir à suivre de nouveau la Cour sans invitation, je résolus de devancer l'événement. Aussi bien fis-je atteler à deux heures du matin, pour quitter Compiègne de nuit, en compagnie d'un docteur Quesnay encore ensommeillé. Or je devais bientôt me féliciter d'avoir agi prudemment : dès quatre heures en effet, le Roi fut averti de son côté, et prit la route à notre suite. Il était avant midi dans mon cabinet rouge, à Versailles, le visage défait et les mains nerveuses, pour m'annoncer ce que je savais déjà :

— Il faut craindre la petite vérole. Il semble que le Ciel ait décidé de s'acharner sur ma famille.

Je tentai – vainement – de dissiper ses idées les plus sombres. Or, le soir même, le Dauphin, qu'on avait saigné au pied, fut pris de fièvres au point de délirer et de chanter tout seul. Comme il paraissait désireux de se confesser, on lui prodigua déjà l'absolution ; le père Pérusseau venant à manquer, c'est le nouveau curé de Saint-Louis qui s'en chargea. Les médecins, accourus de leurs quartiers d'été, ne quittaient plus son chevet ; M. Sénac avait même fait appeler des confrères parisiens plus avertis que lui de l'affreuse maladie. La Reine fut à Versailles dans la nuit du 3 au 4, et parut ferme et digne à tous ceux qui la virent. Le Roi, en revanche, supportait mal ce nouveau coup du sort ; se sentant plus coupable que jamais, il était partagé entre l'envie de s'en confier à moi, et la nécessité de marquer de nouveau ses distances avec la source du péché... C'est ce qui me rendit cette crise si dure à vivre, une fois de plus, et si exaspérante. J'envoyais vingt fois par jour aux nouvelles, quand deux bulletins auraient suffi. Mon cousin, en tant que premier valet, recevait dans son cabinet les visites faites à son jeune maître ; le duc d'Orléans, héritier naturel après le petit duc de Bourgogne, s'y montrait assidu ; mais aussi les princes du sang et tout ce que la Cour comptait d'offices politiques ou sensibles.

Le Roi avait finalement décidé qu'on cacherait la nature du mal à son fils, pour ne point ajouter d'angoisse inutile à ses fièvres. Mais le jeune Prince n'était pas si naïf ; et tous les moyens lui étaient bons pour tenter d'apprendre ce qu'on s'efforçait de lui dissimuler : il essaya ainsi de faire parler ses gens, réclama un miroir et, quand on le lui eut refusé sur un oiseux prétexte, tenta de se mirer dans un plat d'argent ; heureusement celui-ci était assez griffé pour lui épargner la vue des pustules dévorant son visage. À la fin, comme il demandait à lire les gazettes, on dut lui faire imprimer tout exprès un exemplaire falsifié de celle de France, et un autre de celle d'Amsterdam.

Cependant, le mal allait son train sans à-coups. La suppuration attendue se fit régulièrement, la moiteur espérée se maintint... Et la Faculté reprit espoir dès le 8 – que furent demandées les prières publiques – et rassura le Maître au matin du 9. Comme par enchantement, c'est le moment qu'il choisit pour me revenir :

— Il est singulier, lui fis-je remarquer, que vous disparaissiez à chaque maladie d'un de vos enfants...

— Vous ne pouvez vous figurer ce que c'est, murmura-t-il en forme d'excuse.

Sans insister davantage, je ravalai ma colère et fis mon possible pour consoler ce père inquiet, et l'amuser même un peu. Je lui parlai des impairs sans nombre qu'avait commis, à ce que l'on disait, un médecin de Paris appelé par M. Sénac, qui maîtrisait supérieurement la petite vérole, mais n'avait aucune pratique de la Cour. Le Roi sourit tristement et me dit sans malice :

— Il s'appelle M. Pousse. C'est un fameux bonhomme, qui ne m'appelle que « Monseigneur », et a pris hier la Reine pour une femme de chambre !

Au grand soulagement de toute la Nation, M. le Dauphin finit par se rétablir. Le 17 août, les médecins l'estimaient assez guéri pour libérer l'appartement des lits de camp où ils avaient couché pendant sa maladie. Le 20, j'assistais, au milieu de toute la Cour, à un *Te Deum* d'actions de grâces en la chapelle du château. Et le 30, le jeune Prince étant sur pied, je le reçus moi-même à Bellevue, avec toute la famille royale, pour un spectacle allégorique dont j'avais eu l'idée. La scène représentait diverses cavernes autour d'une pièce d'eau, au milieu de laquelle était un dauphin de lumières. Quantité de monstres vomissant feux et flammes s'en venaient le harceler. Mais Apollon, apparaissant sur un nuage, frappait ces monstres de son foudre, en attendant que les feux d'artifice se chargeassent de les dissiper tout à fait. Alors la scène changeait, pour figurer le palais du soleil tout resplendissant de feux très beaux ; et le dauphin s'y retrouvait dans son éclat premier, par le moyen d'une illumination générale.

Ma royale assistance goûta fort tout ce petit programme, et le Dauphin lui-même m'en remercia galamment en ces termes :

— Personne ne doute, Madame, que vous ayez bon cœur. J'en crois bien volontiers ma mère, qui me le dit souvent, autant que mon père – qui ne le dira jamais.

D'autres fêtes, d'autres feux, furent donnés à Crécy à la fin de l'été. Je ne sais ce qu'ils célébraient le plus, outre la guérison de l'héritier du Trône : la fidélité du Roi à ses sentiments de fond, ou mon entêtement dans une position chaque jour plus dure à tenir.

Bacchus ou l'automne

Chapitre 19

Les pluies fraîches de l'automne de 1752 nous trouvèrent à Fontainebleau, où la Cour passait les six semaines habituelles. Au demeurant, rien d'impossible comme ce palais, devenu trop vieux sans aucun doute, et de la dernière incommodité. Mieux lotie que d'autres, j'y occupais un rez-de-chaussée surélevé qui avait été, jadis, au duc d'Orléans. Cet appartement prend jour de deux côtés, dominant à la fois le jardin de Diane et la cour de la Fontaine. Certains bâtiments avaient été refaits, mais on courait toujours dans ce château d'innombrables dangers, de courants d'air mortels en marches assassines.

Le Roi lui-même en fit les frais : pour avoir glissé dans un escalier, il se foula le genou gauche et fut trois jours sans pouvoir marcher autrement qu'avec des cannes. Quelque aigreur qu'il en conçût, il évita de la laisser paraître, surtout devant moi. Sa politesse à mon égard, plus marquée que de coutume, suivait au demeurant l'évolution de nos rapports ; d'amante, j'étais devenue amie, la favorite cédant le pas à la conseillère. Ma position à la Cour s'en trouvait changée ; et par un beau matin, M. de Saint-Florentin, commandeur des ordres, vint me porter un brevet marquant mon accès aux honneurs de duchesse[1]. Les personnes présentes à ma toilette publique en firent grand cas ; plusieurs esquissèrent même une révérence.

*
* *

Ce geste du Roi me combla d'abord, et me fit éprouver pour sa personne un regain de tendresse. Mais un jour que je déplorais, dans le particulier, son entorse au genou, M. de Gontaut m'interrompit : « Ne plaignez pas trop le Roi, me glissa-t-il, vous seriez mal venue. » Le cher marquis m'ouvrit alors les yeux : en fait, c'est parce qu'il s'était précipité, par un degré sombre et branlant, dans les bras d'une jeune beauté, que le Roi, troublé, avait trébuché. Depuis, son humeur se ressentait autant du ridicule de l'incident que de la frustration qu'il avait fait naître.

La nouvelle m'accabla comme jamais. Ainsi donc, ma position, mieux assise en apparence, n'était que plus fragile en réalité. Or ma rivale, dont le nom courait déjà les antichambres, n'était pas une quelconque grisette, sans entrées ni soutien. Celle-ci appartenait à la Cour, et ne m'était pas inconnue, loin s'en faut : c'était Mme de Choiseul-Beaupré, que j'avais naguère admise moi-même dans l'intimité des Cabinets, après l'avoir distinguée, richement dotée et mariée chez moi, à Bellevue ! La jeune ingrate n'avait pas mis deux ans à me trahir. Née Charlotte de Romanet, elle descendait il est vrai du maréchal d'Estrades, ce qui faisait d'elle la nièce de ma cousine Elisabeth,

1. Cela donnait droit non seulement à s'asseoir sur un tabouret en présence des souverains, mais aussi à « draper » en temps de deuil et à faire surmonter chaises et voitures d'un dais rouge.

et l'avait inscrite de droit dans ma parentèle, sinon tout à fait dans mon cœur. Autant l'admettre : j'avais nourri un serpent dans mon sein.

Abattue par ce nouveau coup, je dus m'appuyer au bras de M. de Gontaut pour ne pas chanceler. Mon ami, prévenant, approcha un fauteuil et, sonnant la femme de service, la pria de m'apporter un cordial. Le pauvre homme était navré pour moi, et d'autant plus qu'il avait contribué lui-même au succès de la nouvelle élue. Élisabeth et moi l'avions si fort prévenu en sa faveur ! Sur nos instances conjuguées, il s'était mis en quête d'un époux blasonné pour la demoiselle, et l'avait trouvé dans la personne du jeune comte de Choiseul-Beaupré. Plutôt grossier d'esprit comme de tournure, le candidat lui avait paru juste assez titré pour autoriser la présentation d'une épouse à la Cour, juste assez lourdaud pour n'y pas entraver sa carrière... Le Roi les avait tous deux pourvus, faisant le mari menin du Dauphin, gratifiant la femme d'un douaire[1] et, chez Mesdames, de l'emploi de dame pour accompagner. Après tout, sa tante n'était-elle pas dame d'honneur des Princesses ?

« Hier encore, elle me faisait des minauderies ! » disais-je au cher marquis, qui prenait gentiment ma main dans les siennes. Je me sentais venir une migraine tenace, de celles qu'on ne maîtrise pas. Battant en retraite, je me couchai incontinent, et fis tirer les rideaux. La douce du Hausset m'avait préparé des compresses de menthe.

Lors de sa visite d'après-dînée, le Roi me trouva donc alitée ; lui-même souffrant de son entorse, il eut deux beaux prétextes pour écourter le tête-à-tête. Au reste, je me sentais trop mal pour tirer l'affaire au clair – et trop peu assurée de mon

1. On appelait ainsi l'usufruit d'une propriété nobiliaire.

avantage ! Plongée dans des affres d'incertitude, je me pris à pleurer des larmes brûlantes, douloureuses. Je fis ajourner des audiences, reporter plusieurs affaires, remettre ma correspondance à des jours meilleurs. À mon chevet ne furent plus admises que mes intimes ; et c'est peu dire que mes amies ne ménagèrent pas leur peine pour tenter de distraire mon tourment. Elles avaient entrepris de me lire, avec l'accent du duc d'Ayen, une relation bien naïve de la récente guérison du Dauphin ; je dus me forcer pour sourire à leur farce.

*

* *

Au fond, je ne pouvais m'empêcher de tenir ma cousine pour responsable de mes difficultés. Lorsque, au printemps, je m'étais alarmée des audaces de la petite Romanet, c'est Élisabeth elle-même qui m'avait tranquillisée sur les intentions de notre protégée. « Amuser le Roi flatte simplement sa vanité, m'avait-elle assuré. Vous n'avez rien à craindre d'une écervelée qui cherche davantage à vous plaire qu'à se faire aimer du Maître. » Disant cela, ma cousine avait joué en ma défaveur ; à moins qu'elle n'eût agi d'abord en faveur du comte d'Argenson...

La Cour s'était montrée moins facile à endormir. De bons esprits avaient tôt noté l'assurance dont la jeune comtesse faisait montre en présence du souverain. On lui avait prêté, lors d'un séjour à Marly, une certaine coquetterie avec le Dauphin, dont on ne doutait pas qu'elle demeurât honnête. Or, plus qu'au fils, c'est au père qu'elle avait résolu de tourner la tête. Il faut dire qu'à dix-huit ans, et en dépit d'une grossesse déjà bien avancée, elle était vive et pleine d'entrain. Plus gracieuse de corps que jolie de visage, elle savait surtout séduire par le feu d'un tempérament qui devait beaucoup à la jeunesse.

— Méfiez-vous, défiez-vous, de vos amis, me répéta le bon Quesnay, en recueillant, trois jours de rang, mes larmes sur ses grands mouchoirs.

Il prenait pleine part à mon inquiétude, et passait de longues heures à mon chevet, en ami plus qu'en médecin. Convaincu des vertus apaisantes de la vérité crue, si amère fût-elle, il ne cherchait point à me bercer d'illusions.

— Le Roi s'est bien entiché de cette Mme de Choiseul, me dit-il un matin ; or la petite est avisée, à moins qu'elle ne soit bien conseillée... Sa force est d'avoir su se faire désirer. Elle défend ses charmes et fait une condition de votre renvoi. Battez-vous, Madame, crevez l'abcès si vous le pouvez encore.

Les mots étaient rudes, mais c'est l'amitié qui les dictait. Or je savais que le bon docteur disait vrai : des billets galants s'étaient échangés presque sous mes fenêtres, des rendez-vous secrets, envisagés sans retenue – avec la complicité de Le Bel, peut-être, du duc de Richelieu, assurément.

Suprême ironie, la nouvelle de mon accès aux honneurs avait fait le tour du royaume et gagné les cours étrangères ; et tandis que je vivais déjà une semi-disgrâce, je recevais de toute part un tertre de missives élogieuses, suintant de compliments flatteurs. Le 17 octobre, qui était un mardi, avait été choisi pour la cérémonie du « tabouret ». Elle devait avoir lieu après le Salut, dans le cabinet du Roi. Je me levai donc vers deux heures, résolue de mettre un peu d'ordre à mes esprits défaits. Le pouvais-je cependant ?

Échappant aux femmes qui m'habillaient, je m'approchai d'une des fenêtres de la chambre, d'où l'on voit l'étang des Carpes. Une pluie lourde et trouble, une pluie de larmes, ruisselait aux carreaux. Le front appuyé contre la glace, je me revis cinq ans plus tôt, debout au même endroit, par une belle matinée de novembre. Avertie par la sonnerie des trompes et l'aboiement des meutes, j'avais fait, ce jour-là, ouvrir en grand pour assister, aux premières loges, à la mise à mort d'un grand cerf. L'animal, débusqué en forêt à la Croix de Saint-Herem, avait d'abord couru droit sur le château, puis, empruntant la chaussée de Maintenon et le parterre du Tibre, était venu se jeter dans l'étang. Le piqueur avait dû officier devant la Cour assemblée, tandis que le Roi, à cheval et en tenue, s'était approché de mes croisées pour badiner, aux yeux de tous, avec celle qui régnait alors sur son cœur.

Ces temps-là étaient révolus ; le Maître avait fini par se lasser, il allait maintenant chercher ailleurs un délassement que je ne lui donnais plus. Bien qu'honorée du tabouret de duchesse, je risquais de me voir, d'un jour à l'autre, notifier ma disgrâce. Je supportais mal cette idée, comme d'être la risée de tous ceux qui, depuis des années, avaient guetté ma chute.

Aussi, puisque l'occasion m'en était offerte, j'allais leur donner à contempler, une fois encore, celle que les actes ne nommeraient plus que « Très Haute et Très Puissante Dame, Duchesse, Marquise de Pompadour ». Sommée de se surpasser, ma bonne du Hausset usa des poudres et des fards à merveille ; et c'est rayonnante que je me présentai pour la cérémonie.

*

* *

À six heures et quart précises, la reine Marie m'accueillit tout bonnement, de sa manière simple et noble. Elle avait Mme de Luynes à sa droite, qui m'introduisit ; à sa gauche vint se placer la princesse de Conti. À son compliment, je sentis que la Reine redoutait sincèrement ma mise à l'écart au profit de Mme de Choiseul-Beaupré. « On ne pouvait trouver personne qui fût plus digne que vous de cet honneur », me dit-elle bien distinctement, et sur un ton qui suscita, tout alentour, des coups d'éventail peu discrets. Puis la Reine et les dames s'assirent, et Mme de Luynes me fit signe que je pouvais faire de même, sur un tabouret vide placé tout à côté de celui de la Princesse. Dans d'autres circonstances, le symbole m'eût sans doute comblée ; pour l'heure, il ne fit qu'accroître mes regrets.

Je me rendis ensuite chez Mesdames, accompagnée de la princesse de Conti. Cela me rappelait ma présentation à Versailles, sept ans plus tôt. Une vie... Madame Adélaïde s'était fait excuser ce jour-là ; je ne vis donc que Mesdames Victoire, Sophie et Louise. Les trois sœurs, sans se montrer aussi bonnes que leur mère, me réservèrent un accueil courtois.

Mais alors que je reprenais leur antichambre pour sortir, je fus arrêtée par une duchesse anciennement titrée, dont j'aime mieux taire le nom.

— Le sort est injuste, me dit-elle ; nous vous regretterons.

— Le mépris du ton en disait long sur l'ironie de la remarque. Piquée au vif, je lui décochai mon plus radieux sourire et, m'enhardissant jusqu'à la prendre par le bras :

— Vous m'enterrez un peu vite, dis-je, mais puisqu'il en est temps encore, goûtons, si vous le voulez, aux joies de la conversation.

Et laissant la princesse de Conti se retirer, je fis un brin de causette avec cette duchesse dont j'étais, après tout, devenue l'égale – ce qui la mit au comble de l'embarras. Les regards qu'elle lançait de droite et de gauche, pour voir qui pourrait la surprendre en compagnie si décriée, étaient du plus parfait comique. Je n'abusai pas de la situation pour autant, et tirai ma révérence un moment après.

*

* *

À quelque temps de là, j'affrontais les assauts d'une nouvelle migraine, quand M. de Gontaut s'annonça. Il paraissait tout enflammé, et ne contenait son excitation qu'à grand-peine.

— Madame, me souffla-t-il, ma chère amie, tout n'est peut-être pas perdu. Vous connaissez mon beau-frère Stainville...

J'en convins ; j'avais eu l'occasion d'apercevoir les yeux de fouine et le nez retroussé de ce militaire un peu abrupt, et que la Ville disait plein d'esprit. Pour moi, je ne lui trouvais guère plus d'agrément au moral qu'au physique. Le comte de Stainville[1] m'avait par le passé soigneusement évitée ; il n'était guère venu me voir qu'à Marly, avant la Paix, voulant solliciter mon appui en faveur de son supérieur, le bouillant prince de Conti, qui briguait alors le commandement en chef en concurrence avec le maréchal de Saxe. Mon cœur ne balançait guère entre ces deux stratèges, et le pauvre Stainville en avait été pour son voyage.

M. de Gontaut s'expliqua :

1. Six ans plus tard, il serait titré duc de Choiseul.

— Figurez-vous que mon beau-frère se trouve être, par alliance, un parent influent de la petite Romanet. Et qu'averti de la faveur naissante de sa jeune cousine, il a fait le voyage de Fontainebleau tout exprès. Il prétend s'inquiéter pour l'honneur des Choiseul ; je crois plutôt que c'est à leur crédit qu'il en veut.

— Si ce n'est que cela, mon ami…

— Je ne vous ai pas tout dit, Madame ! M. de Stainville est passé tantôt me saluer chez moi, et m'a trouvé dans la compagnie du président Ogier, auquel je dépeignais vos malheurs. Mon beau-frère s'en amusa d'abord, et comme je lui remontrais ce que sa conduite avait de peu charitable, il me répondit qu'il ne pouvait s'empêcher d'en rire, et d'autant plus qu'il n'aurait eu qu'un mot à dire pour vous rassurer. Je l'ai prié, naturellement, de s'y employer.

— Et qu'a-t-il répondu ?

— Rien de bien obligeant, comme vous l'imaginez. Cependant, sa résistance m'a paru tiède…

— Trouvez-le, mon ami, je vous en prie. Trouvez-le, et amenez-le-moi.

D'un seul mouvement, comme par l'effet d'un philtre, l'ardeur et la foi m'étaient revenues. Cette petite ouverture était la planche que j'avais espérée, sur une mer jusque-là déserte. Je chargeai mon brave marquis d'aller mander à son Stainville que la Marquise désirait fort le rencontrer au plus tôt, et qu'elle regarderait comme une offense à sa tranquillité qu'il cherchât à se défiler davantage.

Puis je me fis parer comme pour un ambassadeur – n'était-ce pas un peu le cas ? –, ne ménageant point le rouge pour masquer la fatigue des derniers jours. Souriant, pour tromper mon attente, à quelques billevesées de M. de Soubise, je songeais que le combat ne faisait que commencer. S'il existait un moyen de reprendre l'avantage, j'étais bien décidée en effet à m'en servir.

Mon visiteur se fit attendre pour la forme, et ne se présenta qu'assez tard dans la soirée ; encore ne venait-il, à l'en croire, que sur les instances appuyées de Mme de Luxembourg. En homme sensible, et habile à saisir l'intérêt de la situation, M. de Stainville se révéla cependant mieux disposé que je n'aurais pensé. Il ne rechigna guère à me dire ce qu'il savait, et notamment que sa cousine devait quitter Fontainebleau dans peu de jours et qu'elle ne reparaîtrait à la Cour qu'une fois ses couches faites, ce qui ne serait pas avant quelques mois. Cette assurance m'apaisa un peu, et je crus voir que mon visiteur s'en trouvait bien lui-même. Les premières confidences en appelant d'autres, il finit par me conter toutes les circonstances dont il était instruit, et qui affermirent mes soupçons contre Élisabeth : c'était bien elle qui, de concert avec son grand ami le comte d'Argenson, avait tiré toutes les ficelles de cette affaire !

Je dis à M. de Stainville que je saurais le récompenser dignement de tous ses renseignements, mais que, pour mon malheur, ils ne changeraient rien à la passion du Roi pour sa cousine. Il me répondit alors, et comme malgré lui, qu'il pouvait m'assurer que le mot de passion était bien un peu fort pour qualifier un simple penchant de Sa Majesté.

— Ma foi, monsieur, vous paraissez bien sûr de vous ! dis-je en haussant les épaules, pour le pousser à m'en dire plus.

— C'est aussi, Madame, que j'ai vu certaine lettre du Roi à Mme de Choiseul, qui dénote assurément de la coquetterie de part et d'autre, mais ne me paraît pas devoir vous alarmer plus que cela...

Cette fois, il en avait trop dit. Je me mis en devoir de tout connaître de cette lettre, et fis si bien par mes soupirs et mes promesses que le comte finit par extraire du rabat de son habit la copie qu'il en avait faite, et qu'il me permit de lire devant lui.

D'y reconnaître le ton familier du Roi, je crus d'abord défaillir. Mais de fait, je trouvai là plus de badinage et de galanterie que de véritable passion – si ce n'est qu'on m'y traitait avec désinvolture... Le Roi écrivait, dans sa romance, que « la Marquise ne deviendrait jamais un obstacle » à ses volontés. On peut, je crois, imaginer mon émotion de me sentir ainsi reléguée par l'homme auquel j'avais voué ma vie.

Moins affectée, cependant, que certaine de tenir ma revanche, je reconduisis M. de Stainville avec gratitude et, lui garantissant la discrétion sur cette entrevue, l'assurai de ma reconnaissance pour le présent et de ma protection pour l'avenir. Puis je gagnai ma chambre et attendis mon infidèle ami.

Le Roi passa juste avant d'aller souper au grand couvert. Il semblait d'humeur légère, et se disait tout heureux de marcher de nouveau sans canne. Mon air maussade ne s'en vit que davantage ; et le Roi ne fut pas long à me demander la raison de mes soupirs :

— C'est, dis-je, qu'il m'est revenu tantôt certains bruits dont le Public est plein, et qui ne font guère de plaisir à entendre.

Sans lui laisser le temps de réagir, j'ajoutai qu'il devait se montrer plus attentif aux personnes qu'il honorait de ses lettres, et qu'à tout prendre, s'il était dit que sa correspondance dût servir de délassement à tout le pays, je préférais qu'il ne m'y citât point de la façon qu'il avait fait, en disant que je ne saurais « faire obstacle à ses volontés ». Que je n'avais jamais, quant à moi, pensé devoir en être seulement suspecte, et que je le suppliais de me faire savoir s'il souhaitait mon éloignement de la Cour, pour lever tout obstacle et toute gêne.

Le Roi, qui se troublait à mesure de ce discours, passa par tous les états de la surprise et de l'embarras. Puis, comme je ne paraissais pas devoir finir, il céda enfin à la colère, et, renonçant à me prendre dans ses bras, fit volte-face et appela Le Bel. Respirant avec peine, il lui demanda comment il se pouvait faire qu'un pli adressé sous seing privé à « une certaine personne » pût se trouver connu du Public. Le Sganarelle de service, apparemment, ne savait point. Le Roi voulut un rapport là-dessus du lieutenant de police et demanda qu'on éloignât de la Cour « la personne que vous savez », avec ordre de n'y point reparaître. Enfin, se tournant vers moi et me regardant droit dans les yeux :

— Je vous demande pardon, Madame, me dit-il, du tort que j'ai pu vous causer par mes maladresses, et plus encore, de la peine que certainement vous en avez conçue. Mais vous devez savoir que vous m'êtes plus précieuse que quiconque en ce pays-ci...

Le Roi ne finit pas vraiment sa phrase. Il y avait des larmes dans sa voix quand il me baisa le front. J'aurais voulu l'embrasser encore autrement, mais il se détournait déjà, et me saluant avec une bonté touchante, quittait ma chambre pour aller souper.

Ainsi Mme de Choiseul-Beaupré s'en fut-elle à Paris, où elle devait mourir, dans le courant du printemps suivant, des suites de ses couches[1]. Le

1. Son désespoir dut aider un peu...

Roi ne reparla jamais d'elle, semble-t-il, ni personne autrement qu'à mots couverts. « C'est une fin bien triste pour cette malheureuse », dit seulement M. de Gontaut en apprenant sa mort, et en présence d'Élisabeth d'Estrades. Ma cousine crut pouvoir éluder la remarque, mais comme je lui demandais son avis :

— Je l'avais mal jugée, me dit-elle, on se trompe souvent sur les gens.

Je n'en pensais pas moins à son encontre.

*

* *

Pour moi, ce voyage de Fontainebleau s'achevait donc mieux qu'il n'avait commencé. Les derniers temps, je parus même à la Comédie au côté du Roi, dans cette loge d'avant-scène qu'on n'atteignait qu'au bout d'un dédale impossible à travers tout le garde-meuble. De même qu'à Versailles, les Comédiens-Français s'y produisaient le mardi dans le répertoire comique et le jeudi dans le tragique, les Italiens ayant pour eux le samedi.

C'est ainsi : la comédie m'a toujours divertie plus que tout autre plaisir. J'en déplore d'autant les faiblesses de la scène actuelle, dont la plus grande est de ne railler que les ridicules, quand Molière, en son temps, savait si bien s'attaquer aux vices. Il me paraît en effet que ce sont les vices dont il convient de purger la société, plus que des ridicules qui sont, me semble-t-il, sans conséquence. J'ai toujours regretté, par ailleurs, que nos auteurs ne montrent jamais que de grands seigneurs sur le théâtre, comme si tous les humains devaient porter un titre. Pourquoi n'y met-on plus, comme autrefois, ces marchands et ces paysans, ces artisans et ces notaires qui, bien autrement que tous les marquis, sont l'âme d'un peuple et sa substance vive ? Il faut croire que le dramaturge est flatté de traiter d'affaires de noblesse, et que le sang bleu de ses caractères lui paraît propre à rehausser le sien... L'un des rares qui me paraisse échapper à ce travers demeure le singulier Rousseau, bien trop sombre et grondant à mon goût, mais dont je veux louer ici l'intégrité.

Cette année-là, la Cour sut se laisser émouvoir, à Fontainebleau, par les accents sincères de son *Devin du village*. Pour moi, cette pastorale me plairait tant que je la reprendrais, l'hiver et le printemps suivant, sur la scène de Bellevue, avec M. de La Salle et ma cousine des Marchais. Ce devait être la dernière fois que je paraissais sur scène devant le Roi ; et comme pour me faire regretter la décision de fermer mon joli théâtre, les applaudissements nous y furent moins mesurés que dans les derniers temps ; peut-être allaient-ils autant à l'auteur qu'à nous-mêmes...

Or, pour en revenir à la représentation de Fontainebleau, j'avais aperçu M. Rousseau, dans la loge en pendant de celle du Roi, assis entre Mlle Fell et M. Grimm. Aussi lui adressai-je un signe amical qui parut fort le troubler. À l'issue de la représentation, l'assistance demeurant sous le charme des mots et des notes, j'en profitai pour louer bien hautement le poète et tout son mérite. Le Roi consentit à le convoquer à son lever du lendemain, pour lui notifier une pension. Mais Jean-Jacques était trop orgueilleux pour s'y rendre ; et l'on ne le vit point. Quoique moins lancé dans ces temps qu'aujourd'hui, il cultivait déjà la sauvagerie comme un titre de respect ; il s'était toujours piqué de paraître bizarre et bourru, avec autant de soin qu'ont ses confrères à se montrer polis et dociles. Et tout récemment encore, ayant appris qu'il vivait pauvrement, je dus, pour soulager un peu sa misère, user d'un artifice : je chargeai donc quelqu'un de lui porter des pages de musique à copier[1], contre un salaire de cent louis. « Non, non, dit-il, c'est bien trop, il ne me faut que douze francs ! » Il prit donc douze livres, laissa le reste, et se renferma sur-le-champ dans son antre, pour se caresser et s'admirer lui-même !

Notre époque ne manque pas, en vérité, de ces cyniques d'un genre nouveau, voulant faire, comme Rousseau, profession d'indépendance – et jusqu'à cultiver l'orgueil de la manière la plus odieuse. J'aime bien mieux, pour ma part, un homme qui, dans la nécessité, resterait assez humble pour accepter les soulagements qu'on peut lui procurer, sans s'embarrasser de funeste fierté. Et je ne sais de quoi serviront bientôt les grands, si les petits eux-mêmes leur refusent le secours naturel qu'il est dans leur devoir de prodiguer aux moins nantis.

1. Jean-Jacques ne se piquait-il pas de solfège ?

Chapitre 15

Les meilleurs peintres du règne se seront évertués à donner de mon visage des versions plus ou moins flatteuses, mais dont aucune ne me paraît bien ressemblante. Et lorsque je regarde les différents portraits qu'on a pu faire de moi, je me dis que mes cheveux sont en réalité plus ternes, mon nez est un peu plus long, ma bouche un peu moins étroite. La peinture, du reste, ne montre que la façade ; elle jette un voile sur le reste, c'est-à-dire des yeux trop brûlants, des dents trop fragiles – quelles misères n'aurai-je pas souffertes de ces dents-là ?...

MM. Nattier, Carle Van Loo, Boucher bien sûr et plus tard Drouais auront tenté, des heures durant, de fixer cette beauté qu'on disait rare, sans toujours comprendre qu'elle tenait plus aux gestes qu'aux appas, moins au physique en soi qu'aux attitudes, et résidait bien davantage dans mon esprit que dans mes traits...

Un seul maître l'aura vraiment senti ; encore sa mauvaise volonté, mélange d'un orgueil sans limites et de cette paresse qui en est souvent la compagne, finit-elle par desservir un portrait dont j'attendais beaucoup. Le maître, c'est M. Quentin de La Tour, et le portrait, ce fameux pastel[1] qu'il

1. Un détail de ce pastel figure en couverture du présent ouvrage.

devait exposer au Salon, et dont il mit plus de trois ans à venir à bout – à force d'études qui promettaient le miracle et n'accouchèrent que d'un chef-d'œuvre.

*
* *

Sans doute avais-je atteint, à trente et un ans révolus, une forme d'apogée, sinon de ma carrière, du moins de ma personne : les épreuves récentes m'avaient lestée, mais sans m'accabler encore. Et je conservais, dans la maturité naissante, ce qu'il faut de fraîcheur et de jeunesse pour séduire au premier coup d'œil. Au reste, mes appas ne s'étaient point gâtés alors : je demeurais fière de mon teint, fière de ma gorge et de mes épaules, fière de mes mains, de mes bras tout juste potelés… Une aisance inédite me rendait maîtresse de mes mouvements comme de mes pensées. J'aimais les autres autant que je m'aimais ; et si l'on excepte le Maître, je pouvais contrôler mes sentiments à l'égard de chacun.

*
* *

Ma plus belle victoire, à ce stade, était sans conteste d'avoir su triompher de l'hostilité des enfants du Roi. Jusqu'alors, une seule Princesse avait condescendu à me témoigner un peu de confiance et d'amitié ; je veux parler de Madame Henriette, dite Madame, sœur jumelle de Madame Infante. Or, par un effet bien singulier, la disparition de cette bonne âme donna justement le signal d'un certain revirement dans la famille. Certes, Madame Adélaïde ne se départit nullement, à mon égard, de cette hauteur mordante que je lui avais toujours connue ; cependant elle réservait le même accueil aux trois quarts du genre humain, et tenait le quart restant dans une sorte de tyrannie sentimentale qui ne valait guère mieux... Mais pour ses cadettes, elles me montrèrent bientôt un peu plus que de la considération : Madame Victoire, la plus franche de cœur et d'esprit, ne se retint plus de m'apostropher familièrement à sa façon, pour me parler de musique, de peinture, voire de botanique ; Madame Sophie, toujours effacée à l'excès, m'adressait à l'improviste de très charmants sourires ; même Madame Louise, sous ses dehors un peu farouches et vaguement inquiétants, ne dédaigna pas de me glisser parfois un mot gentil. Je savais le rôle qu'avaient pu jouer, dans l'évolution des Princesses, l'exemple et le jugement de leur mère. Aussi ne faiblissais-je en rien dans les devoirs et les hommages que je m'appliquais toujours de rendre à notre bonne Reine.

Le Dauphin, depuis sa maladie, avait lui aussi réformé son attitude ; et sans donner dans un ton de familiarité qu'au demeurant je n'avais jamais espéré, il lui arrivait plus souvent de m'adresser la parole. Lors d'un séjour familial que nous fîmes à La Muette au début de l'année 1753, on le vit même venir s'enquérir chez moi de l'évolution de la migraine qui m'avait contrainte à quitter la table !

— Mon fils a des bontés pour vous, me dit le Roi que cette harmonie nouvelle paraissait transporter d'aise.

— Je reçois les hommages de M. le Dauphin avec d'autant plus de grâce qu'ils furent longs à venir...

— Vous verrez, ma chère amie, que vous ferez bientôt partie de la famille.

Je n'osai faire observer au Maître que j'étais bien éloignée d'y prétendre...

La seule personne que j'eusse, par goût, fréquentée plus volontiers parmi ce petit monde, c'eût été la Dauphine de Saxe. De caractère solide et d'esprit bien fait, la jeune mère du petit duc de Bourgogne[1] me paraissait receler en effet, sous les apparences contraignantes de l'étiquette, d'assez belles qualités d'âme. Lors de son arrivée à Versailles, six ans plus tôt, elle m'avait fait très bon visage, sachant sans doute ce qu'elle devait à mon influence. Mais les préventions de son époux l'avaient assez vite détournée de moi. À présent, je regardais comme une injustice qu'au moment où son mari et ses belles-sœurs revenaient à de meilleurs sentiments elle-même s'enfermât dans une réserve assez froide à mon égard, et dont je ne la verrais jamais sortir.

Au fond, tout le monde savait que la Dauphine reprochait moins à son beau-père d'afficher une maîtresse que de cacher des liaisons moins avouables.

Personne n'ignorait vraiment, en effet, que depuis quelque temps, le Roi recevait, comme j'ai dit, de fort jeunes et jolies personnes, choisies par des valets complaisants au premier rang desquels était M. Le Bel, et dont certaines étaient logées dans une petite maison, louée tout exprès dans ce lotissement qu'on venait d'édifier sur l'ancien Parc-aux-Cerfs. Sans y intervenir vraiment, j'avais tout intérêt à ce que le Maître se contentât de la sorte : en effet, ces petites demoiselles ne risquaient point de m'éclipser ; et je préférais mille fois savoir le

1. Elle sera aussi la mère de Louis XVI, Louis XVIII et Charles X.

Roi dans leurs bras que dans ceux d'une intrigante de Cour qui n'eût visé qu'à mon renvoi... Je n'avais eu qu'à me féliciter d'avoir fait ainsi la fortune de la petite Trusson, fille de cette jolie femme de chambre qui avait joué, naguère encore, sur mon théâtre. Pour l'heure, le Roi s'était amouraché d'une ardente Irlandaise, appelée Marie-Louise O'Murphy, dite « Louison » ou « Morphise », fille de petite vertu, et qui était la sœur d'une actrice à l'Opéra-Comique et d'un modèle assez fameux de M. Boucher...

Au reste, ces petits plaisirs m'eussent paru de peu de conséquence si seulement ils étaient demeurés secrets. Malheureusement, des indiscrétions avaient éventé l'affaire ; et le bruit courait à présent dans Paris que le roi de France entretenait un lupanar, et que, moi-même, j'en étais la gérante attitrée !

De telles rumeurs, pour énormes qu'elles fussent, n'en frappaient pas moins l'opinion, au point de générer les pires réactions. Un matin qu'il revenait de la messe, une espèce de dévot se jeta aux genoux du Roi et lui tendit un placet, sans respecter aucune des formes prévues pour cela. Le souverain prit néanmoins le papier avec sa bonté coutumière, et vint le lire dans ma chambre.

Après un galimatias dont j'ai perdu le sens, le brûlot – car c'en était un – se terminait ainsi : « J'annonce à V. M., de la part du bon Dieu, qu'il faut absolument renvoyer Mme de Pompadour au plus tôt ; autrement Sa main vengeresse va s'étendre sur votre royaume, et punir vos sujets de la faiblesse de leur souverain. » Une telle impudence méritait les fers, à tout le moins. Mais ce bon Prince n'y songea même pas ; il fit appeler le soi-disant messager du Ciel, et lui dit simplement :

— Mon ami, allez donc vous faire soigner et raccommoder le cerveau ; car moi je vous annonce, de la part du bon Sens, que vous êtes un fou.

*
* *

M. Quesnay baptisa dans ce temps-là son petit-fils, et me demanda qu'Alexandrine en fût la marraine, et M. de Machault le parrain. J'y consentis avec d'autant plus de joie que ma fille, dont on fêterait bientôt les douze ans, se pliait maintenant sans regimber aux obligations du monde.

— Vous souvenez-vous du petit Louis Hévin[1], que vous avez tant bercé l'an dernier ?

— Si je me le rappelle, belle Maman ? Mais comment donc ! C'est une adoration !

Il m'étonnait toujours d'entendre ma petite fille parler déjà comme une dame.

— Eh bien, soyez contente : son grand-père en fait votre filleul !

— Vrai de vrai ? Oh, belle Maman, que je suis contente ! Je vous prie de dire au docteur que je ferai la meilleure des marraines, et que je traiterai son enfant comme le mien.

— Je me garderai bien d'aller lui redire cela. C'est une responsabilité qu'il vous offre, pas un nouveau poupon !

Alexandrine éclata de rire, et moi aussi. Dieu que j'étais heureuse de la voir ainsi s'épanouir et s'ouvrir au monde ! Ayant dû renoncer à l'unir au petit marquis du Luc, je n'avais eu de cesse de lui trouver un autre parti, tout aussi digne d'elle. Or les jeunes ducs à marier n'étant point légion dans mon entourage, je m'étais ouverte de cette ambition

1. Patronyme du gendre de Quesnay.

à un homme qui me paraissait bien placé pour me seconder dans ma recherche : l'incontournable et fascinant, et bien exaspérant aussi, duc de Richelieu !

— Dans votre position, cela ne devrait guère poser de problèmes.

Tel avait été l'avis du maréchal. Le prenant au mot, je m'étais donc permis, un soir après souper, de lui glisser respectueusement un billet, pour l'entretenir du dessein que j'avais formé, et dont je pensais que mes questions sur les ducs à marier l'avaient en quelque sorte averti. Il n'avait en effet pas encore arrêté de parti pour son jeune fils, le duc de Fronsac ; je lui disais donc, dans mon billet, que si une grande fortune et de grandes espérances, jointes à toute la grâce et tout l'esprit souhaitables, pouvaient rendre ma fille digne d'une si belle alliance, je m'en glorifierais de mon côté. J'ajoutais que le Roi, loin de s'y opposer, saisirait cette occasion de répandre de nouveaux bienfaits sur la maison de son premier gentilhomme.

La réponse m'arriva par porteur, le lendemain dans la soirée. C'était un refus sans appel, en dépit du mal que le duc affectait de s'être donné pour en adoucir la sécheresse. Il m'écrivait en effet que son fils ayant, par sa mère, l'honneur d'appartenir à la maison de Lorraine, il ne pouvait en disposer sans une approbation de l'empereur François lui-même ! Le maréchal allait chercher bien loin ses excuses – assez loin en tout cas pour qu'elles revinssent chargées de toute l'ironie du monde. Cependant j'essuyai le soufflet sans broncher ; apparemment ma fille, en dépit d'arguments qui eussent fait fléchir plus d'un prince, n'était pas digne de l'alliance de l'illustrissime maison de Richelieu...

Je repliai la lettre en me pinçant les lèvres : une fois encore, cette bonhomie trop candide, dont rien ne paraissait devoir me guérir, me valait une humiliation dont le duc ne tarderait pas à faire un camouflet public. Je pris la leçon pour ce qu'elle valait, et portai bien vite mes regards sur d'autres seigneurs en âge nubile. Je ne fus pas très longue à trouver d'ailleurs, en la personne du duc de Chaulnes, un père autrement responsable que pouvait l'être le maréchal. L'affaire fut menée sans trop de difficultés ; et l'on put décider bientôt que ma petite Alexandrine épouserait, dès qu'elle en aurait l'âge, le duc de Picquigny, jeune et séduisant héritier de la maison de Chaulnes, dont tout le monde convint avec moi qu'elle n'avait rien à envier aux Vignerot du Plessis[1].

*

* *

Ce projet de mariage redonna de la vigueur à mon père, dans un temps où il commençait d'en manquer. Sa réputation sauve, ses enfants installés, sa maison construite, mon cher et adorable père n'avait plus grand-chose à espérer de la vie, sinon qu'elle lui donnât d'assister encore aux noces de sa petite-fille. Et je sentais qu'Alexandrine ne serait pas depuis longtemps duchesse de Picquigny que son grand-père nous quitterait à son tour... La mort de M. de Tournehem l'avait assez affecté pour lui donner à réfléchir ; et je vis arriver à Choisy, par un triste matin, des hommes de loi que mon père avait envoyés chercher mon consentement à ses dispositions testamentaires. Je voulus bien acquiescer à tout ce qu'on me présenta ; mais je

1. Patronyme du duc de Richelieu.

rédigeai dans la foulée un courrier pour supplier mon père de songer bien vite à des lendemains moins sombres, et de me venir voir chaque fois qu'il en éprouverait l'envie. Il est vrai que sa santé, fort déclinante alors, ne lui permettait plus les longs déplacements qui, hier encore, avaient fait la joie de sa petite-fille.

*

* *

Je ne sais point de meilleur dérivatif aux lassitudes que l'aménagement des intérieurs et des jardins. Pour meubler Bellevue et l'appartement du bas, j'avais eu recours à des marchands-merciers comme M. Duvaux ou des fournisseurs d'art comme M. Renusson. Mes amies elles-mêmes s'étaient vu confier des missions de reconnaissance et d'approvisionnement ; ma belle-sœur écuma de la sorte les marchands parisiens ; Mme de Lutzelbourg, ma vieille amie alsacienne, m'envoya de ces étoffes qu'elle savait choisir comme personne. Il n'était pas rare que je misse, de même, nos ambassadeurs à contribution ; et pour tirer le beau carrosse dont je venais de confier les vernis aux frères Martin, je me souviens d'avoir osé commander au duc de Mirepoix, alors qu'il représentait le Roi à Londres, six beaux chevaux d'attelage ! « Je demande pardon, lui écrivis-je, à Votre Excellence, de changer ainsi un duc et pair en maquignon ; mais l'amitié ennoblit tout... »

Les belles matières me ravissent autant que les belles couleurs et les belles formes. Pour la porcelaine, je l'aime tant que j'en mettrais partout si je m'écoutais. Lasse cependant de me fournir à l'étranger en produits de Saxe ou de Chine, je n'eus de cesse que le Roi n'eût redonné vie à notre excellente manufacture de Vincennes. Les premières commandes que j'y avais faites pour Bellevue ayant été fort appréciées, j'eus l'idée de donner à cette fabrique l'essor nouveau qu'elle attendait. Ses ateliers vinrent donc se rapprocher de mon coteau, dans une ancienne usine de bouteilles que je me gardai bien de fermer, et que je me contentai de déplacer vers le fleuve. Ainsi naquit la manufacture royale de Sèvres, dont les productions sont aujourd'hui recherchées, mais sur l'avenir de quoi l'on n'eût point parié en 1754. Je mis à sa fondation tout le cœur imaginable. Et je me revois, arpentant chez moi des heures entières, dans mon salon à pans coupés, les plans que mon frère avait fait dresser des bâtiments futurs, et dont j'avais couvert le sol...

*

*   *

Fidèle à ce qui devenait une tradition, j'avais proposé à ma belle-sœur, la comtesse de Baschi, d'accueillir à Belle-vue les noces de ses deux filles, Jeanne-Charlotte et Élisabeth, qui épousaient MM. de Lugeac et d'Avaray. J'y avais joint une troisième union, celle d'une autre nièce par alliance, Mlle de Quitry, avec M. d'Amblimont, et programmé toutes ces réjouissances pour un mercredi de juin. C'était au demeurant la pleine saison des mariages puisque, deux semaines plus tôt, Alexandrine était témoin à celui d'Étiennette du Hausset, la fille de ma femme de chambre, avec M. de Crémilles. Je me tenais au courant des préparatifs, mais de loin : la Cour étant à Choisy jusqu'au lundi, j'avais prévu de n'aller à Bellevue que le mardi.

Le samedi soir, après souper, alors qu'on installait les tables de jeux, un exprès se présenta chez moi, porteur d'un billet de la supérieure du couvent de l'Assomption. Mon valet de chambre vint m'en avertir et je quittai le salon pour aller le lire.

Sœur Émilie me prévenait simplement qu'Alexandrine avait fait une indigestion la veille, et qu'on l'avait purgée pour cela. Or, après une nuit fort agitée, ma fille avait été sujette, toute la journée, à des fièvres et des convulsions qui justifiaient l'intervention d'un médecin.

Inquiète, je priai M. Quesnay de s'y rendre dans l'instant. Seulement, l'étiquette l'en empêchait : étant le seul des médecins ordinaires à Choisy, il ne pouvait quitter la personne du Roi. Je revins au salon d'assemblée et dis tout cela à l'oreille du Maître, qui comprit mon angoisse, et accepta de dépêcher un courrier sur-le-champ, enjoignant MM. Sénac et de La Martinière, premier médecin et premier chirurgien, de se rendre au couvent de l'Assomption pour y ausculter et soigner Mademoiselle Alexandrine. Un peu tranquillisée, je pus reprendre ma place au quadrille et jouer à peu près normalement.

Cependant, mon esprit tout entier était à l'Assomption ; et avant que les parties fussent finies, je me levai et demandai au Roi la permission de partir pour Paris.

— Laissez passer la nuit, me conseilla-t-il. Vous prendrez la route demain matin, et serez à l'Assomption pour la messe de onze heures. Votre petite fille sera bien plus contente de vous voir venir en visite qu'accourir à son secours...

Il me parut que c'étaient des paroles de sagesse ; cependant, si j'acceptai de demeurer à Choisy jusqu'au matin, je ne pus fermer l'œil de la nuit.

Et mes femmes durent se relayer pour me lire de petites choses propres à distraire un esprit en alarme.

Hélas, il n'avait que trop sujet de l'être.

Juste avant l'aube, tandis que, déjà levée, je me faisais habiller pour partir, j'entendis qu'on s'agitait dans mon antichambre. Je priai Mme Neveu de voir ce qu'on voulait.

Elle revint au bout d'un instant, les yeux rouges et le poing sur la bouche. Elle ne pouvait parler.

Mes jambes voulurent se dérober quand je me levai ; cela ne m'empêcha pas de me précipiter vers l'antichambre.

Pâle comme un linge, M. Gourbillon me dit alors :

— Un très grand malheur, Madame. C'est Mademoiselle Alexandrine...

Il ne m'en dit pas davantage. Affreusement calme et comme sortie de moi-même, je demandai ma voiture et me fis préparer comme un automate. Je ne vis rien du trajet jusqu'à Paris – ou plutôt j'en vis chaque herbe, chaque caillou, mais sans en avoir vraiment conscience. Je baignais dans quelque vapeur débilitante, mais que je devinais utile au fond.

L'angoisse ne me saisit vraiment qu'après la barrière d'octroi, quand, sillonnant des rues encore vides, mon carrosse approchait de l'Assomption. Des religieuses m'attendaient à l'entrée et, avec une douceur et un air de miséricorde qui me firent plus de mal que toutes les duretés du monde, elles me conduisirent jusqu'à la chapelle ardente où reposait déjà la chair de ma chair.

Il n'est pas de mots pour donner une idée des souffrances atroces qui m'étreignirent alors, et m'enfoncèrent jusqu'à des abîmes où le bien n'est plus séparé du mal. Je pleurai longtemps sur le petit corps, si froid, de ma fille adorée.

M. Sénac vint m'expliquer les causes du décès, qui étaient limpides : une simple et terrible péritonite. Sœur Émilie de Saint-Jean Chrysostome voulut me réconforter par des paroles sur la pureté, la grâce, le paradis... Elle me dit aussi que mon mari, Charles Guillaume, avait pu se libérer à temps pour voir Alexandrine en vie, et que la petite était morte en lui tenant la main.

Je m'effondrai. Combien de temps ai-je pu demeurer ainsi, agenouillée à son chevet ? Je me souviens seulement de la main qui me força de me relever, et qui était celle de mon père. Mon père ! Il était là, figé dans sa douleur, les traits tirés et le regard vide. En me réfugiant dans ses bras, je sentis que cette mort était aussi la sienne, et qu'il ne tarderait plus à s'en aller rejoindre son petit Fanfan. Je ne sais ce qu'il me dit alors, mais je me rappelle très clairement cette impression d'être en présence d'un second mort.

Il devait me quitter moins d'une semaine plus tard.

Pour moi, j'eus le sentiment d'entrer, non pas dans la nuit comme on le lit parfois, mais dans un monde affreusement réel et étonnamment froid. Je n'ai pas souvenir, depuis ce mois de juin 1754, d'avoir passé une seule journée sans me sentir oppressée par la dureté du monde. D'où ces palpitations qui depuis lors sont devenues mon quotidien, et ces étourdissements, et ces vapeurs, et ces migraines redoublées... Autant de signes que je suis en sursis – à moins qu'il ne faille y voir des preuves que je suis toujours en vie.

*

* *

Hormis le Roi, mon frère fut mon seul vrai soutien dans ces épreuves. Lui qui affectait quelquefois un certain cynisme, et que je connaissais si mal en vérité, dans quelle souffrance il accueillit ce double coup du sort – et avec quelle tendresse il m'enveloppa dans son manteau d'amour fraternel ! C'est lui qui devait veiller, en dépit d'une peine infinie, à l'organisation des deux enterrements. Je le laissai faire, muette de gratitude. Il me semblait que nous serions désormais seuls au monde ; aussi nous raccrochions-nous l'un à l'autre, comme deux naufragés échapperaient à la noyade en tâchant mutuellement de se sauver.

Alors que je demeurais anéantie, Abel me permit, en me déchargeant des obsèques, d'honorer ma parole auprès des trois jeunes couples que nous eussions dû marier le 19 juin. Tout fut seulement reporté de quelques semaines, et les mariages purent avoir lieu à la paroisse de Versailles, où ma cousine Élisabeth me remplaça dans le rôle de témoin. Sur quoi nous reçûmes les trois noces à Bellevue – où le plus terrible, pour moi, fut d'embrasser des petites mariées qui m'en faisaient regretter une autre : celle dont jamais nous ne célébrerions les noces...

C'est encore mon cher frère qui, le premier, eut l'idée de faire porter les restes de sa nièce adorée dans la crypte des Capucines, place Vendôme. Il devait m'épauler dans les démarches nécessaires et, avec une touchante sensibilité, organiser la belle cérémonie du transfert des cendres. Nous prîmes aussi la décision d'y joindre, par la suite, les restes de notre mère. Il assuma enfin la charge de la sépulture paternelle, dans le chœur de l'église de Marigny. Pour sa peine, le Roi lui érigea cette terre en marquisat ; et j'eus la petite consolation de voir mon frère enfin présenté à la Cour, sous ce titre de « marquis de Marigny » que notre père avait toujours refusé pour lui-même.

À la comtesse de Baschi
de Versailles, novembre 1763

On est abandonnée, ma belle, quand on est seulement quelque temps sans vous embrasser. Mais peut-être avez-vous raison de vous dissimuler de la sorte mon état présent ; vous auriez peine à reconnaître votre amie dans ce pantin de chiffe qu'il faut traîner au gré des amusements du pays – entendez : des audiences dépourvues d'intérêt, quelques saluts sans ferveur à la chapelle, deux ou trois parties sans plaisir et ces soupers privés de sens où je finirai bien par m'épuiser tout à fait.

J'ai beaucoup pleuré tantôt ; n'en cherchez la raison dans aucune nouvelle récente ; celles qui m'affligent auront bientôt dix ans. Je vous ai dit, je crois, que j'écrivais un peu sur ma vie ; eh bien j'en suis à ce printemps affreux qui vit disparaître, coup sur coup, ma fille et mon père adorés – celui dont j'étais issue et celle qui devait me survivre... Jugez un peu s'il y a là matière à se réjouir, puis acceptez mes larmes comme elles viennent. J'ignorais, avant de brasser ainsi mon passé, que les douleurs pouvaient, mieux que les joies, se conserver intactes dans quelque partie du cœur ou du cerveau, pour mieux resurgir, à l'occasion, dans leur force première. Rien ne s'efface, ma belle, rien ne s'oublie ; et il suffit, pour souffrir comme au premier jour, d'aller gratter un peu certains souvenirs, comme on remuerait de la poussière pour se faire éternuer. Voilà une belle occupation, je vous la conseille.

Ce qui, à mon âge, ne laisse pas que de m'étonner encore, c'est la résistance de la nature humaine. Nous sommes des animaux bien coriaces, au vrai, si tous les chagrins et tous les dégoûts de la terre ne peuvent en venir à bout plus facilement. Ce n'est pourtant pas l'envie qui fasse défaut. À vous, je puis bien l'avouer : combien de fois, déjà, lors de veilles tourmentées, ai-je espéré, et attendu comme une libération, la fin prochaine et salutaire qui me rendrait ce père et cette fille dont je demeure inconsolable ! La Cour m'a empêchée de les pleurer à ma guise ; elle m'a volé leur deuil. À présent ils me manquent, et me manqueront jusqu'au bout.

Mais quand mourrai-je, et de quelle façon ? C'est ce que je voudrais savoir maintenant. Le terme, surtout ; car pour la façon, je m'en remets aux dires de la dame Bontemps, voyante honorable, et que j'ai consultée il y a peu. C'est la même qui avait autrefois prédit à M. de Bernis toutes sortes de choses véritables, ainsi qu'à d'autres personnes distinguées. M. de Choiseul lui-même, qu'elle assurait jadis d'une brillante fortune, lui avait promis un carrosse en retour ; la fortune est faite, mais la pauvre femme va toujours à pied... Tous ne l'ont vue que pour servir leur ambition ; c'est pour tuer la mienne que je l'ai voulu rencontrer. J'y ai mis toute la discrétion souhaitable. Une de mes femmes s'était arrangée pour nous faire confectionner des nez postiches, en vessie de porc, assez petits et fort bien faits, parce que moulés à nos mesures. Repoudrées, recoiffées, et munie pour ma part d'un fichu qui me mangeait la moitié du visage, nous avons gagné, à Paris, l'endroit fixé pour un rendez-vous nocturne : deux petites pièces que loue mon valet de chambre, à deux pas de l'hôtel d'Évreux. J'avais prié le duc de Gontaut[1] *de nous y accompagner.*

La dame fut ponctuelle, et après quelques bons verres de malaga, elle entreprit de lire ma destinée dans du marc de café. « Ni beau, ni laid, commença-t-elle ; j'entrevois là un ciel serein. » Comprenez, s'il vous plaît, qu'elle décrivait en cela mon enfance.

1. M. de Gontaut avait été fait duc en 1758.

« Et puis toutes ces choses qui semblent monter, ces lignes qui s'élèvent, ce sont des applaudissements... Voici un homme grave qui étend les bras ; voyez-vous ? » Elle me tendait la tasse. « Regardez bien. » De fait le café faisait comme deux bras dans le fond, et je compris qu'elle évoquait notre oncle Tournehem. « Il montre là un carré ; c'est un grand coffre-fort ouvert. » Vous aurez reconnu Charles Guillaume, votre petit frère... « Beau temps. Mais voilà des nuages dorés d'azur qui vous environnent. Voyez-vous ce vaisseau en pleine mer ? » La galère de l'ambition, à n'en pas douter. « Comme le vent est favorable ! » L'ambition vous dis-je. « Vous êtes dessus, et vous arrivez dans un pays superbe, dont vous devenez la reine... » Faut-il vous préciser encore les choses ? « Je vois un homme, très grand, qui vous soutient dans ses bras. » Commenceriez-vous à croire en ma voyante ? « Tenez, regardez, c'est une espèce de géant... Voilà bien de l'or, de l'argent, quelques nuages par-ci par-là... Mais vous n'avez rien à craindre. » Certes... « Le vaisseau sera quelquefois agité, conclut-elle, mais il ne périra pas. Dixi. »

Tout cela paraissait édifiant, et je louai le don de la bonne dame pour lire dans le passé. Mais l'avenir seul m'importait. Aussi lui demandai-je à quelle époque elle voulait bien que je mourusse. « Je ne parle jamais de cela », répondit-elle, et, me montrant le marc déjà brouillé dans la tasse : « Le destin ne le veut pas. – À la bonne heure pour l'époque, repris-je, mais le genre de mort ? » La devineresse regarda encore et finit par lâcher : « Vous aurez le temps de vous reconnaître. » Il me fallut donc faire avec cela, et trouver un motif d'apaisement dans ce qui causerait de la terreur à tout le monde...

Je vous ai pratiquée assez pour savoir que vous respecterez comme moi le don de cette femme. Gontaut, quand nous le rejoignîmes à côté, aima mieux s'en moquer ; de même que le Roi, quand je lui eus conté notre expédition. Il me dit en riant qu'il eût voulu que la police m'eût prise sur le fait, et arrêtée pour fréquenter ainsi des sorcières ; puis il railla gentiment ma crédulité. J'aurais pu lui parler, pour le convaincre, de cette autre diseuse, la dame Lebon, chez qui ma mère m'avait conduite au sortir du couvent des ursulines. Mais je m'en suis gardée. Celle-là m'avait prédit, à neuf ou dix ans, que je serais un jour « non pas reine, mais presque reine » ! Je l'avais crue, en dépit de tout, et j'avais eu mille fois raison.

À vous de démêler, ma chère amie, si ces dames-là voient dans notre destin, ou si elles se contentent de lire dans nos pensées les mieux celées. À moins encore qu'elles ne nous persuadent de leurs vérités que pour mieux nous influencer... Cela n'expliquerait pas, en tout cas, cette faculté de la Bontemps à si bien résumer mon destin... Il faut que nous en reparlions un de ces matins. Soyez flattée, en tout cas : ce que je vous dis dans cette lettre n'est que pour vous ; je le tais dans mes grands écrits. Je pense en effet que ce sont des matières délicates, et dont il ne faut s'ouvrir qu'à des personnes dont on ait la confiance et l'amitié. Je sais bien que les vôtres me sont à jamais acquises ; et c'est où je puise la force de tenir.

Écrivez-moi un peu, ma belle, et venez promptement consoler votre

Jeanne de Pompadour.

Chapitre 16

À mesure que s'écrivent ces pages, je réalise que je me suis jetée dans une aventure dont j'ignorais l'aboutissement. J'étais partie pour une promenade, et me voilà lancée dans une traversée bien longue. Les fascicules s'entassent dans mon secrétaire à secret, au point qu'il me faille songer à en trouver un autre. Les feuillets s'accumulent, couverts d'une écriture qui n'est pas la mienne – puisque aussi bien la vue me fait défaut, et que j'en suis réduite à tout dicter à des personnes de confiance...

Or, tandis que défilent mes souvenirs, je me dis que raconter sa vie n'est pas une occupation innocente, et qu'on ne fixe pas sans conséquence des instants arrachés à la course du temps. La vérité ne peut que s'en trouver affectée : et vous méditeriez sur chaque accident du parcours que vous commenceriez tout juste à approcher de ce que fut ma vie...

La folle entreprise, en vérité, que cette confession ! J'avais cru qu'il m'y faudrait lutter d'abord contre l'oubli et la mauvaise foi, et je découvre que c'est la place qui manque, et parfois le courage.

Une fois de plus, je me serai donc mise à la tâche sans l'avoir seulement considérée dans toute son ampleur. Là réside peut-être le secret de ma singulière fortune : dans cette incapacité de saisir d'emblée tout ce qu'impliquent certains engagements. Ainsi, à souhaiter me distraire de théâtre, j'aurai laissé ma santé sur les planches, dans des répétitions infinies, au milieu d'embarras sans nombre. À vouloir m'amuser d'architecture, je me serai perdue dans les devis et les plans, les travaux et les chantiers, les avances et les remboursements.

Et pour la politique, ce fut la même histoire. J'ai commencé de m'en mêler par défi. Puis, me prenant au jeu, je m'y suis investie pour soulager le Roi. Le temps aidant, et l'orgueil, j'ai prétendu apporter enfin ma pierre à l'édifice, avant de me rendre compte que j'étais peut-être allée trop loin. Seulement, il était trop tard. Les armes devaient parler ; et ce qui n'avait été, au départ, que d'innocentes combinaisons fondées sur de jolies cartes doublées de soie, allait tourner à l'affrontement général de toutes les armées de l'Europe !

— Savez-vous, Madame, que vous avez l'esprit fait pour la politique ? m'avait lancé M. de Kaunitz au début de son séjour à Versailles. Vous saisissez tout de suite certaines subtilités dont on observe rarement la maîtrise, même chez des diplomates rompus à la Carrière.

De tous les ministres étrangers, l'ambassadeur de la cour de Vienne m'avait de loin paru le plus charmant et le plus captivant. Nos compatriotes le dépréciaient pourtant, car ils se laissaient prendre aux apparences. On disait à Paris que le prince autrichien usait, pour se préparer le matin, de quatre miroirs que ses valets tenaient autour de lui ; et qu'à sa toilette on faisait voler la poudre pour qu'il n'en reçût que l'extrait le plus fin... Ces affectations de coquetterie me semblaient, quant à moi, destinées surtout à occuper l'esprit du vulgaire ; c'était comme l'Alcibiade de Platon, qui coupait la queue de son chien pour détourner de sa personne l'attention des moqueurs. Et je savais que l'ambassadeur de l'impératrice Marie-Thérèse était plein d'idées audacieuses, et qui dépassaient de beaucoup les questions de poudre à nez et de toupet.

J'étais d'autant plus circonspecte à l'égard de défauts dont l'opinion accablait le prince de Kaunitz que j'étais moi-même la cible de toutes les calomnies. Malgré la vigilance de la police et la rigueur des condamnations – souvent à plusieurs années d'embastillement –, les mauvais écrits continuaient de pleuvoir sur mon compte. Ils prenaient généralement la forme perfide de romans à clefs, que leur auteurs trouvaient moyen de divulguer sous le manteau. Ainsi parlait-on, entre autres, d'une certaine *Histoire de Mme la marquise de Pompadour* qui se débitait en Hollande. Je la soupçonnais de venir en fait d'Angleterre, ce dont la bêtise et la grossièreté dont elle était tissée me paraissaient faire foi. Il n'y eut, au demeurant, que des Anglais ou des laquais pour la trouver plaisante à lire. Or, outre qu'il n'est pas si agréable de servir de délassement à des Anglais et des laquais, j'avais tout lieu de craindre que cette jolie publication ne servît plus tard de support à toutes les médisances. Car, s'il est bien certain que je ne me soucie guère de l'opinion qu'on a de moi de mon vivant, il me déplaît de penser qu'on puisse, un jour, faire feu de ce mauvais bois pour incendier ma mémoire.

Ce que je supportais le plus mal, c'est qu'on pût m'accuser de trahir la cause des Parlements, quand toute mon action, dans ces années-là, fut d'empêcher que ne s'abattît sur leurs magistrats une colère royale entretenue par le parti dévot du Dauphin et du comte d'Argenson. Certes, je ne pus éviter que fussent exilés, en mai 1753, les membres des différentes Chambres ; et j'ai parfois appelé à la tenue de lits de justice pour aplanir des tensions dont je savais bien qui ferait les frais, au bout du compte. Mais, outre que je ne manquais jamais une occasion de souligner devant le Roi les bonnes raisons que pouvait avoir la Robe de s'opposer à certains édits, je n'eus de cesse que l'on admît la part des responsabilités du clergé dans la crise politique. Aussi regardais-je avec amertume les accusations dont me couvraient certains parlementaires – pour ne parler que de mes plus injustes censeurs.

On comprendra pourquoi, dès lors, et malgré le crédit que m'assurait l'estime d'un grand Prince, j'étais souvent sur le point d'abandonner la partie. Cent fois, j'ai commencé des lettres où je suppliais Sa Majesté de consentir à mon éloignement ; et si j'avais suivi mon goût pour la liberté et la tranquillité, j'aurais quitté la Cour depuis déjà longtemps. Mais, d'un côté, je sentais que ma reconnaissance devait au Roi le sacrifice de ma liberté et, de l'autre, je redoutais un départ qui laisserait en suspens bien des questions. Plus que tout, c'est une faiblesse insondable qui, chaque fois, me retenait. Je devais méditer souvent sur ce terrible paradoxe qui voulait que j'eusse haï la Cour et n'aie simplement pu la quitter.

Que ne puis-je me sentir comme ces philosophes qu'on dit revenus des vanités du monde, et qui, se détournant de ce qu'ils avaient pensé à tort en être les délices, finissent par les mépriser – ce qui est déjà mon cas – et par s'en éloigner – ce dont je demeure hélas incapable ? Il me faudra déplorer qu'en dépit des bons conseils de ma sagesse intérieure et de mes nerfs attaqués à un excès périssable je doive m'en tenir à seulement diminuer ma sensibilité aux duretés de la Cour, pour travailler encore à soulager le Maître en combattant les maux de son royaume.

*
* *

L'été qui suivit la mort d'Alexandrine fut, dans l'organisation du Ministère, celui de tous les bouleversements, et d'abord du fait de la mort du ministre des Affaires étrangères, M. de Saint-Contest. J'avais peine à me remettre de l'anéantissement où m'avait plongée la disparition de ma petite fille et cependant il me fallut seconder le Roi dans des combinaisons politiques délicates. La Cour était à Compiègne quand tout fut décidé, et c'est peu dire que notre repos estival se trouva malmené. Pour moi, je me réfugiai plus que jamais dans les fabriques du parc, et notamment celle qu'on venait de faire au milieu d'orangers et d'arbustes rares. Tout l'intérieur en était de velours cramoisi galonné d'or, et meublé de perse à superbes motifs d'oiseaux. J'y reçus longuement mon cher Soubise, pour étudier avec lui un moyen de décharger M. de Machault des Finances, où il subissait l'hostilité des prélats qu'avait heurtés son « vingtième ». Tout en lui conservant les Sceaux, il fut décidé de lui proposer la Marine. Il vint à Compiègne pour en parler, et je le vis, pour plus de discrétion, dans mon carrosse, qui fit trois fois le tour des « maisons de bois », le temps nécessaire aux échanges. M. de Machault me parut alors bien amer :

— Pensez, me dit-il, que la richesse de l'État se monte à environ douze cents millions de livres, et que deux cents particuliers en possèdent plus de la moitié ! Comment voulez-vous qu'un pays soit heureux dans de telles conditions ?

— Je vous concède que c'est un grand abus...

— Très grand, Madame ! Le monopole des fermiers généraux finira par engloutir tous les fonds du royaume ! Et je vous prie de croire qu'il y a là de quoi conduire l'État à sa perte.

Je croyais entendre M. Quesnay, et me dis que tous ces bons esprits se mesuraient à des pouvoirs dont ils sous-estimaient l'assise. Un homme, ou quelques hommes ne peuvent venir à bout de si grandes inerties. Et je crains fort qu'il n'y faille, en fin de compte, la volonté de tout un peuple. Au reste, M. de Machault accepta la proposition du Roi de recevoir la Marine en échange des Finances. Celles-ci échurent, par souci de contenter l'Église, à M. Moreau de Séchelles, un homme du comte d'Argenson. Quant à M. Rouillé, ayant dû se défaire de la Marine, il prit les Affaires étrangères laissées vacantes par la disparition de M. de Saint-Contest, en attendant qu'on trouvât mieux à y mettre. Car ce département ne marche pas du même pas que les autres ; il y faut un ministre supérieur, qui connaisse à fond l'intérêt des princes et leur génie particulier, les mystères confondants de la politique – un ministre, aussi, qui sache mentir et feindre.

*

* *

La situation en Europe était au demeurant fort instable ; la paix y était en souffrance, et l'on ne rencontrait personne pour lui prêter longue vie. Les Anglais sont peut-être de mauvais politiques ; au moins avaient-ils eu l'adresse, lors du traité d'Aix-la-Chapelle, de laisser indécises les limites du

Canada, et d'en remettre la discussion à des commissaires nommés ultérieurement. De sorte que la paix ne s'était révélée qu'une suspension d'armes, pendant laquelle chacun ne s'occupait que de préparer un nouveau conflit. Et plusieurs fois déjà, nous avions reçu, du cabinet de Londres, les regrets et les plaintes du roi George[1] quant au rétablissement de notre marine. J'en avais composé une manière de fabliau, qui disait : « La paix étant faite entre les animaux, le loup dit au hérisson : pourquoi ne te défais-tu pas de tes pointes ? – J'y consens, réplique celui-ci, pourvu que tu commences par t'arracher les dents. » La morale n'en fut sans doute pas du goût de Westminster, mais elle disait assez combien nous étions décidés à assurer la sécurité de nos possessions américaines.

Les nouvelles qui nous venaient du Saint-Laurent étaient d'ailleurs encourageantes ; M. de Montcalm avait su se faire apprécier des Indiens qui peuplent ces contrées. J'aimais pour ma part ces honnêtes sauvages qui avaient pour lui tant d'estime, et le nommaient « le Capitaine des Français ». Ils nous offrirent spontanément leur aide contre l'Angleterre, mettant à notre disposition « le bras droit de leur fière jeunesse ». Cette étrange nation, qui comptait « plus de dix mille lunes », se préparait à trépaner allégrement les Anglais pour leur apprendre à vivre ; et quoique je n'approuve pas qu'on casse la tête aux gens, j'étais d'avis qu'il ne fallait point s'aliéner ces honnêtes personnes pour des bagatelles.

1. Le roi George II d'Angleterre devait donner des gages à son Parlement.

Dans les autres Indes, celles de l'Orient, M. Dupleix avait eu quelque peine à fixer le génie inconstant des Madrates. Devenu néanmoins leur « généralissime », notre grand conquérant se voyait critiquer à la Cour pour son train de vie exotique ; on l'accusait de s'être entouré de cinq cents esclaves, dont trente occupés seulement à chasser les mouches de son auguste personne... Mais outre qu'on ne sait rien ici du nombre des mouches qui infestent ces régions, il me semblait malvenu de reprocher son luxe à un sujet qui, par ses talents, servait si bien le Roi et sa patrie. Je ne savais que trop que les richesses excessives ne sont nullement l'apanage des terres lointaines ; et chaque jour je voyais se pavaner à Versailles des fripons qui ne vivaient pas moins richement que M. Dupleix dans ses Indes – mais sans qu'on pût attendre d'eux le centième de ce que lui nous avait valu.

Au reste, il était admis que M. Dupleix, sans passer pour un homme de génie, possédait l'art de se concilier la fortune. Or n'est-ce pas, après tout, le plus grand des talents, et le seul peut-être dont on ne se puisse passer ? Pour moi, je savais gré à ce vrai militaire de ne point embarrasser ses succès présents de trop vives craintes sur l'avenir, et d'œuvrer à l'essor de nos comptoirs avec la franche initiative d'un homme de bien. Pour le reste, il appartenait au Roi et à ses ministres de faire respecter la France jusque sous ces lointaines latitudes ; c'est-à-dire que nous devions les protéger contre un voisin d'outre-Manche qui n'avait cessé d'être notre ennemi désigné.

*

* *

Aussi trouvait-on bien insensé, à Versailles, que notre ambassadeur à Londres, le cher duc de Mirepoix, continuât de prétendre, dans ses dépêches, que le roi d'Angleterre était notre ami, et qu'il ne nourrissait aucun mauvais dessein à notre encontre. On aurait aimé voir de l'ironie dans ce qui n'était qu'une forme d'aveuglement, ou plus exactement, de complaisance coupable à entretenir l'illusion d'une paix déjà bien entamée. Les hostilités allaient d'ailleurs reprendre en Amérique, où un certain général Braddock, dont on ne pouvait douter qu'il agît sur ordres, s'appliquerait bientôt à nous tailler des croupières. N'était-ce pas dévoiler clairement des intentions belliqueuses que d'attaquer sauvagement, près de Terre-Neuve, trois de nos gros vaisseaux de guerre, dont deux[1] allaient se rendre ? L'enjeu du combat avait été un convoi naval de quelque trois cents vaisseaux de commerce, voguant sous la libre protection des traités, et dont l'ennemi s'empara, réduisant les équipages à l'infâme état d'esclaves. Ces manières dignes du siècle d'Attila gagnèrent toute la Nation à la cause du Roi, et une partie de l'Europe après elle. Personne n'aurait cru les Anglais capables d'ouvrir le feu comme les pirates d'Alger ; et tout le monde prévoyait la reprise imminente d'hostilités, attendues comme une réparation.

Notre allié dans la guerre prochaine devait être le roi de Prusse, Frédéric II. C'était un despote à la nouvelle mode, plus soucieux d'efficacité que de justice, et dont notre diplomatie avait eu à regretter déjà, en 1742 puis 1745, la propension de traiter séparément avec l'ennemi – en l'occurrence la reine de Hongrie. Si l'on ajoute que le roi de Prusse maniait l'ironie sans grâce, on se fera une idée de

1. Il s'agissait de *L'Alcide* et *Le Lys*.

la réputation médiocre dont il jouissait à Versailles, et notamment chez moi. Personne ne pouvait ignorer qu'il me surnommait en privé « Cotillon Ier », ni qu'il avait affublé sa petite chienne du surnom de « Pompadour » – on n'est pas plus spirituel. Surtout, je n'avais pas apprécié certains bruits qui m'étaient revenus, et prouvant qu'il me pensait vénale au point d'engager ses représentants à me suborner comme on achète un traître[1]. Certes, je ne me formalisai pas outre mesure de vilenies qui ne venaient jamais que d'un margrave de Brandebourg, dont la brutalité des mœurs n'avait d'égale que sa dissolution... Mais son nouvel ambassadeur auprès de nous, M. de Knyphausen, avait fort à faire d'arrondir les angles, et de tenter de minimiser ici, par des manières bien recommandables, les écarts de langage et de conduite de son incorrigible maître. Assurément, le rôle du pauvre homme n'était pas facile à tenir, et j'imagine qu'il devait envier – comble du paradoxe – la mission à Paris du ministre d'Autriche.

*

* *

En prenant congé trop tôt, dès novembre 1752, pour s'en retourner à Vienne, le prince de Kaunitz m'avait en effet recommandé son successeur, M. de Starhemberg, un homme courtois et de maintien fort noble – quoique dépourvu des attraits plus évidents de son devancier. Le nouvel ambassadeur assistait, depuis lors, régulièrement à ma toilette publique ; et nous nous croisions chaque semaine, lors de l'audience solennelle du mardi dans le salon

1. Il était question d'un gigantesque pot-de-vin de cinq cent mille livres.

d'Apollon, où le Roi recevait l'ensemble du corps diplomatique. Depuis deux ans déjà, j'observais cette cérémonie, pour nourrir des contacts bien utiles au Maître. Or, par un beau matin, juste après l'échec des pourparlers austro-anglais d'août 1755, M. de Starhemberg me demanda un entretien en particulier ; je le reçus dans le grand cabinet de l'appartement d'en bas, avec un mélange étudié de grandeur et de familiarité.

— Madame la Marquise, commença-t-il, ne trouvera pas mauvais que je lui confie une lettre que ma maîtresse, l'impératrice-reine Marie-Thérèse, aimerait faire parvenir à Sa Majesté le Roi Très Chrétien. Il y est question d'affaires d'une haute importance, et dont j'aimerais m'entretenir avec madame la Marquise.

— J'imagine, Excellence, qu'il est question d'un rapprochement entre nos deux Couronnes...

Souvent, M. de Kaunitz m'avait fait part du rêve de la reine de Hongrie, de trouver avec « son cousin » le roi de France un accommodement qui mettrait fin à trois siècles d'hostilité entre Bourbons et Habsbourgs. Ce grand diplomate, aujourd'hui parvenu au rang d'un Premier ministre, m'avait rappelé les propositions qu'avait formulées sa souveraine en ce sens, dès 1745 – propositions alors éconduites, puisqu'à cette époque, le marquis d'Argenson, et tout le Conseil derrière lui, en tenant pour l'alliance prussienne. Les choses avaient évolué depuis ; et les infidélités successives dont j'ai parlé, jointes aux échos qui nous revenaient des lazzis du roi Frédéric contre son allié français, étaient susceptibles de changer bien des choses. Le traité nous liant à la Prusse arriverait à échéance dans dix mois ; et le Maître n'était pas certain de vouloir le renouveler. M. de Starhemberg me flatta sur ma clairvoyance, et sentant que je n'étais point fermée à ses propositions, me vanta les avantages d'une alliance qui unirait enfin les deux grandes puissances catholiques. Je lui représentai, de mon côté, la révolution considérable qui pourrait en résulter pour l'équilibre de l'Europe ; cependant je lui promis de transmettre au Roi la missive impériale, et l'assurai de toute ma bienveillance...

Or, ainsi que je l'avais imaginé, le Roi fit excellent accueil aux nouvelles avances de l'Impératrice-Reine. Mais ce que je n'avais nullement prévu, c'est qu'il m'allait confier la responsabilité de cette négociation :

— Voilà qui est fort bon, Madame. Veillez donc, s'il vous plaît, à lancer des pourparlers - dans le plus grand secret, cela va de soi. Trouvez un interlocuteur de confiance de notre côté. Surtout pas un mot à Rouillé[1], ni à quiconque en dehors de moi et de l'homme que vous aurez désigné.

« L'homme que vous aurez désigné »... Plusieurs personnes étaient susceptibles de remplir un tel office, et je pensai tout naturellement à M. de Machault ; mais il devait être assez occupé avec sa nouvelle charge à la Marine. M. de Nivernais eût fait un excellent intermédiaire, s'il n'avait été déjà nommé pour l'ambassade de Berlin. Quant à M. de Belle-Isle, outre son grand âge, il risquait de perturber la négociation par un caractère trop affirmé. Or, autant l'admettre tout de suite : infiniment flattée que le Maître m'eût confié une aussi haute mission, j'étais passionnément résolue à ce qu'elle fût un succès. « Et pourquoi pas lui ? », me

1. Le ministre des Affaires étrangères.

dis-je le soir même, en écoutant mon bon abbé nous amuser de ses récentes aventures vénitiennes...

En effet, M. de Bernis était rentré depuis deux mois de la Sérénissime République où il avait fait bonne figure, et attendait sans impatience de repartir pour Madrid, où le Roi venait de l'affecter. L'intelligence, la douceur et l'ampleur de vues de mon ami, jointes à la confiance absolue que j'avais dans sa discrétion, n'en faisaient-elles pas l'homme idéal pour mener des pourparlers secrets avec l'ambassadeur de Vienne ? J'en touchai un mot au Roi, qui agréa mon choix. Dès le lendemain, je faisais donc prier l'abbé de me venir voir à mon déjeuner. Je lui tendis la lettre de la reine de Hongrie, et souris de le voir changer de contenance à mesure qu'il lisait.

— Eh bien, lui demandai-je. Qu'en pensez-vous ?

M. de Bernis louvoya quelque peu, mais je sentis, à ses politesses, qu'il n'était point favorable d'emblée à ce grand retournement des alliances.

— Il me paraît, me dit-il enfin, que nous avons fort à craindre d'une telle négociation, soit qu'elle se veuille sincère ou qu'elle n'essaie de nous abuser. Car, même dans le premier cas, le Roi risque de changer, non seulement tout son système politique, mais encore celui de l'Europe entière, ce qui viendrait peut-être à causer un ébranlement général. Et d'autant plus que la cour de Vienne nous entraînerait alors dans une guerre avec la Prusse, bien étrangère à nos intérêts comme à nos habitudes...

Les bonnes raisons de mon ami m'ébranlèrent un peu. Et j'en étais à reprendre ses arguments point par point, quand le Roi, en entrant soudain, vola sans le savoir à mon secours.

— Eh bien, demanda-t-il à M. de Bernis, avez-vous lu ? Qu'en pensez-vous ?

L'abbé reprit, en les enjolivant, les raisons qui l'amenaient à se méfier des avances autrichiennes. Or je compris tout de suite, au changement de visage du Maître, qu'il venait de déplaire :

— Je vois bien, dit le Roi, que vous êtes, comme les autres, l'ennemi de la reine de Hongrie[1].

M. de Bernis tenta de se rattraper en modérant son avis, et proposa au Maître, bien maladroitement en vérité, de consulter le Conseil à ce propos – ce qui était le plus sûr moyen de perdre la confiance royale...

— Eh bien, trancha le Roi, il faut donc faire un beau compliment à M. de Starhemberg, et lui dire qu'on ne veut rien écouter.

— Sire, je crains que Votre Majesté ne conclue un peu vite sur l'avis que je me suis permis de Lui donner. Entendons au contraire l'ambassadeur d'Autriche, laissons-le venir et tout exposer, prenons en compte ses raisons ; simplement, montrons-nous prudents lorsqu'il s'agira de lui faire une réponse.

J'observais le Maître du coin de l'œil. Il respira pleinement et parut se détendre. Moi-même, je soupirai en silence : M. de Bernis venait d'éviter le pire.

— Fort bien, conclut le Roi. Vous allez donc rencontrer M. de Starhemberg en particulier, chez la Marquise. Vous m'en répondrez seul et garderez un silence absolu sur tout cela.

Cette nouvelle condition ne fut pas du goût de l'abbé, qui s'effraya des conséquences qu'un tel secret pourrait avoir dans l'avenir. Et si le Roi

1. Marie-Thérèse, faut-il le rappeler, avait ceint la double couronne : elle était impératrice d'Autriche et reine de Hongrie.

venait à disparaître, n'irait-on pas l'accuser de haute trahison, pour avoir ainsi négocié en secret avec un ennemi ?

Le Roi lui fit justice de ces nouvelles réserves.

— Vous avez raison, dit-il, attendez-moi un moment.

Et, montant à son cabinet, il griffonna sur-le-champ un billet signé de sa main, ordonnant à M. l'abbé de Bernis de mener en son nom des négociations secrètes avec l'ambassadeur de la cour de Vienne.

— Sire, conclut mon ami, Votre Majesté peut compter sur moi pour agir avec les mêmes précautions que si je devais être arrêté dans trois mois, et qu'on dût nommer des commissaires pour juger ma conduite.

Le Roi rit et me baisa les mains :

— Pour vous, Madame, je ne doute pas que vous vous acquitterez de votre mission avec toute la finesse dont je vous sais capable.

*
* *

M. de Bernis me vint donc voir souvent, dans les jours qui suivirent, et le roi nous rejoignit plusieurs fois ; il en profita pour inquiéter un peu plus l'abbé, en lui disant qu'il avait vaguement sondé les membres du Conseil sur l'opportunité de prendre langue avec Vienne : « Vous allez être content, dit-il non sans ironie, ils ont pensé comme vous... » Nous n'en réglâmes pas moins tous les détails de la première rencontre. Il fut établi qu'elle aurait lieu à Bellevue, à l'abri des regards indiscrets ; même, nous décidâmes qu'elle aurait pour cadre ce petit pavillon de la Régence au bas du parc, que j'avais baptisé « Brimborion ». J'y fus la veille de la première rencontre, qui eut lieu le 13 septembre 1755 ; les deux négociateurs arrivèrent séparément, par voie fluviale, sur des coches d'eau. M. de Starhemberg trouvait toutes ces précautions fort amusantes, et il était d'excellente humeur ; M. de Bernis me parut plus tendu.

— Ce pavillon, dis-je, sert ordinairement de salon pour fêter des mariages. J'y vois un excellent augure.

Et tandis que ces messieurs s'entretenaient gravement du sort de millions de gens, je n'en finissais pas de m'émerveiller de ma destinée. N'accueillais-je pas chez moi, dans une dépendance de ma propre maison, des entretiens qui ne visaient à rien de moins que renverser complètement le système, trois fois séculaire, des alliances politiques et militaires de toute l'Europe ? Cette idée me donnait le vertige ; et j'avais des frissons à la seule pensée des implications de tout cela.

Il devait s'avérer bien vite que les propositions de l'Impératrice étaient sérieuses ; Sa Majesté Impériale et Royale consentait que l'infant de Parme, gendre du Roi, échangeât ses petits duchés d'Italie contre un meilleur établissement dans les Pays-Bas, et nous autorisait à prendre pour gage Nieuport et Ostende, en face de l'Angleterre. Marie-Thérèse offrait d'autres garanties appréciables, en échange de quoi elle ne nous demandait que de renoncer complètement à l'actuelle alliance avec le roi de Prusse. Cependant cette condition parut bien exigeante à M. de Bernis, qui se permit de le souligner, au vif désagrément de la cour de Vienne. J'en fus moi-même bien déçue, et fis savoir à M. de Kaunitz qu'il pouvait continuer de compter sur la bienveillance du Roi, et sur mon dévouement.

*

* *

Une tout autre diplomatie me voyait, quant à moi, œuvrer sans relâche à l'établissement de mon frère. Peut-être tentais-je par là d'assouvir ces visées familiales dont m'avait cruellement privée la disparition d'Alexandrine... Toujours est-il que, de Mlle de Montmorency à Mlle du Roure, pour ne citer qu'elles, les jeunes personnes ne manquèrent pas que j'entrepris de soumettre au trébuchet fraternel. Toutes me paraissaient dignes de devenir marquise de Marigny – à moins que le Roi n'eût consenti à ce que le jeune époux fût lui-même fait duc... Mais Abel ne voulait rien savoir. Se figeant dans un refus dont je dois avouer qu'il me dévissa les nerfs bien des fois, mon frère dédaignait à plaisir tous les partis qu'on lui pouvait présenter. Une fois au moins, il aurait raison : je m'étais engagée, par Mme de Mirepoix qui était sa parente, auprès de la princesse de Chimay ; mon frère eut l'air d'accepter plus ou moins ; mais, après quelques jours, il vint m'assurer que cette promise n'était pas digne de devenir son épouse, et qu'il lui était revenu sur elle les bruits les plus désobligeants. Je lui en voulus fort sur le moment, ayant eu toute la peine du monde à reprendre ma parole sans trop me mettre mal. Seulement je n'eus, par la suite, que trop d'occasions de constater qu'Abel avait eu mille fois raison, la chère princesse ne songeant, en fait, qu'à collectionner les aventures et les faux pas.

*

* *

C'est au cours de ce même été que s'envenima la querelle étouffée qui m'opposait, depuis quelques années, à ma cousine Élisabeth. Un jour qu'indisposée j'avais dû garder le lit, j'avais posé tout auprès, sur une petite table, deux lettres importantes : l'une était du Roi, pour me parler d'une assemblée de chambres au Parlement ; l'autre de M. Berryer, sur des affaires secrètes. Dans l'après-dînée, M. de Gontaut me vint rendre visite à son habitude, puis Mme d'Amblimont, et enfin ma terrible cousine qui se mit à mon chevet, entre mon lit et la table dont j'ai parlé. Tout ce petit monde étant ressorti, je vis qu'il était presque l'heure que le Roi vînt, et fis donc fermer ma porte aux visites. C'est alors que je réalisai qu'une des lettres que j'avais déposées sur la table manquait, et que c'était justement celle du Roi ! Le voleur ne pouvait certes pas être mon cher marquis, ni la petite d'Amblimont, toujours si discrète ; à l'évidence, il s'agissait d'Élisabeth – qui aurait bien dû se méfier, car elle signait ainsi sa disgrâce. J'eus beau jeu, en effet, d'indigner le Roi contre un larcin qui touchait au crime d'État, et de noircir le tableau en excipant d'un récent libelle, dont j'avais lieu de penser qu'elle était la dispensatrice, et qui me présentait comme la maquerelle de la maison du Parc-aux-Cerfs... Le Roi me dit :

— Justement, Madame Adélaïde se plaint de ce que votre cousine lui aurait mal parlé dans son service[1], et qu'elle lui aurait même refusé des excuses.

Le prétexte était tout trouvé. Le Roi dicta une lettre à M. de Saint-Florentin, pour être remise le lendemain. Ce jour-là – nous étions à La Muette –, ma cousine vint demander, de son air faussement

1. Elle était dame d'honneur de Mesdames.

dégagé, si elle avait le temps de faire une course à Paris avant le départ pour Saint-Ouen, où nous devions souper avec le Roi, à l'invitation du prince de Soubise. Je lui dis qu'elle avait bien deux heures devant elle. Mais à peine sa voiture était-elle au bas de Chaillot qu'un courrier l'arrêta et lui remit la lettre du Roi, lui ordonnant de se démettre de ses fonctions auprès de Mesdames, pour ne plus reparaître à la Cour. Par un effet de bonté que je ne regrette pas, nous lui avions seulement conservé sa pension.

Ce dénouement me soulagea d'un très grand poids, et j'eus le sentiment, pendant le souper chez M. de Soubise, qu'une vie nouvelle allait commencer pour moi. Mais cette première impression était trompeuse ; et lorsque je fus couchée ce soir-là, je ne pus que gémir de l'issue pitoyable d'une amitié que j'avais longtemps crue éternelle – et ressasser l'image de mon Arlequin d'autrefois, tendre complice du bal des ifs, empoisonné d'avoir trop longtemps respiré l'air vicié de la Cour.

Quelle impression rafraîchissante lorsqu'il pouvait m'arriver de tomber sur une âme simple et point encore pervertie par nos mœurs ! Les prétendus impairs commis par des personnes étrangères à la Cour, loin de me scandaliser, me rassuraient au contraire sur la santé du genre humain. Ainsi de l'amiral de Barailh, qui commandait à Dunkerque, et qu'on me désigna, un jour de Noël, dans la galerie des Glaces. Je m'approchai de lui et, souriant avec bienveillance :

— Monsieur, lui dis-je, je suis heureuse de vous croiser ici.

— Vraiment, Madame ? Eh bien... Tant mieux. Moi aussi...

— Le Roi est très content des nouvelles preuves que vous venez de lui donner de votre attachement.

— Mais... Pourquoi me dites-vous cela ?

— Pour que vous le sachiez, monsieur, et continuiez de le bien servir.

— Certainement...

Je lui souris encore et m'étais éloignée quand je le vis demander à un huissier qui pouvait bien être cette dame qui adressait la parole à des inconnus. Cela me fit rire, j'en conviens, mais non sans une certaine tendresse pour la candeur du bonhomme.

*

* *

Je note, avant de l'oublier, qu'on apprit dans ce temps-là le décès du président de Montesquieu. La nouvelle attrista tous ceux qui, dans le royaume, faisaient profession de bien, de goût, de justice. Le Maître me dit lui-même qu'il s'en trouvait affecté, et voulut bien qu'on fît état de sa tristesse. Tout le monde m'avait vanté la force et la beauté de l'*Esprit des lois*, que je n'avais point eu le temps de découvrir, ni peut-être toute la capacité ; de telles lectures sont le privilège de peu de femmes. Du moins en avais-je fait représenter un exemplaire sur mon fameux portrait par M. Quentin de La Tour...

Le grand Montesquieu avait un peu, dans les derniers temps, collaboré au *Dictionnaire encyclopédique*, ce qui ne le rendait pas moins aimable. J'avais toujours, quant à moi, soutenu autant qu'il m'était possible l'urgente entreprise de MM. Diderot et d'Alembert, visant à rassembler tous les savoirs disponibles dans nos temps modernes. Malheureusement, une si haute ambition n'avait pas séduit tout le monde ; et pour avoir confié l'article

« Certitude » à l'abbé de Prades, jadis condamné pour « hérésie », ces bons philosophes accomplirent le prodige de raccorder jésuites et jansénistes – mais contre eux ! Quand les deux premiers tomes du *Dictionnaire* furent ainsi interdits, le bon M. Quesnay me pria d'intervenir en faveur de son ami M. Diderot. Je l'eusse fait bien volontiers, car je pensais l'ouvrage plus louable par le progrès qu'il apportait dans les connaissances que blâmable par l'esprit séditieux de quelques-uns de ses nombreux auteurs. Mais le moyen de s'opposer aux ecclésiastiques, en un temps où mes liens privilégiés avec certains parlementaires donnaient déjà matière à me juger vendue aux adversaires de la religion ! Sans rien retrancher des mérites bien reconnus de M. Diderot, il m'avait donc fallu battre en retraite sur le sujet – du moins officiellement. Je ne manquai nulle occasion, en effet, de rappeler au Maître, en sous-main, la grandeur d'une entreprise dont son règne finirait par s'honorer. Et c'est avec bonheur que j'avais vu levée, après deux ans d'un inlassable et secret travail d'usure, l'interdiction qui pesait sur elle.

*
* *

Cependant, l'heure était moins aux débats philosophiques qu'à la préparation de la guerre ; plus rien ne paraissait vouloir sauver la paix. J'en étais bien fâchée pour mon compte, estimant que la guerre fait très sûrement le mal et rarement le bien. Mais puisque les esprits, de part et d'autre de la Manche, étaient incapables de s'accepter et de se comprendre, c'était aux armes à parler pour les mettre d'accord...

Le rejet par Londres, à la mi-janvier 1756, de l'ultimatum faisant suite aux actes de piraterie de Terre-Neuve parut en décider ; or il coïncidait avec la révélation d'un surprenant traité, dit « de Westminster », liant l'Angleterre et la Prusse ! C'est surtout cette nouvelle qui donna le signal des combats, en même temps qu'elle rendait urgente, cette fois, la signature d'un bon accord avec l'Autriche.

Chapitre 17

Le comte de Baschi, mon beau-frère, était ambassadeur de France au Portugal quand survint l'effroyable tremblement de terre de novembre 1755 à Lisbonne. Cette belle ville adossée au Tage, riche au demeurant et assez peuplée, fut presque entièrement détruite par la catastrophe, au point que le nonce du pape eut trouvé juste de dater son rapport à Rome « de l'endroit où fut autrefois Lisbonne ». Tous les éléments s'en mêlèrent, et la terre ne fut point seule coupable ; il mourut aussi beaucoup de monde sous l'afflux des eaux, dans la propagation du feu et par les terribles bourrasques qui accompagnèrent le séisme. L'ambassadeur d'Espagne devait périr dans la catastrophe, écrasé par le fronton de son propre palais ; son jeune fils put être recueilli par mon beau-frère, ainsi que son gouverneur ; et tous se réfugièrent dans la maison de campagne des Baschi, d'où m'écrivit ma chère et tendre belle-sœur. D'apprendre ce qu'elle et son mari avaient risqué – et que j'avais manqué de pleurer cette amie qui m'est plus qu'une sœur – me bouleversa. Et je me jurais déjà de faire regretter un jour au comte d'Argenson les moqueries insanes qu'il avait propagées sur mon Excellence de beau-frère, quittant son hôtel en chemise pour échapper à la marée.

*
* *

Mais si je puis me montrer rancunière, du moins je ne suis pas ingrate. Aussi bien je n'oubliais pas ce que je devais à M. le comte de Stainville, pour le service qu'il m'avait rendu dans l'affaire de Choiseul-Beaupré. Les préventions que le Maître en avait conçues m'avaient seules retenue de lui prouver plus tôt ma reconnaissance. Je n'en fus que plus empressée de le faire, dès la première occasion utile. Cela vint dans l'été du grand remaniement ; le duc de Nivernais était rentré de Rome, laissant vacante son ambassade auprès du Saint-Siège ; or il fallait dans ce poste un grand seigneur qui fût habile et fiable, et M. de Stainville réunissait ces qualités. Je sus convaincre mon ami le duc d'appuyer la candidature auprès du nouveau ministre ; et le comte put recevoir son accréditation avant l'automne. Pour une première mission, celle-ci revêtait une singulière importance, du fait de relations tendues entre le roi de France et son clergé.

Alertés par la réforme du « vingtième », confortés par les succès de l'année jubilaire et, surtout, excités par l'archevêque de Paris, Mgr de Beaumont, les évêques du royaume prétendaient appliquer à la lettre la vieille bulle Unigenitus, édictée sous le dernier règne pour lutter contre les jansénistes. Certains d'entre eux, sans se soucier des mises en garde royales, continuaient même de refuser l'absolution aux mourants ne pouvant présenter de « billet de confession ». Certes, il fallait se montrer naïf pour imaginer que de tels billets eussent une valeur quelconque ; mais la crédulité du Public peut aller loin sur ces matières, et certains prêtres en jouaient par fanatisme. Leur obéissance aux directives épiscopales, sans en faire toujours de bons chrétiens, les rendait donc mauvais sujets. Et le Roi, pour se faire obéir, avait dû aller jusqu'à l'exil de l'archevêque, mais aussi des évêques d'Orléans, de Troyes, d'Aix, de Saint-Pons. Il fallut même condamner la lettre pastorale d'Auch à être brûlée par le bourreau... Ainsi le Roi Très-Chrétien se souciait-il peu de paraître dévot. On ne connaît, du reste, aucun grand souverain qui l'eût été : François Ier ne l'était point, ni Henri IV non plus. Grâce au Ciel, les dragonnades ne sont plus de mise en ce siècle, et le Roi défend aujourd'hui la liberté des consciences.

Dans le courant de 1755, les Parlements envenimèrent les choses en se mêlant de ce débat spirituel. Par un arrêt qui fit scandale, ces Messieurs de Paris dénièrent notamment à la constitution Unigenitus le caractère ou les effets de règle de foi ; ce qui obligea le Conseil, pour calmer les esprits, à rappeler que la bulle demeurait bien, cependant, loi de l'Église et de l'État. On le voit, les ministres se donnaient la torture pour accorder la robe et le clergé – vaine industrie, en vérité, puisque les prêtres ne voulaient rien céder. Or le Roi voyait comme tout le monde d'où venait leur intransigeance. Et bien que son cœur l'inclinât vers l'Église, il lui fallait admettre que le Parlement soutenait en gros des droits français fondamentaux, contre un clergé qui n'allait chercher ses ordres qu'à Rome.

C'est dire si la mission de M. de Stainville auprès du souverain pontife était cruciale. Le nouvel ambassadeur se trouvait chargé, au nom du Roi, d'obtenir du pape Benoît qu'il intervînt pour calmer le zèle enragé de ses évêques. La chance voulut qu'il s'en acquittât supérieurement ; et le Roi lui-même me rendit justice du choix que j'avais fait en appuyant sa nomination :

— Votre coquin de Stainville n'est pas mauvais dans son office, me dit un jour le Maître. Il a bien de l'usage, et toute la persuasion souhaitable. J'aimerais être en tiers dans ses conversations avec le Saint-Père...

De tels hommages n'étaient pas coutumiers au Roi, qui en était avare ; et cela me confirma que M. de Stainville était jugé bien au-dessus du commun ; du reste, sa nomination comme chevalier dans l'ordre du Saint-Esprit, en janvier 1756, devait payer bientôt le nouvel ambassadeur de ses efforts. Or l'esprit subtil et pénétrant du comte, trouvant un écho favorable auprès du pape, obtenait déjà de premiers effets : une encyclique était en préparation, qui serait publiée à l'automne, pour le plus grand bien du clergé – et l'indignation outrée de parlementaires opposés à toute intervention du Saint-Père. Or Benoît XIV ne se piquait pas tant du titre de saint que de celui d'honnête homme ; il se voulait un pape raisonnable et – si j'ose dire – philosophe. Je n'eus de cesse, pour ma part, que de lui être agréable, par des hommages et des présents que je chargeai M. de Stainville de lui faire passer discrètement. Me sentant revenir aux sentiments d'une bonne chrétienne, je disais même des prières à son intention – et pour que la paix religieuse revînt, grâce à lui, dans le royaume.

*

* *

Je dois à la vérité d'ajouter que je ne suis point d'un naturel dévot. Ainsi la pratique de la confession, par exemple, m'a-t-elle de tout temps rebutée. Comment peut-on, sans gêne, ouvrir son cœur à des oreilles inconnues, souvent promptes à railler sinon à juger – et qu'on imagine aussi n'être point exemptes de péché ? Et que dire de ce jeûne qu'on nous ordonne en temps de carême, et qui ne convient pas plus à mon esprit qu'à mon corps ? Je suis d'avis que c'est ici l'affaire des médecins, non des prêtres ; et si je ne suis guère encline à m'en remettre aux premiers de mon régime, j'interdis plus encore aux seconds de s'en mêler. Au surplus, je doute qu'un fripon à jeun soit plus agréable à Dieu qu'un honnête homme qui a bien dîné... Pour le sermon enfin, je m'y suis toujours ennuyée. Ces saintes harangues me paraissent avoir fait plus de fanatiques que tous les brûlots du monde, sans jamais donner un homme de bien. Passe encore pour la morale ; mais à quoi bon exhorter un courtisan à la sincérité, ou un fermier général au désintéressement ? Ce sont là des biais qui sont inscrits dans les personnes, et ce n'est point à coups de sermons qu'on les redressera.

*

* *

Les disparitions brutales de ma fille et de mon père m'avaient toutefois amenée, bien plus que mon amitié pour le pape, à retrouver en moi le fond de religion qu'une éducation soignée chez les ursulines y avait placé jadis. Je me rendais à présent chaque semaine au couvent des Capucines, pour me recueillir dans la petite chapelle où reposaient les restes d'Alexandrine, qu'avaient rejoints ceux de ma mère. Je demeurais de longs moments agenouillée là, près du tombeau sculpté du maréchal de Créqui[1], dans l'air humide et frais de la

1. Il a été transféré à Saint-Roch.

belle église restaurée sur mes fonds, priant de tout mon cœur pour le repos des chères âmes. J'avais aussi fait une fondation pour que deux messes fussent dites, chaque mois, à l'intention de ma famille – et cela durant soixante ans ! Les supérieures du couvent, sœurs Françoise de la Croix et Marie de l'Enfant Jésus, m'accompagnaient doucement dans ce qu'on pouvait regarder comme un retour à Dieu ; et leurs bonnes paroles, comme l'amitié dont elles savaient m'entourer, m'appelaient place Vendôme, presque autant que le souvenir d'Alexandrine. À l'époque, je ne possédais point encore de logement aux Capucines, ce qui m'amenait à séjourner plutôt dans mon hôtel du faubourg Saint-Honoré. Je ne crois pas l'avoir dit encore, mais j'avais en effet acheté, en 1753, ce bel hôtel d'Évreux[1] qui m'avait servi de pied-à-terre quand j'allais voir Alexandrine à l'Assomption – son affectation n'avait pas changé, maintenant que ma fille reposait aux Capucines...

M. de Machault, que je voyais plus que jamais depuis son départ des Finances, m'encouragea sur la voie d'une piété consolante où n'entrerait point de dévotion. Et c'est lui qui me conseilla, lors d'une promenade dans les allées, jonchées de feuilles mortes, du parc de Choisy, de me trouver un directeur de conscience.

— Il me faudrait un jésuite bien conciliant, le prévins-je, ou point trop exigeant.

— Je connais l'homme qu'il vous faut. C'est un brave chapelain au service de la Maison de Soubise...

---

1. C'est l'actuel palais de l'Élysée.

Je fis ainsi la connaissance du père de Sacy, dont la douceur naturelle jointe à un certain feu dans le verbe me plurent assez dès l'abord. Il entreprit de réformer, dans ma conduite, tout ce qui pouvait l'être ; et je fis bientôt maigre le vendredi – ce qui ne m'était pas arrivé depuis longtemps – et me rendis tous les matins à la chapelle. Il m'arrivait même d'y rester quelquefois après la messe, à prier bien pieusement, tandis qu'autour de moi les conversations de Cour reprenaient en sourdine. Rien ne m'exaspérait alors comme un défaut de respect si criant, et je me maudissais d'avoir été moi-même si légère autrefois sur ce chapitre.

*
* *

L'image de Mme de Maintenon ne m'avait jamais quittée ; mais alors que je faisais meilleur accueil aux principes de la religion, son exemple se parait pour moi d'une actualité nouvelle. Je tâchais bien fidèlement d'inscrire mes pas dans les siens, espérant que de l'identité des conduites se déduirait celle des destins... Le souvenir de Mme de Maintenon devenait pour moi comme une manière de guide. J'avais souscrit, parmi les premières, à l'édition que M. de La Beaumelle entendait donner de sa correspondance – quelque dépit que j'eusse éprouvé de la légèreté du jeune biographe dans son ouvrage sur la fondatrice de Saint-Cyr. Au reste, je m'appliquais à calquer, sans ostentation, mes attitudes sur ce que j'imaginais avoir été les siennes ; et le Roi lui-même me dit un soir, alors que j'avais enfilé un capuchon pardessus ma liseuse, que je devenais « frileuse comme l'était Mme de Maintenon ».

— Quel souvenir gardez-vous d'elle ? demandai-je alors au Maître.

— Un souvenir vague. C'était une très vieille dame, excessivement respectée, et qui me faisait toujours mille embarras sur ma santé.

— Connaissiez-vous les liens qui l'unissaient au feu roi ?

— Non. Je ne les ai sus que plus tard.

Cette allusion était bien un peu déplacée, venant de moi ; les circonstances étaient différentes en effet, et Louis XV, Dieu l'en garde, ne se trouvait pas veuf comme avait pu l'être son bisaïeul.

— Rêveriez-vous de devenir la reine ? me demanda-t-il en souriant.

— Je ne rêve que de rester toujours auprès de Votre Majesté.

*

* *

Cependant mon confesseur exigeait, pour justifier mon maintien à la Cour, que j'aie d'abord sollicité sur ce fait l'avis de mon époux légitime. La démarche n'était pas dénuée d'hypocrisie, lorsqu'on sait dans quel éloignement nous avions vécu l'un et l'autre depuis maintenant onze ans. Je voulus bien toutefois déférer aux conditions du bon père, et fis parvenir à Charles Guillaume une lettre où je lui annonçais qu'ayant fait retour sur moi-même, et m'étant fixé pour dessein de me donner à Dieu, je le suppliais de bien vouloir accepter que je reprisse auprès de lui ma position d'épouse... J'avais dû me retenir de sourire en écrivant cela, et je le dis à M. de Soubise en le chargeant d'aller trouver mon mari pour ne lui laisser aucun doute sur la détermination du Roi de s'opposer à mon départ. M. de Machault fit aussi une démarche en ce sens. Et je ne pouvais douter de la réponse de Charles Guillaume : non sans malice, il s'y dirait édifié de mes grandes résolutions, mais s'excuserait sur la gravité de l'ancienne offense, de ne pouvoir me reprendre auprès de lui. « Le seul parti, conclurait-il, que nous ayons à prendre l'un et l'autre, est de vivre séparément. »

Toute cette mascarade ayant donc abouti aux fins qu'elle s'était fixées, le père de Sacy me concéda qu'il m'était loisible, dorénavant, de rester à Versailles. Encore convenait-il que ma position à la Cour s'appuyât sur un motif plus chrétien – et moins facilement révocable – que la seule faveur du Maître. Or, parmi les offices qui s'étaient offerts à mon choix, aucun n'avait paru mieux digne de traduire la chasteté des liens qui m'unissaient au Roi désormais que celui de dame du Palais de la Reine. C'est ce que j'eus, néanmoins, le plus de peine à obtenir ; il me fallut, plus encore que de coutume, flatter la souveraine – notamment en invitant le Maître à éponger de nouvelles dettes de jeu – et lui donner des gages supplémentaires de déférence – en faisant nommer plusieurs seigneurs de son entourage, dont certains bien jeunes, dans la nouvelle promotion du Saint-Esprit... J'avais dû suborner de surcroît les duchesses de Villars et de Luynes, et recevoir même, dans un arrière-cabinet où il courut se réfugier comme un amant surpris, l'aumônier de la grande dame, Mgr de Tavannes – celui-là même qui s'était montré, lors du voyage en Normandie, si peu empressé de recevoir son maître à Gaillon...

Enfin, tout fut décidé, et ma présentation, fixée au dimanche 8 février 1756, après les vêpres. J'endossai pour la circonstance une robe de Cour éblouissante, de gaze d'or sur fond jaune, et dont la beauté suscita des murmures flatteurs sur mon passage. De là je pus assister au grand couvert, et observai, plus attentivement qu'à l'accoutumée, le manège des dames de service. Il y avait douze dames du Palais, dont quatre seulement servaient en même temps, de sorte qu'un roulement pût s'établir. Je n'étais, quant à moi, nommée qu'à titre de surnuméraire, ce qui bornait mon emploi au remplacement des dames venant à manquer. Cela ne m'empêcha pas de prendre mon premier service à titre symbolique, dès le lendemain matin, lundi 9, à huit heures sonnantes. Les autres dames du jour, qui étaient la maréchale de Mirepoix, les duchesses d'Aiguillon, de Boufflers et de Fleury, assurèrent seules l'essentiel du service, tout en me montrant ce que j'aurais à faire dans l'avenir. La Reine fut des plus obligeantes à mon égard, et que ce fût à la messe, pendant ses audiences ordinaires ou lors de son dîner public, je ne pus remarquer la moindre différence dans la façon dont elle me traita, par rapport aux autres dames.

Assez vite, je distinguai parmi mes camarades une dame plus vraie, plus enjouée, et pour tout dire, mieux disposée que les autres à mon égard. C'était la bonne maréchale de Mirepoix, que sa petite taille, son air malicieux et sa vivacité en dépit de l'âge rendaient délicieuse. Je n'eus de cesse de la détacher un peu du petit clan de la duchesse de Villars, et de l'associer, autant que possible, aux soupers des Cabinets, aux petits voyages et à tout ce que je pus. Bien m'en prit : non seulement ma petite maréchale allait combler auprès de moi, plus ou moins, le vide laissé depuis longtemps par les trahisons de ma cousine Élisabeth ; mais elle saurait aussi devenir, grâce à un jugement simple et qui devait tout au bon sens, la plus avisée des conseillères.

Le Maître observait, sans trop y prendre part, les réformes opérées dans ma conduite. Il trouva bon que je fisse maigre en même temps que lui, ou que je n'eusse plus qu'une audience par semaine – celle-ci se tenant, de surcroît, non plus à ma toilette, mais devant un métier à tisser. Il encouragea la fondation que je fis, à Crécy, d'un hôpital pour soixante malades. En revanche, ma présence à toutes les messes le laissait dubitatif, et pour un peu, il eût apprécié que je m'y montrasse moins assidue. L'aversion dans laquelle le Roi tenait la moindre affectation lui faisait craindre en effet que ce qu'on nommait déjà ma « conversion » ne fût dictée par des considérations d'opportunité et non par un amendement sincère. Quelque injuste qu'ait pu être cette crainte de sa part, je la pris pleinement en compte et fis en sorte que ma conduite ordinaire ne fût presque pas changée dans mes rapports avec lui ; je repoussai l'idée d'abandonner le rouge ou les parures, et me montrai aussi radieuse et rayonnante que de coutume. Ainsi le Maître aurait-il auprès de lui la pieuse personne la plus coquette qu'on eût sans doute jamais vue...

*

* *

Depuis quelque temps néanmoins, le Roi me semblait plus préoccupé que de coutume, et sans qu'aucun événement récent de politique me parût justifier cet état :

— Sire, lui demandai-je à la fin, qu'est-ce donc qui vous rend si nerveux ?

— Une affaire dont je ne puis vous parler.

— Une affaire regardant l'État ?

— Non, privée.

Il n'était nullement de mise que le Roi eût pour moi de grands secrets privés ; aussi bien je fis tant par mes questions qu'il finit, après un moment, par me dire :

— C'est cette petite O'Murphy, dont je vous ai parlé... Elle est enceinte et, même, sur le point d'accoucher.

— Est-ce donc là ce qui vous tracasse tant ?

— C'est que l'affaire est bien embarrassante.

— Laissez-moi en juger, dis-je.

Et en quelques heures, j'organisai tout, de la naissance, du baptême, du placement de l'enfant et, même, de la rente que le Roi pourrait lui faire.

— Que vous êtes bonne, me dit le Maître en me voyant présider ainsi à l'accouchement d'une autre...

Bien près de m'attendrir, je posai ma main sur son cœur.

— C'est là que j'en veux, dis-je. Car pour le reste...

Ainsi naquit une petite fille, qu'on appela Mlle de Saint-André, et que l'on expédia en nourrice, puis au couvent, sans que son père la vît jamais. Cela n'entama pas le crédit de la mère, qui finissait même par s'éterniser un peu. Aussi je fus bien aise quand le Roi, s'en étant lassé une bonne fois, chargea M. de Soubise de chercher une situation à la belle Louison. Le Prince trouva bien vite à la marier à un capitaine du régiment de Beauvaisis, dont le colonel était un des nouveaux gendres des Baschi. Et les joyeux mariés s'en furent dans les terres du mari, qui étaient en Auvergne...

D'autres créatures devaient succéder à celle-là dans la maison du Parc-aux-Cerfs, et notamment une demoiselle Fouquet, coiffeuse de son état, et qu'on marierait de même en temps utile... Sans jamais perdre la situation de vue, je m'employais à y mettre toute la discrétion qui me paraissait s'imposer.

*
* *

La guerre contre les Anglais était déclarée depuis janvier 1756. L'annonce que leur armée en Allemagne serait commandée par le duc de Cumberland avait été bien accueillie à la Cour, où elle soulageait tout le monde. Ce stratège, réputé médiocre, n'avait jamais battu, en effet, qu'une poignée d'Écossais bien démunis ; aussi ne le craignait-on pas vraiment. Le Roi fit cette remarque à son propos :

— Ce Cumberland est le demi-frère du roi George, comme M. de Saxe l'était du roi de Pologne...

— Ce qui n'empêchait pas le feu maréchal, répondis-je, de tenir cet Anglais pour un Gascon qui n'avait jamais eu de parole. N'avait-il pas promis, lors de la dernière guerre, de venir à Paris ou de manger ses bottes ? Les Parisiens n'ont jamais vu sa figure, et je ne sache pas qu'il ait, pour autant, mangé ses bottes à la vinaigrette !

La nécessité de venir se battre sur le continent était, du reste, un défaut dans la cuirasse de l'ennemi. J'avais entendu dire, une fois, à M. de Maurepas, que c'était pour faire une grâce aux Français que les Anglais avaient mis l'illustre maison de Hanovre sur le trône de Londres, et pris pour roi le dernier des neuf grands vassaux du Saint Empire romain. Cette plaisanterie cachait une vérité profonde ; en effet, rien, avant cela, n'avait pu inquiéter les Anglais sur leur île ; tandis que, depuis lors, ils avaient à défendre leur misérable bout de continent.

En attendant, on avait eu l'idée, à Versailles, de surprendre l'ennemi en l'attaquant où il ne s'y attendait pas ; et après quelques débats au Conseil, l'île britannique de Minorque fut désignée comme cible à l'unanimité. C'est M. de La Galissonnière qui fut nommé pour y conduire la flotte de Toulon. Sur quoi le Roi pria M. de Richelieu d'aller mettre le siège sous Port-Mahon. Pour moi, j'étais déjà bien guérie de cet homme-là, qui me semblait n'avoir pour mérite que de se pousser du col. Se croyant propre à tout, se présentant partout, obtenant tout par là, parlant sur tout avec aisance et dans le bon moment, il se rendait aimable pour se mieux faire employer... Moi seule lui conservais grief de ses anciennes mesquineries, et de la façon bien rude dont il avait repoussé mon Alexandrine. Aussi aurais-je cent fois préféré que l'expédition échût au maréchal d'Estrées. Mais la vie de Cour est ainsi faite, que ceux qui ont beaucoup d'intrigue y sont presque toujours préférés à ceux qui n'ont pour eux que le mérite ; le duc de Richelieu promit ce qu'on voulut, et emporta le morceau...

Or cette entreprise sur Minorque, qui aurait pu passer, de prime abord, pour téméraire, se révéla en fait un grand succès, qu'on regarda comme le présage le plus heureux qu'on eût pu souhaiter au début d'une guerre. Le marquis de La Galissonnière commença par dissiper la flotte anglaise, avant que le maréchal ne prît d'assaut Fort Saint-Philippe. La nouvelle en parut d'autant plus prodigieuse qu'on n'avait pas été habitué, dans le passé, à ce que des Français brillassent tellement dans les combats navals. Pour l'assaut, nos soldats y montrèrent une ardeur au combat et une passion pour la gloire admirables. Le duc de Richelieu, que la débauche et les beuveries des hommes risquaient de priver d'une partie de ses troupes, avait fait dire que celui qui s'enivrerait serait déchu de l'honneur de combattre – et de celui de se faire tuer... C'en fut assez en tout cas pour faire cesser les débordements, et disparaître l'ivresse des régiments. La France entière fêta la prise de Mahon[1] ; et ce fait glorieux inspira au poète Collé une chanson fort jolie. Je l'en remerciai par un don de cinquante louis, auxquels le Roi joignit une pension de quatre cents francs. Il nous paraissait en effet que tout le monde devait trouver son compte à la joie publique – et pourquoi pas un poète.

Le courage des Anglais, bien entamé par ces préliminaires, l'était d'autant plus qu'on venait d'annoncer, le 1er mai, la conclusion de notre premier traité dit « de Versailles », entre l'Autriche et la France ! En fait, la signature elle-même se fit à Jouy-en-Josas, chez M. Rouillé dont on voulait ainsi ménager la susceptibilité. M. de Bernis signa pour le Roi et M. de Starhemberg, pour l'Impératrice. La surprise n'était que pour l'extérieur ; car dans le Cabinet, le Maître avait fini, sur les instances de mon abbé, par informer les ministres concernés de nos tractations secrètes, et par les réunir en un « comité » qui eût à en connaître. Ce conseil restreint s'était réuni le 19 avril pour répondre à une dépêche que M. de Kaunitz m'avait fait parvenir la veille, et qui proposait de sceller, en attendant mieux, un premier accord strictement défensif. La discrétion qui avait néanmoins présidé à l'élaboration du texte rendit sa publication d'autant plus formidable – et l'annonce du renversement des alliances ébranla toutes les chancelleries comme un second tremblement de terre. Dans le pays, c'est peu dire qu'elle fut saluée, en revanche, par un concert de louanges. On ne saurait décrire

1. 7 juin 1756.

l'espèce d'ivresse qui s'empara des esprits quand on apprit que l'ignoble traité de Westminster était ainsi battu en brèche par ce qu'on regardait comme un réel succès diplomatique.

L'époque n'était-elle pas aux coups de théâtre sur la scène des nations ? Au mois de juillet, sans aucune déclaration préalable, le roi de Prusse prit la fantaisie de venir envahir la Saxe. Il le fit, comme tout le reste, de la plus vilaine façon du monde – jusqu'à forcer les archives de Dresde, en dépit de la Reine qui en défendait personnellement l'accès, pour y dénicher des documents justifiant après coup son intervention... Puis il mena cette malheureuse princesse à la chapelle où il faisait chanter un *Te Deum* à la gloire de son noble exploit !

Le Roi éprouva de ce geste la plus vive répulsion.

— Le méchant rustre que voilà ! pestait-il. Comment cet homme-là a-t-il bien pu se commettre à humilier une femme qui n'avait que sa douleur pour défense ?

La nouvelle, en tout cas, me fit verser des larmes, ainsi qu'à toute la Cour – et la Dauphine en fut inconsolable. Comment se pouvait-il qu'un prince chrétien, homme éclairé à ce qu'on disait, et à la Cour de qui Voltaire lui-même venait de passer trois ans, comment pouvait-on admettre qu'un roi philosophe et humaniste ait pu se comporter d'une manière qu'on n'eût pas tolérée chez le dernier des sauvages ?

*

* *

À l'intérieur, l'effort de guerre avait justifié que le Roi établît un nouvel impôt de deux vingtièmes. Cela ne fut guère, une fois de plus, du goût de ces

Messieurs du Parlement, qui non seulement refusèrent l'enregistrement, mais allèrent jusqu'à ébaucher un projet bien dangereux, visant à l'union des différentes cours supérieures ! Pour moi, cette initiative eut raison de mon indulgence envers les gens de robe ; et je joignis ma voix à celles qui, dans le Conseil, encourageaient le Roi à riposter sèchement. Il le fit en effet, par un lit de justice[1] où furent édictées, en rajout de l'édit d'imposition, des mesures faisant obstacle au projet séditieux des parlementaires. Mais ces derniers, dont l'insolence atteignait des sommets inédits, refusèrent de se soumettre en dépit de tout, et protestèrent, dès la rentrée, contre ce qu'ils regardaient comme un acte de force. Et comme si cette crise n'était point suffisante, c'est justement le prétexte que prit le clergé pour prononcer, dans le pire moment, de nouveaux refus de sacrements.

Outrée de tant d'anarchie, dans un temps où toutes les forces de la Nation eussent dû concourir au succès de ses armes, je soutins de toutes mes forces la décision de M. de Machault de contrecarrer le Parlement. Par un nouveau lit de justice, qui se tint le 13 décembre à Paris, dans un climat sinistre, le Maître obligea les magistrats à enregistrer trois édits nouveaux, visant à imposer le silence à tous sur les affaires de religion, à interdire toute cessation de service au Parlement, et à réduire le nombre des chambres des Enquêtes, foyer de la sédition. Le soir même, à La Muette, tous les courtisans conviés félicitèrent le Roi de son autorité. Et je fis boire moi-même au succès de ce lit de justice.

---

1. Séance du Parlement où le Roi, par sa présence, rend obligatoire l'enregistrement de ses édits.

Las ! Dès le lendemain, un acte portant cent vingt-neuf signatures décida de la démission commune de la plupart des magistrats, qui s'opposaient en cela, du moins officiellement, aux directives de leur premier président. L'administration de la justice était suspendue de fait, jetant le plus grand trouble dans l'État. Et l'année 1756 s'achevait bel et bien dans le climat d'anarchie intérieure que nous avions tant redouté.

Chapitre 18

C'était le mercredi 5 janvier, et l'on se préparait à tirer les rois. La Cour étant à Trianon, j'étais, à la nuit tombée, debout devant la fenêtre de ma chambre, à regarder la neige qui recouvrait les massifs du jardin particulier du Roi. Quelques hommes chaudement vêtus travaillaient encore à élaguer une vigne grimpante, et je les regardais faire, tandis que mon esprit vagabondait, échauffé qu'il était en permanence par la triste situation du Parlement. Soudain je vis un laquais courir vers les jardiniers dans la neige en criant quelque chose, et tout le monde abandonner sa tâche pour le suivre, comme après l'annonce d'une invasion barbare. Je m'en retournais, songeuse, vers la bonne chaleur de l'âtre, quand une de mes femmes fit irruption à son tour et me lança sans ménagement :

— Madame, on vient d'assassiner le Roi !

Je m'appuyai, pour ne pas m'effondrer, au manteau de griotte de la cheminée. La femme saisit mes sels sur un guéridon et, tout en me les faisant respirer :

— Oui, c'est affreux, me dit-elle. Sa Majesté vit encore, mais elle est bien mal.

Je lui fis mille questions, sans qu'elle y pût répondre. Heureusement, M. Quesnay l'avait suivie :

— On vient d'attenter à la vie du Roi, me dit-il, mais l'assassin paraît avoir manqué son coup. Je suis attendu là-bas. Voulez-vous que je vous emmène ?

Nous partîmes donc à bride abattue malgré le gel, et fûmes au château un moment après, pour nous précipiter à pied vers le petit degré. M. Collin nous aperçut depuis l'ancien vestibule du Grand Escalier, et vint au-devant :

— Un fou vient de frapper le Roi d'un coup de canif, nous dit-il. Il semble que la blessure soit superficielle, M. de La Martinière est en train de la sonder. L'assassin a été arrêté ; il est détenu chez le capitaine des gardes. Il semble que M. de Machault le fasse interroger ou qu'il l'interroge lui-même.

J'aurais aimé en apprendre davantage mais, me sentant comme appelée auprès du Roi, je m'engageai déjà dans l'escalier au pas de course, toujours suivie de M. Quesnay. Arrivée au premier palier, devant l'antichambre des Chiens, j'avançai normalement, pensant que les gardes de la porte s'allaient écarter ; mais il n'en fut rien.

— Personne ne passe que les petites entrées[1], Madame. Ordre du premier gentilhomme.

— Ne dites pas de sottise, mon ami, et laissez-nous passer.

— Je suis médecin ordinaire du Roi, insista M. Quesnay.

— Allez-y, monsieur, dit-il au docteur. Mais pour vous, Madame, je ne puis rien, ce sont les ordres.

M. Quesnay me conseilla vivement de rentrer chez moi, et me jura de m'y apporter des nouvelles

1. Personnes spécialement créditées des « petites entrées de la Chambre ».

au plus vite. Folle de rage et d'inquiétude, je tournai donc les talons et me tins à la rampe pour redescendre. Mon écuyer me rejoignit et me conduisit, tremblant des pieds à la tête, jusqu'à mon appartement. Mon frère, qui était demeuré à Versailles ce jour-là, m'y attendait déjà. Il laissa passer ma crise de désespoir, puis me donna le détail de la catastrophe :

— Le Roi était venu voir Madame Victoire qui est alitée pour un gros rhume.

— Je sais bien, dis-je.

— Il est repassé chez lui ensuite, et s'apprêtait à repartir pour Trianon quand c'est arrivé. Il avait le M. le Dauphin avec lui, et M. d'Ayen bien sûr. Il faisait déjà nuit, et l'on éclairait aux flambeaux. Le Roi est sorti par la petite salle au coin de la cour de Marbre quand un homme en chapeau a passé entre des gardes faisant la haie, pour venir bousculer Sa Majesté. Le Roi a cru d'abord qu'on le frappait ; et ce n'est qu'en voyant qu'il saignait qu'il a réalisé qu'on avait tenté de le tuer.

À ces mots, je fus parcourue d'un grand frisson, où le dégoût se mêlait à la douleur. Quel monstre pouvait bien être assez abject pour s'attaquer au maître le plus doux, le plus noble, le plus respectueux qui fût jamais ? Se pouvait-il que des parlementaires en fussent venus à de pareilles extrémités ? Abel continuait :

— Le Roi a quand même eu la force de remonter à sa chambre ; seulement rien n'était prêt pour le coucher, et il paraît qu'on n'a pu lui procurer qu'un peignoir. MM. Sénac et de La Martinière sont arrivés un peu avant vous. Mais M. Hévin, qui était déjà sur place, a estimé que le Roi devrait en être quitte pour une bonne peur. On cherche à vérifier seulement que le couteau n'était pas empoisonné.

— Mon Dieu !

— Rassurez-vous, je vous en prie... Le Roi s'en tire bien.

— Vous parlez du corps, dis-je. Mais c'est l'esprit qui m'inquiète. Ce fou criminel aura, j'en suis certaine, atteint mon Maître au plus profond de son âme.

Mon frère le reconnut. Il me dit que, du reste, le Maître avait fait quérir les saintes huiles, puis s'était confessé à un prêtre du Grand Commun, en attendant l'arrivée de son confesseur ordinaire, qui était à présent le père Desmarest – un homme que je tenais heureusement pour assez conciliant. Mais cette présence des prêtres, qui rappelait tant Metz, n'annonçait rien de bon...

— Et vous, me demanda mon « frérot » d'une voix blanche ; avez-vous reçu des consignes ?

Ayant perdu la voix, je fis « non » de la tête ; je sentais ma gorge se serrer sous le coup d'une si grande injustice. Dire qu'une semaine plus tôt j'eusse encore été libre de partir la tête haute !

M. de Bernis entra sur ces entrefaites, disant que le Roi n'allait point si mal. Je me jetai dans ses bras, et me laissai aller aux sanglots qui venaient. L'abbé ne sut rien me dire, sinon qu'il fallait m'en remettre à la Providence.

— Je lui disais d'attendre les ordres du Roi, dit mon frère.

— M. de Marigny a raison, confirma l'abbé. De toute façon, vous n'êtes plus votre maîtresse ; étant dépositaire de secrets d'État et de lettres de Sa Majesté, vous ne sauriez disposer de vous-même.

— Promettez-moi de ne point m'abandonner, et de me tenir au courant de tout ce qu'il se passe là-haut.

Il m'en fit le serment, et je dois à la vérité d'ajouter qu'il tint parole. Rien que la première nuit, il ne descendit pas moins de cinq ou six fois pour m'informer des moindres conjectures. Or il se confirmait que la blessure, pour être superficielle et sans conséquence, n'en avait pas moins terrassé le Maître, de frayeur dans un premier temps, puis surtout de remords. Il lui paraissait que c'étaient tous ses peuples qui venaient de lui porter ce coup immonde.

J'aurais voulu lui dire qu'il n'en était rien, que son assassin – qu'on disait se nommer Damiens et venir d'Arras – n'était qu'un pauvre dément bien isolé... Mais je n'étais point admise à m'approcher de lui.

Mon frère, que j'envoyai en émissaire, ne fut pas mieux reçu. M. Caterby, huissier du Cabinet, alla prendre les ordres de M. de Richelieu, puis, ayant échangé deux mots avec le Dauphin, revint dire à l'oreille d'Abel d'avoir à se retirer. J'en frémissais de rage. Ainsi les masques tombaient, et tous mes vieux ennemis profitaient honteusement de la situation – Dauphin et Richelieu en tête.

Le plus important me paraissait que les jours du Roi ne fussent pas en danger, ce dont le bon docteur se porta garant :

— Il n'y a rien à craindre, me disait-il. Si c'était tout autre, il pourrait aller au bal.

Munie déjà de cette assurance miraculeuse, je pris mon parti du reste. Cela ne m'empêchait pas de pleurer beaucoup, et de me trouver mal. Ma chère belle-sœur Baschi, qui était rentrée de Lisbonne à la suite du tremblement de terre, fut la première de mes amies à me venir consoler ; elle était là deux heures après. Vinrent aussi

Mmes d'Amblimont et de Brancas, ainsi que MM. de Soubise, de Gontaut, de La Vallière... Cependant je pus constater, dans les heures qui suivirent, qu'on ne se pressait point trop à mon secours, et qu'une certaine réserve, qui aurait pu passer pour de la discrétion, mais tenait bien plutôt de la crainte, gardait mes amis en retrait.

Les autres, en revanche, se faisaient moins prier. Ainsi des ministres qui accoururent me voir pleurer, et se venger peut-être par là de l'humiliation qu'ils avaient pu ressentir d'avoir été parfois dirigés par une femme... MM. de Saint-Florentin, de Séchelles et Rouillé vinrent ainsi plusieurs fois. M. de Machault, quant à lui, ne venait point. Quand on me dit, le vendredi, qu'on l'avait vu entrer dans la chambre du Roi, et en ressortir au bout de vingt minutes, je crus qu'il viendrait directement m'entretenir alors. Mais il préféra rentrer chez lui, suivi de toute une foule.

— Et c'est là un ami ! dis-je à ceux qui me pouvaient entendre.

— Il ne faut pas, me dit M. de Bernis, se presser de le juger dans un moment comme celui-ci.

Le garde des Sceaux mit une heure à se décider. Quand sa visite me fut annoncée, je la pris encore pour celle d'un ami, m'apportant peut-être un message du Roi – mais c'est le ministre qui entra dans ma chambre. Il paraissait fort embarrassé, ce qui faisait ressortir le côté froid et cassant de sa nature. Me voyant pleurer et demander son soutien, il aurait pu me consoler, ou tout au moins me plaindre. Mais rien ! D'un air tout ce qu'il y a de détaché, il me dit seulement que le Roi n'avait point arrêté de parti me concernant, mais que la famille était unanime à souhaiter que j'agisse avec honneur.

— C'est-à-dire ? Que veulent-ils ? Que je m'en aille ?

— Eh bien...

Les traits figés, le regard vide, celui que j'avais cru mon confident et mon conseiller me laissa entendre que c'était peut-être, en effet, la meilleure solution. Sur quoi il prit congé plus froidement encore.

Cette visite, qui paraissait celle de la mort, me laissa dans les affres. Rongée de chagrin et de dégoût, je donnai des ordres pour qu'on rassemblât mes affaires. L'on me fit boire de l'eau de fleur d'oranger dans un gobelet d'argent, parce que mes dents claquaient. Puis je priai mon écuyer de dire aux cochers de se tenir prêts.

Mes amis rentrèrent, et voulurent savoir ce qu'il en était ; je leur peignis donc le tableau de la trahison de M. de Machault, qui, assurément, était pire que celle du duc de Richelieu à Metz envers Mme de Châteauroux. Je leur expliquai que le garde des Sceaux feignait de croire que les prêtres exigeraient mon renvoi, ce qui était d'autant plus pernicieux qu'on ne semblait plus craindre pour la santé du Maître...

Là-dessus entra ma petite maréchale, qui, dès la porte, s'écria :

— Qu'est-ce donc, Madame, que toutes ces malles ? Vos gens disent que vous partez.

— Hélas, ma chère amie, le Maître le voudrait, à ce que pense M. de Machault.

— Et son avis à lui, quel est-il ?

— Que je parte sans différer.

— Je vois... Il veut être le maître, votre garde des Sceaux, et il vous trahit. Mais gardez-vous bien de l'écouter : qui quitte la partie la perd.

Tout le monde fut d'avis que Mme de Mirepoix avait raison. Mon frère m'avait déjà dit la même chose. Aussi fut-il admis que je resterais jusqu'à nouvel ordre, tout en donnant l'air de vouloir partir, pour ne point exciter l'ennemi.

*
* *

Je me trouvai bien de cet arrangement, et le calme revint dans les jours qui suivirent – mais sans que le Roi m'ait donné pour autant la moindre nouvelle. Je lui avais fait passer, par M. de Champcenetz, une lettre bien tendre et bien respectueuse, dont je pensais qu'elle appellerait une réponse ; en vain. Il est vrai que le Roi était en permanence exposé aux regards jaloux de sa famille, et que l'état de l'opinion ne pouvait que l'inviter à la plus grande discrétion. Des attroupements s'étaient faits sous ses fenêtres, dont l'écho revenait jusque chez moi, et qui l'acclamaient tout en huant mon nom. Car, ainsi qu'on eût pu s'y attendre, Paris me traînait dans la boue.

Je fis prier le comte d'Argenson, par M. de Bernis, de me venir voir à ce propos. En rajout de la Guerre, il avait en effet la capitale dans ses attributions. Je lui demandai comme une faveur de confirmer par un ordre exprès la prière que j'avais faite à M. Jannel, du Cabinet noir, d'exclure des copies du secret des Postes certains morceaux tendancieux, voire injurieux à mon égard.

— Mon principe, Madame, me répondit ce méchant homme, comme mon devoir sont de ne rien cacher à mon maître.

— Je comprends cela, monsieur. Et loin de moi l'idée d'aller vous dicter votre conduite. Vous menez très bien vos affaires, et je m'en voudrais d'empiéter si peu que ce fût sur vos attributions. Mais comprenez-moi : mon but est seulement d'épargner au Roi des tourments supplémentaires.

— Je crains de ne pouvoir vous suivre cependant...

— Souhaitez-vous donc inquiéter le Roi dans l'état où il se trouve, et lui procurer de nouveaux chagrins ?

— Je souhaite simplement me montrer digne de la confiance de mon maître, à qui seul je rendrai des comptes.

— À la fin, monsieur, vous me poussez à bout. Il serait inutile de prolonger cette conversation. Je vois très clairement l'espérance que vous avez de ma sortie de cette Cour et l'avantage insultant que vous en tirez. Il y a cinq jours que je n'ai vu le Roi, peut-être ne le reverrai-je de ma vie ; mais si je le revois, soyez sûr qu'il nous renverra, vous ou moi.

— Madame, n'avez-vous plus rien à me dire ?

Je ne répondis même pas ; le comte s'inclina et sortit. Cette entrevue me laissait à peu près dans l'état où m'avait mise la dernière que j'avais eue avec M. de Maurepas. Elle n'était point de nature à m'apaiser, alors que le silence dans lequel j'étais maintenue me faisait déjà souffrir le martyre. J'accueillais chaque nouvelle venant du dessus comme une révélation. Le 11 janvier, le Roi fut assez bien pour recevoir les révérences, assis dans son fauteuil, la jambe droite sur un tabouret. Le 14, il se promena un long moment dans le Cabinet. M. Quesnay m'assurait qu'il allait très bien, et que seule la mélancolie l'empêchait de reprendre normalement ses activités – chasse comprise.

*

* *

Le 16 janvier 1757, vers deux heures, j'étais allongée sur mon grand lit, à rêver de périodes plus heureuses, et portais un regard vide à quelque mur tendu de perse à fil d'or, quand je sentis une présence dans ma chambre. Sans aucun effroi, je tournai les yeux vers la porte, et vis qu'il était là, silencieux, appuyé au chambranle, ses épaules un peu voûtées curieusement couvertes d'un mantelet de femme. Son regard était triste et vaguement surpris, comme celui d'un animal blessé. Ses lèvres étaient pâles, tous ses traits tirés. Je m'assis sur le lit, il s'approcha, nous nous contemplâmes un moment, je tendis les bras, il prit mes mains, je me soulevai, nous nous rejoignîmes et nos bouches s'accordèrent. Je mis dans mon baiser toute la colère et tout le pardon justifiés par onze journées de grand silence ; il mit dans le sien tout cet amour dont je n'avais jamais douté. Il s'assit sur le lit, à côté de moi.

— Vous avez là un bien joli mantelet, dis-je.

Il sourit douloureusement :

— Oui, c'est votre grande-duchesse qui me l'a prêté. N'est-ce pas que j'ai bonne mine ?

— En tout cas, vous semblez en pleine forme, mentis-je. M. Quesnay dit que vous êtes tout à fait guéri.

— Ma plaie est plus profonde que vous ne pensez, puisqu'elle va jusqu'au cœur...

— Vous devriez méditer un peu mieux sur la douleur de tout un royaume. Ce n'est, partout, qu'une seule plainte, une seule souffrance, un seul gémissement. Le peuple vous adore et vous le fait savoir.

— Oui, mais il m'en veut aussi de mes faiblesses. Pourquoi croyez-vous donc que ce monsieur soit venu me frapper ?

— Mais parce que c'est un fou, voilà pourquoi ! Tous ceux qui l'ont approché vous le diront : ce scélérat n'a point les idées claires. Il délire même en permanence.

— Non, il savait ce qu'il faisait.

— À tel point qu'il le regrette aujourd'hui, et supplie Dieu qu'on veuille bien lui pardonner son crime. Croyez-moi : l'acte isolé d'un esprit dérangé n'est rien au regard des milliers et des milliers de marques d'attachement qui vous remontent de toutes les provinces. Vos sujets vous aiment profondément, c'est la seule chose qui compte.

Cet échange dura tout un moment, durant lequel je me plaignis aussi de l'attitude de M. de Machault, et du mauvais service qu'il avait cru devoir me rendre.

— Vous avez bien fait de ne pas l'écouter, me dit-il.

En même temps, je sentais que mes paroles lui rendaient la vie. Il en vint même à rire deux ou trois fois, et à me conter de petits détails singuliers des derniers jours. Je voulus l'embrasser encore, et il n'y fit point obstacle. Puis je posai délicatement ma main sur son cœur ; la guidant alors doucement, il la fit glisser sur son gilet jusqu'à l'endroit de la cicatrice. Je demeurai un long moment, ma paume sur l'immonde blessure du roi de France, à prier Dieu comme jamais qu'il voulût bien pardonner à tous les insensés qui avaient fait le lit du crime, et au criminel lui-même.

Il me baisa encore au front puis, se relevant tout frais, comme rajeuni de vingt ans :

— Souperez-vous demain ? me demanda-t-il.

— À l'heure qu'il vous plaira, Sire.

— Fort bien, Madame, je vous fais prévenir.

Sur quoi il sortit d'un pas presque léger, me laissant éperdue de gratitude et de bonheur.

*
* *

De fait, la folie de Damiens semblait s'avérer : sous des airs calmes, voire posés, se cachait un garçon enragé, perturbé par tous les excès d'un débat public il est vrai déréglé, et qu'un orgueil infini, joint à beaucoup d'échauffement, avait conduit à la pire de toutes les extrémités. Or le scélérat paraissait forgé pour les grands crimes ; et contrairement au Roi, je n'ai guère éprouvé de pitié pour le sort atroce qui lui fut réservé. Il paraît du reste qu'il mourut en héros, dînant avec appétit avant de partir pour la Grève, et regardant les longs apprêts de son supplice public comme s'ils avaient été faits pour un autre. Constance louable, en vérité, si l'on songe aux souffrances infinies à quoi on le soumit en le tenaillant aux mamelles et aux cuisses avant de l'écarteler vif et de brûler ses restes. Je ne sais si tant d'horreur était nécessaire à l'éclat de la punition, ni si la cruauté exhibée demeure le seul moyen d'expier un grand crime... Pour moi, je me fusse contentée, c'est certain, d'un châtiment plus sobre.

Pendant le procès, des placards de toute sorte avaient continué d'affluer chez le Roi par le Cabinet noir, confortant la thèse inique du complot, et n'épargnant au maître aucune vilenie. C'était comme si les commis de M. d'Argenson avaient redoublé de zèle en dépit de mon intervention. Je n'y pus tenir davantage, et me fis porter en chaise jusque chez le ministre.

— Monsieur, lui dis-je, il me paraît, encore une fois, très nécessaire et même urgent, pour la santé du Maître et le bien du royaume, de cacher un peu mieux toutes ces abominations. Sa Majesté en est à ne plus dormir et à se tourmenter nuit et jour. Continuez, tant que vous voulez, de veiller à sa sûreté ; mais de grâce, ne lui faites plus le rapport de tout.

— Madame, je n'ai pas de plus cher désir. Mais dans ce cas priez le Roi, dans ces moments de bonté où il ne peut rien vous refuser, de ne plus me faire de questions. Je serai trop heureux de garder le silence, mais je ne le puis tant qu'il s'obstine à m'interroger.

— Vous aimez donc mieux faire le bon valet, quitte à le voir malheureux ! Mais, monsieur, ces billets sont fort extraordinaires ; il est bien étonnant que M. Berryer, qui a toute la police à ses ordres, n'en trouve et n'en apporte aucun, et que vos gens, en petit nombre et qui ne les cherchent point, en découvrent toujours !

L'entretien ne pouvait se prolonger après cela ; et je rentrai chez moi bien pensive.

— Vous avez l'air d'un mouton qui rêve, me dit M. de Bernis en me trouvant ainsi.

— C'est un loup, lui dis-je, qui fait rêver le mouton.

Sur quoi mes nerfs lâchèrent ; je sentis que je sombrais dans une sorte d'attaque. Le Roi, qui entrait alors, me donna lui-même des gouttes d'Hoffmann qu'il mélangea avec du sucre.

— Il n'est que temps, déclara-t-il, de mettre un peu d'ordre à tout cela...

Cependant le Maître n'en dit pas davantage. Et c'est avec surprise que j'appris, le surlendemain à mon réveil, que M. de Saint-Florentin attendait dans mon salon. Ce messager des grandes occasions me dit qu'il sortait de chez le garde des Sceaux, auquel il avait remis, de la part du Roi, la lettre suivante :

« Monsieur de Machault, quoi que je sois persuadé de votre probité et de la droiture de vos intentions, les circonstances présentes m'obligent à vous redemander mes Sceaux et la démission de votre charge de secrétaire d'État à la Marine. Soyez sûr de ma protection et de mon amitié. Si vous avez des grâces à me demander pour vos enfants, vous pouvez le faire en tout temps. Il convient que vous restiez quelque temps à Arnouville. Louis. »

Le Roi ajoutait qu'il conservait sa pension à ce bon serviteur.

À peu près en même temps, M. d'Argenson, déjà dans le secret, se réjouissait de la disgrâce de son grand concurrent dans le Conseil, quand M. Rouillé vint lui porter une autre lettre, et qui disait, celle-là :

« Monsieur d'Argenson, votre service ne m'étant plus nécessaire, je vous ordonne de me remettre votre charge de secrétaire d'État à la Guerre et de vous retirer à votre terre des Ormes. Louis. »

On ne pouvait être plus juste. Et je baisai bientôt les mains du Roi sans lui en donner la raison ; je devine qu'il l'avait comprise.

*

* *

M. de Stainville rentra de Rome en ces temps-là, et revint me charmer par cet esprit qu'il mettait dans tout ; comme, au passage, il m'annonça qu'il refusait la charge éclatante d'ambassadeur à la cour d'Autriche, que je venais de lui faire obtenir en dépit de l'opposition de M. Rouillé qui lui eût préféré le petit comte de Broglie, je lui représentai toute l'inconséquence qu'il y eut de sa part à refuser un emploi aussi prestigieux et, de surcroît, aussi bien rétribué. Mais ce nouveau Romain ne voulut rien savoir.

— Le bonhomme Rouillé[1] est trop mauvais ministre, insista M. de Stainville. On ne peut servir sous un drôle pareil.

— Mais puisqu'il est mourant ! Il dort dans le Conseil et ne sait plus où est son cabinet ! Il n'y a qu'à attendre qu'une crise d'apoplexie nous en délivre !

Je dis aussi au comte que le plus difficile à déplacer, chez ce ministre, était sa femme. Mme Rouillé aimait en effet trop la Cour pour consentir si facilement à une quelconque mise à l'écart.

— Voulez-vous, Madame, que je vous apporte, dans une heure, la démission du bonhomme Rouillé ?

— Mais...

— Le voulez-vous ?

— Bien entendu, cependant...

— Alors considérez que vous l'avez, j'en fais mon affaire.

Le comte de Stainville s'en fut aussitôt trouver Mme Rouillé, et lui fit sentir que sa position à la Cour dépendait de la conservation de son mari, et que cette précieuse conservation voulait qu'on le déchargeât un peu du poids des affaires. Elle dut bien résister pour la forme ; mais finalement, elle descendit avec le comte chez son époux, et tous deux firent si bien qu'ils décidèrent le vieux M. Rouillé à remettre sa démission. M. de Stainville me la porta dans l'heure, comme il l'avait promis !

— Il faut avouer, me dit le Roi quand je lui exposai ce tour de force, qu'on n'a jamais vu

1. On l'appelait souvent ainsi, tout ministre qu'il fût.

d'action plus leste ni si vivement menée. Votre Stainville a quelque chose de l'habileté du diable.

Quoi qu'il en fût, la France gagnait deux bons serviteurs au change : M. de Stainville lui-même, qui acceptait du coup l'ambassade de Vienne ; et M. de Bernis, que le Roi n'aurait guère de peine à convaincre de prendre la succession de M. Rouillé – ce qui était très conforme aux responsabilités exercées par l'abbé en matière diplomatique depuis bientôt deux ans.

Les négociations qu'il avait menées tout ce temps avec M. de Starhemberg avaient abouti à un second traité de Versailles, signé le 1er mai 1757, soit un an jour pour jour après le premier. D'un texte à l'autre, l'accord défensif s'était mué en alliance offensive ; et il me paraissait, ainsi qu'au vieux maréchal de Belle-Isle, que les termes en étaient plus que prometteurs. La conjonction de nos forces à l'abaissement du roi de Prusse offrait en effet des perspectives alléchantes. Certes, l'Impératrice, en prétendant récupérer sa chère Silésie, se gardait le plus gros morceau ; mais nous ne devions pas être mal servis. En acceptant l'installation de l'infant de Parme dans les Pays-Bas, le traité garantissait en effet pour longtemps notre frontière du nord. Il était prévu, de surcroît, que la France reçût, pour prix de son concours, des citadelles comme Ypres, Mons et Nieuport. Enfin, et surtout, nous quittions cet isolement qui nous avait valu tant d'inquiétude, pour nous retrouver entourés d'alliés dont les Russes et les Suédois n'étaient que les plus voyants. Aussi avions-nous de bonnes raisons de regarder ce traité comme une réussite accomplie ; et je ne fus pas fâchée qu'on m'en fît passer, quoique sans vraie raison, pour la réelle inspiratrice.

*
* *

À moins de trente-sept ans, j'avais conquis tous les honneurs, tous les pouvoirs, toutes les grâces. Devenue dame du Palais de la Reine, avec les honneurs de duchesse, je traitais à ma table les princes, les maréchaux et les ministres. J'avais évincé les seuls grands commis qui eussent osé m'affronter, et demeurais sans ennemi dans le Conseil, et avec le crédit que me donnaient la pleine réussite de l'alliance autrichienne et les premiers succès de nos armes. L'Impératrice-Reine ne m'appelait-elle pas sa « bonne amie » ? Alors que l'École militaire était presque achevée – grâce aussi au concours de mes fonds privés – et la manufacture de Sèvres en passe de supplanter celle de Saxe, je pouvais me targuer de l'amitié de Voltaire, de Quesnay, de Buffon dont je n'ai parlé... Je possédais les maisons les plus raffinées de leur temps, quoique j'eusse revendu Bellevue au Roi et Crécy au duc de Penthièvre[1]...

Cependant tout cela n'était venu qu'au prix de veilles douloureuses, de tourments continuels, de sacrifices infinis. Surtout je me retrouvais seule : mon père et ma mère m'avaient quittée, comme mon bon oncle Tournehem ; j'avais abandonné mon mari ; ma fille était partie sans que j'eusse pu la retenir ; mon frère peinait parfois à me faire bonne figure. J'avais fait renvoyer ma

1. La Marquise devait louer pour trois ans le château de Champs au duc de La Vallière.

propre cousine Élisabeth, puis mon dévoué M. de Machault ; mon parrain lui-même avait fini par prendre ses distances, et son frère, M. Duverney, n'était plus éloigné de me regarder comme son adversaire.

Restait le Roi, que les circonstances m'avaient ramené dans sa passion première. Mais pour combien de temps ? Alors même que je m'étais crue hors d'atteinte, mon inconstant seigneur s'était repris d'intérêt pour une jeune beauté, veuve ensorcelante d'un lieutenant général, et que son âpreté au gain l'avait déjà conduit à repousser lors d'une précédente approche. Cette rivale inattendue appartenait à la maison de Mailly, et n'était pas, au demeurant, sans rappeler par certains traits l'altière duchesse de Châteauroux. Celle-ci s'appelait Mme de Coislin – et le seul fait de prononcer son nom me donne encore la chair de poule. Munie d'appuis bien placés à la Cour, elle entendait saisir la seconde chance offerte à ses ambitions par le désir du Roi, et je sentais déjà qu'elle joindrait une habileté décisive à d'autres qualités plus évidentes.

C'est au cours d'un séjour à Marly que son début de faveur me parut s'imposer avec le plus d'impudence. Et je conserve le souvenir humiliant d'une partie de brelan pendant laquelle la méchante femme me nargua de toute la certitude de son prochain triomphe. Le salon entier paraissait se relayer pour la venir voir à son œuvre ; or, soucieuse de ne point décevoir l'auditoire, elle s'amusa de multiplier les sorties blessantes ; deux ou trois fois, il me fallut l'entendre ainsi dire en me regardant droit dans les yeux : « Va-tout ! » de la manière la plus insultante. Plus tard, elle prit même son temps pour annoncer bien haut : « J'ai brelan de rois », si sournoisement que j'en eus mal au ventre et me vis près de devoir quitter la table. Cette fois, l'urne était pleine ; c'en était vraiment trop.

Il n'était que temps de faire une honorable retraite et, me retirant au faîte des honneurs et de l'influence, de laisser à la Cour le souvenir d'un succès sans beaucoup d'exemples. Je me relevai donc au cœur de la nuit, et seule à ma veilleuse dans l'appartement au-dessus de celui du Roi, écrivis à mon Maître une lettre sensible, où je lui annonçais mon intention bien arrêtée de quitter la Cour. Je priais Sa Majesté d'accepter que je remisse entre ses mains ma charge de dame du Palais. Sur quoi je me recouchai sans pouvoir dormir et, dès mon lever, appelai mon valet de chambre et lui remis la lettre cachetée, pour qu'il la descendît d'un étage...

M. Gourbillon prit le papier, s'inclina, sortit.

J'aurais dû me sentir attristée, or c'est du soulagement que j'éprouvai d'abord. Et j'attaquais mon déjeuner avec un certain appétit quand s'annonça M. de Bernis. Mon ami ne fut pas long à percer mon désespoir sous la sérénité de surface, et voulut en savoir la raison.

— La vérité, finis-je par lui lâcher, c'est que j'attends d'un moment à l'autre la réponse que fera le Roi à ma demande de me retirer de la Cour et du monde.

L'abbé changea de couleur. Parvenu depuis peu au Ministère, mon ami redoutait que mon départ ne précédât de peu le sien. Je tentai de le rassurer :

— Ma consolation, en partant, est de vous laisser auprès du Roi. Je sais que vous continuerez de le bien servir, et je veux croire que vous entretiendrez un peu ma mémoire...

M. de Bernis m'arrêta dans ma rhétorique et, se levant tout en parlant, me dit qu'il allait écrire au Maître sur l'heure, pour lui représenter tout ce que sa réputation perdrait à un changement de maîtresse royale – sans parler de la diplomatie avec Vienne, qui s'en trouverait fort affectée.

— Allons ! Vous n'allez pas écrire cela !

— Et comment donc, Madame ! Vous verrez bien jusqu'où ira mon amitié !

— Mais le Roi vous en tiendra rigueur !

— Mieux vaut plus tôt que plus tard !

Aussi obstiné dans sa démarche que je m'étais montrée résolue dans la mienne, M. de Bernis écrivit donc sa missive, et me la donna même à lire avant que de la cacheter – ce qui m'émut bien par la délicatesse des sentiments qu'il m'y témoignait. Le Roi entra peu après, et M. de Bernis s'en fut l'attendre dans l'antichambre.

— Eh bien, mais qu'est-ce encore qui vous travaille ? me demanda le Maître en sortant ma lettre de son rabat.

— Sire, vous le savez comme moi...

— Vous ne devriez plus douter que vous m'êtes précieuse, et vous devez comprendre que je ne veuille faire droit à un premier mouvement que vous-même auriez tôt fait de regretter.

— Ma demande, Sire, a été mûrement réfléchie.

— Alors laissez-moi méditer à mon tour sur la réponse qu'il convient d'y apporter.

*

* *

Le lendemain, M. de Bernis fit irruption dans mon salon après le dîner, tenant, cachetée, la réponse que le Maître avait dû lui faire. Nous passâmes dans mon boudoir pour la lire ensemble. Le Roi s'y ouvrait de tout avec la plus grande bonté, et détaillant mes qualités et mes défauts, promettait de renoncer bien vite au goût qu'il avait marqué pour ma rivale. J'embrassai mon abbé comme s'il eût été mon frère, ce qui ne parut en rien le surprendre, et me sentis remise en selle – une fois de plus.

*
* *

Quoique ferment de paix, notre traité de Versailles ne pouvait empêcher la guerre. Avec l'invasion de la Saxe, puis de la Bohême, le roi de Prusse avait su y prendre un avantage que le siège de l'armée autrichienne, retirée dans Prague, rendait assez éclatant. Cependant notre alliance n'était pas inerte, et la victoire autrichienne de Kollin devait le montrer bientôt. Nous-mêmes, postés le long du Rhin sous le commandement du maréchal d'Estrées, attendions la première occasion favorable pour intervenir contre l'armée anglaise de Cumberland.

On disait à la Cour que, si nous tardions peut-être à ouvrir le feu, c'était que M. d'Estrées se trouvait mal servi par son intendance. Or je savais, de mon côté, que M. Duverney ne pouvait souffrir le commandant en chef, qu'il accusait de tout voir à sa manière et sans écouter les bons avis – autant dire les siens. D'autres reprochaient au maréchal de faire durer l'attente pour embarrasser M. de Soubise. En effet, une deuxième armée avait été constituée à la demande de l'Impératrice, et confiée à notre ami, dont la présence à la tête de cette division, baptisée un peu vite « armée de Soubise », aurait fait de l'ombre à M. d'Estrées. Je croyais d'autant moins à cette rivalité, pour ma part, que le cher prince, dans le courrier très régulier qu'il m'adressait, n'y faisait pas la moindre allusion. La calomnie allait son train cependant, entretenue par un Duverney que je n'avais jamais connu si enragé. Ce travail de sape était activement servi par le duc de Richelieu – que ses récents succès en Méditerranée m'avaient fait surnommer le Minorquin.

Bien informé de ce qui se tramait, le maréchal de Belle-Isle fit savoir à M. d'Estrées qu'il avait intérêt à engager les combats s'il ne voulait pas devoir bientôt céder la place à Richelieu. Il était déjà trop tard. Le Minorquin avait persuadé à tous qu'en effet la guerre n'allait point assez vite, et qu'on eût pu, en accélérant les choses, la terminer en une seule campagne. Cautionné par M. Duverney, il parvint à le faire accroire – et aussi qu'il était le héros à qui le Ciel réservait justement cet exploit. Aussi bien, le jour même où M. d'Estrées, pour avoir fait enfin mouvement, remportait la victoire d'Hastenbeck, M. de Richelieu était nommé en Conseil pour le remplacer – au grand étonnement de nos alliés comme de nos ennemis.

Je regrettais, pour ma part, de voir qu'on retirait par intrigue le commandement de son armée à un chef somme toute victorieux. Et je tentais de m'en consoler en apprenant que M. de Soubise allait se voir confier des renforts avec quoi envahir la Saxe. L'amitié rend parfois injuste ; et je dois reconnaître que cette assurance comptait pour moi plus que le reste. Je suivais les mouvements de l'« Armée de Soubise » sur de belles cartes que je m'étais fait livrer de Strasbourg. Et je songeais au feu d'artifice admirable que je ferais tirer bientôt à Crécy pour célébrer le retour triomphal du prince, institué dans mes rêves « libérateur de Dresde ».

Saturne ou l'hiver

Chapitre 19

Le sort de la guerre fut scellé avant l'hiver de 1758. En partant prendre la tête de l'armée du Roi, le maréchal de Richelieu nous avait promis une campagne rapide. En fait de quoi il s'installa durablement dans le Hanovre conquis par son devancier, pour le piller plus à son aise... M. de Richelieu poussa partout ses intérêts au détriment de nos armes. Surnommé le « Petit Père la Maraude » par ses propres soldats, il n'aurait de cesse que de s'enrichir à bon compte sur le dos des populations locales – les fonds amassés si honteusement lui permettant même de s'offrir, au retour, une folie dispendieuse sur les nouveaux boulevards, plaisamment baptisée « Pavillon de Hanovre » par les Parisiens... En attendant, nos armées tournaient en rond, sans profiter de l'avantage créé par le maréchal d'Estrées. L'on commençait de s'en impatienter à Versailles, mais moins qu'à Vienne assurément.

C'est alors qu'à la stupéfaction du Conseil M. de Richelieu fit parvenir au Roi une lettre suggérée de loin à la margrave de Bayreuth[1] par M. de Voltaire, et par laquelle le roi de Prusse proposait à notre commandant en chef l'ouverture de négociations

1. Elle était la sœur de Frédéric II.

privées avec lui ! Cela marchait contre tous les principes de la guerre, et pourtant le maréchal en exprima du contentement. Pour ma part, je savais bien à quoi l'attribuer : c'était que M. de Richelieu n'avait, au fond, aucune envie de voir triompher l'alliance conclue par la marquise de Pompadour, l'abbé de Bernis et le maréchal de Belle-Isle, autant dire les trois personnes qu'il détestait le plus à la Cour ! Si l'on ajoute qu'il était peu soucieux de laisser à M. de Soubise, son concurrent et mon ami, la tâche flatteuse de libérer la Saxe, on comprendra que M. de Richelieu ait pu se tromper d'ennemi, au point de prétendre à négocier avec le roi de Prusse contre l'impératrice d'Autriche !

Cette logique perfide, hélas, allait triompher en septembre 1757, quand le duc de Cumberland, après avoir été acculé par les Français sur l'Elbe, eut déposé les armes à Kloster Zeven. Tout le monde attendait que M. de Richelieu en profitât pour exiger la capitulation pure et simple que l'ennemi n'était plus en position de refuser. Quand on sait que, dans le même temps, le roi de Prusse était mis à mal par notre alliée russe et que nos alliés suédois débarquaient en Poméranie, on peut en conclure que la guerre se fût alors achevée sur une victoire complète de l'alliance, obtenue de fait en une seule campagne... Au lieu de quoi, le Minorquin, aveuglé par les haines que j'ai dites, préféra donner toute sa chance à l'ennemi. À la stupéfaction générale, il osa signer avec le duc de Cumberland, de son propre chef et donc, une fois de plus, contre toutes les règles, une sorte de convention par laquelle le commandant anglais s'engageait à cesser tout combat, à se retirer derrière l'Elbe et à renvoyer chez eux les Hanovriens enrôlés dans ses troupes.

Dans son esprit, M. de Richelieu se donnait ainsi le temps d'aller faire la jonction avec l'armée de Soubise, co-dirigée au demeurant par le prince de Saxe-Hildburghausen, et d'empêcher ainsi mon ami d'aller triompher seul à Dresde. Une telle trahison – car c'est bien le mot qui me paraît juste – aurait dû indigner le Roi et son Conseil ; mais il fallait faire la part de l'enthousiasme populaire, sur lequel M. de Richelieu avait judicieusement tablé. La déroute complète du roi de Prusse, jointe aux nouvelles excellentes qui nous parvenaient d'Amérique, avait en effet contribué à soulever nos foules, qui regardèrent dès lors comme un coup de maître la convention obtenue par le maréchal. De sorte que Versailles n'osa pas désavouer clairement son bras armé ; et qu'au lieu de finir la guerre nous dûmes nous apprêter à la poursuivre à nos risques !

Le feu aux joues, je fis part de mon indignation au Maître :

— Sire, je crains que M. de Richelieu n'en vienne à sacrifier la victoire à ses intrigues habituelles. Il descend vers Halberstadt avec toute son armée, prétendant voler au secours de M. de Soubise qui n'en demandait pas tant. S'il veut vraiment l'aider et non le doubler, il ferait mieux de lui adresser un petit détachement. Au lieu de quoi, il dégarnit toutes nos positions au nord avant l'hiver.

— Je crains, Madame, que vous ne passiez trop de temps sur vos cartes...

— Je sais que je n'ai nulle compétence en matière militaire ; mais il n'est pas besoin d'être un stratège accompli pour comprendre que le maréchal fait primer ses intérêts de Cour sur ceux de nos armées.

— Je dois vous avouer que sa logique m'échappe grandement, et que M. de Belle-Isle me parlait comme vous ce matin même. Les ordres de Son Excellence lui paraissent incohérents, ou embrouillés à tout le moins...

— Sire, pourquoi ne pas envoyer à M. de Richelieu un lieutenant général qui aurait votre confiance et nous garderait du pire ?

— Voyez ce qu'on peut faire en ce sens.

Je choisis, pour assurer cette mission fort délicate, le brillant officier qu'avait épousé Etiennette du Hausset, M. de Crémilles. Dire qu'il fut bien accueilli sur place serait faux, mais j'en pus obtenir du moins confirmation, et même au-delà, de ce que j'avais redouté : les plans de M. de Richelieu visaient moins à la victoire de l'alliance qu'à la défaite de mon ami Soubise, au point qu'il n'eût pas été fâché de le livrer lui-même au roi de Prusse !

Ayant quitté Brunswick, le maréchal s'attardait à présent, avec toute son armée, devant Magdeburg, dont un tout petit siège aurait eu raison ; mais M. de Richelieu préférait, une fois de plus, faire traîner les choses, le temps de bien piller les environs ! Il me parut que M. de Soubise devait profiter de ce retard dans l'arrivée du « renfort » pour prendre l'avantage, et venir seul à bout de cette Saxe dont les Autrichiens se demandaient si nous y entrerions jamais. Prenant toute la responsabilité d'une telle initiative, je fis pression sur M. de Belle-Isle et sur le nouveau ministre de la Guerre, M. de Paulmy – qui n'était autre que le fils du comte d'Argenson – afin qu'ils enjoignissent le prince de Soubise d'enfin livrer bataille. Je priai M. de Stainville d'en faire autant depuis Vienne, et ne manquai pas d'écrire moi-même en ce sens à mon ami.

Or, jusque-là, M. de Soubise avait si fort répugné de s'engager en Saxe, c'est qu'il avait les plus grands doutes sur la fiabilité des troupes de l'armée des Cercles allemands qui, sous les ordres du prince de Saxe-Hildburghausen, constituaient une bonne part de ses forces. Et tandis que les Prussiens songeaient à se retirer devant Rossbach, il paraissait hasardeux d'aller les y combattre. Au matin du 5 novembre, M. de Soubise s'y résolut quand même. Mais alors qu'il s'apprêtait à organiser la bataille, il apprit que le prince de Saxe-Hildburghausen, n'y tenant plus, venait, sans l'avoir consulté, de mettre en mouvement ses propres troupes...

*

* *

Je reçus à Versailles un courrier du prince de Soubise, qui m'annonçait la défaite de Rossbach. Comme l'avait craint mon ami, les troupes du Cercle n'avaient rien fait de bien, et leur assaut contre les Prussiens s'était soldé par la pire débâcle. Seulement il avait mis en branle l'énorme cavalerie du roi de Prusse, qui déborda bientôt l'aile droite française... Le marquis de Castries avait dû charger en désordre ; certes, le régiment de Diesbach avait bien résisté, et celui de Piémont s'était fait tuer sans reculer d'un pied... Mais en moins d'une demi-heure, tout n'en avait pas moins été perdu ; prise de panique, notre infanterie s'était honteusement débandée. Au bilan, le désastre était sans appel : l'armée n'avait plus ni vivres ni tentes ; la déroute ayant commencé tôt, il y avait beaucoup plus de blessés que de morts, mais on peinait fort à les soigner ; la cavalerie avait le plus souffert, qui n'avait plus trois officiers de reste par escadron...

Le maréchal de Belle-Isle était chez moi dans l'heure, ayant à la main le même genre de missive. Il frappait le sol de sa canne, de nervosité sans doute ; mais cela donnait le sentiment qu'il voulait faire cesser mes pleurs. Je m'essuyai le visage pour lui parler :

— M. de Soubise, dis-je, est inconsolable ; il ne cherche point à s'excuser, il ne voit que le désastre qui l'accable.

— Cependant, il aurait beaucoup de choses à faire valoir en sa faveur, et je l'ai dit au Roi.

— Il est bien beau à vous, monsieur le maréchal, de ne pas laisser accabler un malheureux. À ce qu'on me dit, le Public est déjà déchaîné contre lui...

— Il n'y a pas plus honnête homme, ni plus obligeant. Je ne fais que mon devoir en lui rendant justice, comme à un homme pour qui j'ai la plus profonde estime. Le Roi vous expliquera, Madame, que votre ami a été obligé de donner la bataille par le prince de Saxe-Hildburghausen, dont les troupes ont fui les premières et entraîné les nôtres.

Le tout, martelé à coups de canne. J'aurais aimé embrasser le vieux maréchal pour sa droiture et son sens de la justice. Et je me rappelais avec quelle patience, autrefois, il m'avait longuement initiée aux arcanes de la politique et de la guerre... Je partageais son point de vue sur le rôle funeste du prince saxon. Son adversaire s'était révélé plus fort, certes ; mais je dois confesser qu'au fond je haïssais plus l'allié vaincu que l'ennemi vainqueur.

J'écrivis au prince de Soubise pour le consoler, mais point trop. Je lui disais que la guerre ayant été heureuse jusqu'ici, il était bien fâcheux pour lui que la fortune ait commencé à nous tourner le dos par sa faute, et que son nom fût le premier à faire verser des larmes à la Cour, et pousser des cris à la Ville. Car les Parisiens, furieux contre lui, commettaient déjà mille insolences à la porte de sa maison, associant ma personne à la sienne pour les unir dans une même abhorration. « Voilà, me disais-je effondrée, tout ce qu'on gagne à vouloir servir les siens. » Aussi n'espérais-je plus qu'une occasion nouvelle, qui permît à mon ami de faire enfin la preuve de talents militaires dont je persistais à ne pas douter, et de laver par un heureux succès les affronts dont le désastre de Rossbach nous avait couverts tous deux. J'aurais tant voulu qu'il montrât au royaume unanime que cette première défaite était imputable à son infortune et non pas à son incurie – au demeurant, il semblait bien que les torts fussent mêlés, et plus ardus à répartir que faciles à évacuer...

À la Cour, personne ne pouvait ignorer que j'avais, la première, poussé mon ami à livrer bataille – ce qu'il n'avait pas eu le loisir de faire au demeurant. Or, sans qu'on me le dît en face, je sentais bien qu'on me tenait, en vérité, pour la fauteuse du désastre. Mon étoile avait fort pâli en un jour, et même chez M. de Bernis – pour ne rien dire du Roi – je sentais, sous les dehors d'une courtoisie parfaite, comme un accent de défiance ou de reproche à peine voilé. Cela me fit plus de mal que toutes les huées du Public. L'abbé n'allait-il pas jusqu'à me conseiller de rappeler au plus vite M. de Soubise à Versailles ? Le Dauphin, de son côté, ne se gêna pas pour déclarer bien haut : « Il vaut mieux qu'elle s'occupe de fermiers généraux que de généraux d'armée... » L'injustice des hommes est si grande ! Et quand on est une femme, il est si malaisé de gravir les échelons, et tellement facile de les redescendre d'un coup !

Le désastre de Rossbach, parce qu'il intervenait après de longues semaines d'une attente confiante, changea complètement les données de la guerre. Cette fatale journée avait détruit le moral des troupes, des officiers, des ministres eux-mêmes. Versailles semblait plongé dans une consternation de grand deuil, et l'on murmurait déjà, non sans une secrète admiration, que Frédéric relevait la face et reprenait l'avantage. Au vrai, l'opinion française était redevenue en un jour aussi prussienne qu'elle avait fini par se croire autrichienne à l'issue de nos deux traités... L'annonce que le roi d'Angleterre dénonçait finalement la convention de Kloster Zeven ne souleva même pas, dans la morosité ambiante, l'indignation qu'elle méritait ; et l'on vit les Hanovriens réarmer, avec la résignation triste d'un animal pris au piège.

— Nous devons faire la paix, Madame, pendant qu'il en est temps.

— La paix, monsieur l'abbé ? Parlez-vous sérieusement ? Vous avez avec moi été l'artisan de l'alliance avec l'Impératrice, et vous accepteriez, au premier coup de boutoir de l'ennemi, de trahir notre parole et sa confiance ?

— Le Roi, Madame, doit la préférence à son royaume sur ses alliés. Et quels que soient les ménagements politiques dont nous dussions entourer la chose, il me paraît vital de ne point suivre l'Impératrice dans son obstination à continuer une guerre que, du reste, nous finançons pour elle...

Je ne pouvais imaginer que M. de Bernis parlât sérieusement. Il insistait pourtant :

— Songez, Madame, que tout est encore rattrapable, et que demain, ce ne sera plus vrai. Nous n'avons encore rien perdu dans la guerre maritime, et Minorque, s'il le faut, nous servirait sans peine de monnaie d'échange. Mais si la guerre devait durer longtemps, alors je ne réponds pas de nos colonies, face à une marine anglaise incomparablement supérieure à la nôtre.

— Enfin, nous ne pouvons tout de même pas tout abandonner en chemin, protestais-je. Personne ne comprendrait...

— Nous n'avons pas su gagner la guerre rapidement, poursuivait l'abbé. Ne nous risquons pas à la perdre interminablement ! N'oubliez pas que tout cela coûte effroyablement cher ; je ne voudrais pas qu'on vînt à périr d'argent.

Je me dis aujourd'hui que les idées de M. de Bernis, pour n'être point édifiantes, n'étaient peut-être pas si mauvaises qu'elles le paraissaient alors. Mais sur le moment, loin de partager sa vision des choses, j'entendais, au contraire, demeurer fidèle à la parole que j'avais donnée à M. de Kaunitz ; sans compter que j'espérais bien que les prochains combats fussent, pour M. de Soubise, l'occasion de laver notre honneur. C'était d'ailleurs le point de vue du Roi, qui n'aurait jamais accepté qu'on fît bon marché de l'honneur français, en rompant des engagements d'État avec la cour de Vienne – où notre soutien n'avait déjà que trop laissé à désirer.

*

* *

Ma santé, une fois de plus, se ressentit de si grands soucis. Dès les premiers frissons, je sus que le corps allait une nouvelle fois payer pour les agitations de l'esprit. J'eus des fièvres qui m'engourdirent et me firent un peu battre la campagne, avant de descendre, comme elles en avaient pris l'habitude, sur mes poumons trop fragiles. Mais alors je toussai comme jamais, et rendis encore du sang... M. Quesnay prescrivit des cataplasmes de plantes orientales, que mes femmes posaient bien chauds sur ma frêle poitrine. Cela ne suffisait pas, cependant ; et j'avais le sentiment que tout allait bientôt finir pour moi dans une quinte plus sévère que les autres... Aussi bien, par un soir pluvieux et froid, je fis venir M. Collin et le priai de m'aider à faire mon testament. Le pauvre homme s'émut de ma demande et protesta que je n'avais jamais qu'un coup de froid.

— Tant mieux, dis-je en souriant à sa gentillesse, cela n'interdit pas de prendre ses dispositions.

— Vous avez raison, Madame, reconnut-il. Après tout, comme on dit, cela ne fait pas mourir.

Je m'assurai d'abord de l'établissement honorable de tout mon personnel. Puis je disposai de mes biens de la façon suivante.

Au Roi, je léguais mon bel hôtel d'Evreux, à Paris, avec le souhait qu'il en fît profiter le petit comte de Provence[1], alors le plus jeune fils du Dauphin. Je donnais également au Roi toute ma collection de pierres gravées – dont certaines l'avaient été par moi, sous la direction de M. Guay. Pour le reste, j'instituais Abel mon légataire universel, et à son défaut, M. Gabriel Poisson de Malvoisin, notre cousin. Enfin, je ne voulais d'autre exécuteur testamentaire que mon fidèle ami, M. le prince de Soubise. Je fondis en larmes en prononçant son nom, et m'attristai même tant, pendant que M. Collin relisait le précieux document, qu'il crut devoir faire appeler le bon docteur.

— Allons, me dit M. Quesnay, l'on veut faire son testament comme une vieille dame, mais on n'a jamais qu'une sensibilité de jeune fille...

1. Il deviendrait le roi Louis XVIII.

— Vous êtes courtois, mais moi, après douze années de cette vie-là, je me sens plus que centenaire.

*
* *

Le retour de M. de Soubise, pour le carnaval de 1758, me redonna courage. Certes, nous étions plus vieux d'une défaite, la bataille de Leuthen ayant été perdue par les Impériaux à Noël. Mais nous retrouvions un ami, gêné et meurtri tout à la fois, et qu'il convenait de ragaillardir un peu. J'eus la joie de voir le Roi lui faire très bon accueil ; moi-même, je m'efforçai de paraître toujours aussi enjouée, pour minimiser à ses yeux l'impact de Rossbach, et lui rendre la volonté de se battre et de gagner. J'organisai plusieurs soupers au cours desquels il put revenir tout à loisir sur les différentes circonstances de l'affreuse bataille, et s'en dédouaner auprès du Roi comme devant les intimes. Le commandant en chef ne fut pas épargné dans ces petits soupers ; et je crois que cela aida bien un peu le Maître à le rappeler – quoique pour lui confier aussitôt le gouvernement d'Aquitaine.

*
* *

Une nouvelle chance allait être offerte à M. de Soubise, avec la nomination à la tête de l'armée du comte de Clermont, petit-fils du Grand Condé et frère de Monsieur-le-Duc, un prince du sang à l'intégrité irréprochable. Il n'en fallait pas moins pour remettre de l'ordre dans des régiments proprement débauchés et laminés par l'exemple et la politique néfastes de M. de Richelieu. Encore celui-ci eut-il l'audace de montrer de l'amertume à son remplacement ; il ne rentra ici que pour y reprendre ses vilenies.

— Excellence, il m'est revenu que vous inventez sur moi des horreurs, l'attaquai-je, un jour que nous nous croisions dans l'escalier de la Reine à peu près désert, hormis les gardes.

— Il faudrait, Madame, que j'aie bien de l'imagination...

Je souris et continuai de descendre. Lui ne monta pas plus haut :

— Cependant... je dois constater que je vous trouve un peu souvent dans mon chemin ces temps-ci.

Je m'arrêtai à mon tour et fis volte-face.

— Qu'insinuez-vous donc, monsieur le maréchal ? Me verriez-vous comme une rivale ?

— Plutôt... Plutôt comme un instrument du destin, chargé de briser les grandes carrières.

Je dus bien redescendre une marche.

— Il est vrai que j'ai un peu de crédit, dis-je en tâchant de maîtriser ma voix, mais je l'emploie toujours, comme vous ne pouvez l'ignorer, à servir ceux que j'en crois dignes. Il m'arrive de me tromper, je l'avoue, et dans certains cas, j'ai pu confondre mérite et ambition, et soutenir un temps des personnes qui ne le méritaient pas du tout !

— Je ne crois pas être le seul ambitieux dans cette Cour, riposta le duc avec aigreur, en descendant vers moi pour parler le moins haut possible.

Mes jambes tremblaient. Je repris sur le même ton :

— Certes, mais vous êtes le seul qui soyez assez fat pour avoir la bassesse d'attribuer à votre prétendu mérite des faveurs que vous extorquez à la bonté et à la faiblesse des autres !

— Ah ça, Madame...

— Ah ça, monsieur, croyez bien que si j'étais aussi puissante que vous le prétendez, vous ne seriez point ici à faire l'ingrat !

— Comment, « l'ingrat » ! Je ne vois qu'une ingrate, et qui pourtant me doit tout !

— Mais que vous devrais-je ? Ah... Je vois bien de quelles obligations vous voulez parler... Mais si vous aviez un peu de dignité, vous en rougiriez comme j'en rougis moi-même.

Et baissant encore la voix :

— Vous me dégoûtez, monsieur.

— Comment dites-vous ?

— Oui, murmurai-je en le dominant maintenant d'au moins trois marches ; tout duc et maréchal et ambassadeur et premier gentilhomme que vous êtes, laissez-moi vous dire que j'éprouve, en vous voyant, moins de dégoût encore que de pitié. Vous finirez misérable, et tout seul !

— Ma foi, vous perdez la raison ! cria-t-il en descendant l'escalier pour s'éloigner au plus vite.

Je montai moi-même jusqu'à mi-palier, puis réalisai que je devais aller en bas, et fis donc demi-tour.

*

* *

M. le marquis de Paulmy avait succédé à son père dans une époque où la charge de secrétaire d'État à la Guerre était sans doute une des plus lourdes qu'on pût imaginer. Faisant passer l'intérêt du Roi avant le sien, il eut du reste le beau courage de reconnaître que la tâche excédait sa compétence, et laissa de lui-même son fauteuil au cher maréchal de Belle-Isle. À soixante-quinze ans passés, mon vieux maître en politique n'était certes plus un tendron ; et l'ancienneté de ses principes se manifesta d'emblée, par l'embarras où il se déclara d'avoir à déroger, lui duc et pair – de surcroît maréchal de France – pour se mêler d'affaires et de gouvernement.

— Qu'à cela ne tienne, lança-t-il en levant haut la canne, la situation justifie de tels écarts !

S'installant à la Guerre comme un maître d'escrime irait se battre en duel, il décida le jour même de rétablir, chez ses nombreux commis, les bonnes manières que M. de Clermont réinstaurait, de son côté, chez les soldats. Dans les deux cas, cela supposait de lourds retranchements, et qui se firent sentir – sur le terrain surtout. Nos troupes reculèrent nettement, abandonnant la Weser, puis la Lippe... Elles se retrouvèrent bientôt à Wesel et le long du Rhin – c'est-à-dire à leur point de départ. Minden avait dû être abandonnée à la suite d'une défaite consternante. À présent, ce que je voyais sur ma carte, et qui était simple et navrant tout à la fois, c'est que le Hanovre était bel et bien perdu. Or, si cette campagne avait eu pour nous un intérêt, c'était bien celui-là : prendre possession du Hanovre pour que, la Prusse une fois réduite, l'Angleterre n'ait plus ni raison ni moyen d'intervenir sur le continent... Je n'étais pas la seule à le penser d'ailleurs ; et les hauts cris dont se faisait l'écho M. de Stainville depuis Vienne montraient que l'Impératrice, se sentant à présent menacée, perdait toute sa confiance en nous.

Pour la rassurer, le Roi décida de porter de vingt-quatre à trente mille hommes les secours que nous lui devions envoyer aux termes du traité. Cela fut pris sur les effectifs de M. de Clermont qui s'en indigna, et plus encore de la proposition qu'on lui fit de les remplacer par des troupes combinées étrangères. Il écrivit qu'il ne voulait point faire le second tome de Rossbach, et qu'à ce régime il n'aurait bientôt plus qu'à s'aller installer derrière la Meuse et la Moselle !

— Il ne peut pas songer sérieusement à ce qu'il écrit, me dit le Roi qui, pour la première fois depuis le début de ce triste conflit, me parut s'y impliquer entièrement.

— Sire, je suis certaine que M. de Clermont voulait seulement souligner par là son refus des bataillons étrangers...

— Je veux en tout cas le voir demeurer au moins sur le Rhin. C'est tout l'honneur du nom français qui s'y trouve engagé. Il faut voir avec M. de Belle-Isle ce qu'il est possible de faire ; je sais que nous avons des troupes disponibles dans les Flandres et même en Alsace.

— Nous pourrions envoyer M. Duverney à Wesel.

— C'est une idée, en effet...

M. de Clermont le voulut bien, mais cela ne se fit pas. Il trouva donc tout seul à se radoucir, et revenait à des dispositions meilleures quand six mille hommes des troupes hanovriennes – celles-là même qu'avait laissées filer M. de Richelieu –, certaines du soutien des Hollandais, établirent un pont sur le Rhin et le franchirent sans encombre !

Je ne puis décrire, à quatre ans de distance, l'excès de honte où ce camouflet sans précédent mit tout ce qui se respectait en France. On ne pouvait plus attendre, il fallait riposter :

— S'il est encore temps de combattre aujourd'hui, me dit M. de Belle-Isle, il ne le sera plus demain.

— Si fait, monsieur le maréchal. Puisse le Prince vous entendre !

C'est alors que le tout jeune duc de Brunswick infligea au comte de Clermont, qui avait deux fois son âge, la terrible défaite de Krefeld. Comment le petit-fils du Grand Condé s'y est-il pris pour faire, d'une action qui devait être la plus belle, la plus malheureuse ? Ce serait une affaire bien longue à démêler. Toujours est-il que le Roi en fut très affecté, et toute la Cour derrière lui. L'on déplora notamment la disparition, des suites de ses blessures, du jeune comte de Gisors, fils unique et tardif de M. de Belle-Isle, et qui l'avait accompagné sur les champs de bataille depuis l'enfance.

— On dit le maréchal inconsolable, me confia le Roi. Le monde s'écroule autour de lui.

— Votre place est auprès de ce grand serviteur, Sire. Seule une visite particulière de Votre Majesté pourra réconforter ce bon vieillard.

— Ah ça non, je ne le puis !

Je lui dis alors les vers de Voltaire :

Barbare dont l'orgueil
Croit le sang d'un sujet trop payé d'un coup d'œil.

À la fin, le Roi se laissa fléchir et, surmontant son aversion pour la grande peine des autres, se rendit avec la Reine chez le maréchal. Fidèle à lui-même, ce vieux soldat sut cacher un moment sa douleur extrême, pour assurer son maître de sa fidélité à la tête du département de la Guerre. Que n'avait-il vingt ans de moins, pour prendre aussi celle des armées !

Chapitre 20

Traquer des signes diffus, guetter des faiblesses invisibles, noter des relâchements que personne n'eût imaginés : la plus impitoyable des batailles se livrait pour moi chaque matin devant mon miroir. J'y surveillais l'apparition à mes cheveux, dans mes traits ou sur ma gorge, de cette empreinte du temps qui me terrifiait, de ces marques de l'âge que je devais cacher parce que le Maître ne les eût pas supportées. N'étais-je pas moi-même le reflet de sa vigueur, de ses élans ? Mon visage a d'abord pris de l'embonpoint – c'est comme cela que ça commence : le feu du regard, l'éclat du teint, la perfection de la peau compensent un temps l'affaissement d'un galbe, l'empâtement d'une surface... Puis des ridules se font jour, souvent discrètes et quelquefois gracieuses, mais sournoises, toujours. Ce sont des rides en puissance ; elles affectionnent les points saillants du visage – autour des yeux, près de la bouche – et ces zones ingrates parce que trop mobiles : mon cou s'est tôt fripé comme on voit aux vieux sacs, et j'eus beau tenter l'impossible pour enrayer la disgrâce, rien n'y put faire.

Voilà donc à quoi menaient ces secrets de tant d'ingéniosité, ces trésors de raffinement que j'avais observés avec une rigueur militaire ! Ma science consommée des fards et des onguents ne pourrait rien, au final, contre l'inexorable loi qui veut que tout ce qui vit vienne à flétrir, à faner, à sécher un jour... Puis ma gorge s'est oppressée ; des bouffées de chaleur m'ont bien tourmentée – et j'ai réalisé que le vieillissement n'est pas seulement visible, il est aussi sensible. De cela, j'ai peur et je l'avoue. Les autres ont pu constater que ma voix, qui de tout temps fut rauque, excepté dans le chant, se mettait à s'érailler vraiment ; et j'ai dû procéder, pour l'adoucir, à des fumigations régulières. Mais je fus seule à réaliser que mon ouïe faiblissait d'un côté, jusqu'à m'obliger parfois de me tourner pour mieux entendre... Le pire, ce sont les yeux. J'ai toujours eu quelque faiblesse dans l'œil droit, que j'ai cachée bien coquettement tout le temps qu'a duré ma jeunesse. Pour rien au monde, je n'aurais voulu qu'on s'aperçût de cette faiblesse ; et je souriais le plus souvent pour donner le change et m'épargner des bévues. M. Quesnay m'affirme que les affreuses migraines qui m'auront tant martyrisée viennent aussi de cela, peut-être. En tout cas, dès que j'ai pu, je me suis arrangée pour qu'on lût à ma place et qu'on écrivît de même.

Mais avec le temps, ma vue a baissé encore. Aujourd'hui, cela s'aggrave un peu chaque jour... Il m'est devenu difficile de lire même les gros caractères, et mon simple reflet dans le miroir devient des plus incertains. Du moins je puis me croire encore belle, et me laisser bercer, pour le reste – puisque aussi bien je ne peux plus lire – par la voix de mes amis qui me rapportent ce qu'il se dit alentour...

Parfois cependant je me révolte en moi-même : je me dis que ce sont là résignations de vieille dame ; or j'ai quarante-deux ans. Est-il possible que le poids des grandes affaires – lourd, constant, récurrent, inévitable – et l'extrême difficulté de vivre dans ma position m'aient fait vieillir d'une façon prématurée ? Je suis prête à le croire. Et je me dis qu'une femme dont chaque heure du jour est vouée, sans esquive possible, à la résolution de sérieux problèmes et chaque heure de la nuit, à la méditation sur de graves questions ne peut aborder sans séquelles cette maturité dans laquelle d'autres s'épanouissent.

*
* *

Un homme aura contribué, plus que tous, à user mes forces, et jusqu'à la trame – or c'est justement cet abbé dont je ne cessais d'admirer pourtant l'intelligence. Dans les mois qui suivirent Krefeld, je n'ai pas souvenir d'avoir été une demi-journée sans devoir supporter ses obsédantes jérémiades.

— Mon Dieu, Madame, que nous avons de plats généraux ! Mon Dieu, que notre Nation est aplatie, et qu'on fait peu d'attention, en France, à la décadence du courage et de l'honneur !

— Je trouve bien un peu de courage et beaucoup d'honneur à certains de nos généraux...

— Mais... Mais ils sont divisés ! Tout ça n'est plus qu'une pétaudière ! Vous verrez qu'on se déterminera à faire revenir M. le comte de Clermont quand tout sera perdu...

On avait en effet rappelé ce prince mal aimé de Bellone, et confié le commandement à M. de Contades, qui était de mes amis, et dont j'attendais au demeurant le plus grand bien... Les grosses joues de l'abbé tremblaient, et toute sa belle corpulence avec elles :

— Non, croyez-moi : notre système d'alliance se découd par tous les bouts...

— Vous ne venez ici que pour me servir du noir.

— Mais, Madame, est-ce ma faute si tout ce que je vous ai dit jusque-là s'est accompli ?

— Cassandre !

— Justement ! Cassandre ne pouvait s'empêcher d'être Cassandre... Nous aurions eu besoin, pour nous soutenir, de succès continuels et miraculeux. D'ailleurs, si un revers médiocre comme celui de Rossbach nous a si bien effondrés, c'est que l'édifice ne tenait déjà plus que par des ficelles.

— Reçoit-on des menaces, de votre côté ?

— Et comment ! J'ai tous les jours à mon courrier des lettres anonymes et qui me promettent les pires châtiments. Non, croyez-moi : nous finirons, vous comme moi, déchirés par le peuple !

Parfois j'évitais de lui répondre pour calmer son flot d'aigreurs et d'angoisses. En vain.

— Nous n'avons point de gouvernement. Nos ministres sont tous incapables. Cela est si vrai que je veux bien qu'on me comprenne dans le lot. Mais que pourrions-nous faire au demeurant, avec des armées sans chef, des caisses vides, un Public qui espère la défaite...

— Comment pouvez-vous dire cela ?

— Mais parfaitement ! Le Public déteste l'Autriche comme il déteste la guerre et comme il nous a toujours détestés nous-mêmes ; tout le monde, au fond, n'en tient que pour le Prussien ! Non, croyez-moi : l'état de tout cela fait peur à voir... Sans compter que nous n'avons plus de marine, et donc plus rien à opposer à l'Angleterre. Nous allons perdre, vous allez voir, toutes nos colonies l'une après l'autre. Quand nous sauverions Louisbourg, quel secours porterions-nous à tous ces comptoirs lointains, sans vaisseaux, sans marins et presque sans argent ?

*

* *

La nullité de notre marine était, il est vrai, notre plus gros point faible. Des années durant, malgré M. Rouillé puis avec MM. de Machault, Peyrenc de Moras et maintenant de Massiac, j'avais tout mis en œuvre pour renforcer ce qui pouvait l'être. Sur mes propres fonds, de nouveaux vaisseaux avaient été armés, qui avaient eu nom *Louis-le-Bien-Aimé, D'Aiguillon, Machault,* mais aussi *Maréchal-de-Richelieu* et *Comte-d'Argenson*... Le *Marquis-de-Marigny* avait-il seulement connu la mer ? D'autres navires avaient été construits en nombre : le *Soleil-Royal,* l'*Américain,* l'*Héroïne,* la *Gloire, Mars,* la *Belle-Française* pour ne citer que ceux dont le nom m'est resté. Mais cela ne suffisait pas ; et les Anglais, qui bloquaient la flotte de Toulon, ravageaient dans le même temps nos côtes de l'Atlantique. Voulant me donner de nouveaux moyens, je crus bien faire en proposant, malgré les mises en garde de mon frère, mon cousin Le Normant de Mézy comme intendant à la Marine.

— C'est amasser, me dit Abel, des charbons de plus sur votre tête ! Une femme dans votre position ne doit pas multiplier contre elle les points d'attaque.

J'eusse été bien inspirée de l'écouter ; car de fait, il n'y eut plus, de ce jour, un vaisseau de pris par l'ennemi que je n'en fusse tenue pour responsable. Mais je ne m'arrêtais plus à cela ; toute mon énergie était tendue vers des buts de guerre.

Quand les attaques maritimes en vinrent à menacer le sol breton, je craignis fort que ne s'ouvrissent des temps aussi calamiteux que ceux de la fin du dernier règne. Heureusement, j'avais eu l'intuition de dangers en Bretagne, et malgré ses prières insistantes, avais su convaincre le duc d'Aiguillon, qui commandait pour cette province, de ne point demander trop tôt son rappel. Cela n'avait pas été sans mal, et j'avais dû me battre pour lui faire entendre raison. Or jamais, sans doute, je ne fus si bien inspirée ; car le jour où les Britanniques tentèrent un débarquement sur nos côtes, la compétence et l'énergie de M. d'Aiguillon firent toute la différence. En quelques heures, les milices locales se trouvèrent mobilisées utilement par lui ; et toute la bonne noblesse bretonne, tombant sur l'Anglais à Saint-Cast, lui tua trois mille hommes et fit cinq cents prisonniers ! L'invasion était rejetée à la mer ; et le territoire, attaqué pour la troisième fois dans le règne, maintenu inviolable.

— L'on vous doit beaucoup dans cette rencontre, me dit M. de Belle-Isle lors du *Te Deum* célébrant la victoire. Et je sais que l'on doit aussi bien des choses à votre bonne figure : car vous supportez l'adversité sans perdre votre gaieté naturelle.

En vérité, sous des dehors enjoués, j'étais fort triste, et le Roi ne l'était pas moins. Rien ne parvenait plus à le distraire – car rien n'aurait eu le don de lui faire déposer, ne serait-ce qu'une heure, ce fardeau de peines et d'échecs qui lui pesait tant. Quelqu'un a dit que les gueux sont malheureux parce qu'ils sont toujours gueux, et les rois également, parce qu'ils sont toujours rois. Cet aphorisme renferme un sens très profond et très juste.

Le roi serait tellement heureux s'il avait la faculté d'épouser quelquefois l'état de simple particulier ! N'est-il pas le meilleur des hommes ? Il faut l'avoir vu, le dimanche, lorsqu'il dîne au grand couvert et que l'assistance est plus mêlée qu'à l'ordinaire, se lever de table pour aller présenter lui-même des fruits à quelques bourgeoises de Paris qui n'en reviennent pas... N'est-ce pas la conduite d'un homme charmant ? Mon Maître est naturellement délicat, prévenant, drôle, attentionné. C'est sa couronne qui l'a rendu si triste et si préoccupé. Car un prince a deux familles : la sienne et celle de la Nation ; de sorte qu'il lui vient chaque jour de nouveaux sujets d'affliction. Et l'on peut dire que dans cette dernière guerre, nous n'aurons, lui comme moi, été heureux qu'en espérance. Hélas, bien souvent l'espérance n'est qu'un songe et se dissipe à mesure que la réalité progresse...

Nos ennemis, mais aussi parfois nos alliés, flétrissaient à l'envi le nom d'un monarque qu'ils jugeaient incertain et velléitaire. En vérité, le roi Louis XV aura été le meilleur des princes – et certainement il le demeure. Mais il est quelquefois trop facile à dérouter, car trop soucieux de faire le bien dans tous les détails d'une action. Aussi n'est-il que trop disposé à suivre certains conseillers particuliers, bien inspirés peut-être en leur étroit secteur, mais qui ne peuvent, comme nous, envisager les implications d'une décision précise sur des domaines qu'ils ignorent. Aussi bien, puisque la Providence m'avait placée en ce point central d'où l'on peut à peu près juger des questions dans leur ensemble, je devais m'épuiser, sans ménagement, à seconder en tout ce qui me paraissait le plus raisonnable, comme à contrer aussi les initiatives opposées, selon moi, aux intérêts généraux du gouvernement. Cela dépassait de très loin le cadre des opérations militaires ; mais en même temps, cela s'y ramenait toujours de quelque manière, par l'emprise que s'arrogent, en temps de guerre, les armes sur tout le reste. Or, sauf à m'aller revêtir moi-même d'une cuirasse comme l'avait fait une autre Jeanne – mais je n'entendais rien qui m'en priât –, je n'avais, sur le sort des batailles, aucune prise, aucun pouvoir d'aucune sorte.

*

* *

Avec le temps, les jérémiades de l'abbé de Bernis prenaient un tour plus personnel – mais pas moins pesant. Las peut-être d'avertir tout le monde des malheurs qui guettaient la France, il en venait à se plaindre plus simplement de tous ceux qui assaillaient son esprit et son corps :

— Ma santé est affreuse ! gémissait-il. Si je pouvais respirer quelque temps, cela se rétablirait peut-être... Mais pour le moment je ne mange plus, je ne dors plus. On ne peut pas vivre sans manger ni dormir. Ma bile est mêlée avec mon sang, lequel se porte à la tête. J'ai encore passé la nuit à me trouver mal.

Ainsi, ce n'étaient plus que plaintes et lamentations à vous donner des crispations de nerfs. J'en voulais, en y repensant, à Mgr Boyer, d'avoir autrefois refusé à l'abbé la pension de douze mille livres qu'il m'avait pourtant promise pour lui, et qui eût tout changé. Je lui eusse fait donner, peut-être, une rente à vingt mille livres par la suite, avec aussi la place de maître de chapelle, et jamais il n'eût été ambassadeur, avec tout ce qui s'est ensuivi. M. de Bernis eût été plus heureux, assurément, et moi j'aurais vieilli avec un ancien et délicieux ami

– ce qu'il était avant que de devenir ministre. Au lieu de quoi, chaque jour m'apportait de nouvelles preuves de son déséquilibre.

Un matin, l'on finissait de m'habiller quand le comte de Noailles, gouverneur de Versailles, demanda à me parler en particulier.

— Il vient de se passer, me dit-il, quelque chose dont je ne puis me dispenser de rendre compte au Roi, mais dont j'ai cru devoir vous prévenir, parce que cela regarde un de vos amis que j'aime et considère infiniment. M. l'abbé de Bernis a eu envie de chasser ce matin : il est sorti avec trois ou quatre de ses gens portant des fusils, pour venir tirer tout près d'ici, dans le Petit-Parc : un endroit où M. le Dauphin lui-même n'irait pas sans demander au Roi la permission. Ce sont des gardes qui, surpris par des coups de feu si proches, ont accouru et, apprenant que M. l'abbé n'avait nulle autorisation, l'ont prié de cesser.

Je remerciai M. de Noailles de son empressement à m'avertir, et lui dis de n'en point parler au Roi, que je m'en chargerais. Or, malgré tous les ménagements dont je fis assaut, le Maître le trouva fort mauvais.

— Il faut qu'il ait perdu la tête, me dit-il vingt fois, pour venir chasser jusque sous mes fenêtres ! De ma vie, je n'ai rien vu de tel !

*

* *

Je ne sais comment j'aurais supporté la déchéance de l'abbé sans le soutien épistolaire du comte de Stainville, qui depuis Vienne se chargeait de me rasséréner, et que le Roi venait de faire duc de Choiseul en remerciement de ses très bons offices. Je lui faisais savoir que notre ami perdait la raison, voyait tout en noir et passait ses longues veilles à remâcher de sombres perspectives. Lui me répondait que M. de Bernis était un fort bel esprit, et qui n'avait sûrement pas tort dans tout ce qu'il disait ; simplement, il devait enrager de voir nos ministres et nos généraux agir sans unité dans tous les sens. M. de Choiseul voyait clair : le matin même, l'abbé m'avait dit qu'il nous fallait, comme le dictateur dans la République romaine, un ministre central et qui donnât le ton à tous les autres. Fallait-il, pour autant, nommer un Premier ministre ?

— Surtout, disais-je en songe à M. de Choiseul comme s'il avait été dans mon boudoir, n'allez pas dire cela au Roi ! Depuis la mort du Cardinal[1], il s'est bien juré de ne jamais reprendre de Premier ministre. Il veut tout gouverner par lui-même.

Je ne l'écrivis pas à M. de Choiseul, mais je pensais également que, si Premier ministre il dût y avoir, il fallait que le titre échût à M. de Belle-Isle et non à l'abbé. Mais la pensée de l'ambassadeur avait dû cheminer dans un autre sens, puisqu'il me fit bientôt part de la peine qu'il s'était donnée pour que Rome octroyât à notre ami le chapeau rouge[2], faisant de lui le membre du Conseil le plus élevé en dignité. Les ministres allaient avoir un chef autour de qui se réunir.

Or, pour être bien franche, je n'étais pas certaine que cela me fît tellement plaisir : quitte à donner ma santé pour le service du Roi, je trouvais légitime en effet qu'il m'en revînt quelque chose ; et savoir que deux, parfois trois ministres, faisaient antichambre en même temps derrière ma porte avait de quoi, je l'avoue bien volontiers, flatter un

1. Le cardinal de Fleury était mort en 1743.
2. Le « chapeau rouge », c'est celui de cardinal.

peu ma vanité. Et je savais, parce qu'il ne cessait de le répéter lui-même, que l'idée de l'abbé – du futur cardinal devrais-je dire – depuis qu'il était question d'un retour de M. de Choiseul, était de confier les Affaires étrangères à cet ami très compétent, et de garder, quant à lui, sa place au Conseil, mais sans plus aucun portefeuille. De sorte qu'il eût bénéficié de tous les avantages d'un Premier ministre, sans même en supporter les inconvénients.

— La vraie question, disais-je à mon secrétaire pour qu'il le transmît à M. de Choiseul, c'est que l'abbé veut faire la paix, et que le Roi ne le veut point. Il me disait hier encore, citant le feu Roi son bisaïeul, que c'est en marchant droit qu'on sort du bois, et non point en faisant demi-tour en chemin. Sa Majesté est très ferme sur sa résolution de mener la guerre à son terme. Pour être encore un peu plus claire, je vous dirai, monsieur, que le Maître est fatigué, comme je le suis moi-même, des jérémiades intempestives d'un serviteur qui devrait bien plutôt se taire, prendre sur lui et travailler à nous sortir de cette mauvaise passe qu'il n'a pas son pareil pour dépeindre !

Le 9 octobre 1758, le Roi acceptait, non sans un peu de mépris, que M. de Bernis cédât son portefeuille à M. de Choiseul ; il le faisait savoir à l'Impératrice pour qu'elle donnât congé à notre ambassadeur. Le 10, un courrier de Rome apportait sa calotte à un nouveau cardinal un peu ragaillardi. Le 11, il me faisait état, afin que j'y trouvasse remède, de grandes difficultés dans ses finances privées, et de dettes importantes qu'il avait dû contracter pour se tenir à la Cour et meubler son Palais-Bourbon[1]... On eût dit un joueur

1. L'abbé de Bernis en avait fait depuis peu sa résidence.

de cartes à qui la fortune eût de nouveau souri. Le 28 novembre, M. de Choiseul arrivait à Versailles, juste à temps pour assister à la remise de la barrette, qui eut lieu le 30. La cérémonie se tint, comme c'est l'usage, dans la chapelle après la messe. Le Roi, qui reçut le bonnet des mains d'un camérier du pape, le posa sur la tête de mon abbé ; et Sa Majesté dit même qu'elle n'avait « jamais fait un si beau cardinal ». Moi-même, quand je vis mon ami entrer chez la Reine, que je servais ce jour-là, en grand habit rouge des pieds à la tête, j'en eus des larmes aux yeux, en dépit de tout. Comme j'aurais voulu que cette distinction nouvelle ne fût point grevée de toutes les autres considérations ! Mais les rois n'ont pas de pied pour marcher en arrière...

Moins de deux semaines plus tard, M. de Bernis devait recevoir, alors même qu'il s'entretenait dans son cabinet avec M. de Starhemberg, la lettre suivante, signée du Roi :

« Mon cousin[1], les instances réitérées que vous m'avez faites pour quitter le département des Affaires étrangères m'ont persuadé qu'à l'avenir vous ne rempliriez pas bien des fonctions dont vous désiriez avec tant d'ardeur d'être débarrassé. Et c'est d'après cette réflexion que je me suis déterminé à accepter votre démission de secrétaire d'État. Mais j'ai senti dans le même temps que vous ne répondiez pas à la confiance que je vous avais marquée dans des circonstances aussi critiques, ni aux grâces singulières que je vous ai accumulées en si peu de temps. En conséquence, je vous ordonne de vous rendre dans une de vos abbayes à votre choix, d'ici à deux fois vingt-quatre heures, sans voir personne, et ce jusqu'à ce que je

1. Le roi de France donnait ce titre aux cardinaux.

vous mande de revenir. Renvoyez-moi des lettres que vous avez gardées de moi dans un paquet cacheté. Sur ce je prie Dieu qu'il vous ait, mon cousin, en sa sainte et digne garde. À Versailles, ce 13 décembre 1758. Louis. »

Il y eut bien des gens pour croire, à la Cour, que j'avais suscité moi-même ce renvoi au demeurant bien justifié. Or il n'en était rien. Le Roi n'avait pas jugé bon de m'en prévenir – il ne le faisait d'ailleurs jamais dans ce cas –, et j'en eus la surprise aussi bien que tous les autres. Je me souviens d'avoir regardé alors ma petite chienne jouer avec un pan de mon étole rouge, près du feu, et de lui avoir dit :

— L'abbé ne viendra pas jouer avec toi aujourd'hui, ni même demain...

J'avais le cœur bien serré en disant cela.

*

* *

Avec l'arrivée de M. de Choiseul, c'est un peu tout le climat qui changea. Toujours vif, alerte, prêt à sourire même aux mauvaises nouvelles, mon nouveau confident apporterait chez moi, tous les matins, autant de vie et de soleil que M. de Bernis y avait longtemps déversé de morosité. La petite chienne elle-même s'en trouva bien, qui fit au duc des amitiés inédites et qu'elle eût refusées sans nul doute à l'abbé. Dire que je m'étais, autrefois, détourné de cet homme à qui j'avais trouvé l'air d'un crapaud ! Il me faisait plutôt, à présent, l'effet d'un enfant... Je m'amusais de son nez retroussé, de sa perruque bouclée, de son petit menton tout rond. Surtout j'appréciais son cœur d'or pour les trésors qu'il enfermait, de tendresse souvent maladroite.

Par un matin clair de janvier, je prenais mon déjeuner dans la douce compagnie de Mme d'Amblimont, quand M. de Choiseul vint avec M. de Starhemberg ; tous deux me dirent qu'une surprise m'attendait dans le grand salon. Je m'y précipitai comme une enfant, et découvris, trônant sur une table au centre de la pièce, non loin de mon clavecin, comme une boîte recouverte d'étoffe.

— Permettez, Madame, à l'humble envoyé de l'impératrice d'Autriche et reine de Hongrie, de remettre à madame la Marquise ce bien modeste présent, en gage d'amitié et de reconnaissance de Sa Majesté Impériale et Royale pour tous ses bons offices.

En fait de modeste présent, je devais découvrir, sitôt l'étoffe enlevée, l'objet le plus extraordinairement riche et précieux qu'il m'eût été donné de jamais voir. Si riche en fait, et si précieux, que j'en fus d'abord embarrassée, et que je dus m'assurer qu'on le cacherait pour ne point donner encore matière à dire aux méchants. C'était une écritoire de laque, mais divinement proportionnée, garnie d'or avec cornet, poudrier et boîte à éponge en or ciselé d'une finesse prodigieuse, et en son centre, un beau portrait émaillé de l'Impératrice, enchâssé dans de très gros brillants. Je mis tout un moment à retrouver ma voix, et ces messieurs rirent de mon émotion, comme des magiciens de foire tout contents d'un bon tour fait à une villageoise.

Mais le vrai présent, c'est qu'il me fut permis de remercier personnellement, non seulement M. de Kaunitz – dont une lettre m'avait un peu éventé la surprise –, mais encore la souveraine elle-même, à qui je pus enfin transmettre mon admiration véritable. « Madame, écrivis-je, m'est-il permis d'espérer que Votre Majesté Impériale daignera recevoir avec bonté mes très humbles remerciements pour l'inestimable portrait qu'elle m'a fait remettre ? »

— Pour une fois, me dit d'ailleurs plaisamment M. de Choiseul en confidence, le cadre vaut mieux que le portrait, et le portrait mieux que le modèle...

— Voulez-vous bien vous taire, que de railler ainsi la plus grande souveraine qu'on ait vue depuis Elizabeth d'Angleterre ?

— Je ne mettais pas en cause l'esprit, mais l'enveloppe ! Vous me comprendrez, vous qui réunissez les deux...

— Certains de mes portraits, à moi aussi, sont bien un peu flatteurs...

— Point du tout ! Je vous assure, tout au contraire, qu'aucun n'approche seulement du modèle.

— Vous allez me faire rougir.

— Qu'importe, cela vous rend plus belle encore.

— Mais... Je crois bien que vous m'en contez !

— J'aurais, ma chère amie, mauvaise grâce à m'en défendre...

Faut-il l'avouer ? Les petites privautés, toujours respectueuses, dont M. de Choiseul se mit dès lors à flatter ma vanité de femme coquette me rendirent peu à peu cet allant qui a toujours fait le fond de mon caractère, et cette joie diffuse dont les soucis de la politique avaient bien failli venir à bout. De cela surtout je lui saurais gré – bien plus que de m'avoir conté fleurette comme il l'eût fait, et le ferait toujours, à tant d'autres femmes plus jeunes, sans doute, et assurément mieux disposées.

Chapitre 21

Les ducs de Choiseul et de Belle-Isle, parfaitement maîtres de leurs départements respectifs, apprenaient à m'épargner le détail des affaires politiques et militaires, pour ne plus m'en livrer que les grandes lignes. Cela me déchargea grandement de toutes sortes de vétilles et de misères qui ne sont point mon fait en ce monde, et me permit de concentrer mon énergie sur une gestion des grâces et des faveurs que la guerre rendait d'autant plus délicate à mener. Cela, je le faisais de bon cœur ; la simple idée d'aller vers le bien en favorisant partout le mérite et l'émulation me donnait le courage d'y œuvrer parfois jusqu'à sept et huit heures par jour. Au reste, vue d'un peu plus loin, la guerre me donnait enfin des satisfactions timides. Ainsi mon cher ami Soubise, de concert avec l'illustre Chevert, avait-il enfin remporté sa première victoire notable, à Luttemberg – ce qui m'avait permis de lui obtenir aussitôt le bâton de maréchal. J'en avais été satisfaite mais point heureuse ; il m'avait trop fait attendre pour cela.

Au reste, rien de très neuf dans les opérations d'Allemagne. Nos généraux continuaient de s'y écharper, notamment MM. de Broglie et de Contades, qui s'opposèrent si bien à Minden qu'ils y donnèrent à Ferdinand de Brunswick une victoire qui aurait dû leur revenir… Les Autrichiens refusant toute idée de paix qu'ils n'eussent d'abord récupéré la Silésie, la guerre se poursuivit allégrement en 1760, attisant chez M. de Broglie autant de bonne fortune que de mauvaise grâce ; la première lui valut la victoire de Korbach, la seconde nous coûta la défaite de Warburg : l'irascible maréchal – il l'était depuis décembre – s'était fâché, cette fois, avec le comte de Saint-Germain ; et pourquoi pas ? Or, si M. de Broglie jouait plutôt bien, il allait trop vite au gré du Conseil qui lui suggéra de prendre ses quartiers à Kassel pour y attendre le printemps suivant. Chargeant alors M. de Castries d'aller soutenir la division de Wesel, il lui confia quelque cinquante mille hommes avec lesquels, le 14 octobre 1760, le jeune lieutenant général s'emparait de Rheinberg. Or, dans la nuit du lendemain, l'attaque du prince héréditaire de Brunswick allait lui permettre encore de remporter ce qui restera comme la plus belle victoire d'un conflit qui n'en compterait guère : celle de Klostercamp, où le pauvre chevalier d'Assas devait lancer son fameux cri : « À moi, Auvergne, c'est l'ennemi ! » M. de Belle-Isle, qui depuis la mort du comte de Gisors considérait M. de Castries comme son propre fils, en éprouva une joie bien émouvante, et qui me donnait à méditer sur les bizarreries du sort.

*

* *

Très vite, tournant le dos aux regrets éternels de son devancier, M. de Choiseul avait eu l'audace de signer avec l'Autriche un troisième traité de Versailles, dont l'objet principal était cette fois de retarder le paiement des subsides que nous devions verser à l'Impératrice. Il s'agissait de relâcher un peu la pression formidable qui écrasait nos finances, depuis peu sous l'égide d'un certain M. Bertin – que j'étais allée chercher dans la police pour un bon sens particulier, rappelant celui de M. Quesnay. Sans l'apprécier autant que mon duc, j'aimais bien cet homme un peu rude et toujours si droit. Il s'était fait fort, du reste, de rétablir au plus tôt la situation du Trésor, et créa dans ce but un troisième « vingtième », plus impopulaire encore que les précédents. Parfois M. Bertin me venait trouver pour que j'intercède en son nom auprès de mes amis financiers. Dire que tous répondirent à mes attentes serait bien exagéré – et mon propre parrain Montmartel, en refusant certains crédits au Trésor, se montra quelquefois d'une petitesse dont sa filleule eut à souffrir doublement. Mais dans l'ensemble, mon crédit s'employait utilement à secourir celui de l'État et nous procurait les fonds nécessaires. Souhaitant montrer l'exemple, j'avais envoyé moi-même à la fonte une partie de ma belle argenterie, et vendu de nombreux bijoux dont le produit s'en alla directement dans les Caisses sans fond de M. Bertin... Ce n'était qu'un juste retour des choses ; et je ne songeai même pas, sur le moment, à en tirer de gloire.

Les seuls événements sur lesquels nous n'avions nulle prise étaient – l'abbé l'avait bien vu – ceux qui regardaient nos colonies. Je sais qu'on fait courir un peu partout, et notamment en Amérique, le bruit selon lequel j'aurais négligé le sort du Canada, et dédaigné celui des Indes orientales. Rien n'est plus faux ni plus injurieux. Et c'est peut-être, au contraire, à quoi je me serai finalement attachée le plus, quoique dans l'indifférence générale de la Ville et de la Cour. Au tout début de l'été 1760, une importante flotte anglaise débarquait devant Québec des troupes nombreuses, que M. de Montcalm parvenait à repousser fin juillet. Les Anglais, remontant alors le Saint-Laurent au-delà de la ville, vinrent occuper les plaines d'Abraham, un peu en surplomb. C'est en les y attaquant héroïquement, à la mi-septembre, et sans avoir pu attendre les renforts, que devait périr l'inoubliable « Capitaine des Français » – ce dont je fus bouleversée, et le Roi tout autant. Québec était donc prise quand arrivèrent les renforts, conduits par M. de Bougainville... Finalement, le chevalier de Lévis, successeur de M. de Montcalm, serait contraint de bientôt signer la reddition de Montréal. Et nous y perdrions, non pas « quelques arpents de neige », comme l'écrivit bien légèrement M. de Voltaire dans *Candide*, mais tout l'espoir de la France d'établir sur ce continent plein de ressources les bases d'un déploiement commercial et culturel qu'on aurait rêvé sans limites.

Aux Indes, M. Dupleix, rappelé dès 1754, n'avait pu être remplacé par personne. Le commandant choisi par M. d'Argenson, M. de Lally-Tollendal, avait finalement échoué devant Madras avant d'essuyer une cascade de revers et de se trouver acculé dans Pondichéry, dont les Anglais ne se retirèrent qu'après cent cinquante jours d'un siège assez retors. Ses mauvaises relations avec M. de Bussy qui, lui, jouissait de l'entière confiance du maréchal de Belle-Isle, tenaient largement à l'opposition de leurs deux caractères : M. de Lally, quoique gentilhomme, n'était que fougue et dureté, face à un M. de Bussy tout en finesse et qui, de ce Deccan dont il m'avait envoyé de singuliers présents, avait fini par subjuguer les princes. Ni l'un ni l'autre ne purent jamais bénéficier du soutien maritime de l'amiral d'Aché qui, après des tentatives d'appui quelque peu timorées, remit prudemment le cap sur le golfe du Bengale puis l'île de France[1]... Mais avec les Indes plus encore qu'avec le Canada, l'extrême lenteur des communications interdisait tout contrôle depuis Versailles. Nous ne pouvions guère décider que des hommes et des moyens ; or, si les premiers sont toujours difficiles à choisir, les seconds nous faisaient de plus en plus défaut.

*

* *

Il serait léger de croire que la carrière de M. de Choiseul ait été dépourvue des embûches qui parsèment n'importe quel parcours à Versailles. Certes, sa bonne humeur, sa générosité et, plus que tout, ses manières enveloppantes et lestes gagnaient sans peine à sa cause les gens sensés. Mais il eut aussi son lot de fous et de fanatiques, au nombre desquels il faut bien ranger M. de La Vauguyon, ancien gouverneur du Dauphin. Ce méchant homme, plus dévot que de raison, me paraissait assez vil pour devoir être ménagé ; et je le recevais régulièrement en cachette, pour octroyer aux siens de petites gratifications grâce à quoi il me laissait en paix. J'eus le malheur de lui dire un jour que M. de Choiseul n'avait pas approuvé un certain mémoire qu'il m'avait remis sur la politique générale du royaume. Cet oiseau lunatique le trouva mauvais et monta contre le duc une noirceur à laquelle il eut l'audace de mêler M. le Dauphin. Cela concernait des propos qu'on prétendait que le ministre eut portés à l'encontre des jésuites et, plus malencontreusement sans doute,

1. C'est l'ancien nom de l'île Maurice.

du Roi lui-même. Seule la grande application de M. de Choiseul à démonter cette calomnie par une enquête approfondie lui permit de regagner la confiance du Roi – ce qui ordinairement était impossible, dès lors qu'on l'avait perdue.

Il me paraît juste d'ajouter qu'à la Cour notre ami s'est trouvé brillamment secondé par sa sœur Béatrix, duchesse de Gramont, aussi ambitieuse qu'énergique ; et plus encore, quoique de façon autrement discrète, par sa tendre – et fort compréhensive – épouse, Honorine, qui était la sœur de feu Mme de Gontaut, puisque toutes deux étaient les filles du banquier Crozat. Je dois dire que, pour ma part, j'ai presque autant de plaisir à voir entrer chez moi la duchesse de Choiseul que son diable d'époux ; et qu'avec ma petite maréchale elle est aujourd'hui, sans nul doute, celle de mes amies à qui je confie le plus volontiers mes petits secrets.

Au début de l'année 1761, la mort du vieux maréchal de Belle-Isle libéra le portefeuille de la Guerre. M. de Choiseul en hérita naturellement, et sans que personne y trouvât à redire. Le duc conserva néanmoins les Affaires étrangères à titre provisoire ; il les transmettrait par la suite à son cousin, M. de Praslin qui, déjà, l'avait brillamment remplacé à la cour de Vienne. Ce cumul de charges permit à notre grand ministre de mener à bien le projet du pacte de Famille, qui devait nous rapprocher enfin de l'Espagne. Pour ma part, je date de cette période ma volonté de prendre mes distances à l'égard de toutes ces affaires politiques, qui n'auraient jamais fait, au bout du compte, que ruiner ma santé.

J'avais acquis, depuis l'été de 1760, le château et le marquisat de Menars, près de Blois, pour un total de huit cent quatre-vingt mille livres. Cette somme importante traduit à elle seule mon intention concernant cette résidence ; je n'ai point voulu acquérir un nouveau lieu de villégiature, mais bel et bien une maison à part entière, habitable aussi bien l'hiver que l'été, et pour des séjours indéfinis.

— Songeriez-vous donc à vous retirer ? me demanda M. de Choiseul dès qu'il eut vent de mon acquisition.

— J'y songe depuis mon arrivée, mentis-je un peu. Mais cette fois, je suis bien décidée. La vie à la Cour m'a éreintée ; je n'aspire plus qu'au repos.

— Mais qu'allons-nous devenir, ma chère amie ? Comment imaginer cette Cour sans vous ? Autant garder l'écrin sans le joyau !

Je sus gré, une fois de plus, à mon ami de sa délicatesse ; mais en y revenant par la suite, je me dis que cette remarque avait peut-être un fond de vérité, et qu'à force de l'avoir refaçonnée touche après touche il était bien possible, non que je fusse indispensable à la Cour – personne ne l'est –, mais qu'elle me le fût devenue. Cette idée me donna des frissons.

Or c'est au moment où je songeais sérieusement à m'aller installer, au moins pour quelques mois, dans ce château de Menars, que je venais tout juste de rendre présentable, que mourut notre duc de Bourgogne, le petit-fils adoré du Roi. On avait dû l'opérer d'une hanche ; l'infection s'était mise dans la plaie, et la septicémie avait emporté le pauvre enfant dans la nuit – et avec lui bien des espoirs. Il n'avait pas dix ans. Comment aurais-je pu quitter le Roi dans pareilles circonstances ? Renonçant à mon beau projet d'évasion, je le remisai dans l'attente de jours meilleurs, et m'armai de patience et d'amour pour tâcher de réconforter l'inconsolable grand-père.

*
* *

J'ai cité tout à l'heure, à son détriment, M. de Voltaire. Mon admiration pour le grand homme avait souffert de son trop long séjour à Berlin, chez celui qu'il avait cru pouvoir nommer le « Salomon du Nord », mais qui n'en était jamais que l'Attila ; cependant elle ne s'était nullement affadie. Aussi est-ce bien avec joie que j'accueillis, il y a trois ans maintenant, le retour en grâce de mon terrible philosophe. M. de Voltaire avait eu la correction d'adresser à M. de Choiseul une ode que le roi de Prusse avait cru plaisant de lui transmettre de sa main, absolument ordurière et injurieuse pour la personne du Roi. Les termes en parurent même si choquants au duc qu'en dépit de mes instances il refusa catégoriquement de m'en rien lire, pas plus qu'au Maître.

— Il est inutile, disait-il, que les rois connaissent qu'ils ont des confrères assez petits et assez indécents pour faire des vers aussi mauvais.

Je profitai de l'occasion pour faire mille amitiés à l'« ermite » de Ferney, et convainquis M. de Choiseul de donner suite à l'offre qu'il faisait au Roi de ses services, dans des affaires regardant l'intérêt supérieur de l'État. Cela me valut de nouvelles flatteries qui me troublèrent en ce qu'ils me rappelaient les débuts de ma faveur. Passant toujours par M. de Choiseul, Voltaire m'enverrait bientôt sa nouvelle tragédie de *Tancrède* – que je devais l'autoriser à me dédicacer dans des termes que je vais reprendre. Ayant déjà cité quelques vers bien plats et une phrase ou deux du *Panégyrique*, je ne risque point par là d'ajouter à la vanité ; or j'y gagnerai peut-être de fixer une vérité derrière la flatterie. Du reste, je crois me faire assez, dans ces pages, l'écho de tout le mal qu'on a pu dire de moi pour m'autoriser à citer un peu du bien qu'on a pu aussi en écrire. Voici donc un court extrait de cette dédicace :

« J'ose vous remercier publiquement du bien que vous avez fait à un très grand nombre de véritables gens de lettres, de grands artistes, d'hommes de mérite en plus d'un genre... Vous avez fait du bien avec discernement, parce que vous avez jugé par vous-même ; aussi je n'ai connu ni aucun homme de lettres, ni aucune personne sans prévention, qui ne rendît justice à votre caractère, non seulement en public, mais dans les conversations particulières, où l'on blâme beaucoup plus qu'on ne loue. Croyez, Madame, que c'est quelque chose que le suffrage de ceux qui savent penser. »

Précisément, la guerre ne me faisait pas oublier le tribut qu'on doit à l'esprit comme à la société ; et je continuais de présider, chaque fois que ma santé le voulait bien, les petits soupers des Cabinets. Le Roi les donnait chez lui depuis mon installation en bas ; ils se tiennent, en fonction de la saison, tantôt dans une pièce réaménagée au second, tantôt dans la nouvelle salle à manger du premier étage, non loin de ce beau cabinet de la Pendule[1], où l'on s'installe pour jouer en sortant de table. Quelles que soient l'animation et la bonne humeur attachées à ces moments, il n'est pas rare que le Maître s'y ennuie. Aussi ai-je eu l'idée, pour relever un peu son intérêt, d'y communiquer avec lui dans un langage codé. Quand, par exemple, je prononce les mots « frais » ou « fraîcheur », cela signifie que je trouve sotte la saillie qu'on vient de faire ; si le Maître partage mon avis, il approuve

1. Il doit son nom à l'horloge astronomique de Passemant.

en disant « donc » ; dans le cas contraire il dit « ainsi », etc. Ce petit jeu entre nous paraîtra puéril, à n'en pas douter, et j'ai bien un peu hésité avant que d'en révéler l'existence ; mais en même temps, il donnera une idée du besoin qu'ont les princes – et que cultive en particulier celui-ci – de soustraire une partie de leur vie à la curiosité d'un Public qui, même s'il s'en défend, ne fait jamais que les épier.

Cela me rappelle un amusement plus ancien, et dont je regrette un peu que nous l'ayons laissé perdre. À l'époque des soupers d'en haut, il était fréquent que le Roi, faisant mine de noter une idée ou de passer un ordre au service, griffonnât quelques mots sur un petit billet qu'il roulait ensuite ; puis il s'arrangeait pour le venir glisser dans mon bustier ; au plaisir que j'éprouvais alors d'avoir sur mon sein quelque chose du Maître s'ajoutait l'amusement de la devinette et la difficulté de lire le billet sans que quiconque s'en aperçût... Aussi bien, et quelque enfantin, une fois encore, qu'ait pu être ce gentil manège, je dois confesser qu'il nous amusa fort en son temps. Qui sait ? Peut-être est-ce dans cette innocente et profonde complicité que se sera réfugiée la meilleure part de notre amour... N'avons-nous pas toujours été de connivence ? Je suis avec mon Maître comme avec personne au monde. Car lui seul a sondé mon cœur, lui seul s'est toujours tenu près de moi – sans m'avoir trahie au fond, quoi qu'on en ait dit. Je mesure combien il est regrettable qu'il n'ait pas éprouvé le besoin de laisser une confession, de son côté. Car je sais bien qu'elle serait très passionnante. Pourra-t-il s'y décider un jour ? Acceptera-t-il de desserrer ces lèvres qu'il a si souvent tenues closes dans un mutisme obstiné, dédaigneux – désapprobateur ? Rien n'est moins certain, et je n'ose en tout cas l'espérer.

*
*   *

Le seul homme que j'aie vu capable de retenir longtemps l'attention du Maître demeure ce fameux aventurier qui fascina Paris, il y a quelque temps déjà, sous le nom d'emprunt de « comte de Saint-Germain ». L'on aurait peine à se figurer, sans l'avoir connu, un personnage si bavard, si sûr de lui, si empreint de lui-même qu'à chaque mot il paraît donner une leçon. Nous sommes là, derrière nos éventails, à nous aérer ; et nous l'écoutons. C'est un si bel esprit ! Mais que d'ironie, que de mépris derrière ses mots ! Elles en tremblent toutes, et tous le redoutent. Même mon Maître – sauf, son respect – même le Roi se tait parfois et baisse les yeux devant lui.

M. de Saint-Germain n'est ni grand ni petit, ni beau ni laid, et hormis son teint hâlé et ses cheveux très noirs, rien ne le distinguerait, de prime abord, des autres hommes. Il s'habille cependant avec une simplicité si grande – je n'ose parler de pureté – que j'y vois quant à moi un comble de recherche. Or le plus extraordinaire, chez lui, c'est qu'il sache l'histoire aussi minutieusement que s'il en avait vécu les moindres scènes.

— Il semble que vous ayez vu tout cela, lui disje un jour qu'il nous parlait, avec une vivacité inouïe, de la cour de François Ier.

— J'ai beaucoup de mémoire, et j'ai tellement lu l'histoire de France ! Quelquefois je m'amuse non pas à *faire croire*, mais à *laisser croire* que j'ai vécu dans les plus anciens temps.

— Mais enfin, vous ne dites pas votre âge, et vous vous donnez pour fort vieux. La comtesse de Gergy, qui vous aurait connu jadis à Venise, dit qu'il faut que vous ayez plus de cent ans !

M. de Saint-Germain se mit à rire :

— Ce n'est pas impossible, dit-il, mais je conviens qu'il est encore plus possible que cette dame, que je respecte, ne radote un peu...

En vérité, tout le monde veut croire aux pouvoirs magiques de cet homme ; et lui, qui souhaite plus que tout attirer sur sa personne l'attention universelle, ne fait rien pour détromper son public... Ça ne l'empêche pas de posséder certains dons bien étonnants, comme celui de pouvoir ôter les pailles[1] des pierres précieuses. Lui-même porte à ses manches ou à ses souliers des bijoux d'un prix infini, tels que les plus grands princes n'en ont pas toujours. Le Roi aurait aimé connaître le secret de tant de richesses, et croirait volontiers M. de Saint-Germain magicien et même alchimiste. Pour moi, il me suffit qu'il sache faire disparaître nos soucis par le charme ensorcelant de ses propos. C'était bien un peu réduire son pouvoir, mais seulement pour lui fixer un but salutaire.

*

* *

Un soir que le comte nous avait bercés, des heures durant, d'évocations plus ou moins délirantes, je fus prise, une fois couchée, de bien étranges hallucinations. Je n'avais pas fermé l'œil que, déjà, des masques envahissaient ma chambre par petits groupes bruyants et dissipés. Chacun se trouvait attifé d'un pesant costume figurant un if,

1. Les impuretés, si l'on préfère.

taillé en boule à son sommet, bien à l'image de ceux du parc... Il en était de toutes tailles, du pied de buis de Mme de Mirepoix au pin sylvestre de Mme de Brancas. Me pardonnera-t-on d'avoir vu la Reine en if, elle aussi, dansant avec ses deux belles-filles réunies pour l'étrange réjouissance ? Certains ne manquaient point de rechigner un peu ; et c'étaient l'if-Maurepas, l'if-Richelieu, l'if-d'Argenson... L'if-Richelieu, surtout.

— Sont-ils prêts ? demandait une voix dans mon dos.

— Pas tout à fait. Le petit if-Alexandrine peine à trouver l'emplacement des bras ; heureusement que son if d'oncle est venu lui prêter main-forte... Cela fait rire ses grands-parents.

— Plus vite, à la fin. Mais qu'est-ce donc qu'ils attendent ?

— Je ne sais... Je crois bien que l'if-Bernis ne parvient pas à entrer dans le sien. Il se plaint de la mauvaise qualité des ifs, cette saison.

Les arbustes déjà parés, pour patienter, se mirent à parler entre eux ; d'autres retiraient, en attendant, la boule taillée de leur tête : ils la jugeaient suffocante. Certains avaient même l'air de faire bombance...

— Voyez l'if-Choiseul, me dit l'if-Élisabeth d'un air voilé de calomnie. Il semble qu'en fait d'if il s'agisse d'un charme...

L'if-Voltaire me disait de noter tout cela sans faute, afin de tout décrire comme je l'avais vu.

— Eh bien, sont-ils prêts, cette fois ?

— Oui. Cette fois, je crois qu'ils sont prêts.

Le domino noir s'en alla ouvrir la porte de ma chambre, et tous les ifs s'y engouffrèrent, non sans créer une certaine bousculade. Quand le dernier if fut enfin sorti, mon beau domino referma la porte derrière lui.

— Je crois qu'ils n'ont pas fait attention à nous, me dit-il.

Nous nous embrassâmes. D'en bas nous remontaient les accents du bal ; mais je n'en avais cure. Dans les bras de mon compagnon, j'abandonnai les ifs à leur danse.

Chapitre 22

31 janvier 1764

On a donné à Paris, dans mon hôtel d'Évreux, un très charmant concert d'enfants. M. Leopold Mozart, un Autrichien recommandé par l'Impératrice, y produisait ses deux jeunes prodiges. La jeune fille s'appelle Nannerl ; je ne me rappelle pas le prénom du garçon. Le fait est qu'ils jouent divinement l'un et l'autre, et qu'on demeure étonné, à les voir ainsi s'agiter à deux ou quatre mains, des prodiges obtenus par une solide éducation. On ne saurait s'en contenter, cependant ; et je suis curieuse de savoir ce que feront ces enfants dans dix ans : seront-ils devenus des musiciens ou restés des singes savants ? En l'état, ce sont de bien charmants polissons, en tout cas, et qui ont charmé mes amis de Paris comme ils avaient conquis Mesdames à Versailles, la semaine passée.

À la fin, le petit garçon, qui paraît vaguement effronté, est presque monté sur mes genoux afin de m'embrasser. Le geste était naturel, au demeurant, et l'intention charmante. Aussi bien je m'y serais prêtée de bonne grâce, si le mal qui dévore mes poumons n'avait rendu la chose dangereuse pour ce petit ange. J'ai dû détourner mon visage ; or j'ai senti que le jeune prodige ne comprenait pas mon geste. Tous ceux qui l'ont surpris sont demeurés dans le même embarras. Que pouvais-je faire cependant ? Annoncer à tout le monde une maladie dont on ne parle déjà que trop ? J'ai laissé les choses en l'état. On me prête déjà tant de mauvaisetés.

Cette affection est bien fâcheuse, surtout dans un temps où j'aimerais être à Menars pour surveiller les travaux qu'on y fait. Mais il n'en saurait être question. M. Quesnay veut bien me prescrire de l'air et des promenades, mais point de courants d'air ni de gelée hivernale. J'attendrai donc un peu pour le Blésois...

Ma dernière vraie promenade remonte à plusieurs mois ; elle m'avait causé un vrai déplaisir. J'étais allée au bois de Boulogne, sous couvert d'acheter quelques tasses à la manufacture de Sèvres – en réalité pour voir à quoi pouvait bien ressembler cette demoiselle de Romans dont on dit le Maître bien épris, et qui venait de lui donner un fils. J'en avais d'ailleurs été dans de mortelles alarmes, jusqu'à ce que Mme de Mirepoix me dît, avec ce bon sens inébranlable qui est son privilège :

— Je ne vous dirai pas qu'il vous aime mieux qu'elle ; et si, par un coup de baguette, elle pouvait être transportée ici, qu'on lui donnât ce soir à souper et qu'on fût au courant de ses goûts, il y aurait pour vous peut-être de quoi trembler. Mais les princes sont, avant tout, des gens d'habitude ; l'amitié du Roi est la même pour vous que pour votre appartement ; il ne se gêne pas avec vous : comment voulez-vous qu'il ait le courage de déraciner tout cela en un jour, et de se donner en spectacle par un changement aussi grand de décoration ?

L'argument n'était que trop juste, mais il offrait la plus triste des consolations ; et je n'en étais pas moins curieuse de voir cette demoiselle dont l'enfant avait été baptisé, chose inédite, sous le nom de « Bourbon[1] ». Nous trouvâmes aisément la belle brune, fort occupée d'allaiter le poupon. Dès que nous l'aperçûmes, je disparus dans mes coiffes et posai un mouchoir sur le bas de mon visage. Je fis signe à Mme du Hausset, qui m'accompagnait, de lui parler :

— Voilà un bien bel enfant.

— Oui. Je peux en convenir, quoique je sois sa mère. Mlle de Romans demanda si nous étions des environs.

— Oui, je demeure à Auteuil avec cette dame qui souffre d'un mal de dents cruel.

— Alors je la plains fort, car je sais ce que c'est.

Ma femme de chambre crut pouvoir aller un peu plus loin :

— Le père, à en juger par l'enfant, doit être un bel homme…

Je retins mon souffle.

— Très beau, et si je vous le nommais, vous diriez comme moi.

— J'ai donc l'honneur de le connaître, madame ?

— C'est très vraisemblable.

J'avais assez tremblé, et nous prîmes congé. Il fallait convenir que la mère comme l'enfant étaient de belles créatures – sans oublier le père, puisque l'enfant avait ses yeux. Je m'étais donc fait beaucoup de mal, et sans trouver dans cette escapade la moindre matière à me rassurer. Le soir, j'offris au roi les tasses de Sèvres, mais sans lui parler,

1. Louis-Aimé de Bourbon était né à Passy en janvier 1762.

naturellement, de notre détour par le bois de Boulogne.

*
* *

Depuis quelque temps, mes relations avec le Maître ont perdu cette confiance indissoluble qui jusque-là faisait toute leur force. En juin de l'année dernière en effet, juste au moment de la proclamation tant attendue de la Paix, le hasard m'avait permis de prendre enfin connaissance du contenu d'un certain cabinet à secret, que le Roi gardait jalousement sous clef, et dont je savais depuis longtemps qu'il tenait en des documents d'État. Une occasion que m'offrit le sort me parut trop belle, sur le moment, pour que je la manquasse. Je fouillai donc dans les papiers interdits. Je ne pus certes feuilleter chacun des nombreux documents qui s'offrirent ainsi à ma curiosité ; mais ce que j'en vis me suffit largement à comprendre l'ampleur des secrets dont il était question. Sans conteste possible, les documents que j'avais en mains attestaient de l'existence d'une diplomatie complète, menée par le Roi en secret et en parallèle, pour ne pas dire en concurrence, avec celle du Cabinet ! Ainsi, quand son ministre – en l'occurrence M. de Praslin – donnait des consignes à un ambassadeur, il n'était pas rare que le Roi lui envoyât, par son propre réseau secret, des ordres exactement contraires !

Un rapide aperçu me permit de comprendre que les régions visées concernaient deux pays essentiellement[1], que je ne puis citer ici ; or des personnages aussi éminents que le prince de Conti ou le

1. La Pologne et l'Angleterre.

maréchal de Broglie s'y trouvaient mêlés au premier chef. D'un seul coup, je comprenais tout : les rencontres fréquentes, et jusque-là mystérieuses, du prince de Conti avec le Roi ; les passe-droits et tolérances dont avait bénéficié M. de Broglie ; le sens de certaines phrases absconses en apparence, adressées en fait à des initiés !... Abasourdie et dégoûtée, je refermai tant bien que mal l'incroyable boîte de Pandore, et pris la résolution première de ne parler de rien au Roi. Cependant je n'y pus longtemps tenir. Plus je pensais à ce que je venais d'apprendre, et plus j'avais le sentiment d'avoir été trompée par le seul homme dont j'eusse été persuadée de partager la confiance. Se pouvait-il que, toutes ces dernières années notamment, le Roi m'ait vue lutter, m'acharner et veiller pour le succès de sa politique, tout en se mêlant, dans le même temps, de la rendre parfois inopérante ? J'avais pris à la légère ce dédoublement dont parlait le Maître, entre Louis de Bourbon et le roi de France ; confrontée à l'inconcevable réalité de la diplomatie de Louis XV, je commençais – bien trop tard hélas – à comprendre qu'une aussi intime dualité ne pouvait traduire qu'une défiance absolument générale envers le genre humain – appréciation dont j'avais eu la vanité de me croire épargnée, et qui me reléguait en fait dans la même étrangeté que les autres !

Deux jours après ma découverte, je me sentis contrainte de dire au Roi que j'avais percé son Secret diplomatique. Il demeura d'abord silencieux puis, me foudroyant du regard :

— Il faudra donc que vous n'ayez rien respecté.

D'ordinaire, une réponse aussi violemment injuste aurait appelé une réponse cinglante de ma part. Mais je sentais que j'étais trop blessée pour me permettre d'aller plus avant dans la compromission ; et je me contentai de pleurer en silence. Le Roi sortit et ne me reparla jamais du Secret ; tout juste me remit-il, le soir même, un billet pour me dire qu'il avait trop connaissance de mes qualités pour craindre une quelconque trahison de ma part. Je fus prise, en lisant ces lignes pathétiques, d'un rire nerveux qui inquiéta mes femmes, leur donnant à penser que j'étais devenue folle.

Il ne m'appartient pas de faire la chronique des événements – essentiellement parlementaires – qui auront abouti, depuis deux ans, à l'anéantissement dans le royaume de la Compagnie de Jésus. En effet, je n'y ai pas eu la plus légère part, soit favorable ou défavorable. Et s'il est vrai que les malheureux jésuites m'ont causé naguère encore bien du souci, je n'oublie pas pour autant qu'ils possèdent au plus haut degré l'art d'enseigner à la jeunesse. Je sais que le Maître aura tenté de les soutenir – il me l'a dit souvent ; mais le zèle procédurier des jésuites eux-mêmes empêchait le Conseil de les protéger comme il l'eût souhaité. De sorte qu'à l'exemple du Portugal et de l'Espagne, on en soit venu, chez nous aussi, au bannissement pur et simple de leur Ordre, aux termes d'arrêts identiques des différents parlements. La vraie question restera la suivante : le Roi pouvait-il, au moment même où il concluait la Paix, se couper de nouveau des cours supérieures ?

20 février 1764.

La tradition qui veut qu'un dignitaire exilé par le Maître ne revoie jamais Versailles connaît, apparemment, sa première entorse. Et le – discret – retour en grâce de M. de Bernis est la preuve qu'avec un fonds suffisamment sain et quelques bons amis à la Cour, une disgrâce ne vaut pas toujours arrêt de mort. Je revois le cardinal avec émotion, sans doute, mais sans un plaisir très vif. Peut-être son absence aura-t-elle été trop longue pour maintenir de vrais liens, trop courte pour créer de vrais regrets... Lui paraît ravi en revanche et, son naturel aimable reprenant le dessus, il me rappelle le bon vieux temps de préférence aux tristes heures. Il est vrai que Mme de La Ferté-Imbault a fait le déplacement exprès, et que ce sont nos plus vieux souvenirs communs, ceux du salon de Mme Geoffrin, qui sont le plus volontiers mobilisés...

Je ne savais comment j'allais accueillir l'abbé – que dis-je, le cardinal – et si j'irais jusqu'à baiser son anneau épiscopal. Ce fut bien le cas, en effet. Presque sans y penser, ou ne donnant pas, en tout cas, le sentiment de s'être seulement posé la question, M. de Bernis m'aura tendu l'anneau, comme à ses autres fidèles...

2 avril 1764.

Voilà un bon mois que je suis très malade. J'étais à Choisy, à peu près seule dans le grand salon, quand je fus prise d'un violent mal de tête – quelque chose de bien aigu – au point que je ne pus regagner mon appartement sans m'appuyer au bras du jeune Champlost. L'engorgement de mes poumons, joint à l'irrégularité de mon cœur, faisait craindre le pire aux médecins. De fait, mon état s'est dégradé si vite qu'on a jugé bon de m'envoyer un prêtre : c'est M. Cathlin, le curé de La Ville-l'Évêque. Tout est allé de mal en pis jusqu'au 7 mars. Le 8, je me suis sentie un peu mieux, le 10 je me vis à l'article de la mort. J'ai craché du sang, ce sont les bronches qui sont prises. Les compresses aromatiques, même chaudes, même très chaudes, n'y font rien... Je peine à respirer, à m'en évanouir constamment. Mes bras me font souffrir. J'ai quasiment perdu la vue. Pourtant la fièvre paraîtrait bien vouloir baisser un peu...

5 avril 1764.

Il semble que mon heure ne soit pas venue. Le docteur Richard, que me conseille Mme de Choiseul, vient de prendre le relais de M. Quesnay. Il prétend que mon état veuille s'arranger. Il me promet une nouvelle jeunesse au printemps.

Épilogue

Une rechute survint le 7 avril, qui se révéla d'emblée mauvaise. On vous installa dans une bergère près de votre lit : vous suffoquiez déjà, et ne supportiez plus d'être allongée. Bientôt vous auriez du mal à trouver votre souffle... L'agonie allait commencer, douloureuse, inexorable. Livide en dépit du rouge à vos joues, amaigrie sous les fichus dont on vous avait couverte, vous continuiez de recevoir, un pâle sourire aux lèvres, l'hommage assidu de vos vieux amis, au premier rang desquels était le Roi.

Devant le pessimisme des médecins, on vous conseilla de rentrer en relation avec votre mari légitime. Mais Charles Guillaume prétexta lui-même d'une maladie pour esquiver cette main tendue. Le brave homme n'attendait rien tant que d'être veuf pour se remarier ; de fait, il devait épouser bientôt la demoiselle Anne de Baillon, à laquelle il donnerait deux enfants, dont un fils qui ferait carrière dans les haras royaux. Il ne vous reverrait jamais, vous, l'objet de son plus grand amour...

Le 11 avril, on sut que vous étiez perdue. Le Roi, en sortant de chez vous, s'enferma chez Madame Victoire avec ses autres filles. Le 13, il n'eut pas de peine à vous convaincre de recourir aux sacrements ;

vous ne luttiez pas et paraissiez accepter comme un soulagement votre fin prochaine. L'on fit venir Cathlin, curé de La Ville-l'Évêque qui était votre paroisse à Paris, pour vous confesser. Le Roi vint encore le 14, et ce fut votre dernier entretien. Rien n'en devait filtrer.

L'extrême-onction vous fut donnée dans la nuit précédant le 15, dimanche des Rameaux. Le prêtre vous exhorta sans doute à unir vos souffrances à celles du Christ, dont la Passion serait lue à la messe solennelle. Ce jour-là, le mal connut une rémission courte, que vous avez mise à profit pour dicter à Collin, votre intendant, un codicille au testament de Rossbach. Il s'agissait de petits souvenirs et de gages d'amitié que vous souhaitiez laisser à vos proches. L'ancienne gouvernante de votre fille recevait ainsi le portrait d'Alexandrine ornant une boîte ; la maréchale de Mirepoix, votre montre toute neuve ; Mme d'Amblimont, votre parure d'émeraudes ; les duchesses de Choiseul et de Gramont, des boîtes d'argent. Choiseul lui-même aurait un diamant couleur d'aigue-marine ; Soubise, une intaille de Guay figurant l'Amitié, et Gontaut, une alliance de diamants et une boîte de cornaline qu'il avait toujours aimées...

La tempête soufflait au-dehors, et des bourrasques s'engouffraient dans les escaliers du palais et dans les vestibules. Autour de vous, les affaires de l'État conservaient leur train. Dans la matinée, le duc de Choiseul s'était présenté couvert d'un manteau de drap rouge assez inhabituel ; il y avait fait disparaître un portefeuille contenant vos documents secrets...

Dans l'après-midi, vous deviez faire vos adieux à ce ministre fidèle, ainsi qu'à Gontaut et Soubise. Vous leur avez dit que l'heure approchait pour les congédier gentiment, retenant seulement le Prince pour lui remettre vos clefs, et avez fait appeler Collin pour lui préciser quelle voiture il fallait préparer pour ramener votre corps en votre hôtel de Versailles. Quand tous furent sortis, vous êtes demeurée seule entre votre confesseur et vos femmes. Celles-ci, les dames Bertrand, Courtaget et du Hausset, ont voulu vous changer vers cinq heures et demie, mais vous avez refusé, disant qu'il n'était plus temps. Une heure après, comme le curé, vous croyant endormie, faisait mine de s'éclipser, vous l'avez prié tout bas d'attendre un moment, murmurant que vous partiriez ensemble.

À sept heures et demie du soir, ce dimanche 15 avril 1764, vous, Jeanne Antoinette Poisson, dame Le Normant d'Étiolles, duchesse, marquise de Pompadour, vous détachez doucement de ce monde. Le Roi est le premier averti. Il décommande le grand couvert et se retire dans l'intérieur avec les plus familiers : les ducs de Gontaut, d'Ayen, de La Vallière... Vers huit heures, la duchesse de Praslin aperçoit une civière qu'on sort par le passage voûté de la chapelle. Elle y discerne bien tous les contours d'un corps de femme, et comprend que c'est le vôtre qu'on emporte aussi cavalièrement – la coutume interdisant qu'un défunt reste, ne serait-ce qu'un moment, sous le toit du Roi.

La nouvelle se répand vite à travers le royaume. Étrangement, elle ne rencontre que silence et tristesse. Les chansonniers et libellistes, ceux-là mêmes qui vous ont éreintée vivante, vous respectent dans la mort. Il est vrai que le courage dont vous avez fait preuve dans la maladie vous a gagné la sympathie de l'opinion, et qu'on finira bientôt par vous trouver des mérites... Les philosophes et les artistes, plus que d'autres, mesurent la perte qu'ils viennent de faire ; la plupart de ceux qui professent les idées nouvelles vous pleurent sincèrement, conscients de n'avoir plus, désormais, de défenseur efficace en haut lieu. C'est pour eux, comme l'écrit Voltaire, un beau rêve de fini.

Le Roi ayant ordonné des funérailles ducales, votre dépouille sera veillée, deux nuits et deux jours, dans la chambre de votre hôtel versaillais, transformée en chapelle ardente. Le soir du mardi 17, à cinq heures, des vêpres solennelles seront célébrées en l'église Notre-Dame de Versailles. Puis le cortège funèbre se formera sur le parvis et partira pour Paris : à sa tête marchera une centaine de veilleurs, portant des flambeaux que la pluie et le vent éteindront sans cesse, et qu'il faudra donc rallumer souvent. Derrière eux, dix-huit cavaliers accompagneront le corbillard, surmonté du dais de duchesse. En queue viendra la file interminable des carrosses de la Cour.

Le Roi, interdit d'obsèques par l'étiquette, devra se contenter de suivre le convoi des yeux, depuis le balcon de son cabinet d'angle. Droit aux côtés du jeune Champlost, premier valet de chambre, il y restera, malgré la pluie cinglante, jusqu'à ce que la dernière voiture ait disparu sur l'avenue de Paris. En rentrant, il dira : « Voilà les seuls hommages que j'aurai pu lui rendre. Pensez, une amie de vingt ans ! »

Les intempéries malmèneront le cortège jusqu'à son arrivée aux Capucines de la place Vendôme. Le frère Remi de Reims, qui recevra la bière, prononcera pour la circonstance une homélie bien délicate à composer. Il s'en sortira tant bien que mal : « La défunte, clamera-t-il, en tant que dame du Palais de la Reine, aura été à l'école de toutes les vertus. » Et de votre éloge, il glissera bien vite à celui de la souveraine...

Il fera nuit depuis longtemps déjà quand vos restes seront descendus dans la crypte, pour reposer en paix entre votre mère, Madeleine, et votre fille, Alexandrine.

*

* *

Louis XV vécut encore dix longues années, qui ne furent pas les plus brillantes de son règne. Les deuils se succédaient dans la famille royale : après le duc de Bourgogne, le dauphin Louis devait partir en 1765, suivi de peu par sa seconde épouse, la dauphine Marie-Josèphe ; mais c'est près des restes de la première que serait déposé son cœur embaumé... En 1768 disparaîtrait à son tour la reine Marie, pleurée par tout le royaume. Des finances exsangues, un clergé divisé, des parlements en rébellion jusqu'à leur dissolution finale : tel allait être, à l'intérieur, le lot quotidien du roi dans sa vieillesse. Pour l'extérieur, le dernier éclat du règne serait, en 1770, le mariage du nouveau dauphin, futur Louis XVI, avec l'archiduchesse Marie-Antoinette de Lorraine, fille de l'Impératrice-Reine – conclusion heureuse, en apparence, d'un retournement d'alliances apparemment malheureux.

Dans le particulier, Louis XV ne changea rien à ses habitudes. Jusqu'à la mort de la Reine, il continua de fréquenter des demoiselles du Parc-aux-Cerfs. Cela n'empêcha pas certaines dames de la Cour de briguer, quatre années durant, la place laissée vacante par la disparition de la Marquise ; la folle comtesse d'Esparbès s'était mise sur les rangs, ainsi que l'impérieuse duchesse de Gramont... Mais le roi, devenu veuf, se prit d'une passion plus juvénile : il s'amouracha de la petite Jeanne Bécu, dite de Vaubernier, que « le Roué » du Barry devait marier, pour la forme, à son frère le comte Guillaume. Le public imputa ce stratagème au vieux duc de Richelieu ; mais, un quart de siècle après ses coquetteries d'Étiolles, il ne lui appartenait plus de fabriquer les favorites... Infatigable maréchal ! Sa longévité ne lui épargnerait aucune des humiliations de la vieillesse : perdant pied à la Cour, il se rattraperait en régentant l'Académie française créée par son grand-oncle, avant de s'éteindre, gâteux, à la veille de la Révolution.

Infiniment jolie, la comtesse du Barry n'avait rien des préventions de sa devancière envers les choses de l'amour – mais rien non plus de ses lumières en politique. Devenue le jouet du parti formé par le duc d'Aiguillon, elle ne se mêla des affaires qu'à son corps défendant. Son principal exploit fut le renvoi du duc de Choiseul, victime en fait des ambitions d'alcôve de sa sœur. En 1770, la veille de Noël, le roi se séparait ainsi de l'homme qui s'était montré longtemps le plus fidèle allié de la Marquise. Une favorite avait fait sa fortune, une autre la défaisait. Exilé sur ses terres de Chanteloup, en Touraine, le ministre déchu devait y recevoir les visites assidues de la Ville et de la Cour. Il ne mourut que quinze années plus tard, seigneur de son terroir.

Comme lui, les deux bannis de 1757 demeurèrent à jamais éloignés de Versailles. Le comte d'Argenson, reclus en son château poitevin des Ormes, devait survivre de très peu à son ennemie jurée ; il avait eu six ans pour remâcher sa défaite, assis, des heures entières, devant une statue du roi en marbre, qu'il avait fait ériger dans son parc... M. de Machault eut une fin plus sereine, mais aussi plus lente ; retiré dans son domaine d'Arnouville aux portes de Paris, il attendit vainement son retour en grâce et ne périt que sous la Terreur, alors qu'il était incarcéré à la prison des Madelonnettes. Plus fameux fut le sort de comte de Maurepas, victime, en 1749, de ses attaques contre la Marquise. Rappelé par Louis XVI à son avènement, il reviendra aux affaires comme ministre d'État et chef du Conseil des finances ! Son bras droit, le jeune Turgot, se trouverait avoir été l'un des disciples les plus fervents de l'économiste Quesnay – et sa nomination au Contrôle général serait une des dernières joies du bon docteur en ce monde.

À sa manière, le cardinal de Bernis, devenu archevêque d'Albi, déplorait les événements qui secouaient alors le régime ; mais Louis XV l'ayant nommé à l'ambassade de Rome, il y mènerait joyeuse vie jusqu'à la Révolution ; et c'est en Italie qu'il s'éteindrait, plus pauvre encore qu'il n'était né, et laissant des Mémoires assez peu flatteurs pour son illustre protectrice. Quant aux autres amis de la Marquise, ils se montrèrent courtisans avant tout : Gontaut lui-même et surtout Soubise ne comptèrent-ils pas parmi les tout premiers à flatter Mme du Barry ? La duchesse de Choiseul se fit plus réservée ; elle devait suivre son mari dans l'exil, connaître le déclin, puis les geôles révolutionnaires, avant de rendre l'âme sous le Consulat. La petite histoire a retenu qu'elle avait récupéré, en souvenir de son amie, la jolie chienne barbette qu'elle lui avait naguère offerte – encore le frère de la Marquise avait-il eu soin de délester le petit animal de son intéressant collier d'argent massif...

De tous, le marquis de Marigny fut, sans aucun doute, le plus désemparé par la disparition de sa sœur. Héritant des trésors comme des dettes, il dut disperser une large part du patrimoine pour continuer d'embellir le château de Menars, où il finit par se retirer. En 1771, il consentit à ce qu'il avait toujours refusé du vivant de sa sœur : se marier ! Mais la jeune élue, Marie-Françoise Filleul, fille naturelle du fermier général Bourret, le trompa sans dételer... L'union se révélant des plus infructueuses, Abel, devenu marquis de Menars, dut donc se résoudre à mourir sans postérité. Au moins le frère avait-il pu profiter à son aise de la retraite impossible que s'était ménagée la sœur au bord de la Loire... Elle aurait tant aimé pouvoir y goûter un repos mérité !

*
* *

Quelque temps après la disparition de la Marquise, Louis XV aurait fait une bien troublante confidence à la comtesse de Séran : comme elle lui demandait, dans l'intimité, quels sentiments il avait éprouvés, au juste, pour sa compagne de vingt ans, le roi se serait défendu de l'avoir jamais aimée d'amour. Pourquoi, dès lors, n'avoir pas prononcé sa disgrâce ? Simplement parce que, répondit le monarque, « la renvoyer, c'eût été lui donner la mort ».

À la comtesse de Baschi
de Choisy, mars 1764

Je vous écris d'un séjour où rien n'a d'importance : les grandes robes et le Clergé, le roi de Prusse et celui des Anglais – comme ils paraissent lointains, vus d'ici ! D'un séjour où le printemps naissant commence à reverdir le parc, mais sans me rendre, à moi, la fraîcheur qui m'a quittée... D'un séjour enfin qui est celui de l'esquive et du retranchement. C'est ici, déjà, que le Roi m'avait mise à l'abri de la curiosité des courtisans, au lendemain de ma présentation. Nous y avons fui, par la suite, le tracas des affaires publiques ; j'y ai pleuré mon oncle et déploré la fuite de ma jeunesse ; on y cache à présent la maladie qui me ronge.

Dieu veuille que je vienne ici pour la dernière fois ! Le Maître semble un peu moins résolu que naguère à me retenir auprès de lui. La détérioration de mon état l'inquiète, et je ne désespère pas de le convaincre, avant qu'il ne soit trop tard, de me laisser voguer enfin vers mon cher Menars. Je ne désespère pas, au reste, de l'y attirer quelquefois ; les forêts sont là-bas si giboyeuses...

J'ai fini ce matin le récit de ma vie ; du moins je l'ai mené à ce point fatidique où des Mémoires se changent en journal. Rassurez-vous : je ne tiendrai sûrement pas celui de ma retraite en pays blésois ; les âmes en paix n'ont rien de notable à dire. Aussi je n'attends plus, pour mettre un point final à ce travail, que la permission du Roi de me retirer.

Quand vous viendrez à Menars – j'espère que ce sera cet été – vous m'en ferez peut-être la relecture. Puis je mettrai ces cahiers dans mon coffre, avec défense d'en rien publier du vivant de Louis XV. À moins que je ne me décide à les brûler ; après tout, ce qu'ils contiennent n'est jamais que la matière inerte d'une existence qui en compte un peu trop. Quand le serpent a fait sa mue, s'encombre-t-il de l'ancienne peau ?

J'aurai laissé dans ces cahiers l'essentiel de mes souvenirs. Qu'ils en portent le poids, maintenant, et m'en libèrent à jamais ! Je veux me sentir neuve, légère et, plus que tout, libre. Je veux vivre, ma Charlotte, vivre pour la seule chose qui m'en paraisse digne au bout du compte : je veux parler de la vérité. Au diable l'ambition, ses vanités et toutes ses faussetés ! Puissent mes bronches et mon cœur tenir assez longtemps pour me permettre de goûter enfin, et pleinement, à la vraie vie !

Je dépose deux petits baisers, l'un sur votre front si sage, l'autre sur vos lèvres si douces. Et je demeure, comme au beau temps d'Étiolles, si proche d'ici, votre

Jeanne.

Indications bibliographiques

À qui voudrait prolonger l'intimité, je conseillerais de fréquenter la correspondance de la Marquise. Certes, la plupart de ses lettres se trouvent dispersées au hasard de collections peu accessibles ; mais il s'en publie quelquefois, en annexe de monographies ou d'articles… Le recueil le plus familier, celui de Poulet-Malassis, n'a pas été réédité depuis 1878 ! Plus accessibles, dès lors – mais aussi plus contestés –, sont les deux volumes repris d'une antique édition anglaise, par la Librairie Bleue, à Troyes, en 1985 et 1986.

Restent les Mémoires du temps, aussi prolifiques qu'agréables à lire en général. Les trois grandes références, pour la chronologie, sont les Mémoires du duc de Luynes, le Journal inédit du duc de Croÿ et le Journal de l'avocat Barbier ; mais l'édition de ces trois sommes remonte au XIXe siècle et au début du XXe… Heureusement, la collection « Le Temps retrouvé », au Mercure de France, actuellement en cours de réédition, a repris les Mémoires de quatre intimes de la Marquise : sa femme de chambre, Mme du Hausset, ses amis le cardinal de Bernis et le duc de Choiseul, ainsi que Voltaire – pour s'amuser. À noter également l'édition très complète des intéressants Mémoires d'un introducteur des ambassadeurs, le comte Duffort de Cheverny, chez Perrin en 1990. On pourra consulter enfin, avec appétit mais circonspection, les écrits du marquis d'Argenson, de l'abbé Bathélemy, du baron de Besenval, de la duchesse de Brancas, du président Hénault, du prince de Kaunitz-Rietberg, de l'intendant Papillon de La Ferté, du duc de Richelieu, du marquis de Valfons, du graveur Wille... Signalons, à cet égard, la remarquable compilation établie par Arnaud de Maurepas et Florent Brayard, et publiée dans la collection « Bouquins », chez Robert Laffont en 1996.

Les biographes sont déjà légion, qui, dans le sillage des frères Goncourt, vont du lieutenant-colonel Henri Carré au duc de Castries, du très français Alfred Leroy à la toute britannique Nancy Mitford... Mais le plus fin éclairage sur le singulier destin de la Marquise appartient, à ce jour, à Pierre de Nolhac, conservateur inoubliable du château de Versailles, et qui lui a consacré, dans les années 1900, deux tomes de ses magistrales *Études sur la cour de France*, ainsi qu'un ouvrage illustré. À noter aussi, pour sa précision mais avec des réserves, le beau travail de Mme Danielle Gallet, paru chez Fayard en 1985.

Hommages

Je voudrais pouvoir remercier toutes celles et tous ceux – amis, chercheurs, archivistes et conservateurs d'hier et d'aujourd'hui – qui m'ont soutenu dans mon travail. Craignant d'en oublier un seul, j'aime encore mieux n'en citer aucun ; ils se reconnaîtront d'eux-mêmes et ne pourront douter de ma gratitude.

Plus particulièrement, je tiens à saluer les belles qualités de mon éditeur, Thierry Billard, dont la patience n'est sûrement pas la moindre. J'aimerais enfin rendre hommage à deux personnes qui, de façon complémentaire, m'auront en quelque sorte guidé dans le XVIIIe siècle : je veux parler de Guy Chaussinand-Nogaret, qui accepta jadis d'être mon maître à l'École des hautes études en sciences sociales, et de la chère Yaguel Didier, sans les lumières de laquelle cet ouvrage aurait été bien différent.

Table

10215

Composition
NORD COMPO

Achevé d'imprimer en Slovaquie
par NOVOPRINT SLK
le 29 avril 2013.

Dépôt légal avril 2013.
EAN 9782290057179
OTP L21EPLN001296N001

ÉDITIONS J'AI LU
87, quai Panhard-et-Levassor, 75013 Paris

Diffusion France et étranger : Flammarion